CRIME DE MÉMOIRE

Du même auteur

dans la même collection

Soins mortels
Moisson mortelle
Menace mortelle
Folie meurtrière
Mortelle thérapie

en collection de poche

Soins mortels, Le Livre de poche (1999)
Moisson mortelle, Le Livre de poche (2001)
Menace mortelle, Le Livre de poche (2002)
Folie meurtrière, Le Livre de poche (2002)
Mortelle thérapie, Le Livre de poche (à paraître)

LEONARD S.

GOLDBERG

CRIME DE MÉMOIRE

Traduit de l'américain par
Jean Goumain

PAYOT SUSPENSE

Titre original : *Brainwaves*

106, boulevard Saint-Germain – 75006 Paris

ISBN : 2-228-89916-X
ISSN : 1281-6817

Pour les trois roses rouges
Partout où j'irai
Vous serez aussi.

Le cerveau de l'homme a d'infinies capacités
Car il englobe
Passé et futur.

JOSEPH CONRAD
Au cœur de la nuit

CRIME DE MÉMOIRE

1 John Gladstone s'apprêtait à décliner une offre de cent millions de dollars. Mais la somme était tellement colossale qu'il avait un mal fou à s'y résoudre. C'était le mode de paiement qui le faisait reculer. Il se méfiait des paiements à terme.

— Alors, monsieur Gladstone, on signe ? demanda Arthur Sabine, assis à une table de conférence ovale.

Gladstone, quant à lui, était debout devant une des baies vitrées des tours Sabine, perdu dans la contemplation de l'ouest de Los Angeles et de l'océan Pacifique. Le soleil se couchait, grosse boule orange s'enfonçant lentement dans la mer bleue. Un ami de Londres lui avait dit qu'un coucher de soleil sur le Pacifique était une des merveilles de la nature. Le même l'avait aussi prévenu que Los Angeles était l'endroit où on se faisait le plus facilement baiser, au sens propre comme au figuré.

— Alors ? insista Sabine.

— Votre prix me convient, dit Gladstone avec ce léger bégaiement typique de l'aristocratie anglaise. Mais je ne peux accepter un règlement exclusivement constitué d'actions Sabine.

Arthur Sabine fit pivoter son imposante carcasse dans son fauteuil.

— Je me permets de vous rappeler, monsieur, que le Sabine Financial Group est coté à Wall Street, et que nos actifs représentent vingt-cinq milliards de dollars.

— Je le sais bien.

— Vous devez aussi savoir que nos actions sont recherchées et continueront à monter.

— Je le sais également.

Gladstone s'était renseigné sur chaque filiale du groupe financier Sabine. Ils avaient de gros intérêts dans plusieurs banques et plusieurs compagnies d'assurance, et voulaient à présent développer une activité d'agent de change sur les places étrangères. Ils étaient prêts à payer cent millions de dollars la société londonienne de courtage de Gladstone et ses bureaux de Singapour, Malaisie et Afrique du Sud.

— Et soyez sans crainte, nos actions auront encore pris de la valeur d'ici deux ans.

C'était là que cela coinçait, pensait Gladstone. Le contrat spécifiait qu'il devait conserver ses parts pendant au moins deux ans. Or il pouvait se passer énormément de choses en deux ans, pour faire chuter la valeur de ces actions — guerre, récession, embargo commercial et pétrolier. Deux ans c'est l'équivalent d'un siècle dans la finance. Et Gladstone n'était pas décidé à prendre le moindre risque. Mais d'un autre côté il ne voulait pas lâcher le gâteau. C'était une occasion en or qui, probablement, ne se reproduirait pas. Il décida de voir jusqu'où il pouvait marchander.

— Je sais bien que votre groupe est solide et votre papier une valeur sûre. Mais je préfère encore le papier qui prime sur tous les autres.

Sabine haussa un sourcil.

— C'est-à-dire ?

— Ce bon vieux dollar, dit Gladstone en observant du coin de l'œil la réaction de Sabine.

Celui-ci eut un sourire complice. C'était un homme corpulent, aux cheveux gris clairsemés et au visage rond. Il commença à gribouiller des chiffres sur une feuille tandis que ses avocats et conseillers financiers, penchés sur lui, discutaient à voix basse.

Gladstone tourna de nouveau son regard vers le soleil, à demi enfoncé dans les flots, tout en faisant de rapides calculs mentaux. Avec cinquante millions cash, il avait assez pour désintéresser ses associés et racheter par-dessus le marché l'ancien domaine familial, que ses parents et grands-parents avaient dû vendre. Mais cela lui laisserait à peine de quoi entretenir le domaine et vivre décemment. Non. Cinquante millions, c'était trop peu. Soixante millions seraient mieux. Si…

Les pensées de Gladstone furent brutalement interrompues par une vive douleur à la tempe gauche. Elle irradia autour de l'œil, lui troublant la vue. Il s'accrocha au rebord de la fenêtre, affolé par la douleur et ce qu'elle pouvait signifier.

La douleur disparut lentement et Gladstone retrouva une vision parfaitement normale. Et, surtout, il ne ressentit aucune faiblesse ni aucun engourdissement au bout de ses membres. Il respira, comme quelqu'un qu'une balle vient d'effleurer. Son père était mort d'une crise cardiaque et le seul signe avant-coureur avait été un violent mal de tête, suivi d'insensibilité et de paralysie. Gladstone avait rarement des maux de tête, et quand cela lui arrivait, il paniquait aussitôt. La douleur à la tempe avait pratiquement disparu, mais il se sentait toujours mal à l'aise. Il respira encore un grand coup et s'efforça de retrouver son calme.

— Vingt millions cash à la signature, lança Sabine. Et les quatre-vingts millions restants sous forme d'actions bloquées pendant deux ans.

— Cinquante millions cash, contre-attaqua Gladstone, et les cinquante millions restants négociables dans un an.

— Pas question, fit Sabine en secouant fermement la tête. Nous ne dépasserons pas vingt millions à la signature, ou alors nous abaissons notre offre globale d'une façon significative.

— C'est-à-dire ?

— Trente millions cash, quarante-cinq sous forme d'actions.

Gladstone fut sur le point de dire à Sabine d'aller se faire voir, mais il se retint et essaya de trouver une façon plus courtoise de lui faire savoir qu'il ne pouvait accepter cette offre. Mais il ne trouvait pas les mots. Comme si son cerveau tournait au ralenti. Il essaya de se concentrer sur les chiffres… Trente pour cent des actions… Non, trente millions cash… C'est bien ça ? Ou bien quarante millions comptant et quarante en actions ? Il se frictionna les tempes, essayant de se rappeler la dernière offre de Sabine.

— Pouvez-vous s'il vous plaît me répéter vos chiffres ?

— Volontiers, dit Sabine en se calant dans son fauteuil. Je

vous propose la transaction à soixante-quinze millions dont trente en cash et quarante-cinq en actions.

— C'est ça, dit Gladstone en observant Sabine entouré de ses avocats et conseillers, qui attendaient sa réponse.

Gladstone s'efforça de réfléchir à une contre-proposition acceptable. Disons trente millions comptant. Mais non, c'est déjà ce qu'ils me proposent. C'est bien ça? Ou trente-cinq millions? Mieux vaut les faire répéter.

— Pouvez-vous me répéter encore une fois?

Sabine lui jeta un regard surpris.

— Ça va, monsieur Gladstone?

— Très bien, répliqua-t-il. Juste un peu fatigué. Je prendrais bien un café.

Sabine claqua des doigts vers un assistant qui bondit vers un bar.

— Avec de la crème et du sucre, monsieur?

— Café noir, s'il vous plaît.

L'assistant versa le café dans une tasse en plastique et se dirigea vers Gladstone.

— Voici, monsieur.

Au moment où Gladstone tendait la main pour prendre le café, il ressentit de nouveau un mal de tête. Une douleur aveuglante qui frappa sa tempe et atteignit sa vue. Il voulut faire un pas mais sa jambe réagit à peine. Tout à coup ses genoux plièrent et il se sentit tomber sur l'épaisse moquette. On se précipita vers lui. Il entendit crier :

— Appelez une ambulance !

— Monsieur Gladstone, savez-vous où vous êtes?

Il était allongé sur le dos, le regard fixé sur les lampes au-dessus de lui, ne sachant trop où il était. Ce devait être un hôpital ou une infirmerie. Mais oui, forcément. C'était pourquoi les lumières bourdonnaient et les gens qui l'entouraient portaient des tenues et des bonnets de chirurgie.

— Je suis à l'hôpital.

— Très bien ! dit le Dr Karen Crandell. Vous rappelez-vous lequel ?

— Non.

— Vous êtes dans le service de cardiologie du Memorial Hospital. Vous avez fait un accident vasculaire cérébral.

Mon Dieu ! Un AVC ! Je viens d'avoir un AVC ! Gladstone essaya de ravaler la peur qui le submergeait. Il se demanda s'il était en train de mourir.

— Un AVC ? demanda-t-il avec difficulté.

— C'est bien ça. Vous avez un caillot dans l'artère sylvienne qui irrigue le cerveau, expliqua Karen. C'est pourquoi vous avez une motricité réduite du côté droit.

Gladstone essaya de soulever son bras droit, mais il bougea à peine. *Je suis paralysé !* hurla-t-il intérieurement. *Comme l'a été mon père. Et je vais mourir de la même façon.*

— Nous sommes en train de dissoudre ce caillot pour rétablir la circulation sanguine. On a introduit un cathéter extrêmement fin depuis l'artère fémorale en passant par l'aorte et la carotide. Nous le guidons jusqu'à l'artère sylvienne et là nous allons injecter un produit qui va dissoudre le caillot.

— C'est… C'est une opération ? dit-il d'un ton nerveux.

— Pas vraiment, répondit Karen tout en faisant doucement progresser le cathéter. Nous pratiquons une anesthésie locale et vous ne devriez rien sentir. En fait, nous en sommes déjà à la moitié de l'intervention. (Elle montra du doigt le moniteur fluorescent au-dessus d'eux.) Le fin tube noir qui monte est le cathéter dont je vous parlais. Il a atteint l'arc de l'aorte et se dirige vers la carotide.

Gladstone observait le moniteur au-dessus de lui, essayant de se concentrer sur ce tube qui avançait doucement en serpentant. Il entendait autour de lui des voix feutrées et des appareils qui cliquetaient et émettaient des signaux sonores. Derrière lui une porte s'ouvrit et se referma. Il ressentit une vague douleur à l'aine, mais elle disparut en quelques secondes.

— Comment ça va, monsieur Gladstone ? demanda Karen Crandell.

— Bien, fit Gladstone en regardant ce décor inhabituel. Où suis-je ?

— Au Memorial Hospital.

— Et pourquoi ?

— Vous n'étiez pas bien, se contenta-t-elle de répondre, n'ayant pas envie de tout lui répéter. On essaye de vous soigner.

Gladstone déglutit bruyamment, la gorge sèche et râpeuse.

— Je ne me souviens pas de mon arrivée ici.

— Vous rappelez-vous mon nom ?

Il la dévisagea longuement, puis secoua la tête.

— Non.

— Je suis le Dr Crandell.

— Et moi je suis John Gladstone.

— Je le sais.

Karen fit progresser avec précaution le cathéter jusqu'à la partie supérieure de la carotide, puis vers les vaisseaux secondaires qui menaient à l'artère sylvienne. Elle s'adressa à Todd Shuster, un interne en neurologie, qui l'assistait.

— Injectez-lui un peu de colorant pour qu'on puisse apprécier la capacité des vaisseaux secondaires.

Shuster introduisit le colorant qui apparut immédiatement comme une ligne blanche remontant dans le cathéter. Tous les vaisseaux étaient dégagés, seule l'artère sylvienne était bouchée.

— C'est bon.

Karen se rapprocha de la tête de la table.

— Monsieur Gladstone, il ne faut surtout pas vous agiter pendant cette partie de l'opération. Vous m'avez comprise ?

Il la dévisagea de nouveau.

— Qui êtes-vous ?

— Le Dr Crandell, répéta-t-elle. Restez tranquille.

Elle reprit sa place au côté de l'interne en observant le moniteur fluorescent fixé au-dessus de la table d'opération, attendant que le colorant blanchisse tous les vaisseaux cérébraux.

— Bon Dieu, marmonna Shuster, vous lui avez répété dix fois votre nom et il ne le mémorise pas.

Karen continuait à observer sur le moniteur la dispersion totale du colorant.

— Je suis professeur en neurologie depuis dix ans et c'est la première fois que je vois un AVC avoir de telles conséquences.

Non seulement il est affaibli, mais surtout la partie du cerveau qui contient la mémoire immédiate est endommagée. Je suis sûre que cet homme se souvient parfaitement de ce qui est arrivé il y a cinq ans, mais il est incapable de se souvenir de ce qui s'est passé il y a trente secondes. Tenez, regardez !

Elle se tourna vers le patient et se pencha sur lui.

— Monsieur Gladstone, où se trouvent vos bureaux à Londres ?

— Edgeware Road, dit Gladstone sans hésiter.

— Et depuis combien de temps y êtes-vous installé ?

— Pas loin de dix ans.

— Et auparavant ?

— Nous avions de petits bureaux dans York Street.

— Vous aviez un rendez-vous aujourd'hui ?

— Oui. Chez Sabine.

— Parfait, fit Karen. Et vous connaissez mon nom ?

Ses lèvres remuèrent mais aucun son n'en sortit. C'était un homme de grande taille au visage aristocratique et ferme surmonté d'une crinière de cheveux blancs. Ses lèvres bougèrent à nouveau, sans plus de résultat.

— Je m'appelle Crandell. Dr Karen Crandell.

Elle se retourna vers Shuster pour murmurer :

— Vous voyez. Il a gardé une parfaite mémoire des événements anciens. Et il sait également très bien ce qui s'est passé il y a quatre heures. Puis il a fait cet AVC qui a laissé des lésions dans la partie du cerveau qui gère la mémoire immédiate. Maintenant il garde en tête ce qui se passe pendant trente secondes, puis ça s'efface de son cerveau définitivement. Il n'en reste pas la moindre trace.

— Son lobe temporal a dû en prendre un sérieux coup, commenta Shuster.

Karen hocha la tête.

— Sans cependant affecter la zone amygdalienne qui renferme la mémoire du passé.

— Si le traitement qu'on lui fait ne donne rien, fit Shuster à voix basse, ce patient ne va pas avoir la vie facile.

— Il va vivre un cauchemar permanent. S'il n'enregistre que pendant trente secondes, il ne sera plus capable de suivre une conversation, ayant perdu ce qui s'est dit une minute plus tôt. Ni de regarder un film, une pièce de théâtre ou une émission de télévision. S'il change de résidence il ne saura jamais où se trouve la salle de bains, même après s'en être servi mille fois. Et tout sera comme ça. Il restera enfermé dans son passé.

— Une horreur. Le Dr Moran m'a dit exactement la même chose.

Karen fronça les sourcils.

— Je ne savais pas que Moran avait vu ce patient.

Shuster confirma.

— Il a vu M. Gladstone aux urgences. Lorsque celui-ci est arrivé, le médecin qui l'a examiné s'est demandé si un traumatisme ou un hématome sous-dural correspondaient aux symptômes, et il l'a envoyé pour examens en neurochirurgie. Moran a établi le diagnostic d'une attaque et réclamé l'avis du patron du service neurologique. Le Dr Bondurant a confirmé le diagnostic et l'a fait transférer en cardiologie pour examens.

— La perte instantanée de mémoire était-elle aussi marquée que maintenant ?

— Tout à fait. Visiblement, M. Gladstone et le Dr Moran ont pas mal bavardé, ayant tous les deux de la famille à Londres, qui évolue dans les mêmes milieux. Gladstone soutenait parfaitement la conversation, mais il était incapable de retenir le nom de Moran pourtant répété sans arrêt.

— C'est moche !

Karen tendit le bras et appuya sur le bouton rouge d'un appareil. Un petit écran s'alluma et l'image devint progressivement nette. L'image en couleurs montrait les parois internes d'une artère et la circulation sanguine. Chaque battement du cœur faisait bouillonner le sang qui circulait dans l'artère sylvienne. Entre deux battements Karen pouvait voir le caillot qui bouchait l'artère.

Shuster était fasciné. Bien qu'il ait déjà assisté plusieurs fois à ce type d'intervention, il était sidéré de voir une image d'une telle qualité montrant l'intérieur d'une artère cérébrale.

— L'image est tellement bonne qu'on la dirait filmée par une caméra.

— Justement, c'est filmé par une caméra, dit Karen tout en faisant progresser doucement le cathéter vers le caillot. À l'extrémité du cathéter se trouve une caméra miniature qui filme et envoie les images au moniteur vidéo par fibre optique.

Ça paraît tellement simple, pensa Shuster, surtout pour quelqu'un comme Karen Crandell, qui avait d'abord obtenu un doctorat en physique avant de faire des études de médecine. Elle était devenue chercheur et faisait autorité en neurologie. Et ce nouvel appareil apte à dissoudre les caillots allait faire sa gloire et sa fortune. Il avait entendu dire que le brevet du cathéter avait déjà été vendu à une grosse société pour une belle somme. Il y avait quand même des gens qui avaient de la chance. Lui, il n'avait en tout et pour tout que la dette de cent mille dollars contractée pour payer ses études de médecine.

— Nous y voilà, annonça Karen en fixant avec du sparadrap le cathéter à la cuisse de Gladstone.

Shuster leva les yeux vers le moniteur. On voyait le bout du cathéter à un centimètre du caillot.

— Voulez-vous que je ramène le patient dans le service de cardiologie ?

— Si ça ne vous dérange pas, répondit Karen. Et pendant que vous y serez, notez-leur, s'il vous plaît, les consignes habituelles et lancez le traitement par streptokinase.

— La première dose à injecter *via* le cathéter est bien de vingt mille unités, non ?

— Exact. Et vous continuez en injectant deux mille unités par minute pendant soixante minutes.

— Compris.

Shuster sortit son stylo et nota le dosage du produit thrombolytique puis jeta un œil à l'écran qui montrait l'artère bouchée. La perfusion à petit débit de streptokinase était en mesure de dissoudre le caillot et de rétablir la circulation sanguine dans le cerveau de Gladstone, se dit-il. Et avec un peu de chance ses tissus cérébraux seraient encore en état et son cerveau pourrait recouvrer ses fonctions. Dans le cas contraire, sa vie serait un enfer permanent.

Karen se dépouilla de ses gants et s'approcha de Gladstone.

— Je vous verrai en cardiologie, monsieur Gladstone. Espérons que tout se passera bien.

Gladstone la dévisagea.

— Qui êtes-vous ?

— Votre médecin, fit simplement Karen en se dirigeant vers la porte.

— Mais où suis-je ? cria Gladstone derrière elle.

Elle suivait rapidement le couloir lorsque son estomac se manifesta bruyamment, lui rappelant qu'elle n'avait ni déjeuné ni dîné. Elle prit l'ascenseur pour descendre au niveau de l'accueil et traversa le hall pratiquement vide, si ce n'est la présence d'un jeune couple latino assis sur un canapé près du comptoir d'accueil.

Elle pénétra dans une petite cafétéria qui restait ouverte la nuit pour le personnel de garde. Elle prit un Coca light et un sandwich au thon, puis retraversa le hall vers un large couloir. Elle se retourna pour pousser avec son dos les doubles portes donnant accès à une passerelle fermée par des panneaux de verre qui reliait l'étage principal du Memorial au second niveau de l'institut neuropsychiatrique. C'était une nuit sans lune et dehors tout était noir et recouvert d'un brouillard venu de la mer. Karen se plaignit en elle-même, regrettant de ne pas être chez elle, assise devant un bon feu, un verre de cognac à la main. Elle jeta un regard à son sandwich froid et jura *in petto* tout en poursuivant son chemin.

À l'extrémité de la passerelle, un vigile armé se leva brusquement de sa chaise et la regarda s'approcher. Il ne tarda pas à la reconnaître et lui fit un signe amical.

— Salut toubib ! On travaille tard, hein !

— Comme tout le monde, fit Karen avec un demi-sourire.

— N'oubliez pas que ce passage est fermé à partir de minuit.

Karen hocha la tête en passant près de lui. Elle se souvenait du temps où ces portes restaient toujours ouvertes. Jusqu'à il y a trois ans, quand une nuit une infirmière avait été agressée et violée. L'assaillant s'était introduit dans l'institut par la passerelle vitrée. Depuis elle était surveillée de 9 heures du soir à minuit et condamnée ensuite jusqu'à 7 heures du matin. Le seul accès après minuit était l'entrée principale, flanquée en permanence de deux vigiles. Et malgré tout, un cambriolage avait eu lieu l'année précédente. Le porte-monnaie d'une infirmière et toute une série d'objets de valeur appartenant à des malades avaient été dérobés. La police locale n'avait pas trouvé de coupable, et avait pourtant affirmé que ces vols avaient été commis par un membre du personnel. Comme si cela pouvait rassurer les autres. Pas Karen, bien entendu, ni personne.

Elle monta jusqu'au neuvième étage par l'ascenseur pour se rendre à l'institut de recherches sur le cerveau. En sortant sur le palier elle entendit un brouhaha de voix et de rires venant de l'autre bout du couloir bien éclairé. Elle hésita un instant, se demandant si elle avait oublié un événement dans le service. Sûrement pas, réfléchit-elle, à une heure pareille. Il était 21 h 48. Elle se souvint que ses collègues se réunissaient le mercredi soir pour parler de l'avancement de leurs travaux. Mais elle était toujours tenue à l'écart. À chaque fois.

Elle eut un geste de dédain et se dirigea vers son laboratoire. Pour la millième fois elle se demanda pourquoi ses collègues ne l'avaient jamais vraiment acceptée. En partie pour des rivalités de sexe. Elle était une jeune femme. Ils étaient le genre d'individus qui considéraient qu'une femme ne pouvait être leur égal sur le plan professionnel, quelles que soient ses qualités. Mais la raison majeure de leur ostracisme venait de son autonomie. Dès son arrivée, elle avait exigé et obtenu son propre laboratoire, et insisté pour mener son propre programme de recherches. Elle était prête à collaborer avec les autres, mais sur un pied d'égalité. Et elle avait refusé de participer à des expériences qu'elle savait inutiles. Cela avait rendu ses supérieurs furieux. Ils attendaient des jeunes diplômés qu'ils travaillent sous leur direction. Elle avait vécu un isolement croissant, menant des recherches indépendamment de celles des autres. Par moments, ses collègues faisaient mine d'ignorer son existence. Mais c'était aussi bien comme ça. Ses recherches étaient sur la bonne voie et l'avenir était prometteur. *Qu'ils aillent se faire foutre,* se dit-elle amèrement. *Qu'ils s'occupent de leur boulot et me laissent faire le mien.*

En pénétrant dans son petit laboratoire plongé dans la pénombre, elle décida de ne pas allumer. Sa technicienne était partie et avait tout laissé impeccablement rangé. Les paillasses étaient vides à l'exception de tubes à essais posés sur des racks. Deux petites centrifugeuses avaient été laissées ouvertes pour s'aérer. Une faible lueur émanait de la porte en verre d'un incubateur, projetant sur les murs des ombres mystérieuses.

Karen entra dans le bureau adjacent, très encombré en revanche, et se laissa tomber sans enthousiasme dans un fauteuil à bascule. Elle alluma une lampe de bureau et ouvrit sa bouteille de Coca qu'elle sirota. Puis elle allongea le bras pour allumer un appareil muni d'un petit écran, du même type que celui qui lui avait servi en angiographie. Elle se débarrassa de sa chaussure et se frictionna un oignon douloureux tandis qu'une image en couleurs apparaissait sur l'écran, montrant l'intérieur de l'artère sylvienne de John Gladstone. Le caillot était toujours là mais Karen avait l'impression qu'il avait un peu diminué. Un tout petit peu, peut-être. Elle soupira, sachant que si le caillot n'était pas complètement dissous d'ici quelques heures, il ne bougerait plus. Et John Gladstone ne pourrait pas guérir. Il ne pourrait plus vivre que dans le passé.

Elle éteignit le moniteur et fit rouler son fauteuil jusqu'à un autre appareil semblable à une télé. L'écran occupait tout le devant, boutons et commandes étant placés sur le côté. Elle appuya sur un bouton et l'écran s'alluma instantanément. Des points blancs apparurent. Puis le son monta pour ne diffuser que des parasites. Elle essaya de régler l'appareil mais n'obtint qu'un accroissement de la neige dans l'image et des sons parasites.

Elle se rejeta en arrière sur son siège, complètement découragée. Son dernier programme de recherche avait, semblait-il, fait un grand pas en avant quelques jours auparavant, lorsqu'elle avait réussi le traitement par cathéter sur un premier patient. Elle avait hurlé « eurêka » si fort qu'elle avait dû réveiller la moitié de l'hôpital. Et puis les images transmises au moniteur s'étaient brouillées et étaient restées ainsi. Les impulsions électriques étaient trop faibles.

Le téléphone retentit. Elle baissa le son et fit glisser son fauteuil vers l'appareil. C'était Todd Shuster qui l'appelait depuis les urgences. John Gladstone venait de refaire une crise.

— Localisée ou généralisée ?

— Localisée, répondit Shuster. Il a des spasmes essentiellement dans le bras droit.

— Avez-vous commencé à introduire l'agent thrombolytique ?

— Depuis une vingtaine de minutes. Il est sous perfusion de streptokinase.

Karen tapota son bureau du bout des doigts, envisageant les diagnostics possibles. Les récidives d'AVC étaient la conséquence soit de thromboses soit d'hémorragies cérébrales, mais le plus souvent c'était la suite d'hémorragies. Elle savait bien que Gladstone souffrait d'une thrombose cérébrale. On l'avait vérifié au scanner et par examen endoscopique. Mais il pouvait en plus avoir fait une hémorragie autour de la thrombose provoquée par la streptokinase qu'on lui injectait. Ce qui pouvait provoquer des effets secondaires comme des saignements locaux, et, si c'était le cas, John Gladstone risquait de mourir ou de n'être plus qu'un légume.

Shuster interrompit ses pensées.

— Docteur Crandell ?

— Le patient est toujours lucide et répond-il quand on le questionne ?

— Toujours pareil.

— Et comment évolue son engourdissement du côté droit ?

— Toujours pareil.

Karen hésitait encore. Elle envisagea d'arrêter la perfusion et de le repasser au scanner pour déterminer s'il y avait eu hémorragie. Mais ça prendrait au moins une heure pendant laquelle la thrombose persisterait, bloquant le passage du sang dans l'artère sylvienne. Ce qui détruirait d'autres neurones et amenuiserait les chances de Gladstone de se rétablir. Elle se sentait prise entre l'arbre et l'écorce.

— Le patient a toujours des crises ?

— Pas pour le moment. On le traite au Valium et à la Dilantine depuis quelques minutes.

— Bon. Continuez l'administration de streptokinase par perfusion, et prévenez-moi aussitôt si l'état de M. Gladstone évolue.

— Je pense qu'il vaut mieux que je reste aux urgences pendant les heures qui viennent.

— C'est une bonne idée.

Karen reposa le téléphone, continuant à s'interroger. Mettait-elle la vie du patient en danger ? Sa décision de poursuivre l'injection de streptokinase susceptible de provoquer des hémorragies était un gros risque. Tout le monde serait d'accord là-dessus. Mais son expérience et son instinct lui disaient qu'il n'y avait pas eu d'hémorragie. Pourvu qu'elle ait raison !

Elle jeta un coup d'œil à son sandwich si peu appétissant posé sur son bureau et s'efforça d'ignorer ses crampes d'estomac. Mais celui-ci se manifesta de nouveau, alors elle le reprit et commença à le déballer. Elle y goûta et le repoussa aussitôt. Le thon était plein d'eau et n'avait aucun goût. Elle décida de passer au fast-food avant de rentrer chez elle.

Elle entendit un bruit bizarre à l'autre bout de la pièce. L'appareil qui ressemblait à une télé n'émettait plus de sons parasites électrostatiques. On aurait dit maintenant le bruit d'un troupeau d'oies. Ce n'était plus non plus la même image. Il y avait encore un effet de neige, mais en arrière-plan elle crut percevoir des silhouettes.

Elle fit rouler rapidement son fauteuil jusqu'à l'appareil et essaya de le régler. L'écran se mit à clignoter en rouge. Elle appuya sur un bouton et l'image vira au vert. Le son devint brusquement plus intelligible. Ce n'était pas des cris d'oies, réalisa Karen, tout excitée. Il s'agissait de voix humaines ! Une conversation ! On ne distinguait que certains mots, les autres étant étouffés par le bruit de fond.

Karen gardait les yeux rivés sur l'appareil, n'en croyant pas ses oreilles. C'était inouï. Elle monta le son et saisit des phrases entières. Quelqu'un demandait où se trouvait la station de métro la plus proche.

Elle espéra que son imagination ne lui jouait pas des tours. Peut-être que l'appareil captait une émission de radio locale. Mais oui, ce devait être ça. Mais comment se faisait-il que ce phénomène ne se soit jamais produit jusqu'ici ?

Elle reporta toute son attention sur l'écran. Il y avait toujours de la neige mais les silhouettes sombres se détachaient mieux et semblaient plus nombreuses. Karen tourna doucement un bouton sur le côté de l'appareil, et l'image gagna en netteté. C'était bien des gens allant et venant sur un large trottoir.

Le cœur de Karen battit d'excitation. *Seigneur ! Ne suis-je pas abusée par mes sens ?* L'image se brouilla et s'assombrit progressivement. Karen modifia le réglage. Elle avait une vue sur l'avenue entière. La circulation était intense. Elle voyait des autobus à étage et des dizaines de taxis noirs roulant lentement. Il y avait une sorte de parking de l'autre côté de l'avenue.

L'image disparut un instant avant de revenir brouillée. Karen manipula à nouveau le bouton et les gens réapparurent. Elle pouvait maintenant distinguer leurs traits. La majorité des hommes étaient en tenue de ville avec des cravates à rayures. Certains portaient des attachés-cases, tous étaient équipés de parapluies. Un peu plus loin la foule s'engouffrait dans une entrée au-dessus de laquelle on pouvait lire « Marble Arch Station ».

Karen resta bouche ouverte en comprenant ce qu'elle était en train de regarder : ces gens, cette rue, ces bruits…

— Mon Dieu, balbutia-t-elle, j'ai réussi.

Elle ne vit pas l'intrus tapi dans l'ombre derrière elle, épiant sa réaction devant les images, pas plus qu'elle n'entendit l'objet s'écraser sur son crâne. Karen s'affaissa sur son siège, sa tête ensanglantée venant reposer sur l'un des bras du fauteuil.

L'homme appuya sur tous les boutons de l'appareil jusqu'à ce qu'il réussisse à l'arrêter. Il éteignit sans attendre la petite lampe de bureau et, avec sa torche électrique, se mit à fouiller les tiroirs. Il n'y trouva rien d'autres que des stylos, de la papeterie et des fournitures de bureau. Voyant un dictaphone sur la table, il s'en empara. Il se dirigea vers le meuble de rangement des dossiers, situé dans le coin de la pièce, mais les tiroirs étaient verrouillés. Il jura à mi-voix et revint vers le bureau pour chercher des clés. Mais il entendit approcher des gens en bruyante conversation dans le couloir. L'homme se tapit dans l'ombre et attendit. Les voix se rapprochèrent, puis se stabilisèrent. Une porte d'ascenseur s'ouvrit puis se referma, emportant les voix.

L'intrus fouilla à nouveau les tiroirs pour trouver les clés du meuble de rangement, mais sans succès. Il essaya de forcer la serrure à l'aide d'une lime à ongles sans plus y parvenir. De nouveaux bruits de conversation se firent entendre dans le couloir.

L'homme détacha la montre-bracelet de Karen et en modifia l'heure avant de l'écraser avec son arme. Comme il se penchait sur Karen pour la soulever, il aperçut une machine de traitement de texte sur une petite table contre le mur. Il sourit et s'en approcha. Il avait une dernière chose à faire avant de jeter Karen Crandell dans le vide.

2

Elle s'appelait Elisabeth Ryan. Elle avait vingt-huit ans, un visage doux, des yeux bleu pâle, et des lèvres au dessin parfait. Elle avait été trépanée et avait la tête rasée. Elle était morte la veille pendant l'intervention chirurgicale.

L'interne en neurochirurgie, Dan Rubin, regardait le cadavre et se souvenait de la première visite à l'hôpital de cette jeune femme pleine de charme et d'élégance, dont rien ne laissait deviner la tumeur au cerveau qui allait si vite l'emporter. Il contempla sa peau de marbre blanc, aujourd'hui glacée et médita sur la tragédie qu'est toujours la mort d'un être jeune. Cela paraissait tellement injuste. Mais la vie était comme ça. Il était payé pour le savoir.

Rubin parcourut du regard la salle d'autopsie violemment éclairée avec ses murs carrelés en blanc et les huit tables d'autopsie alignées par deux. Il n'arrivait pas à comprendre comment on pouvait choisir la médecine légale et passer sa vie au milieu de la mort et des chairs en décomposition. Il jeta un regard aux corps alignés sur les tables et aux pathologistes en train de les disséquer. Quel travail fastidieux ! Rien à voir avec la fièvre et l'atmosphère dramatique qui flottait en permanence au bloc opératoire. Et il était pressé d'y retourner. S'il était là pour assister à l'autopsie, c'était que le Dr Christopher Moran, le patron du service de neurochirurgie, avait fixé comme règle absolue la présence d'un membre de son équipe à l'autopsie, lorsque l'un de ses patients mourait. Il était chargé de répondre aux questions qu'on pourrait éventuellement lui poser et surtout d'apprendre la cause du décès et d'en informer Moran.

Rubin regarda l'horloge murale. Il était 10 h 2. Si l'autopsie ne durait pas trop longtemps, il aurait peut-être le temps de se changer et d'assister à la rhizotomie que le Dr Moran devait effectuer à midi.

Il se retourna en entendant approcher quelqu'un. C'était une jeune femme d'assez petite taille, avec de longs cheveux auburn, des yeux verts, et quelques taches de rousseur sur le nez et les joues. Elle portait un pyjama de bloc vert. Rubin se racla la gorge.

— Êtes-vous le docteur Blalock ?

— Non, répondit Lori McKay avec un sourire. Je suis le Dr McKay, je travaille avec le docteur Blalock.

— Moi je suis Dan Rubin, fit-il, conscient d'avoir posé une question idiote.

Joanna Blalock était le chef du service de médecine légale au Memorial. Ce ne pouvait pas être une jeune fille d'une vingtaine d'années avec des taches de son.

Lori s'approcha et déchiffra le nom inscrit sur le badge fixé sur le pyjama de bloc de Rubin.

— Alors, c'est vous, l'interne en chirurgie ?

— En effet, fit Rubin, se demandant quel poste elle occupait dans le service. (Elle devait être une vacataire fraîchement diplômée. Elle était trop jeune pour être titulaire d'un poste.) Vous êtes ici depuis longtemps ?

Lori fronça les sourcils. Elle avait horreur qu'on la prenne pour une gamine.

— Je suis professeur-assistant, et j'enseigne à la faculté depuis quatre ans. Ça vous va ?

— Bien sûr, dit Rubin, feignant d'ignorer son ton cinglant.

— Bon, maintenant que ce point est réglé, examinons votre patiente.

Lori enfila une paire de gants en latex en ajustant soigneusement les doigts. Du coin de l'œil elle continuait d'observer l'interne en chirurgie. Il était plus vieux que la plupart de ses condisciples. Il devait avoir au moins trente-cinq ans, bel homme, brun, mâchoire carrée et cheveux bouclés. Et pas d'alliance au doigt. Elle se tourna vers le cadavre, examinant en premier la fenêtre chirurgicale et le cerveau luisant qui apparaissait.

— Si je comprends bien, elle est morte dès le début de l'intervention.

Rubin confirma.

— C'était au moment où on essayait de repérer ce que nous pouvions retirer sans dommage autour de la tumeur. On venait tout juste de fixer la dernière pince.

Lori avait vu des repérages à plusieurs reprises lorsqu'elle était étudiante en médecine. Elle frissonna rien que d'y repenser. Alors que le patient est conscient et sous anesthésie locale, on touche avec un stimulateur électrique tout autour de sa tumeur afin d'établir à quelles fonctions correspondent ces parties. Lori se souvint d'un patient affecté d'une tumeur dans un lobe temporal à qui on avait demandé de réciter le nom de ses enfants. Lorsqu'on appliquait le stimulateur sur le haut de ce lobe, il se mettait à bafouiller et devenait incapable de se les rappeler. On pouvait en déduire que cette partie du cerveau jouait un rôle essentiel dans la parole et la mémoire, et qu'on ne pouvait en faire l'ablation chirurgicale. Lori avait trouvé cette méthode de repérage absolument barbare, mais c'était le seul moyen efficace d'établir les limites de la partie du cerveau qu'on pouvait enlever. On considérait que cette procédure était sans danger. Mais, comme toujours en médecine, réfléchit Lori, ce n'était pas garanti à cent pour cent.

— Elle a été brutalement prise de convulsions, intervint Rubin. Sans raison.

— Il y a forcément une raison, répliqua Lori.

— Ce que je veux dire, c'est que nous n'étions pas en train de lui appliquer le stimulateur lorsque ça s'est déclenché, rectifia Rubin.

— Ouais, laissa tomber Lori, comme si sa remarque n'était d'aucune importance.

— On ne peut pas vraiment dire, dit Rubin en durcissant légèrement le ton, qu'elle est morte au cours d'une intervention chirurgicale.

— On considère que tout décès dans le bloc opératoire est lié à l'intervention chirurgicale, lui retourna Lori.

— Vous ne pourrez trouver de cause chirurgicale pour ce qui s'est passé, insista Rubin.

— Sait-on jamais ?

Rubin leva les yeux vers la pendule, pressé de voir se terminer l'autopsie. Il battit le sol du pied, marquant ainsi son impatience devant cette perte de temps. Que faisait donc le Dr Blalock ?

— Pourquoi tiennent-ils tant à ce que le médecin légiste examine le cas ?

— Parce que le père et l'oncle de la patiente sont des avocats renommés et qu'ils estiment qu'Elisabeth Ryan n'aurait pas dû mourir sur le billard.

— Eh merde ! marmonna Rubin, qui détestait les avocats, surtout ceux qui plaident la faute professionnelle et qu'il considérait comme des vautours. Il n'y a pas eu d'erreur médicale.

— Personne n'a dit ça.

Mais c'est quand même ce qu'ils vont chercher, pensa Rubin, dans l'espoir de ruiner la réputation d'un chirurgien remarquable. Il regarda à nouveau la pendule.

— Combien de temps cette autopsie va-t-elle prendre ?

— Ne vous énervez pas, conseilla Lori. Une autopsie peut beaucoup vous apprendre.

— Je sais bien, mais je voudrais avoir le temps de changer de tenue pour assister le Dr Moran qui va pratiquer une rhizotomie à midi.

— Ça m'étonnerait que vous en ayez le temps.

Lori fit d'abord le tour du corps, commençant par l'aspect extérieur de la tête. Elle ne vit rien de particulier si ce n'est la fenêtre découpée dans le crâne qui découvrait le cerveau criblé de pinces en argent. Lori poursuivit son examen vers l'abdomen et le pubis, cherchant en vain des anomalies. Elle s'attarda sur les jambes car son attention fut soudain attirée par la musculature des cuisses et des mollets.

— Elle pratiquait la course à pied ?

Rubin eut un haussement d'épaules.

— Je n'en sais rien. Pourquoi ?

— Parce que ses membres inférieurs sont plus musclés que ses bras.

Rubin regarda les jambes et haussa à nouveau les épaules. Leur musculature n'avait rien à voir avec son décès.

— Je crois que je ferais mieux d'aller à cette rhizotomie, murmura-t-il, plus pour lui-même que pour Lori.

— Vous apprendrez plus en vingt minutes avec Joanna Blalock qu'en une journée entière avec une douzaine de chirurgiens, affirma Lori en examinant de près les grosses callosités aux pieds de la défunte.

Tu parles ! faillit répliquer Rubin, mais il se retint. Elle pouvait raconter ce qu'elle voulait, il voulait suivre l'opération. Christopher Moran faisait autorité pour les rhizotomies. Des chirurgiens venaient du monde entier pour assister à ses interventions et apprendre sa technique.

La porte à double battant s'ouvrit brusquement et une femme d'une beauté frappante fit son entrée. Son visage patricien était doux et sa chevelure blond sable était strictement tirée en arrière et maintenue par une simple barrette. Rubin essaya de deviner son âge en la regardant s'approcher. Dans les trente-cinq ans, à vue de nez. Il se demanda qui c'était.

Lori saisit son regard interrogatif et lui précisa :

— Voici le Dr Blalock.

Rubin écarquilla les yeux. Son professeur de médecine légale était une forte femme aux manières brusques, la voix perpétuellement enrouée par l'abus de tabac. Tandis que celle-ci était parfaitement féminine. Elle portait une courte blouse blanche par-dessus sa tunique opératoire, mais on devinait qu'elle avait un corps superbe. Il se demanda si elle était aussi intelligente que belle.

Joanna Blalock fit un geste amical à Lori avant de se tourner vers l'interne.

— Je suppose que vous êtes le Dr Rubin ?

Rubin se mit au garde-à-vous, rejetant les épaules en arrière.

— Oui, madame.

— J'ai été prévenue par le bureau du Dr Moran de votre venue, continua Joanna tout en enfilant des gants de latex. J'ai été retenue par une réunion.

— Et moi je viens tout juste d'arriver, mentit Rubin avec aisance.

— Tant mieux.

Elle jeta un coup d'œil aux radiographies présentées sur le négatoscope, puis au cadavre d'Elisabeth Ryan.

— Pouvez-vous nous dire en deux mots ce qui s'est passé, docteur Rubin.

Rubin se racla la gorge.

— Elle avait vingt-huit ans et souffrait de sévères migraines à répétition. Elle a consulté le Dr Evan Bondurant qui a décelé une tumeur au cerveau. Il l'a donc envoyée voir le Dr Moran qui, en l'ouvrant, a découvert un gliome hautement malin. On a commencé à définir la zone, et puis brusquement la patiente a été saisie de convulsions. L'électroencéphalogramme est devenu plat, et on n'a pas réussi à la ramener.

— A-t-elle été examinée par d'autres médecins ?

— Le cardiologue a affirmé que l'accident n'était pas d'origine cardiaque. Le Dr Bondurant l'a aussi examinée et a conclu à une forme quelconque d'encéphalopathie.

Joanna fit un signe à Lori.

— Vérifiez si le Dr Bondurant a laissé une note dans le dossier.

Lori le feuilleta rapidement et s'y reprit à deux fois avant de trouver ce qu'elle cherchait.

— Voici. Je vais vous le lire sans en changer une virgule. « Procédé à l'examen de la patiente. Crise convulsive probablement due à une encéphalopathie sévèrement toxique. Des biopsies devraient révéler l'agent causal. Le Dr Moran et moi ferons un rapport complet plus tard. »

Joanna s'adressa à Rubin :

— Quelles sortes de tests a demandé le Dr Bondurant ?

Rubin leva les épaules.

— Je n'ai pas entendu.

Joanna nota dans sa tête de questionner Evan Bondurant sur ce qu'il avait conclu avec Moran. Elle revint aux radios.

— J'imagine que ces pinces correspondent aux contours de l'ablation de la tumeur.

— C'est exact.

— Et comment les a-t-on mises en place ?

— Avec une agrafeuse.
— À quelle profondeur ?
— Pas plus de quelques millimètres.
— Ça ne peut pas avoir de conséquences, en principe ?
— Non, madame.

Joanna fit lentement le tour du cadavre.

Cette fille devait être magnifique, se dit-elle, avec sa taille fine, son ventre plat, et des jambes bien musclées. Notamment aux mollets. Sur la fesse elle portait un petit tatouage fait des lettres « NY » entrecroisées. Joanna reporta son attention sur les pieds et vit les callosités et les oignons qu'elle s'attendait à y trouver.

— Est-ce qu'elle faisait de la danse ?
— Pardon ? fit Rubin, interloqué.
— Est-ce qu'elle dansait ? répéta Joanna.
— Je ne savais pas qu'elle appartenait à un corps de ballet.
— Lui avez-vous demandé ?
— Non.
— Vous auriez dû. Connaître le métier des gens peut parfois beaucoup aider à établir un diagnostic. Les danseuses de ballet, par exemple, font beaucoup de sauts et de mouvements de gymnastique, et il leur arrive de tomber et de se cogner la tête. Par conséquent, lorsqu'une danseuse se plaint de grosses migraines on pense d'abord à un hématome sous-dural provoqué par une chute.
— C'est vrai, approuva Rubin.

Cependant cette fille n'avait pas un hématome sous-dural mais une tumeur au cerveau. Et ça, ce n'était certainement pas dû à une chute. Il regarda les jambes du cadavre et se souvint que Lori McKay lui avait demandé si la fille pratiquait la course à pied.

— Puis-je vous demander ce qui vous fait dire qu'elle était danseuse ? Ses jambes musclées pourraient aussi bien faire penser à la course à pied ou à la pratique du jogging.

— Ce ne serait pas impossible, mais c'est peu probable, répliqua Joanna en détaillant les jambes. Vous voyez bien que la musculature est particulièrement développée aux mollets. Chez les coureurs, ce sont plutôt les cuisses, chez les danseuses, les mollets. Parce qu'elles font souvent des pointes, ce qui fortifie surtout le muscle gastrocnemius et le mollet grossit. Et du fait qu'elles dansent sur la pointe des pieds, elles ont des callosités sous les dernières articulations du métatarse et également des oignons… ce qui est précisément son cas.

Lori pesta contre elle-même. Elle avait eu sous les yeux tous les indices découverts par Joanna, sans être capable d'en déduire la même chose. Une danseuse, bien sûr, pas une coureuse de fond.

— J'ajoute qu'elle habitait New York. Elle faisait peut-être partie du corps de ballet municipal.

Rubin lui jeta un regard de côté.

— Pourquoi dites-vous ça ?

Joanna pointa le doigt sur le tatouage qu'elle avait sur la fesse.

— C'est NY qui est tatoué.

Rubin ne put s'empêcher de sourire.

— C'est le logo des New York Yankees. Elle pouvait n'en être qu'une admiratrice.

Joanna sourit à son tour.

— Ce qui pousse à supposer qu'elle y vivait et y avait son travail.

Lori saisit le dossier hospitalier et l'ouvrit à la première page. Elle parcourut la fiche et confirma d'un signe de tête.

— Danseuse professionnelle, habitant New York.

Rubin regarda Joanna d'un œil méfiant. Il la soupçonnait d'avoir su d'avance qui était Elisabeth Ryan. Peut-être l'avait-elle vue au spectacle ou avait-elle vu sa photo quelque part.

Lori discerna le doute dans ses yeux.

— Notre ami est sceptique.

Joanna esquissa un sourire à l'adresse de Rubin.

— Vous vous dites que je la connaissais peut-être déjà ?

— Je n'ai pas dit ça.

— Mais vous l'avez pensé.

Rubin leva les bras.

— Je l'avoue.

— Bon on va voir si on peut vous convaincre que nous faisons un travail précis, dit Joanna en observant l'avant-bras, puis le visage et les sourcils de l'interne. Est-ce que je sais qui vous êtes, docteur Rubin ?

— Simplement que je suis interne en chirurgie.

— Rien de plus ?

— Rien de plus.

— Je ne vous ai jamais vu et je ne connais pas votre passé, nous sommes bien d'accord ?

— Absolument.

— Cela étant établi, voulez-vous que je vous dise deux ou trois choses sur vous ?

— Pourquoi pas ?

— Vous êtes entré dans les Marines en sortant de l'université. Vous vous êtes engagé, mais vous n'y étiez pas à votre place et vous avez dû vous bagarrer pas mal de fois. Vous vous en êtes finalement sorti et avez été nommé officier. Vous avez dû passer au moins huit ans dans les Marines avant de décider de reprendre vos études et de faire médecine.

Rubin en resta bouche bée, stupéfait par toutes ces précisions.

— Comment savez-vous tout ça ?

— En vous observant, dit tranquillement Joanna. Je me suis aperçue que vous aviez fait partie des Marines au tatouage à moitié effacé que vous avez sur le bras : *Semper fi.* Tout le monde sait que c'est le cri de ralliement des Marines. La troupe porte généralement ce tatouage, mais pas les officiers. Vous êtes plutôt intelligent et vous vous exprimez bien, ce qui n'est pas spécialement le cas des Marines. J'en ai conclu que vous aviez d'abord été étudiant.

— Qui vous dit que je n'avais pas terminé mes études avant d'entrer dans l'armée ?

— Parce qu'avec un diplôme vous auriez été directement admis comme officier, répliqua Joanna. Et les cicatrices que vous avez aux sourcils sont évidemment le résultat de rixes, qui datent forcément de la période où vous étiez simple soldat. Vous n'aviez pas la même origine sociale que vos camarades et cela a été la cause de bagarres.

— Merde, alors ! murmura doucement Rubin entre ses dents. Et comment avez-vous deviné que je suis passé officier ?

— Vous en avez l'allure. Le maintien, la présence, la façon de parler et l'intelligence, je le répète. (Joanna pointa du doigt le tatouage à demi effacé sur l'avant-bras de Rubin.) Je parie que vous avez tenté de le faire effacer au laser lorsque vous êtes retourné à l'université, quand vous avez su que vous étiez admis à la faculté de médecine.

— Et qu'est-ce qui vous fait dire que j'ai passé au moins huit ans dans les Marines ?

— Votre âge. Vous avez bien huit ans de plus que les autres internes. D'où peut venir la différence ? Du temps passé dans les Marines.

— Et vous étiez souvent le plus fort dans les bagarres, renchérit Lori.

— Pourquoi dites-vous ça ?

— Parce que les seules traces que vous en avez gardées sont quelques cicatrices sur les arcades sourcilières. Vous n'avez pas le nez cassé et ni les lèvres éclatées. On peut en conclure que vous avez été plus souvent vainqueur que vaincu.

Le regard de Rubin allait alternativement de l'une à l'autre.

— Je me sens mis à nu.

— Pardonnez-nous, docteur Rubin, dit Joanna que la stupeur de l'interne amusait. Mais c'est notre métier. Nous avons été formées à cela. Et je crois que nous y sommes passées maîtres car, hier soir, nous sommes allées à une soirée Sherlock Holmes.

Rubin fronça les sourcils.

— Une soirée Sherlock Holmes ?

— C'est un club d'admirateurs de Sherlock Holmes, reprit Joanna. On se réunit deux fois par mois et on essaye d'égaler le célèbre détective. C'est amusant et ça nous sert dans notre travail. On s'y entraîne à bien observer et à découvrir comment tous les éléments se recoupent.

— Et il va sans dire que le Dr Blalock nous surpasse d'une tête, ajouta Lori.

Joanna fit semblant de ne pas avoir entendu.

— Voilà pourquoi je vous ai fait subir cette petite épreuve. Maintenant c'est vous qui allez essayer de pratiquer l'observation. Soyez très attentif, surtout lorsque quelque chose vous semble curieux ou anormal. Chaque fois que vous examinerez un patient, repensez aux jambes de la danseuse et à votre tatouage sur le bras. Pensez toujours à bien observer. Ça vous aidera en chirurgie.

— Je ne l'oublierai pas, dit sincèrement Rubin.

Joanna revint à la tête de la table de dissection et se pencha sur le cerveau.

— J'imagine qu'elle a subi tous les examens préalables.

Rubin confirma d'un signe de tête.

— Elle était en parfaite santé en dehors de sa tumeur. Ils ont dit qu'on pouvait l'opérer.

— Et il n'y a pas eu d'alerte jusqu'à ce qu'Elizabeth Ryan soit subitement prise de convulsions sur la table d'opération ?

— Rien.

— Et elle n'avait jamais eu de crise auparavant, c'est certain ?

— Certain.

Joanna contempla le cerveau mis à découvert par la trépanation.

— Il est alors arrivé quelque chose qui a provoqué la crise. Mais quoi ?

— C'est peut-être l'effet de l'encéphalopathie toxique dont parle le Dr Bondurant, hasarda Rubin.

— Ce qu'il dit est trop vague, répondit Joanna. Tout ce qu'il affirme, c'est qu'un élément nocif s'est attaqué au cerveau. Ça peut être n'importe quoi.

— Comment être plus précis ?

— On constate déjà que le syndrome a agi en un temps record. Ce qui implique une cause brutale. Cela vous apporte-t-il quelque chose ?

Rubin leva les épaules.

— Pas vraiment. Mais je ne crois pas que l'origine soit de nature chirurgicale. Nous n'étions même pas en train de stimuler le cerveau au moment où c'est arrivé.

— Quelque chose a déclenché subitement de violentes convulsions et a provoqué son décès, dit pensivement Joanna. Mais quoi ?

— La tumeur, par exemple, proposa Rubin.

Joanna fit non de la tête.

— Ce n'est pas ça qui a pu provoquer des convulsions soudaines entraînant la mort... À moins que...

Elle s'arrêta au milieu de sa phrase, pour vérifier encore que son raisonnement était sans faille.

— Imaginons, docteur Rubin, une pression brutale sur la tumeur.

— Ça peut effectivement provoquer des convulsions, mais pas la mort.

— Tout dépend de la cause de cette pression.

Rubin fronça les sourcils, cherchant désespérément une réponse. En vain.

— On recherche un événement catastrophique, lui précisa Joanna. Quelque chose qui provoque une vive pression intracérébrale et entraîne la mort.

Le visage de Rubin s'éclaira.

— Par exemple une hémorragie cérébrale.

— Et quelle en serait la cause ?

— Le percement d'un vaisseau sanguin par la tumeur.

— Eh bien voilà, docteur Rubin ! Nous pourrions faire de vous un pathologiste valable.

Rubin s'humecta les lèvres tout en continuant de réfléchir.

— Vous croyez que c'est ça ?

— C'est le diagnostic le plus probable.

Rubin approuva :

— Ça paraît évident.

— C'est ce qui m'ennuie.

— Pourquoi ça ?

— Parce que ici rien ne nous paraît jamais évident.

Les portes battantes s'ouvrirent pour livrer passage à une jeune secrétaire. Elle se mit sur la pointe des pieds pour apercevoir Joanna et courut vers elle.

— Docteur Blalock, dit-elle en essayant de reprendre sa respiration, le Dr Murdock vient d'appeler et vous demande de le rejoindre d'urgence à l'institut de recherches sur le cerveau.

— A-t-il dit pourquoi ?

— Non, madame.

Joanna regarda Lori et Rubin, en pensant à l'emploi du temps surchargé qui l'attendait.

— Nous allons être obligés de reporter cette autopsie à 16 heures. Cela vous est-il possible, docteur Rubin ?

— Sans problème, répondit Rubin, ravi d'avoir le temps de s'habiller pour assister à la rhizotomie programmée à midi.

Joanna se débarrassa de ses gants et se précipita vers la porte, la secrétaire sur ses talons.

— Le Dr Murdock ne vous a absolument pas dit pour quelle raison il avait besoin de moi de toute urgence ?

— Non, madame. Mais je crois savoir.

— Soyez sympa, dites-le-moi.

La secrétaire s'arrêta et fixa Joanna dans les yeux.

— Vous ne savez pas ce qui vient d'arriver à l'institut de recherches sur le cerveau ?

— Pas du tout, dit Joanna avec impatience. De quoi s'agit-il ?

— Le Dr Karen Crandell s'est suicidée.

3

Joanna sortit de l'ascenseur. Le flic de garde la reconnut et esquissa un salut.

— Le lieutenant Sinclair vous attend dans l'escalier de secours, dit-il en soulevant la barrière jaune.

Joanna se glissa par-dessous et s'engagea dans le couloir. Elle passa devant des portes ouvertes, sans porter attention aux secrétaires et techniciens qui épiaient tous ceux qui passaient, dans l'espoir d'apprendre quelque chose sur le suicide de Karen Crandell. Joanna se demanda pourquoi on l'appelait d'urgence s'il s'agissait d'un suicide. Et pourquoi Jake Sinclair se trouvait-il sur les lieux. C'était le numéro un des inspecteurs de la Criminelle, et on ne l'appelait que pour les cas difficiles et importants. Il devait y avoir quelque chose qui clochait.

Devant elle la porte de l'escalier de secours s'ouvrit et Simon Murdock, le médecin-directeur, apparut. Apercevant Joanna, il se dirigea droit vers elle.

— Merci d'être venue si vite.

— Si j'ai bien compris il s'agit du suicide de Karen Crandell ?

— C'est bien ça, fit Murdock en vérifiant que personne d'autre ne pouvait l'entendre. Je crois que vous pouvez nous être utile.

— En quel sens ?

— En établissant qu'il s'agit bien d'un suicide, poursuivit-il à mi-voix. Votre ami le lieutenant Sinclair a l'air d'en douter.

Joanna sourit intérieurement au « votre ami le lieutenant Sinclair ». Tout le monde savait qu'ils vivaient ensemble depuis plus d'un an. Ce qui déplaisait à Simon Murdock et il ne s'en cachait pas. Il désapprouvait leur relation, parce que le policier était d'une situation sociale bien inférieure à celle de Joanna. Elle se demanda si Murdock était capable d'imaginer quel bonheur c'était de vivre avec Jake Sinclair.

— Le lieutenant a du flair dans ce genre de choses.

— Oui, mais là il s'est mis le doigt dans l'œil. Il s'entête à refuser la preuve du suicide.

— Quelle est cette preuve ?

— Une lettre qu'elle a laissée.

Une lettre d'intention de suicide était en général considérée comme une preuve solide, difficile à réfuter.

— Jake a dû découvrir autre chose.

— Si c'est le cas, il ne m'en a pas soufflé mot pas plus qu'au médecin légiste, répondit Murdock tout en surveillant les alentours. Vous aurez peut-être plus de chances que nous.

— Je vais d'abord me faire une idée. Ensuite je lui parlerai.

— Bien, fit Murdock qui ajouta, en lui saisissant le bras : Et, s'il vous plaît, Joanna, faites en sorte qu'on puisse conclure rapidement et ne compliquez pas les choses.

Joanna lui jeta un regard soutenu.

— Je ne négligerai aucune piste.

Murdock poussa un profond soupir. Ce n'était pas la réponse qu'il espérait. Il la guida vers l'escalier de secours.

Joanna marqua une pause devant la rambarde et contempla le peu d'espace qui séparait les volées d'escalier. Cela faisait moins d'un mètre de large, tout juste de quoi permettre le passage d'un corps en chute. Sur un palier dix mètres plus bas elle pouvait voir le corps d'une femme en blouse chirurgicale.

— Peut-on estimer l'heure de sa chute ? demanda Joanna.

— Pas d'une façon précise, répondit Murdock, mais en tout cas après 20 heures parce qu'à cette heure-là elle a prévenu le surveillant qu'elle se trouvait au service d'angiographie.

— Quand en est-elle repartie ?

— On vérifie.

Joanna commença à descendre, tout en examinant la rambarde à la recherche d'une trace de sang. Elle ne trouva rien. Elle scruta les murs et plafonds en béton. Quand bien même Karen Crandell aurait crié en tombant, personne ne l'aurait entendue.

— Y a-t-il des rondes nocturnes dans cet escalier?

Murdock secoua la tête.

— Je ne crois pas.

— Et l'équipe de nettoyage?

— Ils commencent à 7 heures. Ce sont eux qui ont découvert le corps.

Joanna descendit encore un étage pour arriver jusqu'au corps. Jake Sinclair finissait de l'examiner. Il était à genoux, inspectant les ongles, les paumes et la montre-bracelet. Puis il s'attarda longuement sur les pieds.

— Tu as trouvé quelque chose d'intéressant? demanda-t-elle.

— Peut-être bien.

Il lui fit un clin d'œil et se replongea dans son examen.

— Accorde-moi une minute.

Joanna dit bonjour au Dr Girish Gupta, un senior parmi les médecins légistes, qui se tenait contre le mur opposé.

— Comment allez-vous, docteur Gupta?

— Très bien merci, dit-il poliment. C'est toujours un plaisir de vous voir.

— J'espère que vous ne m'en voudrez pas de jeter un œil à votre affaire.

— Bien sûr que non. J'apprécie toujours votre compétence.

Gupta était un petit homme rondouillard originaire de New Delhi mais élevé à Londres. Il en avait gardé l'accent de la haute société.

— Mais cette fois ça ressemble bien à un suicide pur et simple.

— Le lieutenant Sinclair semble être d'un autre avis, intervint Murdock.

Jake se remit debout et frotta son pantalon pour le débarrasser de la poussière.

— Il y a un point important qui me trouble.

— Quoi donc? dit Murdock.

Jake jeta à Murdock un regard dur. Il n'aimait ni son expression ni son ton. Il respira profondément pour se calmer, puis montra le vide de la cage d'escalier.

— Je trouve le passage bien étroit.

— Et alors ?

— Pourquoi voulez-vous qu'une jeune femme intelligente se jette dans un endroit pareil ? Elle se rendait bien compte qu'elle avait toutes les chances de heurter la rambarde ou une volée de marches en tombant. Ce qui risquait de stopper sa chute et la laisser gravement blessée, mais en vie. Alors qu'il lui était si facile de monter sur la terrasse et de sauter du haut des dix étages ? Pourquoi prendre des risques ?

— Ce n'est pas vraiment une preuve, ricana Murdock. Et, s'adressant à Joanna : Vous trouvez que c'est significatif ?

Joanna fit signe que oui.

— L'espace au milieu de l'escalier est tellement étroit que cela m'avait également fait réfléchir. Ça m'étonnerait que Karen Crandell ait pris le risque que sa chute soit stoppée, la laissant en vie mais avec de graves lésions à la tête ou à la moelle épinière. N'oublions pas qu'elle était une excellente neurologue. Pour rien au monde elle n'aurait voulu finir quadriplégique ou dans le coma. En supposant qu'elle ait eu l'intention de se suicider, elle aurait sauté du toit. Elle aurait été sûre de ne pas se louper.

Joanna enfila des gants en latex et s'agenouilla pour examiner le corps disloqué. Le joli visage de Karen Crandell était maintenant grimaçant, les lèvres tordues et grandes ouvertes. L'arrière de son crâne était éclaté, laissant voir les tissus cervicaux mêlés d'esquilles d'os. Il y avait une petite flaque de sang sous la fracture. Le bras gauche de Karen était brisé, son verre de montre en miettes. Joanna prit sa loupe pour mieux voir. La montre ne tournait plus. Elle reporta ensuite son attention sur les pieds de la victime. Un pied déchaussé était complètement tordu avec une fracture ouverte. Les bouts déchiquetés du tibia et du péroné avaient transpercé la peau. Là encore une toute petite flaque de sang s'était formée sous les blessures. Joanna se releva et jeta un dernier coup d'œil.

— Alors ? demanda Murdock avec inquiétude.

— Pour commencer, elle est morte à 21 h 28, dit Joanna en retirant ses gants.

— Qu'est-ce qui le prouve ? répliqua Murdock.

Jake montra la montre brisée au poignet du cadavre.

— Elle s'est arrêtée à cette heure-là.

— Donc l'heure où elle s'est jetée dans le vide, continua Murdock en hochant la tête.

— Plus précisément l'instant où elle a atterri.

— Je partage le sentiment du lieutenant Sinclair, renchérit Joanna. Je ne pense pas qu'il s'agisse d'un suicide.

Murdock fronça les sourcils.

— Du fait de l'étroitesse de la cage d'escalier ?

— Du fait de la quantité de sang répandu.

Elle s'approcha du corps et indiqua du bout du pied les flaques de sang.

— Il aurait dû couler beaucoup de sang par les fractures du crâne et de la jambe. Il n'en est rien.

— Qu'est-ce que ça prouve ? demanda Murdock.

— Quand on est mort il n'y a pratiquement plus d'écoulement de sang.

Murdock en resta bouche bée.

— Vous affirmez qu'elle était déjà morte au moment du choc ?

— C'est une hypothèse plausible.

Gupta se précipita pour examiner les petites flaques de sang. Il grogna intérieurement contre lui-même, furieux d'être passé à côté d'un indice aussi capital. C'est vrai qu'il aurait dû y avoir plus de sang. Il chercha les raisons de cette anomalie.

— Elle pourrait s'être heurté la tête au cours de sa chute et avoir perdu connaissance.

— Elle aurait saigné tout autant. Notamment de la tête.

Gupta acquiesça tout en continuant à pester contre lui-même. Il se reprochait sa négligence.

— On n'a quand même pas de preuve décisive d'un acte criminel, argumenta Murdock. Ce n'est pas cela qui emportera la conviction du tribunal ni même celle du procureur chargé de l'enquête. Par contre il y a la lettre de la suicidée. Et ça, c'est irréfutable.

— Je l'admets, concéda Joanna.

Murdock se tourna vers Jake.

— Et vous-même, lieutenant, êtes bien obligé de reconnaître qu'on ne peut contester ce document.

— À vérifier, fit remarquer Jake. Examinons-le d'abord.

Murdock et Gupta montèrent l'escalier quatre à quatre. Jake et Joanna se laissèrent distancer pour pouvoir se parler sans être entendus.

— Murdock veut absolument que ce soit un suicide, si j'ai bien compris, murmura Jake.

— Ça vaut mieux qu'un meurtre, surtout pour le Memorial, chuchota Joanna.

— Pourquoi ?

— Parce que s'il s'agit d'un suicide, les médias parleront de tragédie et ce sera vite oublié. Mais s'il y a eu meurtre les journaux vont en faire toute une histoire et crier au scandale, et cela risque de ternir fortement la réputation du Memorial. Je vois d'ici les gros titres : *Meurtre au Memorial. Une fois de plus !*

Jake approuva, se rappelant les cinq meurtres advenus au Memorial ces dernières années, perpétrés par des médecins fous ou des infirmières encore plus détraquées. Chaque fois des affaires difficiles, archicompliquées à démêler. Il y en a bien eu cinq, se répéta-t-il, avec le pressentiment qu'avec Karen Crandell cela ferait le sixième.

— En tout cas, ton patron va devoir limiter les dégâts.

— Raconte-moi.

Joanna leva les yeux vers Murdock qui attaquait l'étage suivant. Elle ne l'aimait pas ni ne lui faisait confiance à cause de ses manières brutales et de sa duplicité, mais elle devait lui rendre justice. En vingt ans il avait fait du Memorial un centre hospitalier de premier plan, le meilleur hôpital à l'ouest du Mississippi, avec une excellente réputation pour la qualité de ses soins et ses travaux dans la recherche de pointe. Murdock n'accepterait jamais que soit ternie l'image du Memorial. Il était prêt à tout pour protéger son hôpital.

Jake s'arrêta un instant et se pencha pour ramasser un bout de papier sur la marche devant lui. Il l'examina de près en se tournant vers la lumière.

— Qu'est-ce que c'est ? interrogea Joanna.

— Un bout de papier arraché d'un bloc-notes.

— Tu crois que c'est un élément important ?

— Probablement pas, dit Jake en le fourrant malgré tout dans sa poche de poitrine.

Ils reprirent leur montée, leurs bras se frôlant. L'un comme l'autre ressentirent un petit fourmillement électrique, et ils eurent la même pensée : après dix ans le magnétisme existait toujours.

Joanna observa Jake du coin de l'œil. Il était déjà séduisant lorsqu'elle l'avait rencontré, mais il avait à présent encore plus de prestance. Jake Sinclair était un homme bien bâti aux larges épaules et à la beauté virile. Des pommettes saillantes, les yeux bleus, les cheveux bruns et épais, peignés en arrière, parsemés de gris, surtout aux tempes. Et puis il y avait cette cicatrice pâle et ancienne qui barrait son menton, et attirait le regard, particulièrement celui des femmes. Elle lui donnait l'air d'un dur.

Ils franchirent la porte séparant l'escalier de secours du couloir. Murdock et Gupta les y attendaient.

— Son bureau est par là, dit-il en pointant sa main vers la gauche.

— Une seconde ! intervint Joanna en se dirigeant vers la droite, jusqu'à une porte épaisse dont elle tourna le bouton.

La porte s'ouvrit sans difficulté.

— Qu'est-ce qu'elle fait ? fit Murdock.

— Elle vérifie que la porte qui mène au toit n'est pas verrouillée. Si cela avait été le cas, on comprendrait que le Dr Crandell ait pu se jeter dans la cage d'escalier au lieu de sauter de la terrasse.

Le visage de Murdock s'éclaira.

— Au fond de vous-même, vous croyez vous aussi au suicide.

— Ne vous leurrez pas.

En revenant près d'eux, Joanna dit simplement.

— La porte du toit n'est pas verrouillée.

— J'ai vu, fit Jake d'un ton neutre.

Ils suivirent Murdock dans le couloir jusqu'au laboratoire de Karen Crandell.

Une femme dans la quarantaine, fine, au teint clair et à la chevelure noir corbeau était assise sur un tabouret haut devant une paillasse. Elle avait l'air hébété.

Murdock la désigna :

— C'est Ann Novack, elle travaillait avec Karen Crandell.

Joanna posa sa main sur l'épaule de la technicienne visiblement choquée.

— Vous tenez le coup, Ann ?

— Pas trop, dit Ann d'une voix à peine audible.

— Vous sentez-vous capable de rester un peu ? Vous pourriez peut-être nous aider à trouver une réponse à certaines questions.

— Je suis prête à vous aider de mon mieux, répondit Ann, les yeux remplis de larmes.

Joanna suivit le groupe jusque dans le bureau de Karen Crandell. Il était encombré de livres et de revues. Il y avait un grand classeur et deux bureaux. Le plus grand était couvert de papiers ; un fauteuil pivotant était glissé en dessous. Sur l'autre étaient posées deux machines équipées de grands écrans. Joanna en conclut qu'il s'agissait de moniteurs.

— Où est la lettre qu'elle a écrite ? demanda Jake.

Murdock se dirigea vers une table de coin munie d'un clavier d'ordinateur.

— Ici.

Jake étudia le message inscrit sur l'écran. On y lisait :

Je ne suis arrivée à rien. J'ai tout raté.

Ma vie n'a plus aucun sens.

K C

— C'était visiblement quelqu'un de très malheureux, commenta Murdock.

Jake leva les yeux au ciel, se demandant si Murdock pouvait être à ce point naïf.

— Ce n'est pas vraiment une lettre.

— C'en est quand même une, insista Murdock.

— N'importe qui peut avoir tapé ça.

— Mais c'est dans l'ordinateur de son bureau.

— Ouais, c'est ça, marmonna Jake.

Il s'approcha du grand bureau et saisit un demi-sandwich dont on avait prélevé une bouchée.

— Et ça ?

Murdock contempla le sandwich, l'air perplexe.

— Un sandwich, tout simplement.

— Ouais, ouais…

Jake se dirigea vers la porte. Il appela la technicienne et lui montra le sandwich.

— Était-il déjà sur le bureau du Dr Crandell hier ?

— Pas lorsque je suis partie.

— À quelle heure ?

— Vers 18 h 30. Il était prévu qu'on se retrouve pour un travail mais elle m'a appelée pour me dire qu'elle était obligée d'effectuer une consultation d'urgence et qu'elle irait ensuite au service d'angiologie. Elle m'a dit que je pouvais partir.

— Et vous confirmez qu'il n'y avait pas de sandwich sur son bureau.

— Tout à fait.

Jake se retourna vers Joanna.

— Qu'en penses-tu ?

— Laisse-moi réfléchir une minute.

Joanna s'approcha d'une corbeille à papier et en sortit un emballage de cellophane avec une marque commerciale.

— Karen est allée chercher ce sandwich à notre cafétéria. Celle qui reste ouverte pour le personnel de nuit.

— Donc, conclut Jake, elle va consulter un malade, puis s'arrête au service d'angiographie. Et encore après elle va s'acheter un sandwich et revient à son bureau.

— C'est probablement ça. Elle a acheté son sandwich sur le chemin du retour.

— Ça me pose un problème, dit Jake en reposant le sandwich sur le bureau.

— Ce sandwich pose un problème ? intervint Gupta, médusé.

— Parfaitement et je vais vous dire pourquoi…

Jake se mit à arpenter la pièce les mains croisées dans le dos.

— Quelqu'un sur le point de se suicider n'agit pas ainsi. On ne va pas voir un patient, puis s'acheter un sandwich qu'on rapporte au bureau, qu'on entame pour d'un coup se dire : « Allez ! allons nous suicider ! » Non ça ne se passe pas comme ça.

Murdock haussa les épaules.

En remettant l'enveloppe de cellophane dans la corbeille à papier, Joanna aperçut un objet en cuir contre un des pieds du bureau. Elle se pencha pour mieux voir.

— Jake, j'ai trouvé son sac à main.

— Y a-t-il quelque chose dedans ?

Joanna fouilla le sac.

— Un bâton de rouge à lèvres, des clés, un portefeuille contenant des cartes de crédit et des espèces.

— Le motif n'est donc pas le vol, en conclut Jake.

— Il n'a peut-être pas trouvé le sac, suggéra Gupta.

— Peut-être, fit Jake, sans y croire.

Tout en posant le sac sur le bureau, Joanna regarda le fauteuil pivotant en cuir noir. Entre le coussin et le dossier, elle aperçut un filet brillant. Elle le toucha. C'était noirci et poisseux, semblable à de la colle. Joanna regarda ses doigts. C'était du sang séché.

— Jake ! fit-elle en montrant sa main.

Jake vit le sang et se précipita.

— Tu t'es coupée ?

Joanna secoua la tête.

— Il y a du sang entre le siège et le dossier du fauteuil.

Le regard de Jake passa alternativement de la main couverte de sang au fauteuil. Son visage se durcit.

— Putain de Dieu ! Je m'en doutais ! Je m'en doutais !

— Vous vous doutiez de quoi? interrogea Murdock, qui n'avait pas compris ce que la présence de ce sang signifiait.

— Qu'il y a eu meurtre, lui expliqua Joanna. Quelqu'un lui a ouvert le crâne alors qu'elle était assise dans ce fauteuil. Elle est peut-être morte sur place.

Le visage de Murdock pâlit.

— Vous en êtes sûre ?

— Si c'est bien son sang, j'en aurai la certitude.

— C'est sûrement le sien, affirma Jake en s'approchant du fauteuil pivotant. Elle est assise là et a posé son sac à main sous le bureau. Elle mord dans son sandwich et le pose. C'est le moment où le tueur l'assomme. Il la laisse affalée sur place au moins une ou deux minutes.

Gupta intervint.

— Qu'est-ce qui vous fait dire ça ?

Jake pointa le doigt vers la fente entre le siège et le dossier.

— Il a coulé pas mal de sang ! Ça prend un certain temps.

Gupta se gratta le menton.

— Mais pourquoi la laisser assise là ?

— Il recherchait peut-être quelque chose.

Jake prit un mouchoir et ouvrit tous les tiroirs du bureau. Tout semblait en ordre. Rien ne donnait à penser qu'ils avaient été fouillés. Il passa au meuble classeur. Tous les tiroirs étaient fermés à clef et rien n'indiquait qu'on avait essayé de forcer les serrures.

— Rien ne laisse penser à un cambriolage. Mais pour je ne sais quelle raison, il l'a laissée un temps dans son fauteuil avant de la transporter dans l'escalier de secours et de la faire basculer par-dessus la rambarde. Cela correspond peut-être au temps qu'il a mis à taper le faux message de suicide.

Joanna hocha la tête, imaginant le déroulement du crime.

— Et s'il l'a balancée dans l'escalier de secours plutôt que depuis la terrasse, c'est que celui-ci était plus près. Ce n'était pas un petit gabarit, et il lui aurait fallu traîner son corps dans le couloir et lui faire monter un étage pour atteindre la terrasse. Ça représente un long parcours lorsqu'il faut porter un poids mort.

— Et cela multipliait les risques d'être découvert, ajouta Jake. Ce type n'est pas un crétin.

— Assassiner un médecin si remarquable, murmura Gupta. Le monde est dans un triste état.

— Ça ne date pas d'aujourd'hui, fit remarquer Jake en vérifiant qu'il avait bien tout inspecté.

Murdock eut un soupir résigné.

— Que dois-je dire à la presse ?

— La vérité, lui répondit Joanna.

Elle remarqua combien Murdock avait vieilli en un an. Il avait les cheveux tout blancs, et son visage était profondément ridé.

— Si vous voulez gagner un peu de temps, vous n'avez qu'à

déclarer qu'une enquête a été ouverte pour déterminer la cause de sa mort.

Murdock soupira de plus belle.

— Ce n'est que reculer pour mieux sauter.

— C'est vrai.

Elle ne pouvait s'empêcher d'avoir pitié de Murdock de nouveau confronté à un scandale au Memorial. Elle jeta un œil à la pendule murale. Il était 11 h 25. Elle se lava les mains au lavabo pour se débarrasser du sang puis les essuya.

— Il faut que je me sauve. Je dois donner un cours au personnel dans cinq minutes.

— Je t'accompagne, dit Jake. Je me perds dans cet hôpital. Il me faut un guide dans tous les domaines. J'ai notamment besoin qu'on m'explique l'organisation quotidienne, et où chacun était ou aurait dû être à 21 h 28 hier soir.

Joanna le dévisagea.

— Tu penses que c'est le fait d'un membre du personnel ?

— C'est bien possible.

Jake souleva la bande jaune qui interdisait l'accès.

Ils se glissèrent par-dessous et arrivèrent à l'ascenseur.

— Au fait, je ne suis pas là ce soir.

— Pourquoi ça ?

— On fait une planque pour coincer un violeur qui s'entraîne au tir sur ses victimes après leur avoir fait la fête.

Joanna frissonna.

— Sois prudent, Jake.

— C'est comme ça qu'on m'appelle.

Jake appuya sur le bouton d'ascenseur, le regard fixé sur le couloir, récapitulant les indices réunis jusqu'ici. Quelqu'un s'était donné beaucoup de mal pour maquiller le crime.

— Karen Crandell connaissait le type qui l'a refroidie.

— Qu'est-ce qui te fait dire ça ?

— Le camouflage.

Joanna lui jeta un regard de côté.

— Et alors ?

— Réfléchis un peu. Pourquoi un criminel essaye-t-il de maquiller son crime ?

— Pour masquer l'évidence, reconnut Joanna au bout d'un court instant. De façon que personne ne se doute que c'est un crime et pour échapper à la justice.

— Et pourquoi le criminel pense-t-il qu'il risque d'être découvert ?

Joanna réfléchit encore, avant de dire :

— Parce qu'il sait bien que la piste mènerait à lui. Il sait qu'il a toutes les chances d'être soupçonné, peut-être même d'être le suspect numéro un.

La porte de l'ascenseur s'ouvrit et Joanna y pénétra.

— Tenant compte de cela, ajouta Jake, y a-t-il un passé entre un criminel qui maquille les faits et sa victime ?

— En général ils se connaissent.

Jake hocha la tête.

— C'est bien ce que je dis, elle connaissait le type qui l'a refroidie.

La porte de l'ascenseur se referma.

4

— Un meurtre ! fit Lori McKay, incrédule. Qui pourrait vouloir supprimer une neurologue ?

— Pour les motifs habituels, j'imagine, dit Joanna. L'argent, l'amour ou le pouvoir.

— Et lequel choisiriez-vous dans le cas présent ?

— Je n'en ai pas la moindre idée.

Elles se trouvaient dans la salle d'autopsie en attendant qu'un représentant du service de neurochirurgie arrive et qu'elles puissent effectuer l'autopsie d'Elizabeth Ryan. Il était 16 heures. Dans la salle déserte les corps étaient allongés sur les autres tables tous recouverts.

— A-t-on des indices ? poursuivit Lori.

— Pas à ma connaissance.

Joanna jeta un regard à la pendule, pensant à tout ce qui lui restait à faire. En plus de l'autopsie, il fallait qu'elle examine des plaquettes, dicte des rapports et passe des coups de téléphone. Elle aurait de la chance si elle arrivait à faire tout ça d'ici à 21 heures.

— Ça ne doit pas être du gâteau quand on ne dispose d'aucun indice, remarqua Lori.

— Oh ! Il y en a bien. Le problème, c'est de savoir où les chercher et ce qu'on cherche. Mais pour l'instant c'est le noir complet.

À l'autre bout de la salle les battants de la porte s'ouvrirent brusquement pour livrer passage au Dr Christopher Moran, le patron de la neurochirurgie, accompagné de toute son équipe. Il était suivi, en rang d'oignons, par le chef de clinique, une infirmière et l'interne Dan Rubin. Ils portaient tous leurs pyjamas de bloc et leurs masques autour du cou. Le groupe rejoignit en bon ordre le cadavre d'Elisabeth Ryan.

— Le Dr Rubin m'a dit que vous aviez déterminé ce qui était arrivé à notre patiente, attaqua Moran sans s'encombrer de formules de politesse.

— Il y a bien un diagnostic qui rendrait compte de son attaque et de sa mort subite, dit Joanna.

— Vous plairait-il de nous le communiquer ?

Joanna fixa son regard sur le chirurgien, mécontente de son ton arrogant.

— Vous-même y avez certainement pensé.

— Voulez-vous parler de la tumeur perçant un gros vaisseau sanguin et provoquant une hémorragie cérébrale massive.

— C'est bien ça. Mais ce n'est qu'une hypothèse.

— Docteur Bélios, dit Moran en s'adressant au chef de clinique, un homme brun et mince. En quoi n'êtes-vous pas d'accord avec cette hypothèse ?

— Il n'y a pas trace d'hémorragie massive, monsieur. Si c'était le cas, le cerveau, autour de la tumeur, se serait gonflé. On ne l'a pas observé.

— Parfaitement ! Moran se retourna vers Joanna : Pourriez-vous maintenant nous proposer un diagnostic plus crédible ?

Joanna se sentit rougir en sachant que Moran pouvait s'en rendre compte.

— Une hémorragie cérébrale reste une éventualité.

— Vous n'avez pas écouté ce que vient de dire le Dr Bélios ? reprit Moran comme s'il s'adressait à une étudiante. Sa démonstration est tellement claire que même une pathologiste doit être capable de le comprendre.

Joanna essaya de refréner sa colère. Ce chirurgien méprisant fanfaronnait devant son équipe et y prenait un vif plaisir. Elle respira à fond.

— La journée a été chargée. Mettons-nous tout de suite au travail.

— Très certainement, dit Moran avec emphase. Mais permettez-moi d'insister sur le fait que les hémorragies cérébrales ne risquent de provoquer la mort que lorsqu'elles sont massives et que, dans ce cas, le cerveau enfle.

— Et permettez-moi de vous faire remarquer qu'une faible hémorragie peut aussi entraîner la mort, répliqua Joanna. Notamment lorsqu'elle se produit dans les zones qui contrôlent la fonction vasomotrice.

— C'est un phénomène très rare, argumenta Moran.

— C'est ce que nous observons souvent ici, dit Joanna d'une voix suave, des cas très rares.

Moran bomba le torse et regarda de haut Joanna. Il était grand, d'âge moyen, les traits ciselés et la mâchoire carrée. Ses cheveux roux entremêlés de gris étaient coupés court. Son regard la fixait entre ses paupières à demi fermées.

— Je vais vous donner quelques notions de neurochirurgie, vous voulez bien ?

— Soyez bref, jeta Joanna en regardant ostensiblement la pendule.

— Ce dont les pathologistes ne se rendent pas compte, dit Moran d'un ton doctoral, c'est que les hémorragies cérébrales modifient presque toujours les signes vitaux. La pression sanguine fait un bond, la température du malade augmente. Cela ne s'est pas produit dans ce cas.

— Ces événements peuvent ne pas se produire lorsque la patiente passe très vite en état de choc, répliqua Joanna. Ce qui est le cas en l'occurrence. Elle est passée de l'état de perte de connaissance à l'état de choc en quelques minutes.

— Deux minutes, précisa Rubin. À peine deux minutes.

Moran se retourna sur lui.

— Ma parole, vous n'avez fait que ça au bloc ? Regarder la pendule ?

— Mais non, monsieur, fit Rubin en baissant la tête. J'ai simplement noté le temps écoulé.

— Bravo ! se moqua Moran. Au moins vous avez accompli une tâche. Jusqu'ici j'avais l'impression que vous ne faisiez rien.

Bélios étouffa un ricanement.

Lori détourna la tête, déçue par l'attitude du bel interne et haïssant en même temps Moran. C'était un chirurgien renommé, mais il était également connu pour sa fatuité et sa méchanceté à l'égard de ceux qu'il considérait comme inférieurs. Beaucoup l'évitaient.

— Deux ou vingt minutes, peu importe, poursuivit Moran. Le point principal, c'est qu'une forte hémorragie fait enfler le cerveau. S'il ne gonfle pas, c'est qu'il n'y a pas de grosse hémorragie. Est-ce que tout le monde a compris ?

Son équipe fit signe que oui à l'unisson.

— Sauf exception, insista Joanna. Ne l'oubliez pas non plus.

La veine temporale de Moran gonfla et il se tourna vers Joanna.

— Vous êtes dans l'erreur et vous le savez.

— Il s'agit juste d'envisager toutes les hypothèses, sourit Joanna.

— Amusez-vous à ça une autre fois ! gueula Moran.

— Ici, c'est moi qui décide des hypothèses à envisager, répondit-elle sur le même ton.

— Écoutez-moi bien, dit Moran furieux. Il s'agit de ma patiente et je…

— Votre *ex*-patiente, corrigea Joanna. Maintenant elle dépend de mon service, que ça vous plaise ou non. Et si vous n'êtes pas d'accord, allez le dire au médecin-directeur, là-haut. Ou mieux encore, appelez les avocats de la famille de cette jeune femme. Vous voulez leur numéro ?

Moran dévisagea Joanna les poings serrés, ayant du mal à se contenir.

Les membres de son équipe retenaient leur souffle, attendant que Moran cède à un de ses accès de colère tyrannique.

Le silence se prolongea.

Les secondes s'égrenèrent.

Lori rayonnait intérieurement, ravie de la façon dont Joanna avait traité Christopher Moran. Elle l'avait remis à sa place devant ses admirateurs. Moran venait d'apprendre à ses dépens qu'il ne faut jamais aller trop loin avec Joanna.

— Bien, finit par dire Joanna, on en apprend, des choses, hein, docteur Moran ! Et sans lui laisser le temps de répondre, elle enchaîna : On devrait peut-être continuer à faire le tour des hypothèses avant de procéder à l'examen, non ? Quelqu'un peut-il me donner un argument valable prouvant que la tumeur n'a pas percé de vaisseau sanguin ?

— Il y a cent arguments possibles, dit Moran, cachant son dépit et sautant sur l'occasion de remettre Joanna à sa place.

— Je vous écoute.

— Je me fonde sur le nombre de glaucomes malins que j'ai opérés. En réalité ça représente pas loin de cent cinquante. Jamais je n'ai constaté une érosion d'un vaisseau sanguin. Pas une seule fois.

— Moi si, une fois, fit Joanna.

— Ici, au Memorial ? la défia Moran.

— Non. Au John Hopkins.

Moran balaya de la main l'objection de Joana, comme si elle ne comptait pas.

— Par conséquent, il faut trouver une autre explication à la perte de connaissance et la mort subite, d'accord ?

Son équipe approuva d'une seule voix.

Moran s'adressa à l'interne :

— Docteur Rubin, dites-nous quels diagnostics vous semblent envisageables.

— Heu ! balbutia Rubin, elle a peut-être eu une hémorragie...

— Quoi ? hurla Moran. Débouchez-vous les oreilles ! Vous n'avez pas entendu ce que j'ai dit ?

— Si monsieur, mais...

— Y a pas de mais, le coupa à nouveau Moran. Si vous avez écouté, pourquoi me foutez-vous l'hémorragie en tête de liste ?

— Pas en tête de liste, dit Rubin cherchant une échappatoire, mais au contraire comme dernière hypothèse possible.

Moran le regarda avec suspicion.

— C'est bien vrai ?

— Oui monsieur, dit calmement Rubin.

Enfoiré ! eut envie de lui crier Lori. Elle aurait cru d'un ancien Marine qu'il maintiendrait ses convictions. Mais il ne valait pas mieux que le reste de l'équipe, qui craignait le chef et était prêt à tout pour plaire. Rubin lui jeta un regard. Elle détourna le sien.

— Eh bien ! Faites-nous l'honneur de nous communiquer vos idées sur le diagnostic le plus probable.

Moran fit claquer ses doigts en direction de l'infirmière. Elle sortit de sa poche une petite boîte de Kleenex. Il en prit un, s'essuya le front, puis le lui fourra dans la main.

Il s'adressa à l'interne :

— Nous sommes tout ouïe, docteur Rubin.

Rubin respira un grand coup.

— Je pense que la tumeur peut avoir compressé une zone du cerveau, favorisant une éventuelle crise. Lorsque la patiente a été en état de choc, la circulation sanguine était réduite dans cette partie du cerveau et a provoqué une crise majeure.

Moran se frotta les mains, imaginant le mécanisme physiopathologique.

— Et qu'est-ce qui a provoqué le choc ?

Rubin leva les bras.

— Pour mille et une raisons, par exemple, une septicémie ou une embolie pulmonaire.

— Autrement dit, vous penchez pour l'hypothèse que deux événements distincts se seraient combinés pour provoquer une crise.

— Rien ne s'oppose à ce que deux événements se croisent.

Moran desserra les lèvres, esquissant quelque chose comme un sourire.

— Vous n'êtes pas forcément irrécupérable, Rubin.

Dan Rubin feignit d'apprécier l'éloge.

Moran se tourna vers Joanna.

— Est-ce que le diagnostic du Dr Rubin vous convient ?

— Pourquoi aller chercher systématiquement l'accumulation de deux causes si une seule peut suffire ?

— Parce que votre hypothèse est fausse, répliqua Moran.

Joanna regarda encore la pendule. Il était 16 heures et demie. Il faut se remuer, se dit-elle, et elle montra du doigt les radios accrochées au mur.

— Êtes-vous parfaitement sûr que ces pinces métalliques ne peuvent avoir provoqué son attaque ?

— Absolument certain. Les pinces ne pénètrent que de deux ou trois millimètres. Et n'oubliez pas qu'avant de les poser on teste la zone considérée avec un stimulateur électrique. Si cette zone avait été sensible, elle se serait produite à ce moment-là.

Le regard de Joanna se porta sur les radios de la partie postérieure du cerveau.

— Et on n'a pas décelé de métastases dans le bulbe rachidien ?

— Pas la moindre, fit Moran, en se faisant la réflexion que c'était une bonne question. (Le bulbe était le siège des contrôles vasomoteurs et des métastases en cet endroit auraient pu provoquer un état de choc.) Plusieurs examens IRM ont été effectués nous assurant qu'il n'y avait pas de métastases au cerveau.

— À moins qu'elles ne soient microscopiques.

— C'est presque toujours le cas, admit Moran. Elles n'apparaissent pas au scanner ou quand nous opérons. Mais elles existent bien et finissent par se développer et envahir le cerveau. C'est comme ça que le patient décède.

— Pas tous, intervint le chef de clinique. Certains de vos anciens patients ont survécu.

— Quelques-uns en effet, dit Moran sobrement, tout en s'approchant du corps. Finissons-en avec cette autopsie.

Joanna montra le dossier de la patiente.

— Une dernière question. Nous avons noté dans ce dossier que la patiente avait été examinée aux urgences par Evan Bondurant, qui a diagnostiqué une encéphalopathie d'origine toxique.

Moran grogna à mi-voix :

— Des diagnostics superficiels qui ne reposent sur rien.

— Il a préconisé une biopsie et des analyses. Pouvez-vous nous en donner le résultat ?

Moran fronça les sourcils, essayant de se rappeler.

— Il a ordonné une biopsie pour vérifier si elle était sujette à des réactions hypersensibles ou bien à une vascularité cérébrale. Je n'en ai guère fait cas du fait qu'hypersensibilité et vasculite sont en principe généralisées et ne se manifestent pas uniquement dans le cerveau.

— A-t-on fait la biopsie ?

— La patiente est morte avant que nous l'ayons réalisée, répliqua Moran en se rapprochant du cadavre. Bon, maintenant que je vous ai répondu, procédons à l'autopsie.

Joanna se pencha sur le cadavre et retira le sommet du crâne, exposant aux regards l'ensemble du cerveau. Elle le détacha avec précaution et le posa sur une balance.

— Poids normal, annonça-t-elle.

Lori contemplait les restes de ce qui avait été une jolie jeune femme. Elle avait perdu la partie supérieure du crâne qui était maintenant vidé. Le cuir chevelu avait été rabattu sur son front. Elle n'avait plus rien d'humain. Lori ramena son attention sur la table en inox, sur laquelle Joanna était en train d'examiner le cerveau.

— À première vue la tumeur ne touche que le cortex, constatait Joanna. Il n'apparaît pas de métastases dans la dure-mère.

— Ouvrez-la donc ! fit Moran, agacé.

Joanna découpa minutieusement le cerveau en tranches pour atteindre la zone cancéreuse. Elle l'incisa doucement. Elle était ferme et granuleuse, dépourvue de sang.

— Aucune hémorragie, remarqua-t-elle sereinement.

— Vous avez bien dit « aucune hémorragie » ? demanda Moran d'une voix de stentor.

— Aucune hémorragie, répéta Joanna.

— La prochaine fois, écoutez ceux qui ont plus d'expérience que vous, lui jeta Moran à la figure. Ça vous donnera l'occasion d'apprendre.

Il virevolta et quitta la pièce, toute son équipe sur ses talons.

5

Jake regarda le patient sur le brancard qui l'emmenait au service d'angiologie. C'était un vieillard sous perfusion. Il n'avait plus que la peau sur les os. Lorsque la porte automatique s'ouvrit, Jake jeta un œil à l'intérieur et aperçut des médecins et des infirmières rassemblés autour d'une table d'opération. Près d'eux étaient disposées une grande machine et une batterie de moniteurs. La porte se referma derrière le brancard.

Jake demanda :

— Que fait-on là-dedans ?

— En général des angiographies coronariennes, expliqua Joanna. On introduit au niveau de l'aine un fin tube flexible dans une artère. De là ils remontent jusqu'à l'artère coronaire et dilatent le vaisseau rétréci avec un petit ballon gonflable.

— Et c'est efficace ?

— Provisoirement. Mais au bout d'un certain temps l'artère se bouche de nouveau et il faut recommencer.

Jake réfléchit et se demanda quelles souffrances cette méthode engendrait. Ce n'était pas comme une simple piqûre.

— Ce bloc est donc principalement utilisé par les cardiologues ?

— Exact.

— Alors qu'est-ce que le neurologue est venu y faire ?

— Dissoudre un caillot dans le cerveau.

Joanna lui expliqua comment le tube flexible était guidé jusqu'à une artère cérébrale bouchée par une thrombose.

— Et ils libèrent *via* le cathéter un produit qui dissout le caillot et rétablissent ainsi la circulation sanguine.

Jake se gratta le menton. Il essayait d'imaginer ce qui se passait dans le cerveau.

— Comment diable font-ils pour localiser le caillot ?

— Grâce à un fluoroscope et un liquide radio-opaque. Et en plus une minuscule caméra en tête du tube qui permet de visualiser l'intérieur de l'artère.

— Bon Dieu ! murmura Jake, toujours sidéré par les progrès de la technologie médicale. Qui a inventé ça ?

— Karen Crandell, dit Joanna, se souvenant de la communication que la neurologue assassinée leur avait faite. Elle a donné une conférence ici, au Memorial, il y a six mois, pour nous faire part de sa découverte. C'était extraordinaire, Jake, absolument extraordinaire.

Jake sortit son carnet de notes et le feuilleta. Il finit par trouver ce qu'il cherchait et regarda l'horloge accrochée au mur. Il était 9 heures du matin.

— D'après la technicienne du service d'angiographie, Karen Crandell est partie vers 21 heures. Alors, essayons de reconstituer les vingt-huit dernières minutes de la vie du Dr Crandell.

Jake regarda le couloir à droite et à gauche.

— Par où est-elle partie, normalement ?

— Vers la droite. C'est par là que se trouve l'ascenseur le plus proche.

Jake passa le premier, avançant d'un pas vif. Karen Crandell devait marcher vite, se disait-il. Il était tard et elle voulait terminer son travail. Et il devait lui en rester beaucoup. Sinon elle n'aurait pas pris la peine d'aller chercher un sandwich.

Ils arrivèrent devant l'ascenseur et Jake pressa le bouton.

— En fin de soirée, l'ascenseur doit être rapidement disponible, je suppose.

Joanna fit oui de la tête.

— En une minute ou deux.

— A-t-elle pu aller aux toilettes en passant ?

— Sûrement pas. Elle ne se serait pas servie des toilettes publiques alors que d'autres sont réservées au personnel de l'IRC.

— Du quoi ? fit Jake.

— De l'institut de recherches sur le cerveau. Pourquoi me parles-tu des toilettes ?

Jake haussa les épaules.

— Juste pour établir son emploi du temps pendant ses dernières vingt-huit minutes.

— Ses vingt dernières minutes, tu veux dire.

Jake secoua la tête.

— Non. J'ai bien dit vingt-huit. Sa montre s'est arrêtée à 21 h 28. Tu te souviens ?

— C'est l'heure de sa chute. Mais tout indique qu'elle a été tuée cinq à dix minutes avant. Ce qui veut dire que lorsqu'elle a quitté le service d'angiographie, il ne lui restait plus qu'environ vingt minutes à vivre, pas vingt-huit.

— Tu as raison.

La porte de l'ascenseur s'ouvrit et ils y pénétrèrent. Il était plein d'internes qui bavardaient. Ils se turent brusquement en déchiffrant le badge accroché à la blouse blanche de Joanna sur lequel on pouvait lire : JOANNA BLALOCK, MÉDECIN PROFESSEUR EN MÉDECINE LÉGALE.

Jake avait les yeux fixés sur le panneau d'ascenseur, estimant que vingt minutes, c'était très court pour permettre à Karen Crandell d'aller jusqu'à l'ascenseur, de passer à la cafétéria pour prendre un sandwich, de franchir la passerelle qui reliait à l'institut de neuro-psychiatrie et, de là, de monter à l'institut de recherches sur le cerveau. Enfin, rejoindre son laboratoire, retirer l'emballage de son sandwich et mordre dedans. Oui, c'était beaucoup de choses à faire en vingt minutes.

La porte de l'ascenseur s'ouvrit sur un palier plein de monde. La foule s'écoulait en plusieurs directions, les uns vers la sortie, les autres vers les batteries d'ascenseurs, quelques-uns vers un bureau d'accueil débordé. Leurs conversations croisées se noyaient dans un bourdonnement sans fin.

— C'est par où ? demanda Jake.

Joanna le prit par le bras.

— La cafèt' est à ta droite.

Ils se frayèrent un chemin à travers le hall et prirent un petit couloir aboutissant à des portes battantes.

— Derrière cette porte, c'est la cafétéria des médecins. C'est là qu'elle est venue chercher son sandwich.

— A-t-elle eu à faire la queue ou a-t-elle pu être retardée ?

— Je ne pense pas. Pas à 21 heures. Elle n'a eu qu'à prendre son sandwich et signer la feuille.

— Il ne lui a fallu que quelques minutes.

— À peine.

Jake regarda sa montre. Cela faisait huit minutes qu'ils avaient commencé le trajet.

— Par où se trouve la passerelle de verre ?

— De l'autre côté du hall.

Ils retraversèrent le hall, passant devant les ascenseurs et une rangée de téléphones publics pour atteindre à nouveau des portes battantes. Ils arrivèrent sur la passerelle, baignée par le soleil du matin. Dehors le ciel était tout bleu, la température douce et la brise légère.

Jake consulta encore son carnet.

— Cette passerelle est gardée entre 21 heures et minuit. Puis elle est fermée pour le reste de la nuit. On a interrogé le vigile en poste la nuit du crime. Il a dit qu'il n'y avait vraiment pas grand monde ce soir-là pour franchir la passerelle. En gros, une douzaine en tout, essentiellement des infirmières et des aides-soignantes. Toutes étaient en tenue de travail et portaient des badges.

Jake consulta encore sa montre.

— Si je te dis ça c'est parce que le vigile se souvient d'avoir vu Karen Crandell traverser la passerelle. Ils se sont même dit quelques mots.

— Combien de temps ?

— Trente secondes ou dans ces eaux-là. Continuons.

Ils débouchèrent en neuropsychiatrie et se dirigèrent vers les deux ascenseurs. Joanna appuya sur le bouton.

— Tu sais Jake, ça ne veut pas dire grand-chose que tous ceux qui ont emprunté la passerelle ce soir-là aient porté une tenue d'hôpital et des badges. Quelqu'un de l'extérieur peut facilement en faire autant.

Jake sourit légèrement.

— Et si je te dis que ce soir-là la passerelle n'a été empruntée entre 21 heures et minuit que par des femmes ?

Joanna marqua le coup.

— Tu en es sûr ?

— C'est ce que m'a précisé le vigile. Sans hésitation.

— On sait donc déjà que notre criminel ne s'est pas introduit par la passerelle, conclut Joanna.

— Gagné ! renchérit Jake. Car le crime n'a pas été commis par une femme. Elles peuvent tuer à l'aide de couteaux, de poison, parfois avec une arme à feu. Mais elles n'assomment pas les gens. À la différence d'un homme.

— Et seul un homme avait la force de porter une morte dans le corridor jusqu'à l'escalier de secours.

— En plus !

Jake tourna la page de son carnet.

— Le vigile se rappelle avoir vu passer Karen Crandell vers 21 h 30.

Joanna ferma à demi les paupières.

— Y a un décalage, là !

— Un petit. Mais le vigile n'était pas très précis.

Jake passa à la page suivante.

— Il est donc acquis que le meurtrier n'a pas utilisé la passerelle. Il ne lui restait plus comme issue que l'entrée principale, laquelle est surveillée.

— Jour et nuit. Il faut signer la feuille à l'entrée comme à la sortie.

Joanna réfléchit rapidement aux hypothèses envisageables.

— Il est peut-être reparti par l'escalier de secours.

Jake secoua la tête.

— Si la porte donnant sur l'extérieur est ouverte, cela déclenche l'alarme. Et elle n'a pas été trafiquée.

— Et ça ne ressemble pas à l'acte d'un patient déséquilibré, n'est-ce pas ?

Jake confirma.

— Les cinglés ne cherchent pas à masquer leurs actes. Ils s'en foutent.

— Et il est peu probable que le meurtrier ait passé la nuit dans l'institut et attendu le matin pour emprunter la passerelle.

— Non ! Un meurtrier s'enfuirait à toute vitesse.

La porte de l'ascenseur s'ouvrit. Il était vide. Joanna appuya sur le bouton du neuvième étage.

— Revenons à la liste des personnes qui ont signé le registre de sortie après 21 heures, dit Jake en continuant à feuilleter son carnet. Ils sont dix. Quatre médecins travaillant à temps plein, six psychiatres de l'extérieur. Farelli est en train de se renseigner sur ces derniers.

Joanna sourit au nom de Lou Farelli, un sergent de la Crim' qui faisait équipe avec Jake depuis plus de dix ans.

— Comment va-t-il ?

— Mieux ! Il se remet d'une sale bronchite.

— Encore ! dit Joanna, inquiète.

— Il en a une tous les ans à la même époque.

L'ascenseur s'arrêta au cinquième. La porte s'ouvrit, mais personne ne se présenta. La porte se referma et l'ascenseur se remit à monter.

— Qui étaient les quatre membres permanents du personnel auxquels tu as fait allusion ? demanda Joanna.

— Ils font tous partie de l'IRC. Et tous les quatre étaient au neuvième entre 21 heures et 22 heures.

Les yeux de Joanna s'éclairèrent.

— Cela te fait quatre suspects.

— Ça m'arrangerait bien, dit Jake d'un ton pessimiste.

— Et pourquoi pas ?

— Parce que ces enfoirés ont tous un alibi en béton.

L'ascenseur s'immobilisa et la porte s'ouvrit. Jake regarda sa montre. Dix-sept minutes s'étaient écoulées. L'assassin devait l'attendre dans son bureau.

En sortant de l'ascenseur, Jake tourna son regard vers le laboratoire de Karen Crandell. La zone était toujours cernée par les bandes jaunes de la police. Un agent en uniforme était de faction devant la porte du laboratoire.

Jake se tourna vers Joanna.

— Après les interrogatoires j'aimerais que tu me renseignes sur certaines machines installées dans le bureau de la victime.

— Tu ferais peut-être mieux d'interroger la technicienne.

— C'est ce que j'ai fait, mais elle ne sait pas grand-chose.

Ils suivirent le couloir dans la direction opposée à celle du labo de Karen Crandell. Toutes les portes étaient closes. On n'entendait que le claquement des semelles sur le sol carrelé.

— C'est plutôt sinistre, par ici ! remarqua Jake.

— Ça te fait cette impression parce que tu sais qu'on y fait des recherches sur le cerveau humain. Cela perturbe tout le monde.

— Ça ne m'étonne pas ! fit Jake.

Mais il n'y avait pas que ça. Quelque chose d'autre le mettait mal à l'aise. Ils arrivèrent devant une large porte de bois sur laquelle une plaque était gravée :

EVAN BONDURANT, DOCTEUR EN MÉDECINE,
DIRECTEUR DE L'INSTITUT DE RECHERCHES SUR LE CERVEAU

— Je l'ai vu un instant hier soir, dit Jake. Il revenait d'une réunion scientifique qui avait eu lieu à Santa Monica. C'est lui qui m'a dit que les quatre titulaires étaient à l'IRC entre 21 heures et 22 heures le soir du meurtre. D'après le registre, ils ont tous quitté les lieux à 22 h 10.

— Et tous les quatre avaient un alibi ?

Jake acquiesça.

— Selon Bondurant, ils étaient ensemble, autrement dit chacun peut témoigner pour les trois autres.

— En effet, admit Joanna.

Jake eut un sourire en biais.

— À moins qu'ils ne mentent tous les quatre.

Ils entrèrent dans un vaste vestibule. Des aquarelles de qualité et des plantes exotiques décoraient la pièce. La secrétaire installée derrière un bureau en demi-lune examina attentivement la plaque et la carte d'identité de Jake avant de les introduire dans le bureau du directeur.

Elle referma doucement la porte derrière Jake et Joanna.

Evan Bondurant leur tournait le dos, occupé à nourrir les poissons qui peuplaient le grand aquarium placé derrière son bureau. Il leur jeta un coup d'œil par-dessus son épaule et leur dit :

— Asseyez-vous. Je suis à vous dans un instant.

Et il revint à ses poissons qui s'agitaient d'un bout à l'autre de l'aquarium.

Joanna et Jake s'installèrent dans de confortables fauteuils de cuir face au bureau en acajou verni. Le bureau était remarquablement agencé avec un parquet recouvert par endroits de tapis persans. Dans le fond de la pièce il y avait un canapé en cuir et une table basse ancienne incrustée d'argent. C'était de loin le plus grand bureau que Joanna ait vu au Memorial, plus grand même que celui de Simon Murdock.

Le mur du fond était recouvert de diplômes encadrés, de prix, de photos personnelles. Sur l'une des plus grandes on pouvait voir Bondurant et Christopher Moran à une sorte de bal masqué. Ils portaient des hauts-de-forme et des redingotes noires. L'un comme l'autre s'appuyaient sur des cannes à pommeau d'argent.

— Regardez bien ces poissons qui fusent en avant et en arrière comme à la parade, dit Bondurant sans se retourner. Ce sont des mouvements d'ensemble, synchronisés. Comment arrivent-ils à faire ça, d'après vous, Joanna ?

— C'est sans doute un comportement instinctif.

— Je le pense aussi. (Il continuait de nourrir ses poissons.) Et puisque la définition de l'instinct est un ensemble de réactions d'origine congénitale, on peut dire que ces poissons agissent sous l'influence de leur origine génétique. Dans le cerveau de ces poissons quelque chose les fait réagir de cette manière en cas de menace. Et ce comportement est transmis de génération en génération. Ça ressemble drôlement à de la mémoire génétique.

— Voulez-vous dire que ces poissons disposent d'une mémoire génétique ?

Bondurant lâcha des graines de nourriture dans l'aquarium.

— Pourquoi seraient-ils différents des autres êtres vivants ? Les chiens se mettent instinctivement à l'arrêt et les chats font la chasse sans l'avoir appris. Ce sont des comportements hérités.

— Mais il ne s'agit que de comportements primitifs, dit Joanna.

— Ah oui ? sourit Bondurant. Plus primitifs que le comportement primitif de celui qui a tué Karen Crandell ?

Jake releva la tête, tout d'un coup intéressé.

— Vous pensez que la plupart des meurtriers ont dans leurs gènes une disposition à tuer ?

— D'éminents scientifiques le croient. Ils soutiennent que si vous étudiez les antécédents familiaux de la plupart des tueurs sur quatre ou cinq générations, vous allez trouver un nombre exceptionnel de criminels. Vous découvririez peut-être aussi un saint ou un prêtre dans le lot, mais la tendance criminelle sera la plus répandue.

Jake hocha la tête. Il avait toujours pensé que les criminels étaient prédisposés à tuer : fondamentalement méchants et agressifs.

— Est-ce que ces scientifiques pensent que les meurtriers ont hérité d'une habileté particulière à tuer ?

Bondurant acquiesça.

— Ils ont ce type de comportement inscrit dans le sang et, sous l'influence d'un stimulus particulier, ils passent à l'acte. D'un geste impulsif. On peut penser qu'il s'agit bien d'une impulsion dont l'origine serait de mémoire génétique.

— Et en ce qui concerne le meurtre prémédité ? argumenta Joanna.

— La volonté de tuer est à l'origine impulsive. Face à certains stimuli, des impulsions primaires se déclenchent et le processus s'enclenche. La préméditation consiste à établir un plan pour déterminer comment et où le meurtre sera commis.

— L'a-t-on véritablement démontré ?

— Non, reconnut Bondurant, en s'essuyant les mains. Mais on y parviendra.

Joanna n'était pas convaincue par le concept mais il lui était difficile de tenir tête à Evan Bondurant, considéré comme une sommité en neurophysiologie sur les phénomènes de la mémoire. Il avait été nommé directeur de l'IRC six ans plus tôt, à une époque où l'institut était peu performant et n'avait pas de projet porteur. Sa réputation se détériorait, les subventions se réduisaient comme peau de chagrin. Bondurant avait viré tout le monde à son arrivée et installé une nouvelle équipe, rien que des spécialistes de la mémoire. En deux ans, il avait fait de l'IRC un centre d'étude de renommée internationale. Sa réputation était devenue énorme et les subventions s'étaient déversées sur l'institut. On disait que le groupe était en bonne voie pour recevoir le prix Nobel. Son objectif était de déchiffrer les mécanismes de la mémoire humaine afin d'appliquer cette connaissance au traitement de la maladie d'Alzheimer et d'autres formes de démence.

Bondurant se glissa dans son fauteuil et le fit pivoter. C'était un homme corpulent approchant la cinquantaine avec un ventre proéminent et un double menton. Un visage rond et sans rides, le crâne dégarni, si ce n'est deux mèches soigneusement peignées pour couvrir le sommet du crâne.

— Dites-moi en quoi je peux faciliter votre enquête.

— Commençons par les antécédents de Karen Crandell, dit Jake en ouvrant une nouvelle page de son carnet.

Bondurant prit sa pipe et la bourra de tabac.

— Karen était une femme remarquable à qui nous avons proposé de nous rejoindre il y a quatre ans. Elle a accepté. Nous étions ravis. Elle collait parfaitement au poste.

— Qu'entendez-vous par là ? dit Jake

— Vous allez comprendre si je décris son parcours. Elle avait commencé en tant que physicienne. Elle préparait une thèse de doctorat sur les fibres optiques et son avenir était prometteur. Simultanément elle s'est intéressée aux ondes générées par le cerveau et a décidé de s'inscrire en faculté de médecine, dans le but de tout apprendre sur le cerveau afin d'appliquer ses connaissances des ondes électriques à son fonctionnement. Elle obtint le titre de docteur en médecine ce qui lui permettait de se lancer dans la recherche neurologique.

Jake hocha la tête d'admiration.

— Elle devait avoir une tête d'éléphant.

— C'est à peu près ça, poursuivit Bondurant. Toujours est-il qu'elle compléta ses études à Harvard et y devint médecin de recherche. En un rien de temps chacun reconnut son intelligence.

Elle menait des recherches au plus haut niveau. Les meilleurs centres médicaux du pays lui firent des offres, mais elle décida de ne pas bouger d'Harvard. Jusqu'au jour où Christopher Moran réussit à la convaincre d'intégrer notre groupe au Memorial.

— Je ne savais pas que Moran faisait partie de l'équipe de l'IRC, intervint Joanna.

— Mais si, fit Bondurant en allumant soigneusement sa pipe. Moran est bien le chef de service de la neurochirurgie mais il s'intéresse aussi de près aux mécanismes de la mémoire humaine. Il ne travaille qu'à temps partiel à l'IRC, mais sa contribution nous a beaucoup apporté. Mais je m'égare. Revenons-en à Karen Crandell.

Bondurant tira sur sa pipe et souffla une volute bleue.

— Karen a donc rejoint le Memorial, et cela semblait la configuration idéale. Toute notre recherche est axée sur la compréhension des mécanismes de la mémoire. Vous vous doutez bien que, de toute la neurophysiologie, le domaine le plus mystérieux est le fonctionnement de la mémoire. Nous savons simplement que la transmission se fait par impulsions électrochimiques. Pour parler simple, la mémoire fonctionne comme un ordinateur. Elle enregistre et traite l'information, puis la stocke là où on pourra le mieux la récupérer par la suite. Et de la même façon que pour l'ordinateur, tout repose sur des circuits complexes. Si le circuit se détériore, comme dans le cas de la maladie d'Alzheimer, la mémoire ne fonctionne plus correctement. Si on savait réparer les circuits on pourrait restaurer le fonctionnement de la mémoire chez les patients. C'est notre but, remettre en circuit les voies électriques qui ne fonctionnent plus. J'estime qu'on devrait y arriver par traitement chimique. Moran croit que la seule solution, ce sont des implants de puces de silicone dans le cerveau. Les frères Rudd, que vous n'allez pas tarder à voir, sont convaincus que des mini-ordinateurs injectés par intraveineuse peuvent être acheminés jusqu'au cerveau et, une fois en place, faire le travail à notre place.

Jake afficha un sourire idiot.

— On va installer des ordinateurs dans le sang ?

Bondurant hocha la tête très sérieusement.

— On a déjà la formule pour le réaliser.

Jake et Joanna échangèrent un regard incrédule.

— Donc, poursuivit Bondurant, on avait réuni la meilleure équipe pour résoudre les problèmes posés par la mémoire. L'idée était de combiner nos recherches pour mettre au point la meilleure façon de réparer les circuits. Cela a fonctionné la première année, et puis Karen a revendiqué de plus en plus d'indépendance. Elle ne voulait plus présenter ses travaux avant qu'ils ne soient publiés. Elle ne participait que rarement à nos réunions et, quand elle y assistait, elle ne partageait pas ses informations. Le temps passant elle s'est isolée de plus en plus, persuadée qu'elle seule avait toujours raison. À tel point qu'on a fini par s'éviter, elle et nous.

— Est-ce que l'un de vous s'est ouvert à Karen de ce problème ? demanda Joanna.

— On a essayé, mais chaque fois elle haussait les épaules et répondait qu'elle travaillait mieux toute seule. Entre parenthèses, c'est à cause de ça qu'elle n'était pas à notre réunion le soir où elle a été assassinée. Elle refusait de prendre part aux réunions où nous faisions le point sur l'avancée de nos recherches.

— Ça ressemble à de la paranoïa, approuva Joanna.

— On aurait pu le croire. Mais elle avait par ailleurs un comportement normal, rien qui indique des troubles psychiques. Et je dois reconnaître qu'elle faisait un travail superbe. Elle était publiée par les meilleurs journaux et invitée partout à présenter ses travaux. Là-dessus elle a mis au point l'appareil endoscopique permettant de dissoudre les thromboses cérébrales. Cela a fait sensation.

— Et ce n'était pas le résultat d'un travail en commun ? demanda Joanna.

— Non. Elle l'a mis au point toute seule. Toute la gloire en est revenue à Karen et avec ça une bonne part des royalties.

Jake releva la tête.

— Parlez-moi de ces royalties.

— Chaque fois qu'un brevet créé à l'IRC est vendu à une société industrielle, c'est l'IRC qui touche directement les droits qui sont ensuite partagés entre l'institut et l'inventeur. (Bondurant se berçait dans son fauteuil qui grinçait sous son poids.) Cela comprend la licence d'exploitation et les royalties sur les ventes.

Jake sourit intérieurement en se disant que l'argent était à l'origine de la plupart des meurtres, dans le monde scientifique comme ailleurs.

— Ça représente combien ?

Bondurant réfléchit un instant.

— On a obtenu cinq cent mille dollars pour la licence et on en attend cinq cent mille de plus par an pour les royalties.

— Et comment ces sommes sont-elles réparties ? demanda Jake.

— Moitié-moitié. Entre l'IRC et Karen Crandell.

Ce n'est pas rien, pensa Jake. Largement suffisant pour inciter au meurtre.

— Et à qui iront ces sommes maintenant qu'elle est morte ? À ses héritiers ?

Bondurant secoua la tête.

— Tout revient à l'IRC.

— Et qui dispose de l'argent de l'IRC ?

— Moi, dit Bondurant sans se démonter.

— Les héritiers pourraient réclamer leur part, intervint Joanna.

— Ils peuvent toujours essayer. Le contrat de Karen stipule explicitement l'utilisation des royalties. Et Karen l'a signé devant témoins.

— Tous ceux qui font partie de l'IRC ont-ils signé un contrat identique ?

— Parfaitement identique.

— En résumé, dit Jake, c'était une grosse tête, volontairement solitaire, et qui n'avait pas de bons rapports avec ses collègues.

— C'est exactement ça.

— Mais sans pour autant avoir de véritables ennemis.

— Pas à ma connaissance.

Jake passa à la page suivante de son carnet.

— Revenons à la soirée où Karen Crandell a été tuée. Vous

et trois autres collègues étiez dans les murs jusque vers 22 heures. C'est bien ça ?

— Exact.

— Il vous arrive de travailler ensemble entre 20 et 22 heures ?

— Bien sûr. (Bondurant ralluma sa pipe.) Nous sommes tous arrivés un peu avant 20 heures pour une de nos réunions informelles. J'ai fait le point sur mes travaux pendant la première demi-heure. Puis Christopher Moran a pris le relais la demi-heure suivante. Les frères Rudd sont intervenus à leur tour pendant une heure, disons de 21 heures à 21 h 50. Et puis nous sommes partis.

Jake consulta son carnet.

— Mais vous n'avez quitté l'immeuble qu'à 22 h 10. Que s'est-il passé pendant ces vingt minutes ?

Bondurant haussa les épaules.

— Le temps d'aller pisser, de passer au bureau pour voir s'il y avait des messages. Ce genre de choses.

— Pendant leur exposé, les frères Rudd se sont-ils servis de diapos, demanda Joanna.

Bondurant fit signe que oui.

— Et d'un projecteur de films.

— Ce qui fait que vous étiez dans le noir, ajouta Joanna.

Bondurant confirma.

— Mais nous n'avons pas arrêté de parler. Je peux vous jurer que tout le monde était là.

Jake jeta à Joanna un regard admiratif. Il n'aurait jamais pensé à une présentation de diapos dans une salle obscure. Seule un médecin universitaire comme Joanna pouvait penser à ce genre de détail.

— Ces réunions sont conviviales, donc on discute beaucoup. À aucun moment quelqu'un…

— Revenons au projecteur, l'interrompit Jake. Y a-t-il une cabine de projection dans la salle où vous étiez ?

— Effectivement.

— Qui donne directement dans la salle ou dans le couloir ?

— Les deux.

— Et où se trouve la salle ?

Bondurant pointa le doigt vers l'aile ouest.

— Tout au bout du couloir principal.

Soit au moins une quarantaine de mètres du labo de Karen Crandell, calcula mentalement Jake. Si l'assassin venait de la cabine, il lui fallait parcourir quarante mètres pour aller tuer sa victime, la caler dans le fauteuil pendant quelques minutes, puis aller la précipiter dans l'escalier de secours et faire le trajet retour. Il lui fallait bien sept ou huit minutes pour faire tout ça. Ce qui représentait beaucoup de temps éloigné d'une projection ponctuée d'une conversation à bâtons rompus. Mais cela restait du domaine du possible.

Jake referma son carnet et se leva.

— J'aimerais parler aux frères Rudd.

Bondurant s'extirpa de son fauteuil.

— Je vous préviens, ils sont plutôt excentriques. Mais ce sont des cracks.

« Des cracks » se répéta Jake. C'est ce qu'on dit de ceux qui ont tendance à péter les plombs.

Jake et Joanna suivirent Bondurant le long du couloir tranquille jusqu'au labo des frères Rudd. La plaque indiquait :

LABORATOIRE NANOMÉTRIQUE
ALBERT RUDD, DOCTEUR EN MÉDECINE ET EN PHYSIQUE
BENJAMIN RUDD, DOCTEUR EN MÉDECINE ET EN PHYSIQUE

Un bout de papier était collé dessus.

NOUS SOMMES EN SALLE DE CONFÉRENCE.

— Que veut dire « nano » ? demanda Jake en chemin.

— Le milliardième de quelque chose, expliqua Bondurant. Un nanogrammc est le milliardième d'un gramme. Un nanomètre, le milliardième d'un mètre. Un virus, par exemple, mesure environ cent nanomètres.

— Qu'est-ce qu'on mesure encore en nanomètres ?

— À peu près tout. Si on pouvait combiner à sa guise chaque atome pris séparément, on pourrait fabriquer une guitare microscopique dont les cordes ne dépasseraient pas cinquante nanomètres de longueur.

— Quelqu'un a essayé ?

— Quelqu'un a réussi ! dit Bondurant en allongeant le pas. Ils sont parvenus à construire une guitare inframicroscopique qui fonctionne.

Jake et Joanna se laissèrent distancer et discutèrent à voix basse.

— Est-ce que c'était à ça que Bondurant faisait allusion en parlant d'introduire des ordinateurs dans le système sanguin ? s'enquit Jake. Est-ce qu'on parle vraiment d'une saloperie d'ordinateur miniature ?

— Je crois bien, chuchota Joanna.

— Cela paraît tellement impossible.

— En science, plus rien ne paraît désormais impossible. Plus rien.

Ils pénétrèrent dans une vaste salle de réunion. Le centre était occupé par une grande table en acajou entourée de huit fauteuils pivotants recouverts de cuir et à haut dossier.

Quelqu'un comptait.

— 94, 95, 96.

Un jeune homme faisait des pompes près de la fenêtre.

— 97, 98.

Bondurant se racla bruyamment la gorge.

— 99, 100.

Le jeune homme bondit sur ses pieds, sans qu'aucun signe d'essoufflement ne puisse présager d'un tel effort.

— Ouais, Evan. Qu'y a-t-il ?

— Ces personnes veulent vous voir, vous et votre frère, l'informa Bondurant.

— On n'a pas le temps. Qu'ils prennent rendez-vous.

— Ce sont le lieutenant Sinclair et le Dr Blalock, reprit Bondurant. Ils enquêtent sur la mort de Karen Crandell.

Le jeune homme poussa un profond soupir, sans chercher à masquer son ennui.

— Vous en avez pour combien de temps ?

— Ça dépendra, dit Jake d'une voix tendue.

— Hé, Benjamin ! cria le jeune homme, la police veut nous voir !

— Encore une minute, Albert ! répondit une voix venant de la cabine de projection.

Jake observa rapidement le jeune homme qui lui faisait face. Albert Rudd était exactement le contraire de ce qu'il avait imaginé. C'était un homme de trente-cinq ans environ au visage triangulaire, une chevelure blonde qui se dégarnissait et un large front. Mais on était surtout frappé par sa musculature. Ses biceps gonflaient les manches de son T-shirt blanc et son jean décoloré était si serré qu'on devinait le dessin de ses cuisses. Il devait s'exercer sept jours sur sept.

Jake remarqua sur le deltoïde gauche un petit tatouage composé de la lettre A en rouge, entourée d'un cercle bleu.

Albert Rudd sentit le regard du détective.

— Vous aimez les tatouages, lieutenant ?

— Le rouge est réussi, commenta Jake.

— Cette teinture vient de Chine. Elle est plus lumineuse que celle qu'on trouve en Amérique. On a bien sûr pratiqué une recherche sur l'hépatite, le sida et la syphilis avant de les laisser nous injecter ça dans la peau.

— A-t-on déjà constaté un cas de sida contracté à la suite d'un tatouage ? demanda Joanna.

Rudd haussa les épaules.

— Pas à ma connaissance. Mais je ne tiens pas à être le premier.

Jake observait toujours le bras de Rudd. Il était rare de voir des médecins avec des tatouages.

— A, ça signifie quoi ?

Rudd eut un grand sourire.

— On voit bien que vous ne connaissez pas mon frère.

La porte de la cabine s'ouvrit et Benjamin Rudd apparut. Jake et Joanna en restèrent collés. Albert et Benjamin étaient deux jumeaux parfaitement identiques. Rien ne les distinguait : même stature, même forme de visage, mêmes cheveux blonds coiffés de la même façon. Seuls leurs tatouages les différenciaient. Albert portait un A et Benjamin un B. Rouges tous les deux.

Bondurant présenta Jake et Joanna à Benjamin qui ne prit pas la peine de leur dire bonjour. D'un même mouvement, les deux frères s'installèrent dans des fauteuils en posant les pieds sur la table et en s'appuyant au dossier.

— Eh bien ! dit Albert, que voulez-vous savoir ?

— Ouais, fit Benjamin, allez-y et qu'on en finisse rapidement.

Jake feuilleta posément son carnet, guettant tout signe de nervosité de la part des deux frères. Rien de cela. Ils se berçaient doucement, bras croisés sur la poitrine. Comme Jake ne voyait plus leurs tatouages il ne savait plus qui était qui. Même leurs voix et gestes étaient semblables.

— Vous connaissiez bien Karen Crandell ?

— Personne n'aurait pu dire ça, lança Albert. Elle nous a fait chier dès le premier jour. Elle ne voulait pas parler de ses recherches ni prendre part à aucun travail collectif. Elle était complètement repliée sur elle-même. À mon avis elle était paranoïaque.

— C'est sûr, confirma Benjamin. Au début on s'est demandé si son comportement bizarre ne venait pas de ce qu'elle était nouvelle arrivée et devait trouver ses marques. Mais ce n'était pas ça, pas plus que ce n'était de la timidité. Elle était vraiment paranoïaque.

— Elle passait son temps à regarder derrière elle, renchérit Albert.

— Et ça ne s'est pas arrangé avec le temps, enchaîna Benjamin. Elle s'est isolée de plus en plus et ne voulait même plus assister à nos réunions et à nos séminaires. Peut-être qu'elle craignait qu'on sache ce qu'elle faisait ou ce à quoi elle pensait. Elle devait s'imaginer le pire.

— Cela dit, ne vous y trompez pas, dit Albert. Elle avait d'excellentes idées. C'était un cerveau. Mais elle ne pouvait pas aller très loin sans nous.

Joanna fronça le sourcil.

— Mais elle a quand même réussi une ou deux choses.

— Quoi donc ? demanda Albert.

— Par exemple le cathéter équipé pour dissoudre les caillots dans le cerveau.

— Un gadget, objecta Albert. D'ailleurs, elle n'a rien inventé. Un système semblable a été mis au point il y a cinq ans pour dissoudre les caillots dans les artères coronaires.

— Mais ces cathéters n'étaient pas équipés d'une caméra vidéo miniature, argumenta Joanna.

— C'est ça le gadget. De la broutille comparée à ce sur quoi nous sommes en ce moment.

— Vous parlez du décryptage du mécanisme de la mémoire ?

— Parfaitement. Et Karen devait y jouer un rôle important. Forte de son expérience en transmission par impulsions, elle aurait pu nous aider à localiser les circuits électrochimiques du phénomène de la mémoire.

— Mais, sans nous, elle était incapable de modifier ou de réparer les circuits cérébraux, renchérit Benjamin. Cela suppose l'implant d'une puce ou d'un nano-appareil.

Joanna eut un demi-sourire.

— Implanter une puce dans un cerveau humain est pratiquement impossible, non ?

— Si, pour la maladie d'Alzheimer. Mais honnêtement, on a largement dépassé la puce en silicone, qui n'est jamais qu'un fragment complexe de verre. On mène un programme sur des gels semi-liquides cent fois plus petits que la puce en silicone. Et on arrivera peut-être à les introduire dans le cerveau.

— Karen travaillait aussi là-dessus, ajouta Bondurant. Elle y a travaillé avec Christopher Moran jusqu'à ce qu'ils se fâchent.

— De toute façon ce n'est pas le véritable but. La véritable révolution, ce sera de mettre au point des nano-appareils.

Jake se pencha en avant, songeant que le terme « nano » veut dire « un milliardième ».

— Comment faites-vous pour ramener un appareil au milliardième de sa taille courante ?

Albert dévisagea Jake avec surprise.

— Vous devez penser en termes d'atome, qui est l'unité primaire de tout composant. Si je parvenais à séparer des atomes et à les combiner à ma guise, je serais capable de miniaturiser tout ce que je voudrais. Par exemple le logo d'IBM. Avec un microscope capable de distinguer les atomes, je pourrais en réduire la taille d'un milliard de fois. Même chose pour une carte du monde.

— Vous fabriquez donc à l'échelle atomique ? insista Jake.

— Parfaitement. Vous voulez voir ce que ça donne ?

Jake hocha la tête.

— Vous en avez une photo ?

— Un film.

Albert repoussa son fauteuil et se précipita dans la cabine. Il plongea la salle dans le noir et le film démarra. Sur le fond noir et blanc granuleux, Jake put distinguer un petit objet se déplaçant sur l'écran. Cela ressemblait à une ancre minuscule.

— Ce que vous voyez est le cytoplasme d'une seule cellule humaine, commenta un des Rudd dans le dos de Jake. Regardez bien ce petit objet à droite qui avance vers le centre de la cellule. C'est un nano-appareil qui se déplace dans le cytoplasme.

— Et de quoi se compose cette cellule ? demanda Jake tout en jetant un coup d'œil dans l'obscurité derrière lui.

Il vit bien le rayon lumineux du projecteur mais fut incapable de distinguer l'un ou l'autre frère.

— D'un fil de carbone d'une longueur de 800 nanomètres. Ce petit bidule au bout est une hélice qui le pousse à travers la cellule.

Joanna n'en revenait pas.

— Et que consomme-t-il ?

— De l'adénosine triphosphate.

C'était incroyable. L'ATP était la principale source d'énergie de la cellule humaine. Les Rudd s'en servaient pour alimenter la nanomachine.

— Cela pourrait permettre d'introduire un médicament dans une cellule particulière, réfléchit-elle à haute voix.

— Ou encore d'ajouter des connexions et des transistors et en faire un cerveau électronique.

— De minuscules ordinateurs qu'on peut envoyer partout, murmura Joanna, émerveillée.

— Exactement. Et avec un logiciel adapté, vous pouvez faire faire à ces nano-ordinateurs ce que vous voulez. Par exemple les installer dans le cerveau et réorienter un flux électrique comme on voudrait.

Joanna approuva.

— Ce qui permettrait de reconnecter les circuits en contournant la zone détériorée.

— C'est ce qu'on cherche à faire.

— Mais c'est de la recherche à long terme, bien sûr.

— Pas tellement.

La lumière se ralluma.

Jake se retourna aussitôt. L'un des Rudd était debout près de la fenêtre de projection. L'autre sortait de la cabine. Jake ne pouvait pas voir leurs tatouages, et par conséquent ne pouvait savoir qui était qui. Il demanda à Evan Bondurant :

— Est-ce que vous avez projeté ce film le soir où Karen Crandell a été tuée.

— Oui, répondit Bondurant, mais le film était bien plus long.

— De combien ?

— Vingt minutes à peu près.

— Et vous étiez installés autour de la table pendant la projection ?

— Oui, j'étais ici et Christopher juste en face de moi.

— Et les deux Rudd ?

— Derrière nous, comme souvent. Benjamin était dans la cabine et Albert devant.

« Et vous étiez dans l'obscurité, eut envie de dire Jake, si bien que vous ne pouviez pas les différencier. » Il regarda Albert et son A rouge.

— Vous vous mettez toujours dans le fond de la salle durant les projections ?

— Oui, répliqua aussitôt Albert. Je vois mieux.

Jake se leva sans quitter des yeux les frères Rudd.

— Karen Crandell avait-elle des ennemis, à votre connaissance ?

Ils secouèrent la tête.

— Pas de menaces de mort ?

Même réaction.

Joanna se leva à son tour et Jake lui demanda :

— As-tu des questions à leur poser ?

— Deux ou trois, dit Joanna en fixant les yeux bleu pâle des Rudd.

Leur regard était glacial.

— Quand avez-vous vu Karen Crandell pour la dernière fois ?

— Le matin de sa mort. Nous l'avons croisée dans le hall. Elle a fait semblant de ne pas nous voir.

— Ouais, c'était charmant ! fit Benjamin d'une voix tranchante, un serpent aurait été plus amical.

Les deux frères hochèrent simultanément la tête.

D'où elle était, Joanna voyait leur visage de profil. Elle se demanda s'ils se transmettaient un message ou s'adressaient un signe.

— Est-ce que quelqu'un parmi vous utilise régulièrement l'escalier de secours ?

— Nous deux, répondit Albert. Benjamin et moi on s'entraîne à descendre en courant jusqu'en bas et à remonter dans la foulée. On aime bien faire ça deux fois de suite. C'est notre gymnastique cardio-vasculaire.

— Et vous faites ça régulièrement ?

— Tous les midis, répondit Albert. Sans exception.

« Et peut-être le soir de temps en temps », ajouta intérieurement Joanna. Elle fit le geste de partir, puis se ravisa pour une dernière question.

— Aviez-vous des contacts privés avec Karen ?

Albert fronça le sourcil.

— Vous voulez dire, des rendez-vous ?

— Oui, je veux dire : des rendez-vous.

— Soyez réaliste, bafouilla Albert. Elle est beaucoup trop vieille pour nous.

— Beaucoup beaucoup, renchérit Benjamin.

— Dix ans, au moins ! ajouta Albert.

— Peut-être même plus, confirma Benjamin. (Se tournant vers son frère :) Tu te voyais passer une nuit avec ça ?

Albert toussota.

Jake sourit intérieurement. Joanna avait mis le doigt sur un point sensible. Il se demanda ce qui avait fait perdre aux frères leur sang-froid.

— Bien ! Merci de nous avoir consacré un peu de temps, dit-il en entraînant Joanna par le bras. Ne vous dérangez pas.

Ils suivirent le couloir serrés l'un contre l'autre et se parlant à mi-voix.

— Pourquoi as-tu parlé de rendez-vous ? demanda Jake.

— Pour ratisser large.

— Tu n'es pas du genre à agir à l'aveuglette.

Joanna eut un bref sourire.

— J'ai été frappée par l'hostilité des frères à l'égard de Karen Crandell. C'était presque de la haine.

— Tu penses que ça pourrait être un crime passionnel.

— Après la cupidité, c'est la cause principale des meurtres.

Jake se rembrunit.

— Ils ont quand même dix ans de différence avec elle.

— Mais elle était célibataire, jolie et tout à fait brillante. Et à force de travailler ensemble il arrive que cela crée des liens inattendus.

— Tu es convaincue qu'il y a eu quelque chose ?

— Et même s'il y a eu une brève liaison, ça ne les rend pas automatiquement coupables de meurtre.

— Pas plus que cela ne les met hors de cause, répliqua Jake. Il est impossible de distinguer un des frères de son jumeau et dans l'obscurité de la salle de réunion l'un des deux aurait très bien pu disparaître pour aller tuer Karen Crandell. Pendant ce temps-là l'autre restait dans le fond de la salle, surveillait le projecteur, et entretenait la conversation comme s'ils étaient deux. Bondurant n'y aurait vu que du feu.

— Cela signifie dix minutes pendant lesquelles il fallait donner le change, réfléchit Joanna. C'est long pendant une réunion.

— Peut-être qu'ils n'ont pas eu besoin de dix minutes, argumenta Jake. L'un comme l'autre sont des athlètes. Ils sont capables de parcourir en vingt secondes la distance qui sépare la salle du labo de Karen Crandell et de lui défoncer le crâne, la garder assise une minute environ et la jeter dans la cage de l'escalier de secours et enfin être de retour dans la salle… le tout en à peine cinq minutes.

— Mais quel serait leur mobile ?

— Donne-moi le mobile et je pourrai te dire qui c'est.

Ils s'arrêtèrent à la porte du labo de Karen Crandell.

Jake regarda vers le couloir derrière lui et murmura.

— Quelque chose d'autre me gêne chez les Rudd.

— Quoi ?

— Leur ostentation à jouer les machos en étalant leurs muscles, leurs tatouages, et leurs jeans serrés pour mieux mettre en valeur leurs bijoux de famille.

— Tu crois qu'ils ont des goûts spéciaux ? fit Joanna avec un sourire en coin.

— Ça se pourrait, dit Jake en se grattant la nuque. Une question : Est-ce qu'à l'autopsie on peut savoir s'il y a eu des pratiques sexuelles spéciales ?

Joanna réfléchit un instant.

— Il arrive qu'on trouve des objets bizarres là où ils n'ont rien à faire. Et s'il y a eu des pratiques sadomaso, on peut trouver des cicatrices et des traumatismes d'un type particulier.

— Quand tu feras l'autopsie de Karen Crandell, pense à cette éventualité.

Ils passèrent devant l'agent de faction et entrèrent dans le labo. La technicienne fouillait les tiroirs d'un petit bureau métallique placé en coin.

— Je récupère simplement mes affaires personnelles, leur annonça Ann Novack en relevant la tête.

Elle avait les traits tirés et les yeux rouges.

Joanna s'approcha d'elle et lui tapota l'épaule.

— C'est dur pour vous.

— C'était un chef et une femme tellement gentille. J'aurai du mal à trouver quelqu'un d'autre avec ne serait-ce que la moitié de ses qualités.

— A-t-on commencé à chercher une remplaçante ?

— Pas encore.

— Ils vont certainement vous proposer un autre poste à l'IRC.

Le visage d'Ann se durcit.

— Oh ! Ils l'ont déjà fait. Karen était à peine morte qu'ils sont venus me dire que j'étais parfaite pour m'intégrer à leurs recherches. Mais ce n'est pas ça qu'ils veulent vraiment. Ils voudraient profiter du travail de Karen et de ses idées. Ils sont prêts à tout pour récupérer les documents de Karen, à tout.

Joanna tira le tabouret métallique et s'assit près d'Ann.

— Racontez-moi ce sur quoi ils travaillent et quel est leur objectif.

Ann détourna son regard.

— Il vaut peut-être mieux que je me taise.

— Vous pourriez beaucoup nous aider, glissa Joanna.

Ann s'agita sur sa chaise, hésitante.

— Ces gens-là seraient capables de m'empêcher de retrouver du boulot.

— Ce que vous me direz ne sortira pas d'ici, insista Joanna.

Ann hésita encore un instant, puis se jeta à l'eau.

— Ça a commencé à l'arrivée de Karen. Ils la prenaient plus comme une assistante que comme leur égale, l'incitant sans arrêt à travailler pour eux et à participer à leurs recherches. Ce qu'elle a fait au début. Elle devait se sentir obligée de faire ses preuves face à eux. Mais malgré son excellent travail, ils ne l'ont jamais acceptée. Ils ne faisaient que l'exploiter et elle en a eu marre.

— On nous a dit qu'on travaillait en équipe ici, que tous les scientifiques échangeaient sur leurs travaux.

— Ah ! se força à rire Ann. Leur conception du travail d'équipe c'est que tout résultat leur appartenait, y compris ceux de Karen.

— Mais ils devaient lui donner quelque chose, je suppose.

— Oh ! Bien sûr ! Mais cela dépendait de leur bon vouloir et encore de petites sommes.

— Et ils agissaient tous de la même façon ?

Ann hocha la tête.

— Le pire, c'était Moran. Il lui collait des projets sur son bureau et ne revenait qu'à 7 heures du soir en réclamant le travail.

— Ça m'a l'air d'un véritable tyran.

— Et coléreux.

— Combien de temps Karen l'a-t-elle supporté ?

— Un an et demi, en gros. Et il y a eu la goutte qui a fait déborder le vase. Dieu du Ciel ! Ça l'a mise en furie. Elle a jeté à la figure des frères Rudd qu'ils étaient des enfoirés sans scrupules.

Joanna rapprocha un peu plus son tabouret.

— Parlez-moi de la fameuse goutte d'eau, sans oublier aucun détail.

— Ça va prendre du temps pour raconter tout ça.

— On a le temps.

Ann respira un grand coup.

— Avez-vous déjà entendu parler de nanotechnologie ?

— Qui consiste à tout ramener à son milliardième.

— C'est le plus gros enjeu scientifique du moment. Cela est destiné à révolutionner toutes les formes de médecine. C'est tellement important qu'avant de quitter ses fonctions, le président Clinton en a fait une cause nationale, avec plus de cinq cents millions de dollars de subventions à la clé pour la recherche. Bien sûr, l'IRC était parfaitement bien placé pour en profiter. Leur projet était d'utiliser la nanotechnologie pour remédier à toutes les maladies du cerveau… de la tumeur cancéreuse à la maladie d'Alzheimer. Karen y jouait un rôle important à cause de son habileté à relier les cheminements électriques intracervicaux. Toujours est-il qu'ils ont déposé un programme de recherches et ont obtenu un versement annuel de deux millions pendant cinq ans. Il s'agit bien de dix millions de dollars, en tout.

— Ouah ! s'exclama Joanna, interloquée par l'énormité de la somme. Tout le monde a dû être heureux. !

— Tout le monde sauf Karen. Son nom n'apparaissait pas dans le projet.

— Attendez ! (Joanna leva le bras.) J'ai cru vous entendre dire qu'elle y jouait un rôle crucial.

— Absolument.

— Alors pourquoi n'était-elle pas citée ?

— Afin que Bondurant, Moran et les Rudd ramassent toute la mise. Pas un sou qui ne passe par eux. Ça leur permettait de garder le contrôle total du projet et de Karen Crandell.

Joanna secoua la tête, imaginant sa propre réaction si on l'avait traitée de cette façon.

— Karen a dû grimper aux rideaux.

— Une vraie furie, arpentant rageusement la pièce, balançant contre le mur tout ce qui lui tombait sous la main. Je ne l'avais jamais vue comme ça. (Ann leva les yeux vers le plafond, revoyant la scène.) Elle a menacé de démissionner, et même d'alerter la presse et de raconter la vérité. Mais elle n'en a rien fait. Et le lendemain matin, elle est arrivée sereine, comme si rien ne s'était passé. C'est ce jour-là qu'elle m'a déclaré que nous ne collaborerions plus avec les autres. Elle a ajouté qu'elle ne voulait plus rien avoir à faire avec eux désormais. Et elle a tenu bon. Elle a obtenu des subventions particulières pour son propre programme et n'a publié ses travaux que sous son seul nom.

— Quelle a été la réaction de Bondurant et des autres ?

— Ça les a rendus fous furieux à leur tour. Je vous ai expliqué que Karen savait relier les courants électriques du cerveau. Ce savoir-faire était indispensable pour travailler sur leurs projets naniques.

— Mais on vient de parler avec les Rudd et leurs recherches semblent bien progresser, objecta doucement Joanna.

— Ils vous ont montré leur film, hein ?

— Oui.

— Ils le passent à qui veut le voir, constata Ann.

— Karen l'a vu ?

— Elle en a entendu parler, mais ça ne lui a fait ni chaud ni froid. D'abord, a-t-elle dit, l'insertion d'une nanomachine dans une cellule humaine n'est pas une première. Ça a déjà été fait l'année dernière par un groupe de chercheurs à Cornell. Les Rudd n'ont fait que reprendre leur technique. Ensuite, insérer au microscope électronique une nanomachine dans une cellule est une chose. Mais l'acheminer jusqu'au bon neurone sur un être vivant, c'est une autre paire de manches. Pour ça, il faut posséder la carte des circuits électrochimiques. D'où l'importance des travaux de Karen. Elle seule pouvait dresser cette carte.

— Vous considérez donc que les travaux de Karen étaient essentiels à la réussite du projet ?

Ann réfléchit avant de répondre :

— Vous voulez aller à La Nouvelle-Orléans. Sans carte routière vous y arrivez ou pas selon votre chance. Mais avec une carte vous pouvez y aller par le plus court chemin.

— Comment s'y prenait-elle pour dresser cette carte ?

— La plupart des données lui étaient fournies par le cathéter et l'appareil qu'elle a inventé pour dissoudre les caillots dans le cerveau. Il est équipé de minuscules capteurs et émetteurs qui détectent les impulsions électriques émises par le cerveau.

— Elle en était arrivée à quel stade ?

Ann leva les épaules.

— Je n'en sais rien.

Le ventilateur au plafond se mit en route et brassa l'air ambiant. Ann avala une gorgée de son café froid.

— Je vais vous poser une question, dit Jake. Écoutez-moi attentivement avant de répondre.

— D'accord ! dit Ann en tendant l'oreille.

— Une fois cette carte entièrement établie, quelqu'un faisant de la nanotechnologie irait-il jusqu'à tuer pour se l'approprier ? Est-ce que le jeu en vaut la chandelle ?

Ann sourit d'un air complice.

— Oh ! que oui ! Bien plus encore que vous ne pouvez l'imaginer. C'est le prix Nobel assuré.

Jake hocha la tête. Divers éléments commençaient à concorder.

— Vous est-il arrivé de voir ces appareils dans le bureau du Dr Crandell ?

— Effectivement, mais je n'ai toujours pas compris comment m'en servir. Chaque fois que je tripote des boutons, je n'obtiens qu'un brouillage d'électricité statique sur les écrans. Ce sont pourtant bien des moniteurs, mais je n'arrive pas à les régler.

— Et ce troisième appareil, le plat.

Ann se leva de sa chaise.

— Ça, c'est tout simple, c'est un magnétoscope.

— Il y a des images chargées.

— Ouais, mais je n'y comprends rien non plus.

— Regardons-les.

Ann les emmena jusqu'au bureau de Karen. Rien n'avait bougé depuis la visite de Joanna, si ce n'est le tiroir du bas de l'armoire à dossiers, qui était ouvert.

Joanna le désigna.

— Tu as trouvé quelque chose d'intéressant ?

Jake secoua la tête.

— Deux carnets de chèques de voyage et des bricoles personnelles.

— Pas de chèque manquant ?

— Aucun. Il n'y a pas eu tentative de vol, ou en tout cas le motif n'était pas l'argent.

Ann mit en route le magnétoscope et une image claire et lumineuse apparut sur un écran. C'était l'intérieur d'un tube gris clair bloqué par une masse rouge.

— J'ai déjà vu cette image, dit Joanna. Karen l'avait montrée au cours d'une conférence qu'elle a donnée il y a six mois. Il s'agit d'une artère cérébrale bouchée par un caillot.

Elle se tourna vers Jake.

— Cette image a été réalisée par l'appareil inventé par Karen.

— Exact ! Exact ! confirma Ann. Je me souviens de cette conférence. Ça paraît légèrement différent vu de près.

L'image disparut tout d'un coup, puis des images floues en noir et blanc se succédèrent. Petit à petit elles devinrent plus nettes. On voyait des gens arpentant un large trottoir. Leurs voix étaient étouffées.

— Qu'est-ce que c'est que ce truc-là ? demanda Jake.

— Je ne suis pas sûre, dit Joanna, les yeux rivés sur l'écran.

L'image englobait maintenant tout le trottoir ainsi que la chaussée embouteillée. La majorité des voitures étaient des taxis noirs. On entendit un klaxon. Un gros autobus s'avançait doucement.

Joanna le désigna.

— C'est le type de bus à étage qu'ils ont en Angleterre.

— Et ils circulent du côté gauche de la chaussée, ajouta Jake.

L'image devint floue un instant, puis redevint nette. Joanna apercevait maintenant les piétons s'engouffrer dans une large ouverture au-dessus de laquelle on pouvait lire MARBLE ARCH.

— Nous sommes à Londres, leur dit Joanna. C'est une station de métro près de Hyde Park.

L'écran se vida et l'image fut remplacée par des parasites, pour se vider à nouveau.

Jake se gratta la nuque.

— Qu'est-ce que le Dr Crandell pouvait bien foutre d'une vidéo prise à Londres ?

— Elle l'a peut-être tournée avec sa caméra vidéo, suggéra Ann. Elle y est allée en vacances cet été.

— Ça peut être l'explication, dit Jake.

Il se dirigea vers le meuble de rangement et ouvrit tous les tiroirs. Tout était vide.

— Je voudrais bien savoir où sont passés les documents relatant les recherches du Dr Crandell. Son armoire a été entièrement nettoyée.

— Ces salauds ont osé ! éclata Ann. Ils ont finalement obtenu ce qu'ils voulaient.

— On va s'en occuper dit Jake en entraînant Joanna par le bras vers la porte.

En sortant, Joanna jeta un œil en arrière vers l'écran vide. Son esprit restait accroché à ces images de Londres. Il y avait quelque chose d'anormal. Mais elle ne savait pas vraiment quoi.

6

Joanna montra les radios alignées contre le mur carrelé de la salle d'autopsie. C'était une série de clichés, sous différents angles, du cou et du thorax de Karen Crandell.

— Quelles remarques vous inspirent sa moelle épinière ?

Lori McKay examina les radios.

— Elle a l'air intacte. Je ne vois ni fracture ni rupture.

— Ça ne vous étonne pas ?

Lori regarda de nouveau et haussa les épaules.

— Il ne faut pas trop se fier aux radios.

— Cette femme est tombée tête la première après avoir fait une chute de dix mètres, pensez-y, insista Joanna.

— Ce qui entraîne normalement des fractures multiples et des dislocations, reprit aussitôt Lori.

— Et ce n'est pas le cas. Autrement dit, elle n'a pas atterri sur la tête.

Lori vérifia des radios supplémentaires accrochées sur un autre négatoscope.

— Je vois deux fractures distinctes. La première correspond à l'éclatement du crâne au niveau de l'occiput. La seconde est un enfoncement au sommet de la couronne.

— Ce qui donne à penser ?

— Qu'elle a subi deux traumatismes distincts.

— Je le crois aussi. Et nous avons d'autres éléments qui renforcent l'hypothèse de deux blessures.

Joanna informa Lori du sang découvert à la base du dossier

du fauteuil de bureau de Karen Crandell. Les analyses prouvaient que c'était bien le sang de la jeune femme.

— On pense que quelqu'un l'a assommée pendant qu'elle était assise à son bureau, ce qui explique le sang trouvé sur le fauteuil et l'enfoncement de la boîte crânienne. L'assassin l'a jetée dans un deuxième temps dans la cage d'escalier pour maquiller le meurtre en suicide. Elle a dû atterrir sur l'arrière du crâne et l'occiput a éclaté.

— C'est logique, admit Lori en contemplant les radios. Quelqu'un s'est donné un mal de chien pour maquiller le meurtre.

— Et a failli réussir.

— Vous avez une idée de qui il s'agit ?

— Pas du tout.

— Ce serait bien si un témoin apparaissait brusquement !

— Inutile de l'attendre en retenant votre souffle.

Joanna revint à la table d'autopsie et contempla le cadavre éviscéré de Karen Crandell. Le corps avait été ouvert du sternum au pubis et tous les organes retirés et examinés de près. Karen était en parfaite santé, les poumons roses et des artères bien dégagées. Elle aurait pu vivre encore cinquante ans. Et rien d'anormal du côté du pubis. Aucune cicatrice ni corps étranger laissant supposer des pratiques sexuelles particulières.

De toute façon ce n'est pas un acte accidentel, mais l'aboutissement d'une longue histoire, pensa Joanna. Karen et les Rudd se vouaient-ils vraiment une haine tenace ? On peut détester quelqu'un pour toutes sortes de raisons en dehors des pulsions sexuelles et d'une passion contrariée. Même si cela augmente les risques d'un drame. Et le fait que les Rudd se donnaient des airs de machos n'était pas non plus déterminant. À Los Angeles plein de gens s'efforcent de paraître ce qu'ils ne sont pas.

— Pendant que j'y pense, dit Lori, interrompant les pensées de Joanna, j'ai examiné les prélèvements du cerveau d'Elizabeth Ryan.

— Conclusion ?

— Ça n'a rien donné, dit Lori avec dépit. Pas la moindre trace d'hémorragie. J'ai seulement découvert par-ci par-là des taches minuscules, probablement des artefacts.

— Refaites l'examen de ces taches.

— Bon.

— Et sa tumeur ? dit Joanna tout en examinant l'intérieur des cuisses de Karen pour vérifier, sans succès, la présence de traumatismes.

— Tumeur extrêmement maligne, répondit Lori. Et bien plus étendue que cela n'apparaît sur l'IRM. Elle n'avait plus que quelques mois à vivre, même si elle avait subi l'intervention.

— Bon, Moran aura quand même essayé.

— C'est bien son seul mérite, ces temps-ci, critiqua Lori.

Joanna leva la tête.

— Que voulez-vous dire ?

— J'ai consulté les dossiers de toutes les tumeurs au cerveau que Moran a opérées depuis deux ans. Afin de m'assurer qu'il n'y avait pas eu d'autres cas de mort sur table.

Joanna lui fit un clin d'œil.

— Vous commencez à raisonner comme un détective.

— C'est bien ou mal ?

— Bien. Et alors ?

— Aucune autre mort sur table, mais ses résultats sont loin d'être aussi probants qu'il le prétend.

— Vérifiez bien, conseilla Joanna. Le taux de succès des interventions de Moran sur les gliomes cancéreux est l'un des meilleurs du monde.

— Avant oui. Les deux premières fois il y a eu guérison. La troisième a survécu plus de deux ans. C'est là-dessus qu'il a acquis sa réputation. Depuis, il n'a obtenu que des résultats moyens. La majorité de ses patients meurent dans les mois qui suivent.

— Mais jamais de mort sur table identique à celle d'Elizabeth Ryan, on est bien d'accord ?

— Absolument.

— Enfin, l'idée était bonne et c'est bien d'avoir pensé à faire ça.

— Peut-être, mais ça n'a pas plu à tout le monde.

— À qui ?

— Moran, fit Lori en baissant la voix bien qu'elles soient seules. Dan Rubin m'a raconté que Moran avait su d'une façon ou d'une autre que je vérifiais ses dossiers d'archive et il a piqué sa crise. Il n'a pas l'air d'apprécier qu'on fourre son nez dans ses affaires.

— Tant pis, dit Joanna sans s'émouvoir.

— Il a un grand pouvoir de nuisance, Joanna.

— Moi aussi.

Elle revit le visage de Christopher Moran. Il ne lui avait jamais plu. Il faisait partie des quelques personnes qui lui avaient inspiré de l'antipathie dès leur première rencontre, avant même de savoir que c'était une brute arrogante passant son temps à mouiller les autres puis à les laisser tomber.

Joanna remarqua le visage soucieux de Lori.

— Ne soyez pas inquiète à cause de Moran.

— Il n'y a pas que ça, dit Lori en hésitant.

Elle avala sa salive.

— J'hésite à sortir avec Dan Rubin, l'interne de Moran.

— Il vous l'a proposé ?

— Pas encore, mais ça ne va pas tarder.

— Et il vous plaît ?

— Ouais.

— Eh bien ! Faites-le.

— Mais Moran va le savoir et s'imaginer que si je sors avec Dan c'est pour espionner le service de neurochirurgie.

Joanna se fendit d'un large sourire.

— C'est vrai que ça ne serait pas une mauvaise idée…

Lori pinça amicalement le bras de Joanna et sourit à son tour.

— Je parle sérieusement.

— Moi aussi. Si Dan Rubin vous plaît, sortez avec lui. Ne laissez pas Moran vous imposer votre conduite.

— Il y a autre chose qui me retient, reconnut Lori en baissant encore la voix. Au Memorial les gens ont tendance à fourrer leur nez partout. Ils savent tous ce que les autres font et adorent colporter des ragots sur Untel et Untel. Si on sort avec quelqu'un de l'hôpital, le lendemain matin tout le monde est au courant. J'ai horreur de ça. Je n'aime pas qu'on se mêle de ma vie privée.

— Je n'ai pas l'impression que Dan Rubin soit du genre à raconter sa vie.

— Je vais peut-être accepter, dit Lori, encore hésitante. Malgré tous ces bavardages et tous ces ragots. Vous vous faites sauter par un mec, et en vingt-quatre heures tous les détails sont connus.

— Ça vous est déjà arrivé ?

— Pas encore. Et j'aimerais bien que ça reste ainsi… (Lori secoua lentement la tête.) Mon Dieu ! Ce qu'on m'a raconté sur certains. On ne peut pas garder un secret dans cette boutique.

Joanna fronça les sourcils.

— Est-ce qu'il s'est dit des choses sur les relations de Karen Crandell ?

— Rien, dit sans hésitation Lori. Je parle des jeunes, ceux qui ont moins de quarante ans.

Joanna saisit la perche pour demander avec désinvolture :

— Et sur les frères Rudd ?

— Oh ! Là ! Là ! pouffa Joanna. Vous aussi êtes au courant, hein ?

— Au courant de quoi ? répliqua Joanna.

Le visage de Lori redevint sérieux.

— Ça n'a rien de drôle. Il paraît que l'un des jumeaux est sorti avec une jeune technicienne en radiologie, une très jolie fille. Il s'est montré charmant et plein d'esprit. Il lui a offert un dîner royal dans un grand restaurant de Beverly Hills. Ensuite il l'a emmenée chez lui et a disparu dans sa chambre avant de revenir avec son frère. L'un et l'autre en petite tenue. Ils l'ont baratinée pour qu'elle accepte de coucher avec eux deux.

— Seigneur ! grogna Joanna. Comment a-t-elle réagi ?

— Elle a pris ses jambes à son cou.

— Bravo !

Joanna repensa à la remarque de Jake disant que les airs macho des frères Rudd pouvaient cacher une sexualité un peu particulière.

— Vous pensez qu'ils ont des pratiques sexuelles spéciales ?

— Je ne dirais pas que ce type de comportement est normal. Et vous ?

— Oui mais il n'y a pas eu sévices, ni fétichisme, ni de pratiques sadomaso ?

— Pas à ma connaissance, dit Lori que ça commençait à intéresser. Pourquoi ?

— Simple curiosité, dit Joanna sur un ton évasif. Examinons l'arrière du crâne de Karen Crandell.

Elles retournèrent le corps et une fois qu'il fut sur le ventre elles examinèrent la nuque et le cou. Tout l'arrière du crâne n'était plus qu'une bouillie de cervelle, de cheveux emmêlés et de fragments d'os.

— Vous voyez cet énorme écrasement. La plus grande partie de l'occiput s'est envolée ou s'est incrustée dans le cerveau.

— C'est celui-ci le principal point d'impact.

— C'est incroyable, les dégâts provoqués par dix mètres de chute.

Lori montra une sorte de poudre blanche qui parsemait la blessure.

— C'est quoi cette matière blanche ?

Joanna se saisit de sa loupe et examina minutieusement la fracture et ses contours.

— Ça se présente comme des granules ou des éclats. Je suppose que ce sont des fragments de plâtre ou de peinture qui viennent sans doute du palier. On vérifiera.

— Et ça établirait de façon certaine qu'elle a atterri sur la nuque et non pas sur le sommet du crâne.

— Mais ça ne nous donne aucune indication sur le type qui a fait ça.

Joanna passa à la couronne de la tête. Là, également, la fracture était indiscutable mais plus petite. Le cuir chevelu était fendu, l'os enfoncé. Joanna découvrit du sang et des éclats d'os mais le cerveau n'était pas à découvert.

Un fin fragment de corps étranger attira son attention. Il faisait un centimètre de long et était de couleur brune. Les extrémités étaient déchiquetées. Elle l'extirpa avec une petite pince de l'os dans lequel il était incrusté. Elle en trouva ensuite un second, un peu plus long, du même brun foncé.

— Qu'est-ce que c'est ? demanda Lori.

— Je n'en ai pas la moindre idée, répondit Joanna, mais ça n'a rien à faire là.

7

Marci Gwynn était allongée sur le billard, les yeux clos, ne voulant pas voir les médecins ni les infirmières pas plus que les instruments avec lesquels ils se préparaient à lui ouvrir le crâne.

Pourquoi cela m'arrive-t-il à moi ? gémissait-elle intérieurement pour la centième fois. Qu'est-ce que j'ai fait au bon Dieu ?

Elle pria une fois de plus pour que ce ne soit qu'un cauchemar dont elle allait enfin se réveiller.

— Comment vous sentez-vous, Marci ? demanda une infirmière.

— Bien, mentit Marci, qui ne rêvait que de s'enfuir pour aller se cacher en lieu sûr.

Mais il était trop tard. Elle était attachée sur la table d'opération. Sa tête elle-même était prise dans une sorte d'étau.

— Tout va bien se passer, dit l'infirmière d'un ton rassurant.

Je n'en crois pas un mot, eut envie de rétorquer Marci. Vous allez m'opérer le cerveau, au risque de me laisser paralysée, ou aveugle, ou morte, ou dans un des nombreux états énumérés dans la liste présentée dans le formulaire de décharge que vous m'avez fait signer.

— Je dois introduire le cathéter maintenant, Marci, dit l'infirmière.

— Quoi ?

— Il faut que j'introduise une sonde dans votre vessie, expliqua l'infirmière. Ça va mettre une minute.

Marci sentit qu'on lui soulevait et qu'on lui écartait les jambes, dévoilant son pubis. Elle serra les paupières pour essayer de retenir ses larmes, mais en vain. Elle s'entendit sangloter et essaya de se maîtriser.

— Je vais vous donner quelque chose qui va vous détendre, dit l'anesthésiste placé derrière elle.

Elle ouvrit les yeux et essaya de le regarder, mais tout ce qu'elle vit fut deux mains et le petit flacon qu'il tenait. Elle sentit un liquide froid sur son bas-ventre. Il lui fallut quelques secondes pour comprendre que l'infirmière lui nettoyait l'entrejambe. Elle était exposée à tous les regards.

Le bloc opératoire s'anima. Les infirmières s'affairèrent avec leurs plateaux remplis d'instruments. Des médecins en blouses équipés de masques enfilaient des gants de latex et se parlaient d'une voix feutrée que Marci n'arrivait pas à saisir. Du coin de l'œil elle vit au-dessus de sa tête un microscope d'intervention. Elle frémit en se rappelant à quoi il allait servir. Le Dr Moran lui avait expliqué qu'il se servait d'un microscope pour découper sa tumeur.

Elle ressentit une vive douleur entre les cuisses, puis une vague douleur dans la vessie. Marci essaya de soulever la tête, mais elle réussit à peine à bouger. Elle sentit qu'on collait quelque chose contre sa cuisse. Enfin on lui reposa doucement les jambes sur la table d'opération.

Sur une desserte placée à côté, son regard fut attiré par un instrument en métal brillant. Il était gros et ressemblait à un outil de force. Elle se demanda à quoi il servait.

Son attention fut attirée par un grand chirurgien qui s'approchait de la table. Il tenait ses mains gantées contre sa poitrine.

— Je suis le docteur Bélios, chef de clinique en neurochirurgie, dit-il, le regard tourné vers des radios affichées sur un négatoscope. Vous vous souvenez de notre conversation d'hier?

Marci fit signe que oui, mais en fait elle ne le revoyait pas bien. Tant de médecins s'étaient succédé à son chevet ces derniers jours. Des visages qui apparaissaient puis disparaissaient et qu'elle ne revoyait jamais.

Le chef de clinique désigna un autre médecin placé à côté de lui.

— C'est le Dr Rubin, mon assistant. Nous allons simplement nettoyer l'endroit où nous allons pratiquer l'incision. Le champ opératoire doit être parfaitement désinfecté. C'est important.

Marci se raidit de peur.

— Où est le Dr Moran ?

— Il se prépare. Il va être là dans une minute.

Marci sentit qu'on frottait son cuir chevelu avec un liquide froid. Cela lui rappela qu'on lui avait rasé la tête la veille au soir après lui avoir coupé d'abord ses longs cheveux bruns et qu'elle avait pleuré, se sentant dépouillée de sa féminité. Mais elle avait pensé à apporter une perruque de la même couleur que ses cheveux naturels. Comme ça, quand ses parents et Chip Kennedy, son fiancé, étaient venus lui dire bonsoir, ils avaient vu la belle Marci, pas la malheureuse tondue. En partant Chip avait posé un trèfle à quatre feuilles sur son oreiller pour lui porter chance.

La chance ! Marci se demanda avec angoisse si elle en avait encore en réserve. Elle en avait toujours eu jusqu'ici. Toujours. Née dans une famille riche de Nouvelle-Angleterre, elle avait toujours été une privilégiée. Les meilleures écoles privées, les clubs sélects, les avions privés. Elle était jolie et brillante et courtisée par plus de garçons qu'elle ne pouvait désirer.

Une fois diplômée de l'université de Brown, elle avait travaillé à New York comme assistante éditoriale au *Cosmopolitan.* Et puis un ami avait déclaré que Marci ferait un parfait modèle. Elle avait commencé par refuser, s'imaginant que cela ne convenait qu'aux têtes de linotte et qu'elle s'ennuierait très vite. Mais, sur un coup de tête, elle avait décidé de faire l'essai et avait signé dans une grande agence. En un an elle était devenue top model, s'était installée à Los Angeles, où elle gagnait cinq cents dollars l'heure.

Puis elle avait commencé à avoir des maux de tête. Elle les avait d'abord attribués à la tension et à l'excitation du métier auxquelles s'ajoutait son prochain mariage avec Chip Kennedy, un banquier d'affaires. Mais les migraines avaient augmenté en intensité et en fréquence. Quand sa jambe gauche s'était affaiblie, Marci avait pris conscience que c'était grave. Elle avait vu deux médecins avant qu'on diagnostique une tumeur au cerveau et qu'on l'envoie consulter le Dr Christopher Moran. Sa chance s'était évanouie.

— Marci, on va tracer au feutre une ligne sur votre crâne. D'accord ? demanda Bélios.

— D'accord, murmura Marci, à nouveau submergée par la peur. Elle savait ce qui allait suivre. Le bistouri ! On traçait la ligne qui allait guider la découpe du chirurgien.

Marci sentit le tracé du feutre sur son crâne. Elle eut l'impression qu'il partait juste au-dessus de l'oreille et atteignait le haut du crâne. Pourquoi faisaient-ils une aussi grande incision ? Sa tumeur était-elle si grosse ?

— Ohohoh ! cria-t-elle en ressentant une vive douleur s'enfonçant dans son cuir chevelu. Suivi d'une seconde piqûre. Elle avait l'impression que la peau allait exploser.

— Arrêtez ! Arrêtez ! S'il vous plaît !

— C'est presque fini, dit Bélios. On vous a simplement injecté un anesthésiant local.

Le cœur de Marci bondit dans sa poitrine à l'idée de ce qui allait suivre. Ils lui avaient fait une anesthésie locale parce qu'ils voulaient la garder consciente pendant la première partie de l'opération. Il fallait qu'ils repèrent les différentes zones du cerveau parce que la tumeur était proche du siège de la mémoire. Il leur fallait établir ce qu'ils pouvaient retirer ou pas. Et ils ne pouvaient configurer l'intervention qu'à crâne ouvert.

De la musique classique se répandit dans le bloc opératoire. Cela ressemblait à la Neuvième Symphonie. Si on faisait ça pour la calmer, c'était raté. Au contraire, ça lui donnait une impression sinistre.

Les portes battirent pour livrer passage à Christopher Moran. Une infirmière se précipita vers lui pour lui tendre l'un après l'autre les gants de latex bien entrouverts pour qu'il puisse les enfiler facilement.

Moran jeta par-dessus son épaule un coup d'œil vers la tête de Marci Gwynn.

— Votre incision descend trop bas, dit-il à Bélios d'un ton

renfrogné. On ne lui fait pas une transplantation. On lui retire simplement une tumeur de trois centimètres.

— Bien sûr, monsieur, répondit Bélios. Mais je lui ai fait une large anesthésie locale pour vous permettre d'aller plus loin si vous le désirez.

— Retracez-moi cette foutue ligne, ordonna Moran.

Bélios se dépêcha de s'exécuter et vérifia que la zone couverte par la nouvelle ligne était bien anesthésiée.

Moran vérifia les radiographies accrochées au mur, puis le plateau couvert d'instruments. Ayant constaté avec satisfaction que tout était prêt, il s'adressa à Marci :

— Comment vous sentez-vous ?

— Complètement terrifiée.

— C'est tout à fait normal. Mais tout va bien se passer. Dans quelques minutes vous dormirez comme un ange.

Marci hocha la tête, un peu rassurée par la présence de Christopher Moran. Elle avait apprécié sa façon d'aborder le dossier, directe et pleine de bon sens. Les autres spécialistes lui avaient exprimé leur sympathie, mais laissé très peu d'espoir. Ses chances de s'en tirer étaient minimes, disaient-ils tous. Moran avait été le seul à lui dire que la guérison était possible. Et il avait cité le cas d'un malade atteint d'un gliome accidentel qui non seulement était toujours en vie, mais semblait en plus totalement guéri. Elle avait donc décidé à s'accrocher à cet espoir de toutes ses forces.

— Bistouri, dit Moran d'un ton ferme.

Marci sentit une pression sur sa tête, puis un liquide chaud lui couler dans l'oreille.

— Hémostat, ordonna Moran.

Marci sentit quelque chose qui lui tirait sur le cuir chevelu, mais c'était indolore. Cela recommença plus fort, sans lui faire plus mal. Marci se détendit un peu. Elle s'était préparée à une terrible souffrance, mais il n'en était rien pour l'instant. Et ce serait peut-être ainsi jusqu'au bout. Peut-être qu'elle allait retrouver sa chance.

Brusquement elle entendit le son aigu d'un moteur à gaz. Elle sentit une pression accompagnée d'une intense vibration dans sa tête. Elle fut prise de panique en comprenant ce qui se passait. On était en train de lui ouvrir le crâne avec une scie.

8

Joanna fit couler le café dans deux gobelets en plastique et en tendit un à Jake. Elle ajouta de la crème en poudre et elle jeta un regard à l'horloge du salon du chirurgien. Il était 13 h 20.

— Moran ne devrait pas tarder.

— Tu m'as dit la même chose il y a vingt minutes, lui fit remarquer Jake.

Joanna leva les épaules.

— Ça ne se passe pas toujours exactement comme on voudrait pendant une opération, surtout à crâne ouvert.

Jake sirotait bruyamment, essayant d'imaginer à quoi pouvait ressembler une trépanation. Il était plus facile de visualiser mentalement une opération d'appendicite ou des amygdales, ou même une transplantation. Mais une trépanation ! Il se demanda s'il accepterait qu'on lui en fasse une.

— Il ne pratique que la chirurgie du cerveau ?

— Essentiellement. C'est une sommité pour l'ablation de certaines tumeurs.

— Il est cher ?

— J'ai entendu dire que c'était au minimum dix mille dollars, et que ça grimpait en fonction de la nature de l'opération.

— Eh ben, ça représente du pognon.

— Mais c'est aussi un travail très pointu, fit remarquer Joanna. C'est un peu comme marcher sur un fil au-dessus du vide sans filet de protection. Le moindre faux mouvement et c'est la catastrophe.

Jake regarda le planning des interventions affiché au mur près de la machine à café. Moran avait au programme une trépanation à 8 heures et une autre à 14 heures. Soit une jolie galette d'au moins vingt mille dollars. Ça va lui faire une bonne journée, pensa Jake.

Il regarda Joanna.

— Avec un tel planning, il ne doit pas passer beaucoup de temps à l'IRC, j'imagine.

— Quelques heures par jour au maximum.

— Ce qui veut dire qu'il ne doit pas leur être d'une grande utilité.

— Il découvrira peut-être un jour au bloc quelque chose que les autres n'auront pas vu.

— C'est ça, dit Jake d'un ton morose. Quand les poules auront des dents.

— Ça avance un peu, ton enquête ?

— Je passe mon temps à suivre des pistes qui ne mènent nulle part, râla Jake.

— Il doit bien y avoir des indices. Encore faut-il mettre le doigt dessus.

— Bon, d'accord. Je te dis où j'en suis et tu me donnes ton avis.

Jake extirpa son carnet de sa poche et le feuilleta.

— Je commence par les six psychiatres consultants qui étaient dans les murs de l'institut au moment du meurtre de Karen Crandell. Dont quatre femmes, que je peux donc éliminer. L'un des deux autres a soixante-dix ans et souffre d'emphysème. Il se déplace avec des béquilles. Le dernier est dans la force de l'âge, mais il a signé sa sortie à 21 h 30. Matériellement, il n'a pas pu jeter le corps dans la cage d'escalier deux minutes avant sa sortie.

— Il ne reste donc que les quatre permanents de l'IRC, résuma Joanna.

— Et ils ont tous un alibi en béton.

Jake passa à la page suivante.

— Pour ne rien négliger, on s'est renseignés sur la fortune de Karen Crandell. Elle avait un revenu annuel de cent quarante mille dollars, dix mille sur son compte, un appartement qui en vaut six cent mille dollars et d'autres comptes épargne-retraite.

— Des héritiers ?

Jake esquissa un sourire.

— On y a pensé. À bien réfléchir, sa mort représentait plus d'un million de dollars pour des héritiers.

— Alors ?

— Sa seule famille est un demi-frère simple d'esprit qui vit quelque part dans l'Est, continua Jake en refermant son carnet. Quand on l'a prévenu de la mort de Karen, la seule chose qui l'a intéressé était de savoir s'il était sur le testament. Quand il a compris qu'il n'y avait rien pour lui, il a hurlé « merde ! » dans le téléphone et a raccroché.

Joanna frissonna devant tant d'indifférence.

— Que va-t-on faire du corps de Karen ?

— Elle avait demandé à être incinérée.

— Et que deviennent ses biens ?

— Tout revient au Memorial pour créer une chaire de neurologie.

Joanna finit son café et jeta le gobelet dans une poubelle placée à portée de main.

— C'est vrai qu'il n'y a rien qui puisse nous aider.

— Et nous n'avons pas de suspect, marmonna Jake

— Si, quand même, nous en avons un.

— Qui ça ?

— Celui ou celle qui s'est fait la malle avec les dossiers de Karen.

Jake se gratta le menton.

— Ce cambriolage me rend perplexe. Trop parfait. Aucun désordre.

— Le voleur savait sans doute d'avance où trouver ce qu'il cherchait. Il n'avait peut-être pas besoin de tout retourner.

— Alors, pourquoi a-t-il tout emporté ? demanda Jake tout en s'efforçant de trouver la réponse à cette question. Ce meuble a été entièrement vidé à part deux ou trois catalogues, mais comment diable embarquer autant de dossiers sans attirer l'attention ? Rappelle-toi que tout s'est fait le soir du meurtre de Karen Crandell.

Personne ne pouvait les emporter en passant sous le nez des vigiles sans se faire remarquer.

— On peut donc en déduire qu'ils sont encore à l'IRC.

— Ce qui nous ramène aux quatre médecins qui se trouvaient là quand ça s'est passé.

— Tous avec un alibi en béton.

— Merde ! marmonna Jake. On se mord la queue.

La porte du salon s'ouvrit brusquement et Christopher Moran entra en trombe. Il avait mis une blouse blanche par-dessus son pyjama de bloc. Son bonnet de chirurgien enfoncé jusqu'aux oreilles était trempé de sueur.

— Vous êtes le lieutenant Sinclair ? demanda-t-il tout de go.

— C'est bien ça, fit Jake.

— Ne perdons pas de temps, continua Moran tout en ignorant Joanna. J'ai une autre trépanation programmée dans vingt minutes.

— On va essayer, dit Jake en jaugeant l'individu d'un coup d'œil. Il était grand avec un visage ferme et en imposait. Il était évident qu'il avait beaucoup de sang-froid.

— Avant de commencer, lieutenant, puis-je dire un mot au Dr Blalock ?

— Je vous en prie.

Moran fit face à Joanna et la fixa de haut.

— Puis-je savoir pour quelle raison votre assistante passe au peigne fin les dossiers de tous mes patients ?

Joanna soutint son regard, tout en cherchant quel prétexte elle pouvait inventer pour justifier l'action de Lori McKay.

— On se trouve devant une mort sur table dont la cause reste inconnue. Dans ce cas-là, on passe en revue toutes les opérations similaires pour vérifier s'il y a eu des précédents. Si c'est le cas, on cherche un dénominateur commun.

— Par exemple, le chirurgien ?

— Par exemple.

— Êtes-vous en train d'insinuer que je suis responsable ? reprit Moran sans la quitter des yeux.

— Pas du tout, dit Joanna avec le plus grand calme, bien décidée à ne pas se laisser intimider. C'est le protocole que nous appliquons devant une mort sur table. On recherche toutes les causes possibles, ce qui comprend les drogues, les produits anesthésiques, la procédure suivie, en gros tout ce qui pourrait nous apporter une indication.

— Je vois, fit Moran avec un ton qui laissait entendre qu'il n'en croyait rien.

— Tant mieux, répliqua Joanna d'un ton aimable. Parce que nous poursuivrons notre enquête jusqu'à ce que nous obtenions un résultat

Elle vit une veine gonfler sur la tempe de Moran, mais il se retint. Il se retourna brusquement vers Jake.

— On y va ?

Jake déchiffra le langage corporel de Moran. Le chirurgien tournait le dos à Joanna, bras croisés. On sentait une véritable animosité entre eux. Jake se demanda pourquoi.

— Docteur Moran, pouvez-nous nous préciser où vous étiez entre 20 et 21 heures le soir de la mort de Karen Crandell ?

— En réunion à l'IRC, dit Moran sans hésiter. On l'a commencée il était à peine 20 heures et il y avait moi, Evan Bondurant et les Rudd. On a terminé à 22 heures.

— Et personne ne s'est absenté pendant tout ce temps ?

— Pas que je me souvienne.

— Pas un des frères Rudd, par hasard ?

Moran réfléchit un instant et secoua la tête.

— Non, ils n'ont pas bougé de toute la réunion. Benjamin était dans la cabine et Albert est resté debout contre la fenêtre de projection.

— Vous étiez dans le noir presque tout le temps, non ?

— Oui.

— Comment avez-vous fait pour les voir dans l'obscurité ?

— Je ne les voyais pas, mais je les entendais. La voix de Benjamin venait de la cabine, celle d'Albert de derrière moi.

— Et vous étiez capable de faire la différence entre l'un et l'autre ? demanda Jake en se rappelant que les voix des jumeaux étaient tellement semblables qu'il était impossible de les distinguer, *a fortiori* dans l'obscurité.

— Je comprends où vous voulez en venir, dit Moran sans se démonter. Leurs voix se ressemblent tellement que par moments on ne sait plus qui parle. Mais lorsque quelqu'un est dans une cabine, sa voix prend une résonance. Et je la percevais. C'est comme ça que je savais quand Benjamin parlait de la cabine.

Jake hocha la tête, mais il n'avait pas le souvenir d'une résonance depuis la cabine, et il avait l'oreille exercée. Il nota dans sa tête de réécouter l'acoustique de la salle de réunion.

Il ouvrit son carnet et en feuilleta les pages.

— Quand avez-vous vu Karen Crandell pour la dernière fois ?

— Le matin même de sa mort. Je l'ai aperçue sur le parking.

— Et quand l'avez-vous vue pour la dernière fois à l'IRC ?

— Quelques jours avant sa mort. On s'est croisés dans le couloir mais nous ne nous sommes pas arrêtés.

— Vous ne vous êtes rien dit ?

— Pas un mot.

Jake passa à la page suivante.

— D'après ce que j'ai entendu dire, elle se comportait comme ça avec tout le monde.

Moran hocha la tête et soupira.

— Je n'ai jamais compris. C'était un esprit brillant qui pouvait apporter beaucoup à l'équipe mais pour je ne sais quelle raison elle a voulu travailler en solo. Elle était muette comme une tombe sur tout ce qu'elle faisait. Ce n'est pourtant pas comme ça qu'on travaille. Lorsqu'il s'agit de nos grands projets, chacun est tenu au courant de leur avancement.

— Vous pensez qu'elle était paranoïaque ?

Moran haussa les épaules.

— Paranoïaque ou pas, elle n'a jamais voulu comprendre que nous formions une équipe. Et le plus triste c'est qu'elle n'a jamais pris conscience qu'elle avait besoin de nous au moins autant que nous avions besoin d'elle.

— Faites-vous allusion à vos travaux sur la topographie du cerveau et aux liaisons électrochimiques par lesquelles transite la mémoire ? demanda Joanna.

— Exactement, dit Moran en se retournant vers Joanna l'air plus adouci. Elle était experte dans ce domaine. C'est en cela que sa collaboration était précieuse.

— Son rôle dans votre programme était-il capital ?

— Pas vraiment, répondit Moran sans hésiter.

— Vous aviez quand même besoin de l'appareil associé à un cathéter capable de capter et de transmettre les ondes émises par le cerveau ?

Moran plissa les paupières. Puis il lui adressa ce qu'on pouvait prendre pour un sourire.

— Je vois que vous avez bûché.

— C'est le fruit de l'expérience professionnelle.

— Eh bien, pour répondre à votre question, son cathéter était d'une aide importante mais pas absolument nécessaire. Je vais vous dire pourquoi. (Moran s'adossa au mur pour soulager ses jambes.) Je peux pratiquement obtenir les mêmes résultats en cours d'intervention. Du fait que j'ai directement accès à l'ensemble du cerveau je peux enregistrer toutes les activités du cortex que je veux. Il me suffit pour ça de placer des électrodes et je peux enregistrer les ondes cérébrales aussi longtemps que je le veux.

— Mais vous n'avez accès qu'à des cerveaux malades.

— C'est justement pour ça que le travail de Karen nous était précieux. Cela devait nous permettre de comparer ses résultats avec les nôtres, c'était idéal.

— Avez-vous essayé de convaincre Karen ?

— Une bonne douzaine de fois, soupira Moran. Je lui rappelais qu'à son arrivée, elle avait été tellement intéressée par un de mes projets qu'elle avait voulu y participer. Moi, bien sûr, j'étais ravi de compter parmi nous un scientifique de qualité de plus.

— Faites-vous allusion à cette étude sur les puces au silicone et aux gels semi-liquides destinés à réactiver les cheminements électriques ?

Moran fit signe que oui.

— C'est cette étude qui m'intéresse dans ce programme. Si je parvenais à rétablir les circuits grâce à des puces, je pourrais découper plus largement autour de la tumeur sans causer de dommages. J'aurais des marges de sécurité pour extraire la partie atteinte, puisque des circuits annexes assureraient le bon fonctionnement du cerveau.

— Et vous avez obtenu des résultats ? demanda Joanna, intéressée.

— Quelques-uns, répondit Moran évasivement. Et puis on est parti chacun de son côté.

— Je vois, fit Joanna qui se demanda si Moran et Karen Crandell n'avaient pas collaboré plus étroitement que Bondurant ne l'avait laissé supposer. Aviez-vous d'autres projets en commun ?

— Oui, nous en avions un autre. J'ai toujours été fasciné par le phénomène qui transforme des signaux électriques émis par le cerveau en images. Ainsi, lorsque vos yeux captent quelque chose, un flux électrique se déclenche dans le cerveau et bâtit une image. Personne ne comprend totalement le processus, et je m'étais dit que la compétence de Karen en matière de fibre optique pouvait nous permettre de saisir le mécanisme transformant un courant électrique en image.

Joanna jeta un regard sceptique à Moran.

— Je croyais que Karen s'intéressait essentiellement aux problèmes de mémoire.

— En effet, confirma Moran. Et de ce fait elle s'intéressait particulièrement à la façon dont la mémoire crée une image. Une personne repense à un événement passé et il lui vient une image. Karen voulait isoler le phénomène électrique qui construit l'image.

— Disons l'imagerie mentale ?

— C'est bien ça.

— Combien de temps avez-vous travaillé ensemble là-dessus ?

— Un an, en gros. Et c'était un plaisir. On était sur le point d'avancer sérieusement.

Joanna et Jake échangèrent un regard, se rappelant tous les deux que la technicienne qui travaillait avec Karen leur avait dit à quel point Karen n'aimait pas Moran et ses exigences, et cela depuis le début.

— Puis elle s'y est désintéressée, poursuivit Moran, et très vite nous avons repris nos billes.

— Ça s'est bien passé ?

— Pas vraiment, admit Moran. Elle s'est isolée des autres et est devenue lunatique. Au point, par moments, d'être franchement odieuse. Chaque fois qu'elle devait travailler avec quelqu'un d'autre c'était toujours dans un climat de tension. Et c'était vraiment dommage parce qu'elle aurait pu nous apporter beaucoup.

— Bref, le climat était hostile en permanence, résuma Joanna.

— Tendu serait plus juste.

— Entre qui et qui ? intervint Jake.

— Chacun d'entre nous, d'une certaine façon, dit pensivement Moran. Mais je crois qu'elle en voulait surtout aux frères Rudd.

— Il y avait une raison ? reprit Jake.

— Une solide raison, oui ! Je ne dis pas la seule, mais sûrement la principale. (Il s'interrompit un instant pour s'étirer le cou et le dos.) Les Rudd avaient déposé une demande de crédits pour leur étude sur les nanomachines. Nanomachines veut exactement dire…

— Nous savons ce que c'est, coupa Jake. Dites-nous ce qui a créé le problème.

— Les crédits obtenus étaient considérables…

Moran leur raconta que les Rudd n'avaient pas fait apparaître le nom de Karen Crandell dans le dossier et le sentiment de colère et d'humiliation que cela avait provoqué chez elle.

— Je peux dire sans risquer de me tromper que c'est à partir de là que Karen a voué une haine farouche aux Rudd. De la haine, il n'y a pas d'autre mot.

— Et c'était réciproque ? demanda Jake.

— C'est à eux qu'il faut le demander.

La porte de la salle de repos s'ouvrit brusquement et une infirmière passa la tête.

— Docteur Moran ! Marci Gwynn est prise de convulsions et sa pression sanguine baisse sans discontinuer.

Christopher Moran sortit en trombe.

9

L'interphone retentit dans le bureau de Simon Murdock. Il pressa le bouton pour communiquer avec sa secrétaire.

— Qu'y a-t-il ?

— Le Dr Doyle est arrivé.

— Faites-le attendre quelques minutes avant de l'introduire.

— Bien, monsieur.

Murdock relâcha le bouton et jeta un œil sur son agenda. Il était 10 h 30 et il avait rendez-vous avec le Dr David Doyle de la NASA. Il fit rouler son fauteuil jusqu'à un petit ordinateur qu'il alluma et attendit qu'il se charge. Il battait du talon d'impatience et repensait au message reçu la veille. Un responsable de la NASA voulait le voir de toute urgence. Il ne savait pas pourquoi.

L'écran s'éclaira. Murdock appela le fichier. « Crédits de la NASA pour la recherche. » L'écran se mit à clignoter pendant qu'il collectait l'information. Au bout de quelques instants il afficha une courte liste de subventions accordées par la NASA. Le Dr Karen Crandell figurait en tête de liste. Les crédits lui étaient attribués pour une étude sur LES EFFETS DES VOYAGES DANS L'ESPACE SUR LA MÉMOIRE. On lui avait accordé deux cent mille dollars par an pendant cinq ans pour mener à bien ses travaux. Une dotation d'un million de dollars. Et comme le Memorial se réservait cinquante pour cent pour ses frais de gestion, la mort de Karen Crandell représentait une perte de cinq cent mille dollars. La somme n'était pas énorme, mais suffisante pour déranger Murdock.

Il éteignit l'ordinateur, devinant maintenant pourquoi David Doyle débarquait si vite. La NASA allait réclamer l'annulation du contrat et vouloir récupérer les crédits non encore dépensés. Un demi-million, répéta Murdock, se demandant s'il n'y avait pas moyen de conserver cet argent.

On frappa discrètement à la porte et un petit homme solide fit son entrée. La quarantaine, des cheveux blonds entremêlés et un ventre protubérant. Son costume en daim était mal repassé et son col de chemise était trop étroit.

— David Doyle, dit-il en tendant la main.

Murdock la lui serra et lui désigna un fautcuil en cuir à haut dossier.

— Désolé de vous avoir fait attendre, docteur Doyle.

— Ce n'est pas grave.

Doyle s'assit lourdement, les mains à plat sur la serviette en cuir qu'il tenait sur ses genoux.

— Merci de me recevoir si vite.

— On m'a dit que c'était urgent.

— En effet, dit Doyle d'un ton grave.

Il ouvrit sa serviette et fouilla dans ses papiers.

— Saviez-vous que le Dr Karen Crandell recevait des crédits de la NASA ?

— Vous parlez peut-être de ceux affectés à la recherche sur les effets des voyages dans l'espace sur la mémoire.

Les yeux globuleux de Doyle se plissèrent.

— Que savez-vous à ce sujet ?

— Je ne connais que l'intitulé du programme.

— Il n'a rien d'inquiétant, à votre avis ?

— Non, rien d'inquiétant. Mais ça doit être intéressant.

— C'est bien plus que ça, dit Doyle d'un air mystérieux. Beaucoup plus.

— Vraiment ?

Doyle jeta à Murdock un regard appuyé.

— Ce que je vais vous dire doit rester strictement confidentiel.

— Ça ne sortira pas d'ici.

— Si ce n'était pas le cas, le Memorial n'obtiendrait plus jamais de crédits de la NASA, prévint Doyle.

— Ça ne sortira pas d'ici, répéta Murdock.

— L'intitulé du programme peut faire croire qu'il s'agit d'étudier le comportement des astronautes pour savoir si les voyages dans l'espace affectent leur mémoire, hein ?

— Effectivement.

— Eh bien, ce n'est pas du tout ça. Quelques-uns des astronautes qui ont fait de longs séjours dans l'espace ont éprouvé des difficultés de mémoire sur des faits récents. Pour des raisons évidentes, nous devons savoir pourquoi, si ça risque de durer, et si ça risque de s'aggraver.

— Souffrent-ils de pertes importantes de mémoire ?

— Elles sont visibles mais n'ont pas de conséquences sur la vie de tous les jours, répondit Doyle avant d'ajouter sur un ton lugubre : Pour le moment.

— Ça fait penser à un début de maladie d'Alzheimer.

— Nous évitons de prononcer ce terme.

— Seigneur ! chuchota Murdock en se renversant sur son siège.

— Toujours est-il, reprit Doyle, que le Dr Crandell était chargée d'étudier des astronautes atteints et d'examiner tous les tests que nous leur avons fait subir : scanners, IRM et tout le bataclan. Elle prenait régulièrement l'avion pour Bethesda afin d'examiner personnellement certains astronautes.

— Sans résultat tangible, si j'ai bien compris.

— Jusqu'à la semaine dernière où elle m'a laissé un message pour m'annoncer qu'elle avait découvert quelque chose de très important. (Doyle s'ébouriffa les cheveux.) Elle a dit à ma secrétaire qu'elle faisait taper son rapport et qu'il me serait posté dans les vingt-quatre heures.

Murdock se pencha en avant.

— Et que disait le rapport ?

— On ne l'a pas reçu. C'est la raison qui m'amène. Il me faut ce rapport. Il est crucial pour nous.

— Je suppose que vous avez appris la mort de Karen Crandell.

— C'est bien pour ça que je voulais vous voir. J'ai besoin de votre aide pour retrouver ce rapport. (Doyle referma sa serviette.) Où peut-il bien être ?

Murdock se tapota le menton en réfléchissant. Il y avait au moins trois possibilités.

— Il a peut-être été égaré par la poste.

— C'est peu probable. Tout notre courrier est envoyé en recommandé.

— Deuxième hypothèse : la frappe en a été retardée pour une raison quelconque, envisagea Murdock.

— Pendant quatre jours ?

— Non, c'est peu vraisemblable, reconnut Murdock.

— Alors peut-être que le rapport a été tapé mais pas envoyé.

— Peut-on le vérifier ?

Murdock décrocha le téléphone et appela le bureau du directeur de l'IRC. La secrétaire l'informa que toute la dactylographie de l'IRC était traitée par le service de dactylographie du Memorial. Il les appela et la chef de service vérifia sur son registre. La semaine précédente on avait tapé deux lettres pour Karen Crandell. La première, dans laquelle elle acceptait de venir faire une conférence sur son cathéter, était destinée à un professeur de Harvard. La seconde était un rapport médical sur un patient en pédiatrie.

Murdock reposa le téléphone et dit :

— Je n'ai rien trouvé.

— Mais le Dr Crandell disait qu'elle faisait taper la lettre, insista Doyle.

— Peut-être dans un autre service… Il arrive qu'on donne des documents à taper à l'extérieur.

— Dans ce cas, on devrait le trouver sur son bureau. On peut aller voir ?

Murdock secoua la tête.

— Son bureau fait partie de la scène de crime, il est isolé et gardé.

— Il n'y a pas d'autre solution ?

— Non.

Doyle soupira ostensiblement.

— C'est bien dommage. On va être obligés de faire transférer nos crédits dans un autre institut et de repartir de zéro.

— Je voudrais pouvoir vous aider.

— Et moi donc ! fit Doyle en se levant de son siège. C'est vraiment pas de chance que Karen Crandell soit morte. Si elle avait vraiment fait une découverte importante, elle aurait reçu tous les crédits qu'elle aurait voulus.

— Que voulez-vous dire ? demanda Murdock, soudain tout ouïe.

— En cas de découverte significative, on aurait transféré une somme importante sur son projet, expliqua Doyle, parce qu'elle aurait été la seule pour l'instant à nous apporter du concret.

— Et le budget serait monté à combien ?

— On aurait doublé les crédits, qui auraient atteint deux millions sur cinq ans.

Murdock déglutit. La gestion du programme à elle seule aurait apporté un million de dollars au Memorial. Beaucoup d'argent pour peu de travail. Une véritable manne.

— Supposons que nous parvenions à mettre la main sur le rapport de Karen et que sa découverte soit d'un intérêt majeur, serait-il envisageable que le Memorial conserve la gestion des fonds ?

— Ça me paraît difficile. Et même très difficile.

— C'est bien dommage.

— Mais ce n'est quand même pas impossible, reprit Doyle, sentant le regain d'intérêt de Murdock. Bien sûr, il faudrait redemander les crédits en intégrant au programme les nouvelles découvertes. Et trouver le nouveau maître de recherches qui soit un expert en phénomènes de mémoire.

— On pourrait en trouver un à l'IRC, ne pensez-vous pas ?

— Oui, on pourrait regarder là en premier.

Ils opinèrent simultanément, scellant leur accord tacite.

— Allons jusqu'au poste de travail de Karen, dit Murdock en traversant son bureau.

Ils se hâtèrent jusqu'aux ascenseurs. Murdock appuya sur le bouton du hall d'accès principal et fut sur le point de poser une question, mais un interne en chirurgie sauta dans l'ascenseur au moment où les portes se fermaient.

Murdock gardait les yeux fixés sur l'indicateur d'étage, se demandant comment il allait pouvoir entrer dans le bureau de Karen. Cette partie de l'IRC était isolée et gardée jour et nuit par un policier en uniforme. Personne n'avait le droit d'entrer. Strictement personne.

Il se souvenait de ce qui s'était passé trois ans auparavant quand un patient du Memorial avait été tué par un terroriste. Murdock lui-même n'avait pu entrer dans la pièce sans être accompagné par Joanna Blalock. Les yeux de Murdock s'éclairèrent un instant. Mais bien sûr ! Joanna. Elle avait le droit d'entrer. Mais ce n'était pas la solution non plus, parce que cela la mettrait au courant des travaux de la NASA. Elle en parlerait au lieutenant Sinclair et il n'y aurait plus de secret. Et le Memorial n'aurait plus jamais aucune chance d'obtenir des fonds de la NASA.

L'ascenseur s'ouvrit et ils débouchèrent dans un hall noir de monde.

— C'est par où ? demanda Doyle.

— À droite, répondit Murdock en l'entraînant au-delà de l'accueil.

Une grosse bonne femme bouscula Doyle et Murdock remarqua que l'autre tenait sa serviette serrée contre sa poitrine, et que la serviette possédait une double serrure.

— Êtes-vous docteur en médecine ? demanda Murdock.

— J'ai un doctorat de neurophysiologie, dit Doyle d'un ton sec.

— Et j'imagine que vous êtes un spécialiste en phénomènes de mémoire.

— Non, ce n'est pas le cas, répondit Doyle, visage fermé, mettant fin à la conversation.

Ils franchirent la passerelle de verre et atteignirent l'institut de neuropsychiatrie. Pendant qu'ils attendaient l'ascenseur Murdock continuait de réfléchir au moyen de franchir la barrière en dépit du gardien. Il n'y avait qu'un accès possible au bureau de Karen Crandell. Et pas de labo adjacent par où on pourrait passer. Une entrée et une seule, gardée.

Ils montèrent par l'ascenseur et arrivèrent à la zone interdite par la police. En les voyant arriver un grand policier, large d'épaules, leva la main, paume ouverte.

— Désolé, messieurs. Vous ne pouvez franchir la barrière, dit-il de sa voix profonde.

— Savez-vous qui je suis ? lui dit Murdock en prenant un ton d'autorité.

— Oui. Je sais que vous êtes le Dr Murdock.

— Et vous ?

— Sergent Murphy, monsieur.

— Bien ! Alors voilà. Il est extrêmement important, sergent Murphy, que nous jetions un œil sur les dossiers du Dr Karen Crandell. Je n'exagère pas quand je vous dis que c'est de toute première importance.

— Désolé, répéta Murphy. Aucun civil ne peut pénétrer sur la scène du crime tant que la bande jaune est en place.

— Il y a forcément des exceptions.

— Aucune. Personne ne peut entrer à part la technicienne.

Murdock regarda par-dessus l'épaule du flic et aperçut la technicienne au travail à un petit bureau. Il sourit en lui-même.

— On peut peut-être lui demander de nous aider.

Murphy hésita. Il n'avait pas reçu l'ordre d'interdire à la technicienne de parler à des civils. Il fronça les sourcils, ne sachant que décider.

— L'affaire est d'une importance vitale.

Murphy finit par faire signe à la technicienne de s'approcher.

— Mademoiselle, ces médecins voudraient vous parler.

Ann Novack vint à la porte et s'arrêta derrière la bande jaune.

— Bonjour mademoiselle Novack, dit poliment Murdock.

— Bonjour monsieur.

Ann connaissait bien Murdock, mais pas l'autre, celui dont les vêtements étaient tellement chiffonnés qu'on aurait dit qu'il avait dormi avec.

— Je vais vous demander un service, dit Murdock.

— Avec plaisir.

Ann éprouvait de la sympathie pour Simon Murdock. Il lui rappelait les médecins d'autrefois.

— Mais je ne peux pas sortir quoi que ce soit d'ici.

Murdock approuva d'un signe de tête.

— J'ai bien compris. Tout ce qu'il me faut c'est que vous ouvriez les tiroirs et regardiez s'il y a quelque part une lettre destinée au Dr David Doyle… (Il désigna le scientifique qui l'accompagnait.) … Que voici. À propos, le Dr Doyle fait partie de la NASA.

Doyle sortit sa carte d'identité qu'il montra à la technicienne et au flic.

— La correspondance est peut-être adressée à la NASA ou au Service des recherches de la NASA, précisa-t-il.

Ann hésita, avant de leur dire :

— Je peux déjà vous dire qu'il n'y a rien dans son classeur. Ni lettre, ni quoi que ce soit. Il n'y a là-dedans que quelques vieux catalogues.

— Vous avez regardé ? dit Murdock, décontenancé.

Ann hocha la tête.

— Et la police également. C'est vide.

— Où mettait-elle ses notes de travaux et sa correspondance ?

Ann haussa les épaules.

— Je n'en sais rien.

— Pouvez-vous regarder une dernière fois ? Et regarder également s'il n'y aurait pas une lettre pour le Dr Doyle sur le bureau.

Murphy se demandait s'il pouvait laisser la technicienne farfouiller dans les papiers. Ne devait-il pas appeler son service pour recevoir des consignes ?

— Je ne sais pas si c'est autorisé, finit-il par dire.

— Nom de Dieu ! éclata Murdock à bout de patience. Tout ce qu'on veut savoir c'est s'il y a une lettre sur son bureau.

— Je regarde en vitesse, dit Ann, prenant la décision à la place du flic.

Resté derrière la bande jaune Murdock la regarda entrer dans le bureau de Karen Crandell. Elle ouvrit et referma tous les tiroirs, apparemment sans succès. Elle revint vers le bureau et passa en revue papiers et dossiers.

— Rien ne doit sortir d'ici, rappela Murphy.

— Je sais, dit distraitement Murdock.

Tout ce qui lui importait était de savoir si la lettre ou le rapport se trouvait bien dans le bureau de Karen. Parce que si c'était le cas, ça voulait dire qu'ils pourraient par la suite la récupérer. La zone ne resterait pas indéfiniment interdite.

— Je crois que j'ai trouvé quelque chose, prévint Ann.

Instinctivement Murphy se précipita dans le bureau. La technicienne avait peut-être trouvé un indice qui permettrait de conclure l'enquête. Il ne fit pas attention à Murdock et Doyle qui se glissèrent sous la bande jaune et lui emboîtèrent le pas.

Ann tenait en main une feuille blanche, à part une ligne en haut, écrite à la main où on pouvait lire RAPPORT NASA encadré par un gros astérisque de chaque côté.

— Où est la lettre ? réclama Murdock.

— C'est tout ce que j'ai trouvé. Mais comme il y a écrit NASA dessus, j'ai pensé que c'était important.

— Ça suffit ! Ça suffit ! aboya Murphy à l'intention des deux hommes. Dégagez d'ici, putain de merde !

— Pendant qu'on y est, on ferait mieux de jeter un coup d'œil, dit Murdock en fouillant rapidement dans les papiers.

Murphy agrippa sans ménagement l'épaule de Murdock.

— Vous voulez que je vous vire à coups de pied dans le cul ?

— Ce n'est pas nécessaire, dit Murdock en jetant un dernier regard aux papiers tandis qu'il se faisait pousser dehors.

David Doyle se trouvait près des appareils placés sur le côté de la pièce. Il tenait haut sa serviette, masquant la vue aux autres. Mais Ann, qui était à proximité de la porte, put voir qu'il passait la main derrière l'une des machines. Comme s'il tâtonnait pour trouver quelque chose.

— Et vous aussi ! gueula encore Murphy à son intention. Foutez-moi le camp !

Doyle sortit prestement. Il tenait sa serviette dans une main. Son autre poing était fermé, comme s'il renfermait un petit objet.

10

Edith Epps, la gérante de la résidence de l'Océan, conduisit les deux policiers à l'appartement de Karen Crandell. Elle sortit un passe de sa poche et chaussa ses lunettes pour mieux trouver la serrure.

— Qui aurait bien pu en vouloir au Dr Crandell ? Pour quelle raison tuer un médecin qui menait des recherches si extraordinaires ?

— Il y a plein de bandits par ici, dit le sergent Lou Farelli.

— Mais pourquoi s'en prendre à elle, sergent Furillo ?

— Sergent Farelli, rectifia-t-il. On ne sait pas et c'est précisément ce qu'on cherche à savoir.

— Vous connaissiez le Dr Crandell ? demanda Jake.

— De vue. En général elle partait le matin avant que je ne sois arrivée et, comme vous l'imaginez, elle ne rentrait que tard le soir.

— Il courrait des bruits ou des rumeurs sur elle ? dit Jake.

Edith hésita un instant et répondit en baissant la voix :

— J'ai entendu dire qu'elle fréquentait des hommes nettement plus jeunes qu'elle.

— De combien.

— À peu près la moitié de son âge.

Edith leur ouvrit la porte et s'effaça.

— Est-ce que je suis tenue d'assister à la perquisition ?

— Non, madame, dit Jake. Vous pouvez retourner à vos occupations. On vous préviendra avant de partir.

Les deux policiers pénétrèrent dans l'appartement et refermèrent la porte.

Jake alluma une cigarette et remplit ses poumons de fumée.

— Qu'est-ce que tu penses de cette histoire de jeunes gens ?

— Quand je rencontre un beau gosse avec une gonzesse d'un certain âge, en général, je pense à un escort boy, lança Farelli.

— Vérifie-moi ça. Questionne les gardiens de nuit. Ce genre de choses ne leur échappe pas.

Ils traversèrent un vestibule au sol de marbre blanc et entrèrent dans un salon spacieux. Le tapis à poils longs était beige clair, les murs témoignaient d'un goût futuriste. Tout le mobilier était de cuir et de chrome, et semblait fabriqué sur mesure. Le fond de la pièce consistait en une paroi de vitres coulissantes, ouvrant sur un balcon qui dominait la mer bleue.

— Tout ça vaut combien, d'après toi ?

— Au moins six cent mille dollars, jugea Jake.

Farelli siffla entre ses dents.

— Six cents mille rien que pour un appartement !

Ils s'approchèrent du bar pour jeter un œil sur les bouteilles. C'était surtout des liqueurs et des vins, et la plupart étaient encore pleines.

— Alcoolisme mondain, commenta Jake.

— Si on veut ! fit Farelli qui se prit à tousser comme une bouffée de la cigarette de Jake atteignait son visage.

Jake éteignit aussitôt sa cigarette dans un cendrier de porcelaine.

— Je te demande pardon. J'avais oublié ta bronchite chronique.

— Merde ! Elle me lâchera pas ! dit-il au milieu d'une quinte de toux qui lui raclait la gorge. Il se précipita au robinet derrière le bar pour avaler un peu d'eau.

Farelli toussa une dernière fois et s'éclaircit la gorge.

— Allons-y !

Ils passèrent dans une vaste cuisine. Tout était impeccable, il n'y avait aucune vaisselle dans l'évier, le réfrigérateur était plein de plats cuisinés de luxe et de bouteilles d'eau minérale importée de France. Sur un calendrier mural étaient notés ses rendez-vous chez le coiffeur et la manucure. Le jour de sa mort, il n'y avait rien marqué.

Ils visitèrent ensuite la salle de bains en marbre. Elle était équipée d'une baignoire ronde encastrée et d'une douche circulaire entourée de verre. Au fond de la cuvette des toilettes était peint un rouge-gorge.

Farelli contempla le rouge-gorge au fond de l'eau.

— Bon Dieu ! Ça c'est trop !

Jake était occupé à explorer l'armoire à pharmacie. Dentifrice, brosse à dents, laxatif, coton-tiges. Et trois flacons de médicaments : Demulen, Darvocet et Synthroid. Jake nota ces noms et préleva une pilule dans chaque flacon, qu'il plaça dans une enveloppe.

— Tu as trouvé quelque chose ? demanda Farelli.

— Rien. Ce sont juste quelques pilules à vérifier.

Farelli se pencha pour ouvrir le meuble sous le lavabo. Il y trouva des flacons de shampooing, des gels pour cheveux, des lotions et de la poudre parfumée. Il saisit une boîte de tampons et l'examina. Sous le premier paquet il découvrit dix billets de vingt dollars. Il remit la boîte en place.

— Quelle cachette géniale ! fit Jake en rigolant.

— Te marre pas ! Ce n'est pas bête, en général les hommes n'aiment pas trop y mettre leur nez.

Au bout d'un petit couloir ils débouchèrent dans la chambre principale. Ils retournèrent les matelas et les oreillers sans résultat. Pas plus que sous le lit. Tout un panneau était formé d'une penderie à portes coulissantes. Farelli tâta les poches et passa en revue les chaussures.

— Rien trouvé ! marmonna-t-il en refermant la porte.

Jake était assis sur le bord du lit et fouillait la table de nuit. Dessus il y avait une boîte de kleenex et une lampe de cuivre. Dans le tiroir il trouva le roman *Menace mortelle* et dessous un numéro récent du *Journal de Neurologie*. Et encore en dessous il tomba sur deux vidéos.

— Tiens ! Tiens ! Qui aurait cru ça ?

Farelli leva la tête.

— Qu'est-ce que c'est ?

Jake lui montra les deux cassettes porno.

— J'ai mis la main sur *Debbie se fait Dallas* et le classique *Superman et la petite chatte.*

Farelli s'approcha et examina les jaquettes. Sur celle de *Debbie se fait Dallas* la pin-up blonde en short en jean et gilet ouvert se faisait tripoter par un cow-boy sexy. *Superman et la petite chatte* représentait un homme tout habillé de cuir noir, tenant un fouet au-dessus d'une adolescente dénudée et soumise.

— Qu'est-ce que tu penses de *Superman ?* demanda Jake.

— Vu le fouet et tout ce cuir, je dirai que c'est du S & M.

Jake se gratta l'oreille.

— Ça se corse de plus en plus.

— Que veux-tu dire ?

Jake affranchit Farelli sur les jumeaux Rudd, et la haine qu'ils éprouvaient pour Karen Crandell. Il expliqua à Farelli que Joanna estimait qu'ils se haïssaient tellement que cela pouvait avoir une origine passionnelle, et qu'à leur allure on devinait qu'ils avaient des pratiques sexuelles particulières.

— Et voilà qu'on découvre que Karen Crandell avait elle aussi des goûts spéciaux.

Farelli digéra la nouvelle.

— Et qu'elle a pu recourir aux services d'escort boys.

— Vérifie à la brigade des mœurs et sors-moi la liste des mecs du Westside qui pratiquent ce genre d'activité.

— Noté !

— Fouillons sa bibliothèque.

La bibliothèque était pratiquement aussi vaste que la chambre. Sur un mur étaient rassemblés et encadrés les certificats, récompenses et diplômes. Les trois autres étaient garnis d'étagères bourrées de paquets de journaux, magazines et documents. Le milieu de la pièce était occupé par un grand bureau encaustiqué. Et, derrière, par un meuble-classeur à côté duquel se trouvait un squelette articulé.

— Occupe-toi des étagères, dit Jake qui commença par fouiller les papiers posés sur le bureau.

C'était surtout des lettres de collègues et d'amis. Les unes étaient personnelles, les autres évoquaient des problèmes scientifiques dont Jake ne comprenait pas un mot. Il trouva un document tapé à la machine annoté à l'encre rouge, et une proposition d'étude destinée au ministère de la Santé, écrite à la main.

Jake ouvrit les tiroirs du bureau et fouilla.

Pendant ce temps Farelli passait méthodiquement en revue chaque étagère, s'assurant que rien n'était caché derrière ou à l'intérieur des livres et des journaux.

Soudain il tomba sur un gros album de photos. Il le feuilleta rapidement et s'arrêta sur une grande photo d'un homme d'une quarantaine d'années sous laquelle on avait inscrit : « Karen et Paul, Paris 1994. » Il finit de compulser l'album. Au dos il découvrit un assemblage de photos en couleur, avec en titre : « Bal costumé à l'Institut. » Son regard fut attiré par la grande photo qui se trouvait au centre.

— À quoi ressemblent les frères Rudd ?

— Pourquoi ?

— Viens donc voir cette photo.

Jake s'approcha et regarda la photo. On y voyait Karen Crandell en costume de Cléopâtre et les jumeaux déguisés en esclaves romains, vêtus de simples pagnes et de sandales. Ils étaient à genoux de part et d'autre de Karen dont ils tenaient chacun une cheville. Tout le monde souriait.

— Les enfoirés !

— Ils ont l'air plutôt copains, on dirait, commenta Farelli.

Le regard de Jake se posa sur une autre photo. Bondurant et Moran portaient des hauts-de-forme et des queues-de-pie, l'un comme l'autre étaient penchés sur leurs cannes. Et en dessous il y avait une photo de la secrétaire de Bondurant déguisée en sorcière.

— De quand datent ces photos ?

— Ce n'est pas indiqué mais elles ne sont pas très vieilles.

— Qu'est-ce qui te fait dire ça ?

— Les pages de l'album suivent un ordre chronologique, et sur la page précédente on trouve marqué « 1999 ».

Jake réexamina la photo de Karen et des jumeaux.

— Cette photo est très intéressante, n'est-ce pas ?

— Oh ! C'est certain ! On se rend compte, par exemple, que leurs costumes romains sont coordonnés. Rien n'a été laissé au hasard. Cela veut dire que la fille et les jumeaux s'étaient mis d'accord sur les costumes du bal. Et il est évident qu'ils avaient des relations intimes. De simples connaissances ne se comporteraient pas ainsi.

— Très proches, à n'en pas douter, poursuivit Jake. Tu as remarqué qu'ils ont carrément la bouche sur les pieds de Karen Crandell. C'est l'image parfaite de la maîtresse et de ses esclaves.

— Et les gars y prennent plaisir. Ce ne devait pas être une première.

— Ça cadre bien avec le style *Superman et la petite chatte*.

— Et peut-être aussi les escort boys. (Farelli se gratta les poils du menton.) Bien sûr, les Rudd ne voudront pas avouer qu'ils couchaient tous les trois ensemble.

— On verra bien. (Jake décolla la photo.) On leur demandera dans la foulée de nous commenter cette photo.

Jake glissa la photo dans sa poche, se disant que Joanna avait été bien inspirée en subodorant des relations sexuelles entre la victime et les Rudd. Les femmes sentent ce genre de choses bien mieux que les hommes.

Jake passa au meuble de rangement et inspecta systématiquement les tiroirs. Celui du haut ne contenait que de la correspondance médicale et des lettres personnelles. Le second était rempli d'accords de subvention, résumés et rapports semestriels au NIH et à la NASA. Toutes les recherches portaient sur les phénomènes de mémoire. Dans le tiroir du bas, elle avait rassemblé des brouillons de documents et de projets d'étude, certains manuscrits. Jake nota que toutes les propositions d'études et le courrier envoyé étaient des photocopies. Tandis que toutes les lettres reçues étaient des originaux.

Jake referma les tiroirs d'un coup sec et regarda Farelli.

— Je n'ai pas été très malin.

— De quoi tu parles ?

Jake s'assit sur le rebord du bureau.

— Tu te souviens que je t'ai dit que le meuble de classement dans le bureau de Karen Crandell était vide ?

— Très bien.

— On en a déduit que l'individu qui l'a assommée en avait profité pour tout emporter.

Farelli haussa les épaules.

— Ça me semble logique.

— Je ne pense pas que ça se soit passé comme ça. Son meuble de rangement ici est rempli de ses travaux scientifiques, contrats, résumés, lettres, enfin tout. Tout ce qui a été envoyé est sous forme de photocopie, et pour tout ce qu'elle a reçu, nous avons les originaux.

Jake marqua une pause pour laisser le temps à Farelli d'assimiler l'information.

— Karen Crandell était paranoïaque, et pour une bonne raison. Ses collègues l'avaient baisée et elle savait qu'ils étaient prêts à recommencer.

Le visage de Farelli s'éclaira.

— Elle craignait toujours que ces salauds viennent lui piquer le résultat de son travail. Alors elle rapportait tout à la maison. Elle vidait systématiquement son meuble de bureau, pour éviter qu'on essaye de mettre la main sur ses papiers.

— Gagné !

— Et pendant que le sang coulait de sa blessure à la tête, le malfaiteur essayait d'ouvrir le meuble fermé à clé. Ce qui explique l'encoche sur la serrure que les techniciens ont signalée.

— C'est ça. Il a essayé de forcer la serrure. C'est pourquoi il l'a laissée quatre ou cinq minutes dans le fauteuil, à perdre son sang. Pendant ce temps-là il s'efforçait de trouver ce qu'il était venu chercher.

Farelli fut pris d'une violente toux et se racla la gorge.

— Et il n'a pas dû trouver, j'imagine.

Jake pointa ses deux index vers le meuble.

— Et je mettrais ma main au feu que le motif de la mort de Karen Crandell se trouve là-dedans.

— Tu vas lire toute cette paperasse scientifique ?

— Je ne vais même pas essayer. Je vais faire appel à un expert.

11

Joanna ne revint de l'hôpital San Bernardino, où elle avait donné une conférence, que vers 16 heures. Simon Murdock l'attendait en faisant les cent pas dans le laboratoire de médecine légale.

— Ah ! Joanna, dit-il dès qu'il l'aperçut. Enfin ! On s'inquiétait pour vous.

— J'ai eu deux pneus crevés, dit-elle d'un air dégoûté, et elle posa son sac à main sur son bureau. Pas un, mais deux pneus crevés au milieu d'une autoroute encombrée.

— Ils ont éclaté ? demanda gravement Murdock.

— Non, un crétin s'était amusé à déverser un paquet de clous sur la chaussée.

Elle se laissa tomber sur le tabouret métallique, se débarrassa de ses chaussures et frotta ses pieds douloureux.

— Qu'est-ce qui vous amène ?

— J'ai besoin d'un grand service.

— Dites-moi ce que c'est et je vous dirai si je peux vous aider.

Murdock reprit son va-et-vient, mains croisées dans le dos.

— Karen Crandell travaillait pour la NASA sur un sujet sensible. Tellement sensible que j'ai reçu ce matin l'un de leurs dirigeants. Tout ce que je peux vous dire, c'est que ça a un lien avec les astronautes et que c'est d'une importance vitale. Karen avait bouclé la première partie de l'étude et devait faire parvenir à la NASA son rapport sur l'avancement de ses travaux. Ils ne l'ont pas reçu et ils en ont absolument besoin.

Joanna le regarda de biais.

— Qu'est-ce que ça a à voir avec moi ?

— On pense que ce rapport est resté dans le bureau de Karen, et il faut que nous le retrouvions sans que personne soit au courant.

— Pas question, lança aussitôt Joanna. Rien ne doit être placé sur ou enlevé des lieux du crime.

— On y est déjà allés pour jeter un œil.

— Quoi ? dit Joanna en bondissant sur son siège.

— Juste un coup d'œil.

Murdock raconta qu'il avait demandé à la technicienne de Karen Crandell de fouiller le bureau pour eux.

— À un moment, elle a semblé trouver quelque chose et nous l'avons rejointe. Mais en fait ce n'était rien. J'ai regardé sur le bureau et nous n'avons rien vu qui concerne la NASA.

— Vous avez enfreint la loi, dit Joanna d'un ton grave. Vous avez commis un délit.

— Ce n'était pas prémédité.

— Ce n'est pas une excuse.

— Je sais, je sais, fit Murdock d'un air contrit.

En fait, il s'en fichait royalement. Il n'avait qu'une idée : retrouver le rapport destiné à la NASA.

— N'y avait-il pas un agent pour interdire l'entrée ? Comment avez-vous réussi à passer ?

— Au moment où la technicienne a crié qu'elle avait trouvé quelque chose, il s'est précipité. On en a profité pour se glisser sous la bande jaune et pour le suivre. Il était furieux, bien sûr et nous a menacé de nous virer à coups de pied dans le cul.

— Vous avez de la veine qu'il ne vous ait pas arrêté.

— Je sais que cette attitude paraît difficilement excusable, poursuivit Murdock, mais j'avais de bonnes raisons. La NASA est disposée à faire du Memorial l'un de ses principaux centres de recherche. Cela représente des millions et des millions de dollars. Mais cela dépend de ce qu'il y a dans le rapport de Karen. C'est en voyant ses résultats que la NASA décidera si l'argent doit couler à flots dans le Memorial.

Joanna hésitait.

— C'est malgré tout un élément qui fait partie de la scène de crime. Il n'est pas question de le soustraire.

— Ce n'est pas nécessaire. Tout ce qu'il faut savoir c'est si le document se trouve là ou pas. On peut attendre et le prendre plus tard, quand l'interdiction sera levée.

Joanna continuait d'hésiter.

— Je vais en parler au lieutenant Sinclair.

— Pourriez-vous éviter de dire que j'ai franchi la barrière ?

— Je vais tâcher de rester discrète sur le sujet.

La porte du laboratoire s'ouvrit à la volée et Lori McKay entra en trombe.

— Savez-vous…

Elle s'arrêta net en voyant Simon Murdock.

— Est-ce que je sais quoi ? dit Joanna.

— Marci vient de succomber.

— Ah ! Merde ! marmonna Joanna.

— Marci Gwynn, précisa Lori. Une patiente du Dr Moran qu'on a opérée d'une tumeur extrêmement maligne.

Murdock devint tout pâle.

— Non ! Pas encore une autre ?

— Si, encore une. Nous voici rendus à deux décès peropératoires de jeunes femmes atteintes de tumeurs.

— La cause est-elle la même ? dit Murdock d'un air soucieux.

— La cause reste inconnue, répliqua Joanna avant de dire à Lori : Je croyais qu'ils avaient réussi à stabiliser Marci.

— Pas vraiment. Sa pression sanguine n'a pas arrêté de passer d'un extrême à l'autre. Ils ont fait venir des cardiologues et des spécialistes des poumons pour voir si on assistait à une embolie pulmonaire, une arythmie ou un truc comme ça. Mais personne n'a rien trouvé.

— Elle avait toujours des convulsions ? s'enquit Joanna.

Lori secoua la tête.

— Ils ont essayé de les traiter au Dilantin et au Valium, mais la pression sanguine continuait à divaguer. Les neurologues ont émis l'idée que ces aberrations étaient la conséquence de dysfonctionnement métabolique ou une réaction à un médicament quelconque, mais ils ont bien dit que c'était simplement une hypothèse.

— A-t-on analysé le sang ?

— À deux reprises. Et sur ces deux fois ils n'ont décelé aucune trace d'autre substance que celle qu'ils avaient administrée. Et aucune de ces substances-là n'est signalée comme susceptible d'entraîner des convulsions ou un état de choc.

Joanna poussa un profond soupir. Ils ne se heurtaient qu'à des questions sans réponse. Deux patientes décédées.

— Bon, récapitula-t-elle. Nous avons donc deux jeunes femmes atteintes de tumeurs qui sont brutalement prises de convulsions, tombent dans le coma et décèdent, sans qu'on sache pourquoi.

— Vous n'avez pas la moindre piste ?

— Pas un signe, dit Joanna, qui continua d'interroger Lori : Avez-vous revu les lamelles sur lesquelles sont les prélèvements des taches d'Elizabeth Ryan ?

Lori fit signe que oui.

— Quand on a lavé à plusieurs reprises les lamelles avant de les charger, on s'est aperçu que les pigments que nous avions vus la première fois avaient disparu. Il doit s'agir d'artefact.

— Et au microscope électronique ?

— Les examens sont en cours.

Joanna se retourna vers Murdock.

— C'est le noir complet.

— Il doit pourtant bien y avoir un dénominateur commun.

— Oh ! C'est sûr ! Deux femmes, souffrant toutes les deux de tumeurs malignes, et opérées toutes les deux par le Dr Moran.

— On ne peut pas classer ça dans les causes.

— Vous ne m'avez pas parlé de causes, mais de dénominateur commun.

Joanna leva la tête, essayant de dénicher des causes vraisemblables.

— Ce doit être quelque chose de ténu, qu'on n'arrive pas à déceler au microscope.

Elle revint à Lori.

— Repassez à la loupe toutes les drogues administrées aux deux patientes. Je recherche surtout des drogues susceptibles, lorsqu'elles sont associées, de provoquer des dégâts sur les tissus cellulaires. Si vous ne trouvez pas, contactez les compagnies pharmaceutiques et demandez-leur si elles ont constaté des réactions intempestives parmi les substances qu'elles produisent.

— Vous croyez que les convulsions et le coma ont une origine médicamenteuse ?

Joanna eut un haussement d'épaule.

— Ce n'est qu'une hypothèse.

Murdock soupira encore profondément.

— Ce n'est vraiment pas le moment pour le Memorial. Deux morts inexpliquées en cours d'intervention chirurgicale qui viennent s'ajouter à un meurtre horrible. Les médias vont s'en donner à cœur joie.

— Peut-être que la seconde autopsie nous en apprendra plus, espéra Joanna à haute voix.

Murdock se remit à faire les cent pas, et tout d'un coup fit volte-face.

— Qui doit faire cette autopsie ?

— Il faut regarder le planning, dit Joanna.

— J'aimerais que ce soit vous.

Joanna hésita.

— Je croule déjà sous le travail, Simon. Je ne suis plus loin du point de rupture.

— Je vous en serais extrêmement reconnaissant.

— Bon, d'accord, dit Joanna à regret, se demandant si elle allait pouvoir un jour s'attaquer aux dossiers empilés sur son bureau. Je vais m'arranger.

— Merci ! (Murdock consulta sa montre et se dirigea vers la porte.) Appelez-moi dès que vous aurez des résultats. Et n'oubliez pas, je vous en prie, de dire un mot à votre lieutenant Sinclair à propos du rapport manquant.

Lori attendit que la porte soit refermée avant de lancer à Joanna.

— Y a des moments où Simon Murdock serait presque fréquentable.

Joanna esquissa un sourire.

— Quand il veut obtenir quelque chose.

Lori regarda encore vers la porte pour s'assurer qu'elle était complètement fermée.

— Vous risquez de ne pas être seule au moment de l'autopsie.

— Comment ça ?

— Christopher Moran a demandé le concours d'un neuropathologiste de l'extérieur pour l'examen du cerveau.

— Vous savez qui c'est ?

— Oliver Machinchose de Yale.

— Oliver Burns. Il est excellent.

— Ça ne vous dérange pas que quelqu'un de l'extérieur intervienne ?

— Pas spécialement.

— Même si j'ajoute qu'ils lui ont aussi demandé de refaire l'autopsie d'Elizabeth Ryan.

Joanna haussa les épaules.

— Si Oliver Burns découvre un point que nous n'aurions pas décelé, tant mieux pour lui.

— Moi je l'aurais mauvaise, surtout sans m'avoir prévenue. (Elle sortit de sa poche un sucre d'orge à la cerise et retira l'emballage.) Décidément, les bonnes manières se perdent de plus en plus.

Joanna observait Lori.

— Comment avez-vous appris la nouvelle ?

— De la bouche de Dan Rubin.

— Vous sortez avec lui ?

— Si on veut.

— Comment ça ?

— On n'a pas encore couché ensemble.

— Si j'étais vous, je garderais mes distances vis-à-vis de Dan à l'intérieur de l'hôpital, prévint Joanna. Il vaut mieux éviter d'agacer Moran, il est déjà suffisamment sur les nerfs comme ça.

— Qu'il aille se faire foutre. Je n'y suis pour rien dans la mort de ses patientes.

Joanna sourit devant le toupet de Lori, tout en se demandant si elle serait aussi crâneuse face à Moran.

— Soyez quand même prudente.

— C'est mon intention. (Lori mit son sucre d'orge dans sa bouche et le cala avec sa langue.) Pendant ce temps-là, le travail n'avance pas. On est bonnes pour y passer la moitié de la nuit.

Joanna approuva et repensa à ses pneus crevés qui l'avaient retardée de deux heures.

— Des messages ?

— Un tas.

Lori sortit de la poche de sa blouse blanche une poignée de messages.

— Prête.

— Feu !

— Pour commencer le FBI a appelé à propos de l'analyse de ces éclats bruns que vous avez retirés du crâne de Karen Crandell. Ils disent que c'est du bois, probablement du chêne ciré.

Joanna fronça les sourcils en essayant d'imaginer quel genre d'objet en chêne aurait pu servir d'arme à l'agresseur. Un fauteuil, trop lourd. Mais un ustensile ou un pied de lampe, c'était possible.

— Ils ont pensé à une pièce de mobilier ?

— Je leur ai demandé, dit Lori en retournant le papier. Mais ils ont trouvé un bout de métal enchâssé dans le bois.

— Quel genre de métal ?

— Argenté. Ils se sont demandé si la victime n'avait pas une barrette en bois et en argent dans ses cheveux quand on lui a enfoncé le crâne.

— Je n'ai pas le souvenir d'une barrette.

— Moi non plus. Mais ce pourrait être ça, non ?

— Encore faut-il la trouver.

Joanna ferma les yeux et s'efforça d'imaginer le déroulement du crime. Une arme contondante fait éclater le crâne de Karen et brise la barrette en mille morceaux. Quelques fragments s'incruste dans les os du crâne. Le reste vole en éclats.

Elle rouvrit les yeux.

— Je voudrais que vous examiniez les vêtements de Karen conservés à la morgue. Soyez attentive à tout morceau de bois ou d'argent. Prenez le temps qu'il faut et servez-vous d'une loupe sous un bon éclairage. Ensuite, passez les vêtements à l'aspirateur et examinez les poussières au microscope.

— Et son bureau ?

— Je vais m'en occuper.

Lori passa rapidement au message suivant.

— Le lieutenant Sinclair a appelé. Il voulait vous parler, mais ça peut attendre ce soir.

— Encore faudrait-il que je rentre ce soir, dit Joanna dans un bâillement.

Lori sourit de toutes ses dents et fit glisser le sucre d'orge d'une joue à l'autre.

— Ça doit être chouette de se coucher toutes les nuits avec un beau mec. Ça doit être bien.

Joanna lui rendit son sourire.

— Si vous espérez des détails, vous allez être déçue.

Lori secoua la tête.

— Ce n'est pas à ça que je pensais. Je me disais plutôt qu'on doit se sentir rassurée par une telle présence. Vous ne craignez pas que quelqu'un force votre porte. Ou vous vous dites que si quelqu'un s'y risque, il n'est pas près de l'oublier.

— C'est vrai qu'on se sent à l'aise. Vous devriez essayer.

— Avec qui ?

— Un ancien Marine devenu interne au Memorial.

Lori se sentit rougir et baissa les yeux sur le message suivant.

— Et votre beau-frère a appelé il y a une heure. Pour dire qu'il fallait qu'il vous parle d'urgence.

— Il n'a pas dit pourquoi ?

— Simplement qu'il avait quelque chose à vous dire à propos de votre sœur Kate et de Jean-Paul, ou un nom comme ça.

— Oui, oui ! Leur fils Jean-Claude, dit Joanna avec impatience.

— C'est ça, Jean-Claude.

Joanna regarda l'horloge. Il était 16 h 30, soit 3 h 30 du matin à Paris. Son regard restait fixé sur l'horloge et elle sentit l'angoisse monter en elle. C'était toujours Kate qui l'appelait, jamais son archéologue de mari. Jamais. Et encore moins au petit matin.

— Il n'a pas laissé de message ?

— Aucun.

— A-t-il laissé son numéro ?

— Non. Il a dit qu'il fallait qu'il parte, mais qu'il vous rappellerait dès qu'il pourrait.

Joanna sentit son cœur chavirer. Il avait dû arriver quelque chose à Kate ou à Jean-Claude. Peut-être aux deux. C'était certain. Sans ça le mari de Kate n'aurait pas cherché à la joindre à une heure pareille.

Elle se précipita sur le téléphone et fit le numéro de Kate à Paris. Le téléphone sonnait. Sonnait. Sonnait toujours. Au bout de vingt sonneries, elle reposa le combiné.

— Il s'est passé quelque chose, dit-elle doucement. Vous êtes sûre qu'il n'a pas laissé un numéro ?

— Sûre et certaine. Mais je dois vous avouer, je le comprenais mal. Il parlait à toute vitesse comme s'il était très pressé.

Il était arrivé malheur, se dit à nouveau Joanna. Elle en avait mal au ventre.

— S'il rappelle, vous venez aussitôt me chercher. Et surtout vous le gardez en ligne.

— Promis. Où serez-vous ?

— À préparer l'autopsie de Marci Gwynn.

— Merde ! glissa Lori à mi-voix. Cette fois on va y passer la nuit.

Joanna roulait à toute allure sur Sunset Boulevard, prenant les virages bien trop vite. Elle slalomait entre les voitures, n'arrivant pas à chasser son inquiétude au sujet de Kate et de Jean-Claude. Elle avait appelé six fois Kate à Paris sans réussir à la joindre. Et son mari ne l'avait pas rappelée.

Elle jeta un regard au tableau de bord de sa BMW. Il était exactement 20 h 5. Cela faisait du 7 h 5 à Paris. Pourquoi n'étaient-ils pas à la maison ? se demanda-t-elle pour la centième fois. Elle gémit à haute voix, désemparée.

L'autopsie de Marci Gwynn avait été reportée au lendemain, le temps de permettre à Oliver Burns d'arriver. Elle s'était mise d'accord avec lui pour qu'ils la pratiquent ensemble. Ce qui lui convenait parfaitement. Mais si elle devait sauter dans un avion pour aller à Paris, Oliver Burns n'aurait qu'à se débrouiller. Et tant pis si ça ne plaisait pas à Simon Murdock.

Elle prit la voie d'accès d'une vaste résidence et gara sa voiture sur sa place de parking près de l'entrée. Elle ne prit pas la peine de s'arrêter en passant devant les boîtes aux lettres et s'engagea dans le sentier qui traversait le parc. Dans la lumière naissante elle aperçut une silhouette devant sa porte. En s'approchant elle vit aussi un gamin assis sur une valise.

— Kate ! cria Joanna en courant vers elle. Qu'est-ce que tu fais là ?

— Je viens voir ma sœur préférée.

Kate était une jolie brune qui ressemblait à Joanna comme une sœur jumelle à ceci près qu'elle avait cinq ans de moins.

— Mon mari t'a appelée ?

— Oui, mais il ne m'a pas laissé de message, dit Joanna en serrant Kate dans ses bras. J'étais terriblement inquiète. J'ai cru qu'un malheur était arrivé.

— Mais pas du tout.

Joanna sentit qu'on tirait sur sa jupe et baissa les yeux sur un petit bonhomme de cinq ans aux cheveux bruns bouclés. Elle s'accroupit pour l'embrasser sur la joue.

— Jean-Claude ! on dirait un jeune homme à présent.

— Merci, tante Joanna, fit le gosse en l'embrassant sur les deux joues.

— Comme tu m'as manqué ! Et moi, je t'ai manqué ?

— Beaucoup. Et mon cheval m'a également beaucoup manqué. Tu l'as encore ?

— Bien sûr. Il est resté là où tu l'as laissé.

Joanna se releva et ouvrit la porte. Jean-Claude se précipita dans la cuisine.

— Il joue toujours aux cow-boys et aux Indiens, je vois.

— Sans arrêt ! répondit Kate. Surtout depuis que tu l'as emmené avec Jake voir ce rodéo la dernière fois que nous sommes venus.

— On s'est bien amusés se rappela Joanna. Tu te souviens

que Jake s'était arrangé pour que Jean-Claude rencontre le champion des cow-boys.

— Ce bon vieux Webb Stevenson, fit Kate en prenant l'accent traînant des Texans.

Joanna secoua la tête de surprise.

— Je n'arrive pas à croire qu'il se souvienne encore du nom de ce cavalier.

— Jean-Claude vénère trois personnes en Amérique et pas plus. Toi, Jake et Webb Stevenson.

Kate entra dans le séjour et contempla la nouvelle tapisserie.

— Tu l'as fait refaire. C'est splendide.

La moquette était de couleur crème et mettait en valeur les meubles français. Canapé et fauteuils étaient recouverts d'un tissu en soie bleu royal. La cheminée avait même été refaite en briques rouges anciennes.

— Tu as un goût magnifique, petite sœur.

— Merci.

Joanna prit Kate par le bras et l'entraîna vers un canapé et s'assit en face d'elle.

— Maintenant tu vas me dire pourquoi je te retrouve devant ma porte.

— C'est une longue histoire qui a débuté il y a trois mois. Quand des archéologues ont fait cette incroyable découverte en Alaska. Ça a tout chamboulé.

— Comment ça ?

— Ça a remis en cause toutes les idées reçues sur le peuplement de l'Amérique du Nord.

— Tu parles des indigènes ?

— Oui. Les tout premiers. As-tu une idée de leur origine ?

Joanna réfléchit.

— Si je me souviens bien ça remonte à l'époque où l'Asie était reliée au continent américain. Ce qui a permis aux chasseurs asiatiques de venir jusqu'en Alaska. Et par la suite de se disperser sur tout le continent.

— Tout à fait, approuva Kate. On a toujours cru que c'était des chasseurs nomades arrivés par la langue de terre qui existait il y a onze mille ans. On a réussi à dater leur arrivée grâce aux tests au carbone effectués sur des vestiges de squelettes.

— Et pourquoi ne sont-ils arrivés qu'à cette époque-là ?

— Parce que jusque-là un énorme glacier bloquait le passage. À la fin de l'ère glaciaire la barrière a fondu. Cela s'est produit il y a onze mille ans, et correspond à la datation des squelettes découverts en Alaska.

Joanna haussa les épaules.

— Et quel est le problème ?

— On s'attend normalement à ce que les crânes soient de type mongol ou asiatique, d'accord ?

— Oui, d'accord.

— Eh bien c'est faux.

— Ne me raconte pas qu'ils venaient d'Europe.

Kate lui fit un clin d'œil.

— Moitié-moitié. Moitié européens, moitié mongols. On a passé ces crânes au scanner en relief et on s'est aperçu qu'ils avaient tous les mêmes caractéristiques.

— On a pu les reconstituer ?

— Oui. Et ça donne un mélange à mi-chemin entre le type européen et le type mongol.

— Oh ! là ! là ! Est-ce que ça voudrait dire qu'il y a eu des migrations dans les deux sens ?

— J'en doute. Tout porte à croire que ça fonctionnait à sens unique.

— Dans ce cas, comment les nomades asiatiques auraient-ils pu acquérir des gènes européens avant de passer en Alaska ?

— On ne peut rien affirmer, mais on penche pour un mélange de tribus nomades d'Europe centrale avec des tribus asiatiques avant la migration en Amérique.

Joanna se fendit d'un large sourire.

— Et tu vas me dire que ceux d'Europe centrale venaient déjà du Moyen-Orient, lesquels étaient venus eux-mêmes d'Afrique, berceau de l'espèce humaine.

Kate sourit à son tour.

— Tournez manège !

— Mais on peut le prouver ?

— On pense que c'est vérifiable si on peut extraire la chaîne ADN de ces os et la comparer à celle des autres ethnies. (Kate étira ses jambes, faisant craquer ses genoux.) Ça ferait sensation si on réussissait à prouver que les premiers habitants de l'Alaska étaient passés par Jérusalem, non ?

— Ce serait passionnant.

— Je trouve aussi ! Toujours est-il qu'il y a actuellement une grosse équipe de chercheurs en Alaska pour tenter de confirmer cette hypothèse. Chris a été invité à se joindre au groupe et a passé ces trois dernières semaines en Alaska. Moi, je suis restée bloquée à Paris parce que je termine un gros travail sur mes fouilles au Guatemala. J'ai terminé il y a quelques jours et j'ai voulu aller rejoindre mon mari en Alaska. En arrivant à San Francisco, Jean-Claude et moi, on a appris que tous les vols vers Jumeau étaient annulés à cause d'un épais brouillard et de l'annonce d'une tempête de neige. Comme ils ont annoncé au moins trente six heures d'attente, j'ai décidé de descendre te rendre visite.

— Et ton mari me téléphonait pour me prévenir ?

Kate confirma d'un geste.

— J'ai essayé de te joindre à ton appartement mais je suis tombée sur ton répondeur. Et comme je n'avais pas ton numéro au Memorial sur moi, j'ai demandé à Chris de se renseigner et de te prévenir de mon arrivée. Tu n'as pas eu le message ?

— Ma secrétaire est en vacances et certains messages se perdent. Enfin ! Le principal est que tu sois là.

Jean-Claude galopa dans la pièce, à cheval sur son balai, son fameux cheval imaginaire.

— Comment va ton destrier ? demanda Kate.

— Très bien, maman. Mais j'ai besoin d'aller aux toilettes.

— Et il faut que je t'aide ?

— Oui.

Kate se leva avec peine du canapé et sourit à Joanna.

— C'est la dernière invention de Jean-Claude. Il veut être debout sur le siège et faire pipi dans l'eau. Il dit qu'on fait comme ça quand on est un homme.

— Où a-t-il pris ça ?

— Avec son père, j'imagine.

Kate prit la main du gosse et l'emmena aux toilettes.

— As-tu envie d'une bière ? lança Joanna.

— Avec grand plaisir.

Joanna alla au bar d'angle et ouvrit un petit réfrigérateur. Elle en sortit deux bières et se mit à les verser dans des chopes rafraîchies. Son regard se posa sur le téléphone et le clignotant rouge du répondeur. Que j'ai été bête, se dit-elle, de m'affoler. Kate m'appelle uniquement à la maison. En cas de problème, elle aurait laissé un message sur son répondeur personnel pour être sûre qu'il lui parvienne.

Elle remplit ses poumons d'air, heureuse de voir Kate et Jean-Claude, et soulagée qu'il ne leur soit rien arrivé. Ils représentaient tellement pour elle. Ils étaient sa seule famille. Il lui revint un instant en mémoire l'image de ses parents. Son père était mort dans un accident d'avion quand elle était étudiante et sa mère avait été emportée par la maladie d'Alzheimer depuis maintenant huit ans. Ça paraissait bien loin, tout ça.

Kate revint dans la salle de séjour, la mine réjouie.

— Qu'est-ce qui te fait rire ?

— Ton neveu. Il veut remplir la baignoire pour donner à boire à son cheval.

Joanna sourit.

— Je trouve que c'est une bonne idée.

— Elle est en train de se remplir. (Kate saisit sa chope et s'installa sur le canapé.) J'ai vu des choses qui doivent appartenir à Jake sur le bord de la baignoire. Il est plutôt soigneux, non ?

— Jusqu'à en être presque casse-pieds, dit Joanna en sirotant sa bière. Et il se réserve le tiers de la place.

— Je suis surprise qu'il n'en ait pas réclamé la moitié.

— C'est ce qu'il voulait, rigola Joanna. Mais je lui ai dit que j'avais besoin de plus de place parce que j'en faisais plus que lui.

— Bien négocié, ricana Kate tout en envoyant balader ses chaussures. Et dis-moi, comment ça se passe maintenant que vous habitez ensemble ?

— Très bien, dit Joanna avec chaleur. Mais on a l'impression de se voir moins souvent qu'avant. On est tellement pris et nos horaires sont tellement dingues.

— Vous devriez vous réserver du temps à deux.

— C'est plus facile à dire qu'à faire.

Kate reconnut la fatigue sur le visage de Joanna. Elle avait les paupières lourdes et des cernes noirs.

— T'as pas l'air en forme.

— Ça devient de plus en plus le cirque au Memorial, dit-elle d'un ton las. Et nous venons d'avoir deux patientes qui sont décédées dans des circonstances anormales.

— Et vous n'en avez pas découvert la cause ?

— Rien du tout.

Elle raconta à Kate tout ce qui s'était passé, au cas où la pratique archéologique de sa sœur pourrait apporter quelque chose. Kate était experte dans l'examen des squelettes et la détermination de l'origine de leur mort.

Quand elle eut terminé son récit, Kate lui dit :

— Bon ! S'ils sont morts au même stade de l'intervention, c'est que ça a un rapport avec ce que faisait le chirurgien à ce moment précis.

— Bonne remarque, mais sans objet. La première est morte sur la table, la deuxième en salle de réveil.

— Si elles étaient mortes dans les mêmes circonstances, ça t'aurait facilité la tâche.

— Ça c'est sûr.

Joanna soupira. L'ablation d'une tumeur ne peut pas provoquer la mort en elle-même. Sauf au cas où le chirurgien perce un gros vaisseau sanguin ou quelque chose comme…

Elle fronça subitement les sourcils. Il y avait une différence notable entre les deux cas et ça aurait dû lui sauter aux yeux. Une seule tumeur avait été retirée. L'autre patiente était morte à l'instant où on avait posé la dernière pince en inox, mais avant l'ablation et surtout *avant* l'anesthésie générale. Si leur mort venait de la même cause, cela voulait dire que ce qui les avait tuées leur avait été inoculé entre le moment où on avait ouvert le crâne et celui où on avait posé les pinces. Il ne fallait donc pas chercher du côté de l'anesthésie générale. C'était l'une des substances administrées aux patientes qui en était responsable. Forcément.

Jean-Claude refit son apparition au galop sur son balai. Il agita la main en direction de sa mère et de sa tante et leur annonça que son cheval avait fini de s'abreuver.

— Parfait, répondit Kate. Un cheval ne peut pas vivre sans eau.

— Je sais bien, dit Jean-Claude d'un air sérieux. Dans le désert, ils meurent s'ils n'ont pas à boire.

Joanna se mordit la lèvre pour ne pas éclater de rire.

— Qui lui a appris tout ça ?

— La télé et les histoires qu'on lui raconte. Et il a une mémoire d'éléphant. Il enregistre tout.

— Comme papa, remarqua Joanna en observant Jean-Claude de profil. D'ailleurs il lui ressemble. Même yeux, même nez, mêmes cheveux.

— Et les manières de papa, ajouta Kate. Il emploie souvent les mêmes expressions.

— Tu veux rire, fit Joanna incrédule.

— Je te jure. Te souviens-tu comment papa nous appelait du jardin quand nous étions petites ?

Joanna chercha dans sa mémoire et sourit.

— Il disait : Ramenez vos petites fesses !

— Il y a quelques mois je l'ai appelé pour qu'il vienne dans le jardin se mettre à table. Il est arrivé en me disant : Je ramène mes petites fesses !

— Mon Dieu ! Où est-il allé chercher ça ?

— Je ne me souviens pas d'avoir jamais employé cette expression. (Kate finit sa bière, les yeux perdus dans le vague.) Il en a peut-être hérité, comme de son nez et sa couleur de cheveux. C'est peut-être inscrit dans les gènes des Blalock.

Elles entendirent du bruit et se retournèrent. Jake fit son apparition et sourit à Kate.

— Quelle bonne surprise !

Jean-Claude lâcha son balai et se précipita vers lui.

— Jacques ! Jacques !

Jake le prit dans ses bras et le souleva au-dessus de sa tête.

— Comment se fait-il qu'un cow-boy comme toi ne soit pas encore au lit ?

— Je rassemble le troupeau.
— Tu ne veux pas le laisser dehors cette nuit ?
— Non, Jacques. Il fait trop froid.
Jean-Claude tendit son visage et embrassa Jake sur les joues.
— Je suis très content de te voir.
— Moi aussi, *partner*.
Il posa le gosse par terre puis regarda Kate.
— Tu embellis tous les jours.
Kate rayonna.
— Tu dis ça à toutes les femmes.
— À condition qu'elles soient jolies, dit Jake en la serrant dans ses bras. Tu as l'air en forme.
— Toi aussi.

Kate lui posa un baiser sur la joue comme il la relâchait, puis elle le fixa d'un air grondeur.

— Pourquoi es-tu cruel avec Joanna ?

— C'est le seul moyen que j'ai d'attirer son attention, rigola Jake. D'ailleurs, elle aime ça.

— Ha ! Ha ! intervint Joanna qui lui apportait une canette fraîche et lui piqua un baiser sur les lèvres. Comment s'est passée ta journée ?

— Pas trop mal.
Il avala une grande gorgée de bière.
— Joanna, tu fais une bière excellente.
Celle-ci éclata de rire.
— C'est le plus beau compliment que je puisse espérer.
— Je pense bien.
Jake lui fit un clin d'œil, regarda sa montre et dit à Joanna.

— Je suppose que tu ne vas pas à ton club Sherlock Holmes ce soir, hein ?

— Misère ! gémit Joanna en se rappelant subitement que la réunion commençait dans moins d'une demi-heure. Je suis obligée d'y aller. C'est mon tour d'apporter à manger.

— De quoi s'agit-il ? demanda Kate.

— On est un groupe de quinze personnes environ et on se réunit pour discuter sur les histoires de Sherlock Holmes. On parle des indices et de ce qu'ils représentent. Ensuite on invente un crime et on joue les Sherlock Holmes. C'est marrant.

— Alors vas-y, l'incita Kate.

— À condition que tu viennes avec moi.

Kate hésita.

— Mais Jean-Claude….

— Je me charge du bonhomme, proposa Jake en soulevant le gamin à bout de bras. On va s'installer devant la télé et regarder une rediffusion de *New York Police Blues*.

— C'est quoi, ça ? demanda Jean-Claude.

— Des histoires de flics et de voleurs.

— Et les flics tirent sur les voleurs ?

— Ben oui.

— Je vais nous commander une pizza, poursuivit Jake, parce que, après la série, on va bien se trouver un bon western.

— Avec John Wayne ?

— Si possible.

Kate hésitait encore.

— Tu es sûr, Jake ? Je ne voudrais pas t'embêter.

— Ça ne m'embête pas du tout, répondit Jake en installant Jean-Claude sur le canapé. Et toi, ça t'embête ?

Kate demanda encore à Joanna :

— Quelle affaire de Sherlock Holmes avez-vous choisi pour ce soir ?

— *Le Tordu.* C'est l'histoire d'un bel officier anglais qui part aux Indes et en revient quelques années plus tard boiteux et difforme.

Kate prit Jean-Claude par la main.

— Je lui donne un bain rapide et je le mets en pyjama, puis on y va.

Jake attendit qu'ils soient sortis de la pièce avant de demander à Joanna :

— Est-ce qu'on a le temps de parler d'une ou deux choses ?

Joanna l'entraîna par le bras jusque dans la cuisine. Elle ouvrit le réfrigérateur et en sortit un énorme plat contenant de la charcuterie, des fruits de mer, du poulet, de la dinde et un assortiment de crudités découpées en dés.

— Je t'écoute, fit Joanna en vérifiant que l'emballage en cellophane était bien fixé.

— Commençons par l'affaire Karen Crandell. Tu te souviens que le meuble de rangement dans son bureau était vide et qu'on s'est dit que le malfaiteur qui l'avait attaquée avait dû s'emparer du contenu ?

— Oui.

— Je pense qu'on avait tout faux.

Jake lui raconta ce qu'il avait trouvé en fouillant dans les classeurs de l'appartement de Karen.

— Nous avons trouvé tous les originaux des lettres qui lui étaient adressées et des photocopies des lettres qu'elle envoyait. Autrement dit, elle rapportait tout chez elle.

Joanna opina.

— Elle avait vraiment la trouille d'être pillée.

Jake prit le temps d'allumer une cigarette.

— Elle ne laissait absolument rien au bureau. Si donc le malfaiteur cherchait quelque chose dans ses dossiers, il en a été pour ses frais.

Joanna souleva la cellophane et attrapa un bout de carotte qu'elle grignota.

— Donc tu penses que ce que cherchait l'intrus pourrait bien se trouver chez elle parmi ses dossiers.

— Je suis prêt à le parier. Mais son meuble est bourré de documents scientifiques et je vais avoir besoin de toi pour comprendre quelque chose.

Joanna aspira entre ses dents.

— J'ai tellement de boulot que je n'ai pas le temps de respirer.

— C'est de toute première importance, insista Jake.

Joanna grogna en déroulant mentalement son planning du lendemain. Et l'autopsie de Marci Gwynn allait prendre un temps fou.

— Je pourrais essayer de commencer par ça demain matin.

— OK. Génial, dit Jake en envoyant une bouffée de cigarette au plafond. Point numéro deux : on s'est aperçus en visitant son appartement que Karen Crandell avait des goûts assez particuliers en matière de sexe.

Joanna, qui était en train de remettre la cellophane en place, releva la tête.

— Tu es sûr ?

— Sûr et certain.

Il lui parla des vidéos S & M trouvées dans la table de nuit et du fait qu'elle louait probablement les services d'escort boys.

— Nous avons aussi trouvé ça.

Jake exhiba de sa poche la photo de Karen Crandell en Cléopâtre avec les jumeaux en esclaves à ses pieds.

— Sales menteurs ! siffla Joanna, le regard fixé sur le sourire des frères Rudd. Qu'est-ce qu'ils cachent d'autre ?

Jake prit un air rieur.

— Devine un peu.

— J'aimerais beaucoup assister à leur interrogatoire.

— Je t'invite. Et de ton côté, rien de nouveau ?

— Ça ne vas pas te plaire.

— Dis toujours.

— Je crois savoir que Murdock a pénétré dans le bureau de Karen et qu'il l'a fouillé.

Le visage de Jake se durcit.

— Comment s'est-il débrouillé ?

— Ils ont distrait le gardien et pendant qu'il avait le dos tourné, ils sont entrés.

— Qui ça *ils ?*

— Murdock et un représentant de la NASA. Il paraît que Karen effectuait des recherches pour le compte de la NASA et il leur fallait absolument récupérer ses derniers résultats.

Jake fronça les sourcils. Il se rappelait avoir vu chez Karen Crandell un dossier sur lequel était inscrit « NASA ».

— Ont-ils trouvé quelque chose ?

Joanna fit signe que non.

— Ils se sont fait expulser du bureau par l'agent de police.

— J'ai vu un dossier intitulé NASA chez Karen Crandell dit Jake. Il faisait à peu près trois centimètres d'épaisseur.

— Tu l'as lu ?

— Non.

Joanna respira un grand coup. Rien ne collait.

Kate passa la tête par la porte de la cuisine et lança :

— Nous sommes prêts !

Jean-Claude était en pyjama à côté de sa mère. Son pyjama bleu était décoré aux motifs de Bugs Bunny. Les cheveux du garçon étaient mouillés et peignés en arrière avec une raie au milieu.

— Ah ! fit Jake en désignant le dessin. C'est mon préféré.

— J'adore Monsieur Bugs, déclara Jean-Claude.

Jake prit le jeune garçon par la main et le conduisit au salon.

— On va aller installer ce bon vieux poste de télé et se faire un épisode de *New York Police Blues*. Tu veux ?

— Tu vas me montrer Andy Sipowicz.

— Dès que je le vois.

— Prends nos deux sacs à main, je me charge du plat, dit Joanna à Kate.

— Où sont les boissons ?

— C'est Lori McKay qui s'en est chargée.

Elles traversèrent la pièce tandis que Jake et Jean-Claude s'installaient confortablement dans le canapé.

Kate dit en partant :

— Si Jean-Claude s'endort, porte-le dans son lit.

Joanna ajouta en riant :

— Et toi Jean-Claude, si tu vois Jake s'endormir, emmène-le dans son lit.

Jake passa le bras autour des épaules de Jean-Claude pour lui dire d'un air sérieux :

— Jean-Claude, si tu t'installes un jour avec une femme, assure-toi qu'elle a de l'esprit. C'est très important.

Une fois dehors, Joanna et Kate jetèrent un coup d'œil en passant devant la fenêtre. Jake et Jean-Claude étaient serrés l'un contre l'autre, rivés à la télé.

— Je croyais que les flics n'aimaient pas trop regarder les feuilletons policiers.

— Jake ne regarde que *New York Police Blues.*

Tout en suivant l'allée Joanna repensa au meuble de rangement dans le bureau de l'appartement de Karen Crandell. Quelque chose la turlupinait. Quelque chose clochait dans ce que lui avait rapporté Jake, mais elle n'arrivait pas à mettre le doigt dessus.

— Quelle voiture prenons-nous ? demanda Kate.

— Je t'emmène, dit Joanna, déconcentrée.

Elle essaya de reprendre le fil de sa pensée. En vain.

12

Au cœur de la nuit un homme entièrement vêtu de noir escalada la clôture de la résidence de l'Océan. Il s'immobilisa un instant pour s'assurer qu'il n'y avait pas de ronde de vigiles et fonça pour traverser la pelouse et atteindre le côté de l'immeuble. Il crocheta adroitement la serrure de la porte de service et se retrouva dans un couloir désert. Il prit de nouveau le temps de se repérer, et se dirigea vers l'escalier de secours, qu'il ouvrit sans bruit.

L'homme escalada silencieusement les marches deux par deux, ses chaussures noires de jogging amortissant parfaitement le bruit. Il s'arrêta au cinquième et se dirigea sans hésiter vers l'appartement de Karen. Il vint à bout de la serrure au premier essai.

Il referma doucement la porte derrière lui et alluma une lampe de poche. Il traversa sans s'arrêter le séjour, éclairant de sa lampe les portes ouvertes. Il y avait d'abord la cuisine, puis la chambre principale. Ensuite, c'était la bibliothèque. Il enfila des gants en latex et y entra. Les murs étaient tapissés d'étagères pleines de dossiers et de registres. Sur sa droite une petite vitrine contenait des statuettes anciennes en argent. Il n'y porta pas attention et alla directement au vaste bureau qui occupait le centre de la pièce.

La torche entre les dents, il fit rapidement le tour des papiers qui se trouvaient dessus, recherchant une liasse précise. Il n'y avait que des lettres à des collègues ou amis et un document dactylographié contenant une proposition d'étude. L'homme jura intérieurement. Il ne trouvait pas ce qu'il cherchait.

Les tiroirs du bureau ne contenaient que de la papeterie et des fournitures. Il jura à nouveau. Cela devait pourtant être quelque part, se répétait-il. Mais où ? Où avait-elle bien pu mettre ce précieux document ?

Il y eut soudain un grincement. L'homme éteignit aussitôt sa lampe, prit son revolver, et ne bougea plus. Les secondes passèrent. Le bruit se répéta. Il semblait approcher. L'homme se concentra pour essayer d'en localiser l'origine. Il l'entendit à nouveau, et cette fois cela venait du plafond. Quelqu'un bougeait dans l'appartement au-dessus. Les bruits de pas s'éloignèrent et le silence revint.

L'homme ralluma sa torche et recommença à fouiller. Il s'assura qu'il n'y avait pas de tiroir secret sous la table-bureau. Il se demanda si elle avait un petit coffre-fort, peut-être dissimulé derrière une rangée de livres. Si c'était le cas, il lui faudrait revenir avec un spécialiste des coffres. Merde ! Ça compliquerait les choses, coûterait plus cher, et augmenterait les risques. Mais s'il le fallait vraiment, il n'hésiterait pas à le faire. Il avait pour mission de trouver et de rapporter ce document, par tous les moyens et à n'importe quel prix.

Il braqua sa torche sur les étagères, cherchant un endroit mal rangé où quelque chose qui ne serait pas à sa place. Mais tout était parfaitement aligné. Le faisceau de sa torche révéla un meuble de rangement placé derrière. Il explora le tiroir du haut. Il y avait surtout des lettres privées ou professionnelles. Au fond, il découvrit une boîte à bijoux en velours noir. Il jeta un coup d'œil au contenu et remit le coffret en place. Le deuxième tiroir était rempli de dossiers soigneusement répertoriés et contenant des accords de subvention ou des propositions d'étude adressées au ministère de la Santé.

Il passa en revue les titres : *Transmission neuro-électrique dans la maladie d'Alzheimer, Circuits mémoriels dans le lobe temporal, Dissolution de thromboses cérébrales par cathéter.* Et toujours des dossiers aux titres ésotériques auxquels il ne comprenait rien.

Il tomba enfin sur ce qu'il cherchait : un épais dossier intitulé NASA. Il regarda rapidement ce qu'il contenait. C'est ça ! murmura-t-il. Il quitta la pièce aussitôt et entrouvrit la porte du palier. Il s'assura qu'il n'y avait personne avant de s'enfuir par l'escalier de service.

13

Sur le bureau de la bibliothèque de Karen Crandell tous les papiers étaient éparpillés. Quelqu'un avait également fouillé dans les tiroirs du bureau et du meuble de rangement.

— Sacré bon Dieu ! fit Jake en colère. J'aurais dû m'en douter.

— Tu n'avais aucune raison, répondit Farelli. Tu n'as pas de boule de cristal.

— Non, mais je devrais avoir une cervelle, bougonna Jake.

Il passa en revue les papiers étalés sur le bureau, essayant de se remémorer ce qui s'y trouvait la veille et valait la peine d'être dérobé.

— Le mec qui a refroidi Karen Crandell n'a pas trouvé ce qu'il cherchait dans son bureau au Memorial et du coup il est venu ici, tout comme nous. J'aurais bien dû m'en douter.

— En tout cas, c'est du travail de pro. Il n'y a pas de trace d'effraction ni de rayures sur la serrure.

— Il avait peut-être la clé.

Farelli approuva lentement.

— Tu penses à un escort boy ?

— Possible.

— Ouais. Il a pu voler une clé ou en faire faire une. Quand il a appris par les journaux la mort du médecin, il s'est dit qu'il avait une chance à saisir.

— C'est bien possible, mais je n'y crois pas trop. Un véritable cambrioleur aurait retourné tout l'appartement.

— Sauf s'il savait où était ce qui valait le coup, objecta Farelli.

— Est-ce que des objets de valeur ont disparu ? répliqua Jake.

— Des bijoux. On n'en trouve nulle part. On n'en a pas vu hier non plus, d'ailleurs, mais ce n'était pas ce qu'on cherchait. Elle devait les planquer dans un coin.

— Et tu penses que le voleur est parti avec ?

— Ça me paraît plausible.

Jake regarda autour de lui.

— Alors dis-moi pourquoi il a fouillé dans toute la pièce, après avoir pris ce qu'il voulait ?

— Il voulait peut-être voir s'il y avait autre chose.

— Peut-être, dit Jake, toujours aussi sceptique.

Il fit à nouveau des yeux le tour de la bibliothèque, remarquant les livres bien alignés. Et dans un coin une vitrine contenant de remarquables statuettes en argent.

— Si ce que tu dis est vrai, il aurait retourné toute la pièce, et pas seulement fouillé quelques tiroirs.

— Et ça te laisse penser qu'il cherchait plutôt un dossier ?

— Forcément.

— Et tu penses qu'il l'a trouvé ?

— Je crois bien. Sinon la pièce serait comme après une tornade.

Farelli se gratta l'aisselle.

— Mais ça n'explique pas la disparition des bijoux.

Un agent en uniforme apparut à la porte.

— Lieutenant, le Dr Blalock est arrivée.

— Faites-la entrer.

En entrant, le regard de Joanna fut immédiatement attiré par le meuble ouvert et les papiers en désordre sur le bureau.

— Ne me dites pas que quelqu'un est déjà passé.

— Quelqu'un est déjà passé, dit Jake sombrement. Et je crois bien qu'il a trouvé ce qu'il était venu chercher.

— Et tu sais ce que c'était ?

— Pas du tout.

— Tu n'aurais pas établi la liste des dossiers conservés dans le meuble, par hasard ?

— C'est encore une chose que j'aurais dû faire hier, dit Jake avec découragement.

Joanna fit un signe amical à Lou Farelli.

— J'ai entendu dire que vous étiez mal foutu, sergent.

— Je l'ai été, dit Farelli d'un ton enjoué. Mais je suis maintenant en pleine forme.

— Tant mieux.

Joanna revint à Jake.

— Crois-tu encore utile que je passe en revue le contenu du meuble ?

— Et même au peigne fin. Je suis particulièrement curieux de savoir quels travaux elle a pu faire en commun avec les Rudd. Et je veux tout savoir également à propos de la NASA.

— Est-ce que l'équipe technique de la police est venue ici ?

— Non. Mets des gants.

Joanna enfila une paire de gants en latex et commença à répertorier ce que contenait le tiroir du haut. Il était rempli de lettres envoyées par des collègues ou des amis. La plupart étaient des invitations à donner des conférences ou des cours dans des universités. Toutes étaient des originaux. Dans le fond elle trouva un paquet de lettres ficelé avec un ruban bleu. Elle en ouvrit une. C'était une lettre d'amour d'un certain Paul qui exprimait toute son admiration et le plaisir que lui avait fait leur voyage à Paris. Joanna se demanda ce qu'il était devenu.

En remettant les lettres en place elle aperçut un coffret doublé de velours noir tout au fond. Elle l'ouvrit avec précaution et découvrit des bijoux de valeur : des boucles d'oreilles ornées de diamants de un carat, un collier de perles de Mikimoto parfaitement assorties et un bracelet en platine serti de diamants.

— Elle avait quelques très beaux bijoux, commenta Joanna.

Jake se précipita pour les voir.

— Où les as-tu trouvés ?

— Dans le fond de ce tiroir.

— Bien camouflés ?

Joanna secoua la tête.

— Non. Faciles à trouver.

Farelli s'en voulut. Il n'avait pas fouillé le meuble parce qu'il ne voulait pas tout mélanger avant que le médecin et les techniciens d'identification ne soient intervenus.

— Ils n'étaient pas dissimulés du tout, hein ?

Joanna opina.

— Par conséquent le malfaiteur a dû les voir, en déduisit Farelli.

— C'est sûr ! Mais ça ne l'intéressait pas.

Joanna passa au deuxième tiroir. Il contenait essentiellement des accords de recherche et des propositions au ministère de la Santé. Ainsi que des rapports succincts sur l'avancement de tel ou tel programme, toujours en relation avec le ministère. Les recherches portaient surtout sur les mécanismes de la mémoire et sur le cathéter équipé pour dissoudre les caillots dans le cerveau.

Elle referma le tiroir.

— Qu'est-ce qu'il y a dans le dossier concernant la NASA ?

— Il n'y a pas de dossier NASA.

— Tu es certaine ?

— Affirmatif.

— Regarde encore, dit Jake en venant vers elle. C'est un gros dossier qui se trouve à peu près au milieu.

Joanna recommença sa fouille, sortant les dossiers un à un et les empilant sur le bureau.

— Il n'y a pas de dossier NASA.

— J'aurais juré l'avoir vu dans ce deuxième tiroir. Mais je me trompe peut-être. Regarde dans le troisième.

Joanna s'agenouilla et ouvrit le tiroir du bas. Elle passa en revue des brouillons de documents scientifiques et des dizaines d'articles que Karen avait déjà publiés.

Elle se releva.

— Pas de dossier NASA.

— Alors, c'est ce que l'autre fumier est venu chercher. C'est ce qu'il voulait.

— Et c'est sans doute la raison pour laquelle il a tué le médecin dans un premier temps, ajouta Farelli. Mais il n'a pas pu trouver le dossier dans son bureau au Memorial.

— Eh bien ! On commence à assembler les morceaux, vous ne trouvez pas ?

Jake croisa les mains derrière le dos et se mit à marcher de long en large.

— Que pouvait bien contenir ce dossier pour qu'on n'hésite pas à tuer pour se le procurer ? Il fallait que ce soit un gros truc.

— Il faut qu'on arrive à savoir ce qu'il contient. C'est là qu'est la clé de l'affaire.

— Je sais qui pourrait nous le dire, répondit Joanna.

Jake se retourna d'un coup.

— Qui ?

— Simon Murdock.

Une heure plus tard Jake et Joanna se retrouvaient dans le bureau de Murdock. Ce dernier avait les coudes posés sur son bureau et les doigts sur les yeux.

— Toutes mes excuses, lieutenant, dit-il d'une voix sincère. Je sais que je n'aurais pas dû pénétrer dans le bureau de Karen.

— Vous avez enfreint la loi, dit Jake d'une voix ferme et en fixant le directeur droit dans les yeux. Vous avez commis un délit.

— C'est sous l'excitation du moment, fit Murdock d'un ton confus. Quand la technicienne a hurlé qu'elle avait trouvé quelque chose d'important, tout le monde s'est précipité sans réfléchir.

— Bon, fit Jake, sachant parfaitement que l'autre mentait. Et une fois dedans, vous n'aviez plus qu'à en profiter pour jeter un œil, sans réfléchir, bien sûr.

Murdock agita les mains, paumes ouvertes.

— À l'occasion, poursuivit Jake, vous pourrez remercier Joanna de m'avoir persuadé de ne pas vous embarquer menottes au poignet.

Murdock devint tout rouge. Son regard allait alternativement de Jake à Joanna pour essayer de savoir si la menace du policier était réelle.

— Je n'ai pas commis un crime.

— Vous voulez aller dire ça au juge ?

— J'aime autant pas.

Jake se pencha en avant, sans quitter Murdock des yeux.

— Je vais vous poser quelques questions. Je vous conseille de me répondre franchement.

Murdock fit signe que oui et reprit contenance. Il envisagea d'appeler son avocat, mais décida que non. Il fallait surtout éviter de se mettre un peu plus à dos le détective.

— Quand vous avez fait intrusion dans le bureau du Dr Crandell, vous étiez avec un représentant de la NASA. Quel est son nom ?

— Je ne peux pas vous le dire sans autorisation préalable, répondit fermement Murdock.

— Autorisation de qui ?

— De la NASA.

— Voulez-vous me dire sur quoi portait cette fameuse étude pour la NASA ?

— Je n'en connais pas les détails, dit Murdock, ce qui était à moitié vrai. Je le connais en gros, c'est tout.

— Cherchez-vous à nous faire avaler qu'un mec de la NASA s'est pointé comme ça et vous a mené par le bout du nez ? C'est ce que vous voulez nous faire croire ?

— C'était un haut responsable, dit évasivement Murdock.

Jake gonfla ses poumons pour garder son calme.

— Et si je vous disais que le dossier de la NASA était chez elle, rangé dans sa bibliothèque ?

Murdock se raidit sur sa chaise.

— Vous l'avez vu ?

— Je l'ai vu, mais je ne l'ai pas lu. Et la nuit dernière un individu a fracturé la porte de l'appartement et piqué le dossier.

Murdock remua les lèvres, mais aucun son n'en sortit.

— Ça vous inspire quoi ?

— Je ne peux pas vous en parler.

— Vous ne devriez pas retenir des informations, Simon, le prévint Joanna. Vous risquez gros pour le Memorial et pour vous-même.

Murdock haussa les épaules.

— Je ne suis pas en mesure d'en dire plus.

Jake se leva et aida Joanna à en faire autant.

— Un jour ou l'autre, j'arriverai bien à savoir ce que contient le dossier NASA. Et alors, priez le Ciel qu'on ne trouve pas là-dedans les éléments qui désignent le tueur. Parce que dans ce cas-là, je reviendrai et je vous arrêterai pour obstruction à la justice. Je vous collerai les menottes et je vous emmènerai devant tout le monde. Et je vous ferai passer par le perron de l'entrée principale, et là vous attendront un paquet de caméras de télévision.

Murdock pâlit.

— Alors ? insista Jake.

— Je vous ai dit tout ce que je pouvais vous dire, répondit Murdock d'une voix qui restait calme, même s'il avait le cœur battant.

Jake grogna intérieurement et entraîna Joanna vers la porte.

Murdock leur cria :

— Lieutenant, je ferais attention où je mets les pieds, si j'étais vous. Il existe des choses qu'il vaut mieux oublier.

— Pas un meurtre ! fit Jake sans se retourner.

Ils prirent le couloir en direction du hall d'entrée.

— Il ment comme un arracheur de dents. Il en sait un paquet.

— Tu crois vraiment que ce dossier NASA est capital ?

— Nécessairement. Quelqu'un s'est introduit chez Karen Crandell pour le récupérer, et ce quelqu'un pourrait bien l'avoir tuée à cause de ce dossier.

Joanna repensa à ce qu'avait dit Murdock.

— Si ça se trouve, Simon nous dit la vérité. Lorsqu'il s'agit de sujets sensibles, les autorités fédérales ne donnent que le minimum d'informations. Ils ne lui ont peut-être pas dit grand-chose.

— Je ne gobe pas ça. Murdock devait connaître l'importance de l'enjeu. Sinon il n'aurait pas franchi la barrière de sécurité. Il n'est pas fou à ce point.

Ils poussèrent des portes battantes et se trouvèrent dans le grand hall, noir de monde. Médecins et infirmières se pressaient sur trois rangs devant les ascenseurs.

— Je monte à l'IRC pour savoir si le flic de faction et la technicienne peuvent m'en dire un peu plus, dit Jake en contournant un groupe d'étudiants. As-tu le temps de venir avec moi ?

Joanna regarda sa montre. Il était 11 h 35. Elle eut un soupir las.

— Je ne peux pas, Jake. J'ai une autopsie à midi.

— Ça pourrait faire avancer les choses, insista Jake.

— Bon, allons-y. J'ai seulement un quart d'heure. Et tu me laisses poser la première question.

— Sur quoi ?

— Une barrette.

Il lui ouvrit la porte sur la passerelle de verre.

— Qu'est-ce qu'une barrette vient faire là-dedans ?

Elle lui parla du bout de chêne incrusté d'argent qui s'était fiché dans le crâne de Karen Crandell et qui pouvait faire penser qu'elle portait une barrette quand elle s'était fait assommer.

Jake la regarda avec admiration.

— Tu as pensé à ça…

— Pas moi, le FBI.

— Et si Karen Crandell n'avait pas de barrette ?

— Dans ce cas cette esquille vient de l'arme du crime.

— Oui, je comprends. Mais quelle arme pourrait bien être composée de chêne poli et d'argent ?

Joanna leva les bras.

— Un objet relativement précieux. Mais ce n'est qu'une hypothèse.

Ils arrivèrent dans l'institut de neuropsychiatrie et prirent l'ascenseur jusqu'au neuvième. Le couloir était vide à l'exception de l'agent de faction derrière la bande jaune.

Il les regarda venir et se mit au garde-à-vous, se préparant à recevoir un savon.

Jake se posta en face de lui.

— C'est vous qui étiez de garde hier, Murphy ?

— Oui, lieutenant.

— Comment vous êtes-vous débrouillé pour laisser entrer ces deux personnes dans le bureau ?

— C'est ma faute.

— Ça c'est certain, dit Jake d'un ton sec. J'espère que vous avez une bonne excuse.

— Non, lieutenant.

— Avez-vous fait un rapport sur cet incident ?

Murphy fit oui en hésitant.

— J'ai écrit que les médecins m'ont surpris au moment où je parlais avec la technicienne, et que je les ai fait immédiatement sortir. (Il botta un objet imaginaire.) Je ne me suis pas appesanti sur les détails.

— Effectivement, dit Jake en reculant un peu. Mais que ça ne recommence pas.

Murphy eut un soupir de soulagement.

— Merci, lieutenant. Je vous promets que ça ne se reproduira plus.

— Maintenant, dites-moi exactement ce qui s'est passé.

— Ils voulaient entrer pour essayer de trouver un rapport concernant la NASA. J'ai répondu pas question et ils ont interpellé la technicienne et lui ont demandé de voir si elle ne le trouvait pas.

— À cet instant précis les médecins étaient à l'extérieur de la barrière ?

— Exactement.

— Et ensuite ?

— La technicienne les a prévenus qu'elle venait de trouver un papier important, je me suis retourné vers elle et ils en ont profité pour se faufiler à l'intérieur.

— Qu'avait-elle trouvé ?

— Une feuille de papier sur laquelle était écrit NASA, en titre. Rien, en fait.

— Ils sont restés combien de temps dans la pièce ?

— Quarante secondes, en gros.

— Trop peu pour tout inspecter.

— Sans doute, confirma Murphy. Mais le Dr Murdock fouillait dans les papiers étalés sur le bureau quand je l'ai mis dehors.

— Et que faisait l'autre type ?

Murphy réfléchit.

— Le Dr Doyle examinait les appareils sur la table.

— Docteur qui ?

— Doyle, répéta Murphy. D-O-Y-L-E.

— Comment savez-vous son nom ?

— Il m'a fait voir son badge. Le logo de la NASA était imprimé en filigrane.

— Bien observé, dit Jake en levant le pouce. Dans votre rapport, écrivez bien que vous m'avez précisé son identité. Ça pourrait être important.

Joanna et Jake entrèrent dans le laboratoire. La technicienne était juchée sur un tabouret métallique pas loin de la porte. Elle fit un signe à Joanna.

— Salut, docteur Blalock.

— Salut, Ann, dit Joanna avec chaleur. Comment va ?

— Un petit peu mieux, merci. S'adressant à Jake : Je n'ai pas pu m'empêcher d'entendre le récit qu'a fait votre policier sur l'histoire d'hier. Il a exactement décrit ce qui s'est passé. J'ai été idiote de m'écrier que je venais de trouver quelque chose alors que c'était tout juste une feuille avec « NASA » écrit dessus.

— On peut la voir ? demanda Joanna.

— Absolument.

Ann les mena dans le bureau et saisit une feuille jaune.

— Je l'ai trouvée ici.

Jake scruta la feuille de papier. NASA était écrit en caractères gras en haut de la page. Avec des astérisques avant et après les lettres. Le reste de la page était vide, ainsi que le reste du bloc-notes. Jake examina la deuxième page pour voir s'il y avait des marques ou des sillons sous le titre. Il n'y avait rien.

— Pourquoi êtes-vous tous à ce point passionnés par ce rapport pour la NASA ? demanda Ann.

— On risque d'y trouver un renseignement important, fit Jake sans plus de précision.

Ann secoua pensivement la tête.

— Vous courez tous après quelque chose qui n'existe peut-être pas.

— Que voulez-vous dire ? demanda Jake.

— Simplement que, de la façon dont le Dr Murdock et son collègue en ont parlé, ils n'avaient pas l'air d'être certains que le rapport ait déjà été tapé.

Jake regarda Joanna.

— Qui tapait les documents du Dr Crandell ?

— Le service de dactylographie, je pense.

— Elle ne s'adressait aux dactylos que pour ses comptes rendus de consultations, intervint Ann. Elle ne voulait pas leur confier ce qui concernait ses recherches.

Joanna approuva d'un geste, se rappelant le comportement apparemment paranoïaque qu'elle manifestait à l'égard des autres membres de l'IRC.

— Elle avait peur qu'on la vole.

— Elle avait ses raisons, renchérit Ann.

— Alors, à qui donnait-elle ses documents confidentiels à taper ? s'enquit Joanna.

— En général à la femme de Todd Shuster.

— Qui est ce Todd Shuster ?

— Un interne en neurologie qui travaillait avec Karen Crandell. Sa femme fait des travaux de dactylographie en free lance.

— Donc Todd emmène chez lui les textes et les ramène une fois tapés. J'ai bien compris ?

— C'est bien ça.

— Est-ce que la femme de Shuster conserve une copie de ce qu'elle tape ?

— Ça, c'est à elle qu'il faut le demander.

Le téléphone sonna et Ann se précipita pour décrocher.

Jake en profita pour se rapprocher de Joanna et lui murmurer :

— Tu crois que Karen Crandell aurait donné à taper un document top secret destiné à la NASA à la femme d'un interne ? Elle prenait le risque que non seulement la femme le lise, mais aussi Todd Shuster.

— Très juste.

Joanna balaya le bureau du regard, tout en pensant à la crainte qu'avait Karen qu'on lui subtilise le résultat de ses travaux ; elle ne pouvait faire confiance à personne. Son regard s'éclaira en apercevant un ordinateur contre le mur. Elle poussa Jake du coude et de la tête lui indiqua l'appareil.

— Peut-être que Karen tapait elle-même ses rapports sur cet ordinateur ou chez elle.

— Et qui nous dit qu'elle n'a pas gardé de disquettes chez elle.

Jake saisit un bloc-notes et gribouilla quelques mots pour lui-même.

Ann reposa le téléphone et revint vers eux.

— Encore une ou deux questions, dit Joanna. On en a pour une minute.

— D'accord.

— Est-ce que Karen tapait souvent sur son ordinateur ?

— Je sais qu'elle préférait taper elle-même ses rapports.

— Où rangeait-elle les disquettes ?

— Je ne sais pas.

Joanna regarda l'horloge murale. Il était 11 h 50. Il fallait qu'elle y aille.

— Une dernière question, Ann. Arrivait-il au Dr Crandell de porter une barrette en argent ou en bois et argent ?

— Jamais.

Joanna inspecta rapidement le sol à la recherche d'un objet en bois et en argent. Elle regarda même sous le bureau et derrière les machines. En vain.

— Pourquoi fouillez-vous derrière les machines ? demanda Ann. Le gars qui était avec le Dr Murdock a fait la même chose.

Ann s'approcha et leur montra comment.

— Il a levé sa serviette pour qu'on ne le voie pas, mais moi je l'ai bien vu.

— Et il a trouvé quelque chose ?

— Je crois bien, dit Ann en hésitant.

— À votre avis c'était quoi ? dit Jake

— Je ne sais pas trop. Tout ce que je peux dire c'est qu'en sortant il avait la main refermée sur un petit objet, semble-t-il.

Jake regarda derrière la machine. Il ne vit rien d'anormal. Pas de rayures ni de fils arrachés. Il devrait faire appel à un électronicien de la police pour ausculter l'appareil.

Joanna regarda l'heure : 11 h 55.

— Il faut que je me sauve, Jake.

— Je t'accompagne.

Ils repassèrent sous la bande jaune. Le gardien leur fit un salut amical.

Sur le chemin de l'ascenseur Jake dit à Joanna :

— Essaie d'obtenir le maximum de renseignements sur cet interne, Shuster, et sur sa femme. Moi de mon côté, je vais me mettre sur les traces de ce type de la NASA.

— Même si tu arrives à le joindre, ça m'étonnerait qu'il t'en dise beaucoup.

— Je n'ai pas l'intention de le lui demander.

— Qui va le faire, alors ?

Jake eut un large sourire.

— Ses patrons.

14

— Je vous remercie, docteur Blalock, de nous avoir fait une démonstration de votre talent à mener une autopsie, dit le Dr Oliver Burns. Vous nous avez clairement démontré que cette jeune femme n'a pas succombé à un accident cardio-pulmonaire.

L'auditoire rassemblé dans la salle approuva, suspendu aux lèvres de Burns. Cet éminent neuropathologiste de Yale possédait des dons charismatiques. Il mesurait un bon mètre quatre-vingts, ses cheveux gris étaient bouclés et ses traits ciselés. Il en imposait, mais c'était surtout sa voix qui forçait l'attention. On aurait dit Charlton Heston s'adressant à la foule depuis le mont Sinaï.

— Maintenant, voici une fausse évidence, continua Burns en saisissant le cerveau de Marci Gwynn qu'il venait de détacher et qu'il déposa sur une balance. Le poids est normal.

Joanna regarda l'auditoire incliner la tête, comme s'il recevait une extraordinaire révélation. Oliver Burns avait toujours cet effet sur les gens. À la différence de bien des consultants surévalués, Oliver Burns était un véritable expert. Sa réputation était mondiale, et il savait parfaitement la mettre en valeur.

Joanna observa ceux qui entouraient la table de dissection. Au premier rang il y avait Simon Murdock et Christopher Moran accompagné de son équipe. Juste derrière étaient groupés une douzaine de pathologistes titulaires et vacataires. Et enfin les internes et les externes juchés sur des chaises pour mieux voir.

— Le cortex cérébral est de consistance normale et les circonvolutions bien dessinées, déclara Burns. Excepté, évidemment, là où le gliome a été retiré.

— Une tumeur extrêmement maligne, souligna Moran.

— C'est ce qu'on m'a dit.

Il glissa les doigts dans la cavité laissée par la tumeur qu'on avait enlevée.

— Aviez-vous une bonne marge de sécurité ?

— Très bonne, répondit Moran. On a découpé la tumeur en retirant une épaisseur de tissus sains tout autour.

— Elle aurait donc dû vivre encore un moment.

— Oui, elle aurait dû.

Burns découpa le cerveau pour l'examiner en détail.

— On ne voit aucune trace d'hémorragie.

— Il n'y en a pas eu non plus au cours de l'intervention.

Moran regarda Joanna avec un air de « je vous l'avais bien dit », pour rappeler à celle-ci son erreur de diagnostic préliminaire à propos d'Elizabeth Ryan.

J'ai fait une erreur, eut-elle envie de lui dire, *mais il y en a eu aussi une belle faite au bloc. Par deux fois. Et, en fin de compte, on finira par établir la responsabilité de la chirurgie.*

— Rien n'indique non plus un infarctus, annonça Burns en soulevant les morceaux pour que tout le monde puisse voir. Tous se penchèrent comme un seul homme.

Lori McKay entra et rejoignit Joanna sur la pointe des pieds. Elle tendit le cou pour voir les morceaux de cerveau que Burns montrait à la ronde.

— A-t-il trouvé quelque chose ? chuchota-t-elle à l'oreille de Joanna.

— Pas encore, fit Joanna sur le même ton. Mais, parfois, les dieux prennent leur temps.

Lori étouffa un éclat de rire.

— Il se prend vraiment pour un dieu ?

— Ouais. Mais il faut reconnaître qu'il est très, très fort.

— Je parie malgré tout qu'il ne va rien trouver.

— On va bien voir. Avez-vous téléphoné aux entreprises pharmaceutiques ?

— Je leur ai fait vérifier par deux fois leurs produits, y

compris les anesthésiques et tous les médicaments qu'on a utilisés pour le traitement de Marci.

— Et alors ?

— Aucun n'a jamais provoqué de convulsions ou un coma.

— Merde ! siffla Joanna entre ses dents. C'était notre meilleure piste.

— Je sais bien.

Qu'est-ce qui avait bien provoqué le décès soudain de ces patients. Des anesthésiques, inévitablement. Rien d'autre ne paraissait envisageable.

— Vous allez rappeler les compagnies pharmaceutiques et leur demander d'injecter à des cobayes un mélange de tous les médicaments qui ont été donnés à Marci Gwynn et à Elizabeth Ryan.

— Vous croyez que certains mélanges ont pu avoir un effet négatif ?

— Cela peut arriver.

Lori hésitait.

— Je ne suis pas sûre qu'ils voudront bien faire ça pour nous.

— Ils le feront s'ils veulent conserver le marché du Memorial.

Lori leva un sourcil.

— Il faut que je leur dise ça. ?

— Implicitement.

Burns examina à la loupe les parties du cerveau et conclut :

— À première vue je ne vois pas d'anomalie. Peut-être en apprendrons-nous plus au microscope.

Murdock se tassa sur lui-même.

— Autrement dit, nous n'avons aucune idée de la raison pour laquelle ces deux jeunes femmes sont mortes.

Burns eut un mince sourire.

— Je n'ai pas dit ça.

— Oh ? dit Murdock avec une lueur d'espoir. Vous avez trouvé ? Même si les études sous microscope se révèlent négatives ?

— Oui, même si les examens habituels ne donnent rien.

Un silence de mort se répandit dans la salle. Tout le monde resta figé sur place, l'oreille tendue, aux aguets.

Oliver Burns fit une pause. Il sentait quand l'auditoire était suspendu à son souffle et savait en tirer le maximum. Les secondes passèrent.

Finalement, Moran lui demanda :

— Doit-on comprendre que vous avez déjà rencontré un cas semblable ?

— Oui. Une fois. Il y a environ cinq ans. (Il s'adossa à la table de dissection.) C'était une jeune femme qu'on opérait d'un glioblastome. Au cours de l'intervention elle a été soudainement prise de convulsions avec hypotension et est décédée sur le coup. Au microscope électronique on s'est aperçu que les vaisseaux cérébraux étaient endommagés. On a émis l'hypothèse que quelque chose avait provoqué de telles lésions cérébrales qui avaient eu pour résultat convulsions et déficience vasomotrice.

— Et ce quelque chose, c'était quoi ? lança Joanna.

— On n'a jamais pu le déterminer précisément. Mais nous estimons qu'une intervention chirurgicale lourde favorise ce dysfonctionnement. (Puis s'adressant à Moran :) Non que le chirurgien ait commis la moindre erreur. Les grosses tumeurs exigent une ablation importante.

— Autrement dit, vous ne constatez aucune faute professionnelle ?

— Absolument aucune, le rassura Burns. Les meilleurs soins ne sont pas toujours efficaces.

Murdock et Moran échangèrent un regard entendu, tous les deux satisfaits du diagnostic présumé. Quand bien même on trouverait des anomalies en faisant des analyses au microscope électronique, ils étaient sûrs que Burns ferait référence à sa première expérience de ce type dans son rapport final. Personne ne serait poursuivi.

— Pourriez-vous nous faire passer le dossier du malade dont vous venez de nous parler ? demanda Joanna.

— C'est bien mon intention, déclara-t-il avec ostentation. Je me le fais faxer cet après-midi et on le compare demain. Je pense que les similitudes entre les deux cas sauteront aux yeux de tout le monde.

— C'est parfait.

Murdock se frottait les mains, satisfait de l'intervention du neuropathologiste de Yale.

— Pourriez-vous nous en dire un peu plus sur les anomalies décelées au microscope chez votre patient.

— Mais oui, dit Burns, ravi. Les parois des artérioles se sont révélées gonflées et laissaient s'échapper des cellules sanguines. Il n'y avait pas rupture de vaisseaux, et le phénomène ne paraissait pas dramatique. Mais c'était quand même une anomalie. Pour confirmer notre observation, nous avons fait appel à trois praticiens indépendants…

Lori se rapprocha de Joanna et lui murmura à l'oreille :

— Faut-il encore que j'appelle les laboratoires pharmaceutiques pour les tests sur les animaux ?

— Plus que jamais. Les modifications décrites par Burns sont minimes. Elles peuvent être le résultat d'un état de choc comme de bien d'autres choses.

— Mais Burns dit que c'est à la fois cause et effet.

— C'est un simple avis.

— Mais c'est un avis éclairé.

— Ça reste une supposition. Rappelez-vous qu'il n'y avait aucune anomalie visible dans le cerveau d'Elizabeth Ryan… même sous microscope électronique.

— Jésus ! Ça va encore être un coup d'épée dans l'eau ! Un de plus !

— Il faudra vous y faire.

Lori regarda sa montre.

— Vous devez y aller. Todd Shuster a répondu qu'il pourra être à 15 h 30 au cinquième dans l'aile Est.

— Lui avez-vous dit pourquoi je voulais le voir ?

— Non.

— Bien.

Lori fouilla la poche de sa blouse et en sortit un message.

— Encore une chose. Le labo du FBI nous informe qu'ils ont trouvé quelque chose d'intéressant à propos du morceau de bois et d'argent qu'on a arraché du crâne de Karen Crandell. Il y a du vernis dessus.

— Et alors ?

— C'est un vernis fabriqué et surtout utilisé en Angleterre.

Joanna réfléchit rapidement.

— Alors c'est un éclat de meuble qui a pu être importé d'Angleterre.

— Apparemment, opina Lori.

— Quel est l'avis du FBI ?

— Simplement que le bois était recouvert d'un vernis fabriqué en Angleterre.

Joanna se glissa vers la sortie et longea le couloir, l'esprit absorbé par cet éclat de bois recouvert de vernis.

L'objet devait être suffisamment léger pour être saisi et levé en l'air. Qu'est-ce que ça pouvait bien être ? Une chaise ? Un accessoire avec une quelconque décoration en argent ?

Joanna se souvint brutalement de la table basse dans le bureau d'Evan Bondurant. Elle était incrustée d'argent. Mais, réfléchit-elle, elle était trop lourde pour qu'on puisse la soulever et l'abattre sur le crâne de quelqu'un. Si ça se trouvait, les pieds étaient amovibles. Et dans ce cas on pouvait s'en servir comme d'une massue. Il fallait que Joanna demande à Jake de trouver un prétexte pour aller revoir Evan Bondurant dans son bureau de façon à vérifier ça.

Elle prit l'ascenseur jusqu'au cinquième. L'aile Est était réservée au service neurologique du Memorial. Joanna trouvait la salle de soins déprimante. À quelques mètres devant elle, une petite vieille toute frêle poussait un déambulateur en aluminium. Chaque pas était calculé et nécessitait toutes les forces de la vieille femme. *Mon Dieu,* pensa Joanna, *quand mon tour viendra, pourvu que ce ne soit pas une simple attaque, mais carrément un infarctus du myocarde qui me foudroie avant même que j'aie touché le sol.*

Joanna passa devant le bureau des infirmières et entra dans la salle des registres où se tenaient la plupart des réunions du personnel. Un interne approchant la trentaine, grand, cheveux châtains ondulés et lunettes cerclées en fer, était occupé à noter quelque chose dans un dossier. Il leva les yeux et, voyant Joanna, sauta sur ses pieds.

Elle lui fit signe de se rasseoir.

— Vous êtes le docteur Shuster ?

— Oui madame, dit Shuster en refermant son dossier. J'imagine que vous voulez me voir à propos de Karen Crandell, n'est-ce pas ?

Joanna lui fit signe que oui.

— J'ai quelques questions à vous poser concernant Karen.

— Certainement, dit Shuster, mal à l'aise, se demandant quel renseignement important il pouvait apporter à la médecine légale.

Comme Joanna s'installait dans un fauteuil pivotant face à Shuster, elle sentit sa nervosité sur son visage. Pour le mettre à l'aise, elle lui dit :

— Je m'intéresse principalement à l'historique de l'affaire.

— D'accord.

— Vous avez beaucoup travaillé avec le Dr Crandell, d'après ce qu'on m'a dit.

— Très souvent, confirma Shuster.

— Sur quoi ?

— Sur tout. En consultation, en hospitalisation, et même sur la mise au point du cathéter de thrombologie.

— Très bien, fit Joanna en notant la coupe de cheveux soignée et les ongles manucurés de l'interne. Donc, vous participiez également à ses recherches.

Shuster secoua la tête.

— Uniquement pour le cathéter spécial.

— Lui est-il arrivé de vous parler de ses recherches ?

— Non, en dehors du cathéter.

— Quelles étaient ses relations avec les autres membres de l'IRC ? demanda Joanna en guettant sa réponse.

Shuster hésita, puis se résolut à ne rien cacher.

— Il y avait une forte animosité de part et d'autre. L'ambiance était tendue.

— Est-ce qu'elle les détestait autant qu'eux la détestaient ?

— Plus encore. Elle ne supportait pas leur présence.

— Savez-vous quelle était la raison de cet antagonisme ?

Shuster leva les épaules.

— D'une histoire à propos de leurs programmes de recherche, je crois. (L'interne se rapprocha de Joanna et dit d'une voix feutrée :) elle ne les aimait pas et ne leur faisait pas confiance.

— Est-ce à cause de ça qu'elle refusait de donner ses documents à taper à l'IRC ?

Shuster hocha la tête.

— Tout à fait. Son attitude frisait la paranoïa. C'est comme quand elle me donnait du travail pour ma femme... (Il s'interrompit au milieu de sa phrase.) Étiez-vous au courant que ma femme faisait des travaux de dactylographie en free lance ?

— Je l'ai entendu dire, fit Joanna sans préciser.

— Toujours est-il que le Dr Crandell attendait la fin de la journée pour me confier un dossier scellé ou des cassettes enregistrées à porter à ma femme. Je rapportais le travail quelques jours après et je devais le lui remettre en mains propres.

— Vous est-il arrivé de lire ce que votre femme tapait pour le Dr Crandell ?

— Parfois, reconnut Shuster. Si ma femme n'en comprenait pas le sens, elle me demandait d'écouter la bande ou de lire ce qu'elle avait tapé. Disons que je faisais parfois office de correcteur.

— Avez-vous lu tout ce que votre femme tapait ?

— Pas tout. Seulement des parties. Au mieux la moitié.

— Vous est-il arrivé de lire des lettres ou des rapports destinés à la NASA ? demanda Joanna d'un air détaché.

— L'agence spatiale ?

— L'agence spatiale.

Shuster marqua une pause.

— Je n'ai pas souvenir de quoi que ce soit en rapport avec la NASA.

— Votre femme faisait-elle une copie des documents qu'elle tapait ?

— Non, répondit aussitôt Shuster. Elle rendait tout.

Joanna jura *in petto*. Le rapport de la NASA pouvait très bien se trouver parmi les textes que Shuster n'avait pas corrigés. La NASA avait absolument besoin de ce rapport et ils remuaient ciel et terre pour le dénicher. Le service de dactylographie aurait été l'endroit le plus…

Le visage de Joanna s'éclaira soudain.

— Pourriez-vous appeler votre femme et lui demander si elle a souvenir d'avoir tapé quelque chose pour le Dr Crandell, en relation avec la NASA ?

— Sans problème, dit Shuster en saisissant le téléphone.

— Il s'agirait d'un document tapé il n'y a pas plus de quinze jours, ajouta Joanna tandis qu'il composait le numéro.

Elle continuait à se demander ce qu'une spécialiste en mémoire pouvait apporter à la NASA. Cela avait très probablement un rapport avec les voyages dans l'espace. Mais lequel ? Et pourquoi tuer pour ça ?

— Rien, dit Shuster en raccrochant. Elle n'a pas souvenir d'avoir tapé quoi que ce soit pour la NASA.

Un patient en robe de chambre et pantoufles apparut à la porte.

— Excusez-moi, docteur… Ah… Ah… bégaya-t-il et il sortit de sa poche une série de photos et de fiches.

Il les passa rapidement en revue jusqu'à ce qu'il retrouve une photo de Todd Shuster.

— Ah ! Dr Shuster. Pourriez-vous me montrer où est ma chambre ?

— Où avez-vous mis votre fiche avec toutes les indications pour retrouver votre chemin ?

— Je l'ai égarée, j'en ai peur.

— Vous souvenez-vous de votre numéro de chambre ?

— Non.

— Vous souvenez-vous s'il y a une fenêtre ?

Le patient hésita.

— Je ne me souviens pas, mais il doit bien y en avoir une. Comme dans toutes les chambres, j'imagine.

— Vous souvenez-vous du menu de midi ?

— Non, dit le patient en commençant à s'énerver. Pourquoi est-ce que je n'arrive pas à me souvenir des choses les plus simples ?

— Parce que vous avez eu une attaque qui a endommagé votre cerveau. Mais vous faites des progrès tous les jours.

— Eh bien ! Je trouve que ça ne va pas vite.

— Il faut du temps. Mais vous y arriverez. Quand vous êtes entré au Memorial, vous ne vous souveniez de rien au-delà de cinq minutes. Maintenant vous remontez jusqu'à quatre heures en arrière.

Il se retourna vers Joanna.

— Je vous présente John Gladstone, le malade que le Dr Crandell a reçu en consultation le soir de sa mort. Monsieur Gladstone est un des courtiers les plus importants de la Bourse de Londres.

— Ravie de vous connaître, monsieur Gladstone. Mon nom est Joanna Blalock.

Gladstone se tapota le menton.

— Blalock... Blalock. C'est le nom d'une vieille famille anglaise.

— Tout comme Gladstone.

— Tout à fait exact. Ma famille est installée à Londres depuis sept générations.

— William Gladstone, le célèbre Premier ministre en fait-il partie ?

— C'est mon arrière-arrière-grand-père, répondit fièrement Gladstone.

— Il a marqué son temps, dit Joanna en observant les traits aristocratiques et les cheveux gris de Gladstone. (Il lui ressemblait.) A-t-il eu autant de pouvoir qu'on le dit dans les livres d'histoire ?

— Plutôt plus. La reine Victoria lui avait confié tous les pouvoirs et s'était mise en réserve. Il a décidé de la politique de l'Empire dans tous les domaines, comme tous les premiers ministres après lui.

— La reine s'est contentée de présider les cérémonies.

— Et elle continue.

— Je suis fascinée, dit sincèrement Joanna.

— Maintenant je dois rejoindre ma chambre, dit Gladstone, l'air soudain pressé.

— Vous êtes au 636, lui dit Shuster. Avancez jusqu'au bureau des infirmières et ce sera à gauche.

— Bonne journée à vous deux dit Gladstone en se dépêchant de partir.

Shuster attendit que le patient soit suffisamment éloigné et regarda Joanna.

— Sans le Dr Crandell, ce type ne serait plus qu'un légume, ne sachant plus qui ni où il est.

— Je n'arrive pas à imaginer qu'on perde la mémoire au point d'être obligé de se balader avec un tas de fiches et de photos pour se repérer. Ça doit être dur.

— C'est pire que de rester perdu dans le brouillard une journée entière.

— Sûrement. (Joanna se rejeta en arrière dans son fauteuil et repensa à la personnalité du patient.) De quelle sorte de lésion cérébrale souffre-t-il ? Il semble se rappeler normalement le passé, et n'arrive pas à mémoriser ce qui est arrivé dans les dernières heures.

— C'est une lésion apparue dans une fraction précise du lobe temporal qui est le siège de la mémoire immédiate. Comme vous vous en êtes rendu compte, il a une remarquable mémoire du passé lointain. Il se souvient facilement d'événements qui datent d'il y a cinquante ans. Mais, depuis son attaque, il ne se souvient plus de rien au-delà de quatre heures, dit Shuster avec une grimace. Devinez pourquoi il était si pressé de rejoindre sa chambre.

— Aucune idée.

— Pour aller aux toilettes, probablement. Il vient de passer quatre heures dans le solarium à regarder la télévision, et c'est la limite de sa capacité de mémoire. Du coup il n'arrive plus à revenir à sa chambre, alors qu'il peut vous décrire en détail une rencontre avec la reine Elizabeth qui date d'il y a vingt ans.

— Je ne vois pas comment on peut vivre normalement avec un tel handicap.

— C'est pratiquement impossible, surtout dans les relations humaines. Un des meilleurs exemples est ce qui s'est passé hier. Le Dr Moran est passé voir le patient. Apparemment c'est lui qui l'avait examiné à son arrivée au Memorial. Eh bien le patient ne se souvenait de rien, alors qu'ils avaient longuement bavardé en salle d'urgence.

— Moran ne lui disait plus rien ?

— À part que la famille de Moran, comme la sienne, vivait à Londres depuis sept générations. Parce que cela datait d'avant son attaque. Il est muré dans son passé.

— C'est triste.

— Malgré tout, il a de la chance, parce qu'on a réussi à dissoudre le caillot, ce qui lui donne une chance de s'en sortir. Si vous aviez vu la taille de la thrombose ! Elle bouchait complètement la circulation du sang. Ça se présentait mal sur l'écran vidéo.

— Vous avez assisté Karen quand elle est venue en cardiologie pour M. Gladstone ?

— Je ne l'ai pas quittée.

— J'imagine qu'il n'y a pas eu d'incident ?

— En tout cas pas pendant l'intervention. Mais de retour aux urgences, il a été pris de convulsions. On était sur les dents.

— Enfin, il a l'air de s'en être bien remis. (Joanna se reprit.) C'est bien de voir sa mémoire reprendre petit à petit.

Shuster hocha la tête lentement.

— C'est moche que le Dr Crandell n'ait pas eu le temps de le voir récupérer. Elle était très inquiète en apprenant qu'il avait fait des convulsions.

— Je n'en doute pas, dit Joanna en prenant la direction de la porte. Merci pour votre aide.

— Je vous en prie.

Joanna était presque arrivée à hauteur du bureau des infirmières quand elle fit brutalement demi-tour et revint en courant dans la salle des dossiers.

— J'ai encore quelques questions.

— À votre service, dit Shuster.

— Vous m'avez dit que M. Gladstone avait fait des convulsions au service des urgences, c'est bien ça ?

— Exact.

— Mais le Dr Crandell n'était pas sur place, n'est-ce pas ? poursuivit-elle dans la foulée.

— En effet.

— Comment a-t-elle appris ça ?

— Je l'ai appelée à son bureau.

— À quelle heure ?

— 22 heures, en gros.

Joanna le fixa.

— Vous en êtes bien sûr ?

— Ah oui ! fit Shuster avec un regard en biais à Joanna. Le personnel concerné est toujours prévenu dans de telles situations.

— Non, non. Ce n'est pas pourquoi on l'a prévenue qui m'importe. C'est l'heure exacte de l'appel.

— Je vous l'ai dit, à peu près 22 heures.

— Il ne pouvait pas être 21 h 15 ou 21 h 20 ?

— Sûrement pas. Je venais d'avoir ma femme au bout du fil. Notre fils avait attrapé froid, et elle était inquiète de le voir fiévreux. C'était juste avant 22 heures et juste avant que M. Gladstone soit pris de convulsions. Il ne s'est pas passé plus de cinq minutes entre le début de la crise et mon appel au Dr Crandell.

— C'est bien elle que vous avez eue au bout du fil.

— Évidemment, dit Shuster en regardant Joanna comme si elle avait posé une question idiote. À qui d'autre aurais-je pu parler ?

— Y a-t-il trace de cet appel ?

Shuster réfléchit un peu.

— Ça devrait être consigné dans le registre des infirmières.

— Vous voulez bien le vérifier pour moi ?

— Bien sûr.

Elle le regarda feuilleter l'épais registre, tout en se disant que si Karen avait parlé avec Todd Shuster à 22 heures, elle n'avait pas pu être jetée dans l'escalicr à 21 h 28, l'heure à laquelle s'était arrêtée la montre.

— Voilà !

Shuster fit rouler son siège jusqu'à elle. Il lui montra une note d'infirmière écrite la nuit de la mort de Karen Crandell. On y lisait :

22 h : Patient pris de convulsions. Dr Crandell prévenue par Dr Shuster.

— Je vous l'avais bien dit. Il était 22 heures.

— Merci encore.

Joanna s'éloigna d'un pas guilleret. Elle venait de ramener à quatre la liste des suspects dans l'assassinat de Karen Crandell.

15

Kate traversa le séjour de l'appartement de Joanna en tenant le pantalon de Jake à bout de bras. Malgré un vigoureux brossage des taches à l'eau chaude, il sentait encore le vomi. Elle alla l'accrocher dans le jardin à un arbuste, puis rentra.

Jean-Claude l'attendait à cheval sur son manche à balai.

— Maman, qu'est-ce que ça veut dire « gerber » ?

— Ça veut dire se sentir malade et vomir.

— Donc, raisonna Jean-Claude en digérant l'information, le méchant monsieur a vomi sur Jake ?

— Oui.

— Et Jake l'a attrapé ?

— Oui.

— Tant mieux.

Et il reprit sa cavalcade. Kate le regardait en songeant que le monde de l'enfance est merveilleux. Tout était limpide. C'était l'un ou l'autre, noir ou blanc. Ni compromis ni nuances. C'est sans doute pour cela que les enfants étaient heureux.

Kate s'assit dans le canapé et pensa à sa propre vie si remplie, au contraire, de compromis et de nuances. Son mariage était en train de tomber à l'eau, son mari ayant une liaison avec une collègue. Elle s'était expliquée avec lui un mois avant son départ pour l'Alaska. Il avait reconnu sa faute et juré de ne pas recommencer. Mais il n'avait pas tenu parole. Elle en était certaine. Elle avait récemment appris que la fameuse blonde qu'il fréquentait à Paris faisait partie de l'expédition archéologique française en

Alaska. Ils se trouvaient ensemble, isolés dans une contrée glacée où il faisait nuit presque tout le temps. Ils n'avaient pas dû mettre longtemps à reprendre la partie là où ils l'avaient laissée. Tant pis pour lui ! Qu'ils aillent au diable, lui et sa pétasse blonde.

La porte d'entrée s'ouvrit et Joanna entra chargée d'un grand carton à pâtisserie.

— Devine ce que c'est !

— Je donne ma langue au chat.

— Une tarte à la crème.

Kate se força à sourire.

— Jean-Claude adore ça.

— C'est bien pour ça que je l'ai prise.

Joanna posa son gâteau sur la table basse et s'assit près de Kate. Entendant la douche couler, elle demanda :

— Ce n'est pas Jean-Claude qui est sous la douche ?

— C'est Jake. Apparemment un type lui a vomi dessus. Son pantalon est en train de sécher dehors.

— Jésus ! siffla Joanna, il doit être furieux.

— Tu ne peux pas savoir.

— Oh que si ! Et pour deux raisons majeures. Premièrement, Jake a l'odorat très développé. Il renifle une odeur là où personne ne sent rien. Je pense qu'il a toujours cette odeur de vomi plein les narines. Il va rester un bon moment sous la douche pour essayer de s'en débarrasser. Deuxièmement c'est un maniaque de la propreté. Je n'ai jamais vu quelqu'un aussi soigné.

— J'ai en effet remarqué comment ses affaires sont rangées dans la salle de bains.

— Oh ! Ça c'est rien. Dans son tiroir il faut que ses chaussettes et ses mouchoirs soient parfaitement empilés. Même chose pour les chemises et les chaussures dans le dressing.

— Je me demande ce qui est arrivé au mec qui lui a vomi dessus.

— J' te raconte pas.

Jean-Claude arriva à cheval et envoya des baisers à Joanna.

— Hello ! tante Joanna.

— Hello ! Jean-Claude, fit Joanna sur le même ton et, profitant de ce qu'il passait près d'elle, elle lui tapota les fesses. Ton cheval a belle allure.

— Parce que je l'ai laissé se reposer la nuit dernière. Il a dormi pendant que je regardais la télé.

— As-tu aimé *New York Police Blues* ?

— Oh oui ! dit Jean-Claude avec enthousiasme. Le policier a fini par attraper le méchant.

— Il l'a descendu ?

— Non. Il l'a frappé.

Joanna fit la grimace.

— Est-ce que Jake était d'accord avec ça ?

Jean-Claude hocha la tête.

— Il a dit qu'il ne faut tirer que lorsqu'on ne peut pas faire autrement, sinon on vous pose plein de questions.

— Et si on flanque une raclée au méchant ?

— Ça, tout le monde s'en fiche.

Jean-Claude repartit comme il était venu. Avant d'entrer dans la bibliothèque, il se retourna vers les deux femmes.

— Maman, est-ce que tante Joanna et Jake pourront venir avec nous et papa à Disneyland demain ?

— S'ils le veulent.

— Bien, fit Jean-Claude en s'éclipsant.

— Quand Chris doit-il arriver ? demanda Joanna.

— Demain après-midi. Si la météo se maintient.

Joanna sentit la tristesse sur le visage de Kate.

— Ça n'a pas l'air de te faire plaisir.

— Pas trop.

Elle prit une cigarette qu'elle alluma machinalement.

— J'en ai ras le bol de tenir mon mariage à bout de bras.

Joanna se rapprocha de Kate.

— Qu'est-ce qui cloche ?

— Il a une liaison.

— Encore ! éclata Joanna.

Kate poussa un profond soupir.

— Avec cette même espèce de blonde que la première fois.

— Tu en es certaine ?

— Je n'ai pas réellement de preuve, mais la blonde est maintenant en Alaska et travaille dans l'équipe française.

— Ça, ça ne veut rien dire, objecta Joanna.

— Oh que si !

Joanna prit à Kate sa cigarette et tira dessus avant de la lui rendre.

— Tu vas lui en parler ?

— J'en ai l'intention.

— Et s'il dit que ce n'est pas vrai ?

Kate resta songeuse un instant.

— Je sens toujours quand Chris ment.

— Et s'il a réellement une liaison ?

— Il rompra, dit Kate tranquillement. Et me priera de lui pardonner.

— Tu le feras, bien sûr.

Elle acquiesça lentement.

— Comme une idiote que je suis.

— Je n'arrive pas à comprendre que nous soyons aussi idiotes dès qu'il s'agit de l'homme qu'on aime, rêvassa Joanna.

— Dieu seul le sait. Mais si tu trouves des pilules contre ça, tu peux m'en envoyer une boîte.

Jake fit son entrée en survêtement aux couleurs bleu et or de l'université de Los Angeles et pieds nus, les cheveux encore tout mouillés. Il renifla avec précaution.

— Ça sent bon.

— C'est le veau en sauce, le renseigna Kate.

Joanna sourit en contemplant Jake. Partout où il allait, son allure virile lui attirait les regards.

— Cette odeur épicée devrait te débarrasser de l'autre.

Jake grogna.

— Kate t'a dit, hein ?

— Comment t'y es-tu pris ? le taquina Joanna. D'habitude tu esquives mieux que ça.

— Imparable ! dit Jake l'air sérieux. Le malfaiteur a tenté de s'échapper et son estomac a malencontreusement heurté mon poing. Et sur le coup il a dégueulé le déjeuner qu'il venait de bouffer dans un restaurant italien bas de gamme.

Joanna fronça le nez.

— Beurk !

Kate ne put s'empêcher de demander :

— Et ensuite ?

— Je l'ai jeté au sol face contre terre et je l'ai menotté.

Joanna frémit.

— Ne me dis pas que tu lui as fourré le nez dans son vomi.

Jake leva les bras pour protester de son innocence.

— Il n'y avait pas de place ailleurs.

Kate pouffa. Elle adorait Jake et ses histoires. Elle observait son visage régulier, et se demanda s'il avait jamais trompé Joanna. Et s'il ne l'avait pas fait, était-ce uniquement par manque d'opportunité ? Sans doute pas. Jake était un monogame affirmé.

Jake alla au bar et ouvrit le petit réfrigérateur.

— Qui veut une bière bien fraîche ? demanda-t-il à la cantonade.

Joanna et Kate levèrent immédiatement la main.

Il revint avec trois bières et des chopes réfrigérées, prit place en face d'elles et versa la bière dans les chopes avec précaution avant de demander :

— Comment s'est passée la soirée Sherlock Holmes ?

— Très bien, répondit Kate. Et Joanna était la vedette.

Jean-Claude revint au galop, fit un cercle dans le séjour, imitant un cow-boy rassemblant un troupeau.

— Maman ! On mange quand ?

Kate se leva.

— Dès que tu auras pris ton bain.

Jean-Claude arrêta net son cheval.

— Je préfère une douche, comme Jacques.

— Un bain, c'est mieux.

— Non, une douche.

— Bon, d'accord, fit Kate, cédant par lassitude.

Kate prit son fils par la main et l'emmena dans la salle de bains réservée aux amis. Elle lança à Joanna par-dessus l'épaule :

— Il faudrait regarder la sauce sur le feu dans quelques minutes. Ça manque peut-être de sel.

Jean-Claude leur envoya des baisers avant de disparaître.

Joanna se blottit contre la poitrine de Jake.

— Quel gosse merveilleux !

— C'est vrai qu'il est particulier, approuva Jake.

Il alluma une cigarette, que Joanna lui prit pour en tirer une bouffée.

— Du nouveau dans l'affaire de la NASA ? demanda-t-elle.

— Je suis dessus.

— Qui va t'aider à contacter la NASA ?

— Un vieux pote, fit évasivement Jake, visage impénétrable.

Il se pencha en avant pour remplir sa chope.

— Et de ton côté ?

— Une ou deux choses.

— C'est-à-dire ?

— J'ai réduit à quatre la liste des suspects.

Jake la regarda fixement.

— Tu es sérieuse ?

— Mais oui.

— Comment as-tu fait ?

— Je vais te le dire dans un instant, mais auparavant j'ai quelque chose à te dire sur l'arme qui a ouvert le crâne de Karen. Tu te souviens que c'était du chêne ?

— Avec un bout d'argent.

— Cette esquille était recouverte d'un vernis qui est fabriqué et principalement utilisé en Angleterre.

Jake se leva et se mit à arpenter la pièce, tête penchée en avant, mains croisées derrière le dos.

— Donc, reprit-il, quelle qu'elle soit, l'arme vient d'Angleterre.

— Et ça doit faire partie du mobilier.

— Quelle sorte d'objet, à ton avis ?

— Une petite chaise, peut-être une petite table.

Jake écarta l'idée d'un geste.

— Non, ça ne colle pas.

— Pourquoi ?

— Parce qu'il n'y a de meuble en chêne, ni dans le bureau de Karen à l'institut ni dans l'escalier de secours. Et l'assassin ne s'est sûrement pas trimballé à l'étage avec ça.

— Je n'y avais pas pensé. Aucun meurtrier ne serait assez stupide pour transporter une chaise ou un tabouret. C'est trop gros et trop visible.

— C'est quelque chose d'autre.

— C'est peut-être un morceau de la table basse du bureau d'Evan Bondurant, suggéra Joanna. Tu te souviens ? Elle est incrustée d'argent.

Jake secoua la tête.

— Mais c'est du teck.

Joanna râla contre elle-même.

Jake continuait à réfléchir. Un objet en chêne recouvert d'un vernis anglais et incrusté d'argent. Facile à manipuler. Mais qu'est-ce que ça pouvait être, bordel ?

— Je suis perdu.

— Bienvenue au club.

Jake saisit la main de Joanna pour l'aider à se relever.

— Allons voir la sauce et raconte-moi tout.

Dans la cuisine ils goûtèrent à la sauce rouge qui mijotait. Joanna trouva qu'il fallait ajouter une pincée de sel, Jake une cuillerée. Ils se mirent d'accord pour une bonne cuillerée à café.

Joanna remuait doucement la sauce.

— J'ai vu Todd Shuster en fin d'après-midi, dit-elle. Ni lui ni sa femme n'ont eu connaissance d'un rapport pour la NASA.

— Je m'y attendais, dit Jake avec un geste d'indifférence.

— Mais il y a une chose à laquelle tu ne t'attendais pas, c'est que Todd Shuster était en cardiologie avec Karen Crandell le soir du meurtre. Il se souvient qu'elle l'a quitté vers 21 heures.

Jake haussa les épaules.

— Ce n'est pas du nouveau.

— Todd Shuster a alors accompagné le patient aux soins intensifs en neurologie et est resté à surveiller l'écran du moniteur. À 22 heures, le patient a commencé à avoir des convulsions. Il a immédiatement appelé Karen Crandell pour la prévenir. (Elle leva les yeux vers Jake.) Il a parlé à Karen à 22 heures et il en a la preuve.

Jake resta bouche bée.

— Comment ça ?

— Dans le registre une infirmière a consigné qu'il avait appelé Karen à 22 heures pile.

Jack s'agitait dans la cuisine en marmonnant au fur et à mesure qu'il reconstituait le puzzle.

— Elle est bien morte après 22 heures. Mais son assassin a voulu faire croire qu'elle était morte à 21 h 28. Il a donc retardé la montre avant de l'écraser. Et qui avait intérêt à nous faire croire qu'elle était morte à cette heure-là ? Un des quatre tordus qui assistaient à la réunion de 21 à 22 heures. Ce qui lui donnait un alibi en béton.

— Rusé, non ?

— Pas tant que ça. Et, soit dit en passant, tu as en fait réduit le nombre des suspects à trois.

— Comment ça ?

— Si c'est les Rudd, ils l'ont fait ensemble. Ce n'est donc plus quatre possibilités que nous avons, mais trois.

Jake vint poser un baiser sur la nuque de Joanna.

— Tu parierais sur qui ?

— Sur les Rudd, répondit Joanna avant de goûter la sauce.

Elle était parfaite.

16

Joanna et Jake étaient debout derrière l'informaticien de la police en train d'examiner les appareils installés dans le bureau de Karen Crandell.

Joe Hogan avait retiré le couvercle et contrôlait les connexions avec des testeurs et des potentiomètres. Il concentrait l'essentiel de ses vérifications sur le cœur de l'appareil.

— Cette machine est vraiment sophistiquée, dit-il. Je n'ai jamais vu une chose pareille.

— Pouvez-vous nous dire ce que cette configuration permet de faire ?

— Ouais, dit Hogan en reculant d'un pas. Ce premier appareil est un simple récepteur. Il capte les ondes lumineuses émises et les convertit en images pour qu'elles soient visibles sur l'écran. D'après moi, ceci est un moniteur.

Il vit l'air perdu de Jake et chercha une explication plus simple.

— Vous voyez les caméras de surveillance suspendues au plafond des casinos de Las Vegas ? Ces caméras captent les ondes lumineuses qui sont acheminées en régie où des appareils comme celui-ci les convertissent en images pour qu'elles s'affichent sur un écran.

— Et d'après vous l'appareil traitait quel phénomène ?

— Une intervention médicale.

Hogan pressa deux boutons et une image apparut aussitôt. Elle montrait du sang s'écoulant dans un tube transparent.

— Il s'agit peut-être d'une intervention chirurgicale.

— Il s'agit d'un cathéter spécial à l'intérieur d'un vaisseau sanguin, précisa Joanna qui leur fit une rapide description de l'appareil à dissoudre les caillots inventé par Karen Crandell. Ce bouchon marron est le caillot sur le point d'être dissous.

— L'image est très bonne, remarqua Hogan.

— Elle était experte en fibre optique.

Jake gardait les yeux fixés sur l'écran.

— L'appareil peut-il enregistrer des images ?

Hogan se fendit d'un large sourire.

— Ce que vous voulez savoir, c'est si le médecin ne s'est pas fait assommer pendant que la caméra était branchée, et si ça pourrait avoir été enregistré ?

— Disons ça, oui.

— Pas si facile, Jake. (Hogan appuya sur un bouton, faisant disparaître l'image.) La première machine n'est qu'un récepteur qui convertit les ondes reçues en images. Pour que nous puissions visionner l'image que nous venons de voir il a fallu que le Dr Crandell l'enregistre sur bande magnétique grâce à un magnétoscope.

— Possédant des caractéristiques particulières ?

— Non. On trouve un appareil comme ça dans n'importe quelle boutique. Mais l'unité centrale, c'est tout autre chose. Je vous l'ai dit, je n'ai encore jamais vu ça. Elle est bourrée de capteurs miniatures et de semi-conducteurs. Et les interconnexions en fibre optique ont de quoi vous faire perdre votre latin. Je peux vous dire que c'est un véritable travail de pro.

— Est-ce qu'il porte une marque ?

Hogan secoua la tête.

— Pas même un numéro de série.

Jake se pencha sur l'entrelacs de fils, de boutons de toutes les couleurs et de minuscules et curieux bidules.

— Comment se fait-il que cette machine comporte à la fois des capteurs et des circuits de transmission ?

— Ça lui permet à la fois de recevoir et retransmettre des images.

Jake fronça les sourcils pour mieux se concentrer.

— Ça marche comme une station relais, si je comprends bien.

Ce n'était pas l'avis de Hogan.

— Il n'est pas nécessaire d'avoir un système aussi complexe s'il s'agit juste de recevoir et renvoyer des images.

— Alors à quoi servent tous ces capteurs et moyens de transmission ? insista Jake.

— Il y a beaucoup d'usages possibles. Je soupçonne les signaux reçus d'avoir été déformés et mélangés et qu'il a fallu les transmettre à l'ordinateur pour qu'il les remette en ordre et permette d'obtenir une image correcte.

— Et où se trouve l'ordinateur ?

— Il peut être n'importe où.

Jake s'adressa à Joanna :

— Tu as une idée ?

Celle-ci haussa les épaules.

— Je suis nulle en électronique.

Jake revint à Hogan.

— Existe-t-il un moyen de localiser l'ordinateur ?

— Aucun.

De la porte, Ann leur dit :

— Je crois qu'il n'est pas ici.

— Pourquoi ?

— Parce qu'un jour je suis entrée dans le bureau pendant que le Dr Crandell regardait l'écran et j'ai jeté un coup d'œil par-dessus son épaule. L'image se formait progressivement, ligne par ligne jusqu'à ce qu'elle soit complète. Le Dr Crandell m'a expliqué que l'information était fournie par un ordinateur installé à distance.

— Mais elle n'a pas dit où ?

— Non.

Hogan manipula les boutons et les potentiomètres jusqu'à obtenir une image sur l'appareil du milieu.

— L'image que vous avez vue était-elle en couleur ou en noir et blanc ?

— Comme celle-ci. En noir et blanc, mais bien plus claire.

Joanna observait la foule défilant sur un trottoir du West End de Londres. Des gens entraient dans la station de métro, d'autres couraient presque. Elle avait la sensation qu'il y avait quelque chose de bizarre. Elle précisa à l'intention de Hogan :

— On pense que Karen Crandell a tourné ça à l'occasion de son séjour à Londres.

— Pourquoi pas ? approuva Hogan.

— Mais pourquoi ce film est-il en noir et blanc ? Toutes les vidéos sont en couleurs.

— Elle préfère peut-être le noir et blanc.

Jake s'approcha de l'écran.

— Eh ben ! Elle ne savait pas très bien filmer ! Certaines images sont complètement floues.

— C'est souvent comme ça avec les amateurs. Ils filment en marchant.

— Pourquoi a-t-elle monté un appareil aussi sophistiqué si c'est pour faire des vidéos aussi nases ?

— C'était peut-être expérimental. Elle essayait peut-être de voir si l'ordinateur pouvait améliorer la netteté.

— Oui, ce n'est pas impossible, reconnut Jake en regardant sa montre. Il est presque midi. On va être en retard à notre rendez-vous.

Hogan essaya d'activer d'autres éléments.

— J'ai envie de rester et de jouer un peu avec l'appareil. Si je n'arrive à rien, je ferai quelques croquis et j'en parlerai à un copain qui est une pointure dans ce domaine.

— Très bonne idée, approuva Jake. Mais ne donnez pas de détails sur l'affaire.

— Entendu.

Joanna et Jake repassèrent sous la bande jaune. Toutes les portes du couloir étaient fermées, le hall était plongé dans un silence étrange.

— Comment s'y prend-on avec les Rudd ? murmura Joanna.

— On va la jouer à la papa. Je vais te les serrer dans un coin et leur foutre les jetons.

— Si tu es trop brutal, ils feront *illico* intervenir leur avocat.

— Ce n'est pas si sûr, dit froidement Jake. Ces petits connards pleins de morgue s'imaginent être plus malins que n'importe qui.

— Ils peuvent quand même faire intervenir un avocat.

— S'ils font ça, ça renforcera les soupçons.

— Comment ça ?

— Les coupables sont toujours les plus rapides à prendre un avocat.

Ils arrivèrent à la porte des Rudd. De l'intérieur filtraient les sons d'un morceau de rap écouté à fond.

Jake frappa à la porte tout en disant :

— Je hais ce genre de musique.

Ils pénétrèrent dans une vaste pièce meublée au milieu d'une longue table couverte de papiers et de journaux ouverts. À part l'emplacement de la fenêtre, les murs étaient entièrement couverts d'étagères bourrées de livres et de reliures.

Albert et Benjamin Rudd étaient installés dans des fauteuils à roulettes près de la fenêtre. Il n'y avait pas d'autre siège dans la pièce, obligeant Joanna et Jake à rester debout.

Les Rudd étaient assis la tête contre le dossier, tapant du pied au rythme de la musique.

— J'espère que ce ne sera pas long, gueula Albert pardessus la musique.

Jake alla couper le son.

— Pas trop, non, dit-il calmement.

— Tant mieux !

Benjamin prit une longue règle et imprima un mouvement à l'une des maquettes d'avion pendues au plafond.

Jake les contempla un instant. Il reconnut un chasseur Messerschmidt et un Zero japonais datant de la Seconde Guerre mondiale. Celui qui tournait pour l'instant était un F86 de la guerre de Corée. Jake sortit son carnet qu'il feuilleta jusqu'à ce qu'il trouve la page qu'il cherchait. Il la parcourut, laissant s'égrener les secondes, avant de refermer son carnet. Les Rudd attendaient en souriant et échangeaient des regards complices.

— Bon, commença Jake. Vous nous avez dit la dernière fois que vous ne fréquentiez pas Karen Crandell.

— Tout à fait juste ! susurra Benjamin, détachant chaque mot pour faire rire son frère.

— Pouvez-vous m'expliquer ça ?

Jake leur mit sous le nez la photo sur laquelle on les voyait en compagnie de Karen Crandell, puis il la jeta sur la table avec une telle violence qu'on eut soudain l'impression que la salle tremblait.

Les Rudd se raidirent, le regard fixé sur la photo. Ils échangèrent un regard et se détendirent, à nouveau souriants.

Albert agita le bras comme s'il essayait de chasser une mouche.

— Cette photo a deux ans.

— Je ne vous ai pas demandé quand elle a été prise, dit sèchement Jake, je veux que vous me commentiez cette scène très particulière.

— Notre vie privée ne regarde personne, dit Benjamin d'un air de défi.

— C'est tout le contraire, particulièrement quand celle qu'on voit sur la photo vient d'avoir la tête fracassée par un enfoiré de première.

— Vous n'êtes quand même pas assez con au point de nous considérer comme suspects, dit Albert avec un sourire méprisant. Vous n'êtes pas idiot à ce point-là ?

— Eh bien si !

Jake saisit Albert par le col de sa chemise et le souleva de son siège jusqu'à hauteur de son visage.

— Pour tout vous dire, vous êtes les suspects numéro un, et j'ai plein de questions à vous poser. À commencer par celle-ci : lequel de vos deux grossiers personnages va se lever et offrir son siège au Dr Blalock ?

Benjamin se leva d'un bond et poussa en vitesse son fauteuil vers Joanna.

Jake attendit qu'elle fut assise avant de relâcher lentement son étreinte sur Albert.

— Allez vous mettre près de votre frère.

Albert obtempéra. Ils restèrent debout d'un air guindé. Ils avaient subitement perdu toute leur morgue.

Jake se saisit d'une longue règle avec laquelle il frappa un grand coup sur la table.

— Bon, où en étions-nous ?

— On… parlait de cette photo, bégaya Albert.

— C'est exact, dit Jake avec le même accent traînant qu'avait employé Benjamin Rudd quelques instants auparavant. Je veux tout savoir sur vos relations avec le Dr Crandell. J'ai bien dit tout.

Albert Rudd s'éclaircit la gorge.

— Nous étions tous ivres à cette fête costumée et nous avons terminé la soirée chez nous. C'était l'idée de Karen. C'est elle qui a voulu qu'on couche ensemble tous les trois.

— Ouais, renchérit Benjamin, c'est elle.

— Ah bon ? intervint Joanna, tout comme c'est la jeune technicienne en radiologie qui voulait se faire baiser par vous deux en même temps ?

— C'est des conneries ! répliqua Albert.

— Ce n'est pas ce qu'elle dit ! répliqua Joanna sur le même ton.

Le visage d'Albert s'empourpra et il regarda Jake.

— Il faut aussi qu'on réponde à ses questions ?

— Sans en esquiver une seule. Et avec la même précision qu'aux miennes.

Jake leva le bras et donna une violente pichenette au Messerschmidt qui tourbillonna dans tous les sens.

— Combien de fois avez-vous couché avec Karen Crandell ?

Benjamin haussa les épaules.

— Deux ou trois fois.

— Je pense vous avoir dit que Karen tenait son journal intime ? mentit habilement Jake.

Les jumeaux se regardèrent et se mirent silencieusement d'accord. Albert dit :

— Disons cinq ou six fois. Mais toujours avec son consentement.

— Et c'était pas terrible, ajouta Benjamin.

Joanna ne quittait pas les jumeaux des yeux, envahie de mépris devant tant de froideur. Ils avaient l'air de n'être capables d'aucune émotion, comme des psychopathes.

— Ça remonte à quand ? demanda-t-elle.

— Il y a un an et demi, répondit Albert.

— C'est au même moment que vous avez oublié d'associer son nom à un gros projet de recherche.

— Dans ces eaux-là, en effet. Et la question qui suit est évidemment : Pourquoi ne l'avez-vous pas intégrée dans votre projet ?

— Oui, pourquoi ?

— Parce qu'elle n'apportait rien de concret, dit Albert d'un ton acide. On n'avait pas besoin d'elle. Ni d'ailleurs de personne pour mener à bien nos recherches sur les nanosystèmes.

— Alors pourquoi Bondurant et Moran y étaient-ils associés ?

— Bondurant, c'est parce que c'est lui qui est le directeur de l'IRC. Il décide de tout ce qu'on y fait, du budget et de la superficie du laboratoire dont vous pouvez disposer. C'est également lui qui rédige les lettres de recommandation, et c'est encore lui qui vous appuie pour une promotion. Il a un pouvoir de vie ou de mort sur votre carrière. Il est donc prudent d'être dans ses petits papiers.

— Et Moran ?

— Pour l'argent qu'il nous apporte. Un million de dollars par an pour notre recherche.

Joanna cilla en entendant une telle somme.

— Et d'où vient cet argent ?

— De ses honoraires de chirurgien. On m'a dit qu'il se fait cinq millions de dollars par an, et qu'il en consacre la moitié à une fondation qu'il a créée en faveur de la recherche. Et, nous, on en reçoit un million.

Joanna se renversa dans son fauteuil. Elle se demandait si les Rudd étaient capables de commettre un crime. Ils étaient assez salauds pour faire ça, décida-t-elle. Et assez malins pour s'en tirer.

— Vous nous avez dit pourquoi elle ne vous aimait pas. Mais vous, qu'est-ce que vous lui reprochiez ?

Albert hésita et finit par dire à son frère :

— Raconte-leur ce qui s'est passé, Benjamin.

— C'est au sujet d'un programme de recherche, commença Benjamin d'une voix tendue. On lui a demandé d'y participer et elle nous a envoyé sur les roses. Elle a dit que tout ce qu'on voulait c'était lui prendre ses idées. Elle nous a traités de voleurs, carrément. Elle nous l'a jeté en pleine figure. Elle a dit exactement : « Vous deux, vous n'êtes que des voleurs, et vous essayez de me voler mon projet. » Sans exagérer, elle avait pété un câble

— De quel projet s'agissait-il ?

— C'est là qu'on n'y comprend rien. Ce n'était pas son projet à elle, mais celui de Moran. Cela faisait des années qu'il s'intéressait à la reconstitution d'images dans le cerveau à partir de signaux électriques.

— Quel genre d'images ? demanda Jake.

— Le cerveau enregistre des images sans arrêt. Quand l'œil perçoit quelque chose, l'image s'inscrit sur la rétine et déclenche des pulsions électriques qui sont véhiculées jusqu'au cerveau où l'image est reconstituée. Le même phénomène se produit quand quelqu'un vous revient en mémoire et que vous revoyez son visage.

Jake cherchait à suivre, mais en vain.

— Mais comment la mémoire déclenche-t-elle une image ?

— C'est comme quand on regarde un film à la télé. Imaginons qu'une chaîne passe un vieux film, par exemple *Le Pont de la rivière Kwaï*. Et disons que la chaîne de télévision représente votre cerveau et les bobines du film, votre banque de données. La chaîne transforme chaque image du film en signaux électriques qu'elle envoie à votre poste de télé qui à partir de là restitue l'image. Votre cerveau agit de la même façon lorsqu'il va puiser dans votre stock de mémoire.

Benjamin se mit à arpenter la pièce, les yeux fixés au sol.

— On connaît le procédé physique qui permet de transformer les signaux électriques en images. Mais on n'a toujours pas trouvé quelle voie électrochimique doit être suivie dans le cerveau pour que l'image se forme. Ce phénomène passionne Moran.

— Et pourquoi ne voulait-elle pas que vous soyez associés à ce projet ? demanda Joanna.

— Commençons par le commencement, reprit Benjamin. Je lui ai dit que nous étions au courant de ce projet et que nous pensions pouvoir y apporter quelque chose. On voulait en particulier voir si nos nanomachines pouvaient jouer le rôle de stations relais et transmettre des impulsions électriques du cerveau à un récepteur capable de recomposer une image. C'était une proposition parfaitement claire. Eh bien ! Elle a piqué sa crise. Elle nous a accusés de chercher à lui voler le bénéfice de son travail. Elle a raconté qu'on compulsait ses registres de données en son absence. Elle était devenue complètement dingue. Elle avait un comportement paranoïaque caractérisé. (Benjamin leva les bras.) Et ça s'est arrêté là. Elle a fait ce qu'elle a voulu de son côté et nous du nôtre.

Joanna hocha la tête. Leur récit était plausible. Mais rien ne venait prouver qu'ils disaient vrai. Et elle continuait de penser que les Rudd étaient du genre à ne pas hésiter à voler des données, pour peu qu'ils en aient l'occasion.

— Et, depuis, vous n'avez jamais collaboré à un projet dans lequel elle était impliquée. C'est bien ça ?

— On ne s'est même plus adressé la parole !

Jake entrevit une ouverture sur une autre question qui exigeait une réponse.

— Êtes-vous en train de vouloir nous dire que vous ne participiez pas au projet de la NASA ?

Albert écarquilla les yeux.

— Elle était liée à ça ?

Jake ne releva pas.

— Parlez-nous de ce projet.

Albert hésita, et choisit soigneusement ses mots.

— Il faut comprendre que nous parlons de choses qui n'aboutiront pas avant des années. Nous en sommes au tout début.

— Au fait, dit Jake avec impatience.

— La NASA nous a demandé de mettre au point des nanomachines qui pourraient être fixées dans l'organisme des astronautes avant leur départ dans l'espace, poursuivit Albert. Ces minuscules robots agiraient comme des médecins internes. N'oubliez pas qu'ils peuvent être programmés pour fabriquer ou en tant qu'outils. Sur commande, ils seraient capables de produire de la pénicilline pour tuer une bactérie ou de localiser une cellule cancéreuse et de la détruire. Elles joueraient le rôle de minuscules médecins circulant dans le système sanguin.

Joanna secoua la tête, n'en croyant pas ses oreilles.

— Ça ressemble à un roman de Jules Verne.

— Sauf que lui restait dans la fiction.

Jake essayait de reconstituer le puzzle, mais ça ne voulait pas coller. Ce projet futuriste ne valait pas qu'on tue à cause de lui. Par ailleurs Karen Crandell ne se servait pas de nanorobots. Et pourtant il avait confusément le sentiment qu'il y avait un lien entre tout ça.

— À qui envoyez-vous vos rapports ?

— On les a remis à Evan Bondurant, puisque c'est lui le chef du projet NASA.

Jake consulta rapidement son carnet.

— Encore une question. Où étiez-vous entre 22 heures et 22 h 15 le soir du meurtre de Karen Crandell ?

Albert réfléchit.

— Euh ! Voyons ! La réunion s'est terminée sur le coup de 22 heures. On est passés aux toilettes, puis nous avons écouté si nous avions des messages, et on est parti. On a dû signer notre sortie à 22 h 15. Nous sommes tous les deux prêts à le certifier sous serment.

— Vous aurez sans doute à le faire, dit Jake.

Il aida Joanna à se lever.

— Vous ne devez quitter la ville ni l'un ni l'autre. Nous aurons encore d'autres questions à vous poser.

Ils avaient presque atteint la porte quand Albert Rudd leur cria :

— Lieutenant, si vous m'attrapez par la chemise encore une seule fois, je porte plainte.

— Si je vous saisis à nouveau au collet, dit Jake en le regardant droit dans les yeux, ce sera pour vous mettre au trou pour meurtre.

Une fois dans le couloir, Joanna et Jake prirent la direction du bureau d'Evan Bondurant et échangèrent leurs impressions.

— Tu crois que c'est eux ? demanda Joanna.

— Ça se pourrait.

— Il règne un tel climat de haine, tant sur le plan personnel que professionnel.

— J'ai bien vu.

— Mais tu hésites encore.

— Ouais.

Ils entrèrent dans un petit hall et furent introduits dans le bureau d'Evan Bondurant.

Joanna regarda tout de suite la table basse. Elle était bien en teck, pas en chêne. Et les pieds n'étaient pas incrustés d'argent. Elle s'assit en face d'Evan Bondurant qui était à son bureau et acquiesça d'un signe de tête lorsqu'il leva l'index pour lui indiquer qu'il n'en avait plus que pour une minute au téléphone.

Son regard erra sur le mur recouvert de plaques commémoratives, diplômes et photos encadrées. Comme lors de sa première visite, elle s'arrêta sur la photo de Bondurant et Moran réunis. Ils étaient en haut-de-forme et redingote, s'appuyant l'un et l'autre sur des cannes, avec un large sourire. Ça ressemblait tout à fait à une fête costumée, probablement celle où Karen Crandell était déguisée en Cléopâtre. C'était le bon temps, songea Joanna. Tout le monde était en vie.

— Je vous prie de m'excuser dit Bondurant en reposant le téléphone. Il semble que l'un de nos partenaires veuille remettre en cause l'accord que nous avons signé.

— Il réclame plus, c'est ça? dit Jake en ouvrant son carnet.

Bondurant hocha lentement la tête.

— Croyez-le ou pas, lieutenant, j'ai connu un temps où la parole d'un homme était un engagement ferme. Aujourd'hui, même sa signature ne vaut pas un clou.

— Vous pouvez toujours l'attaquer en justice, suggéra Jake.

— Alors qu'il joue un rôle central dans notre projet?

— C'est un argument, admit Jake.

— La vie n'est pas drôle, dit Bondurant d'un air songeur, avant d'entremêler ses doigts et de se pencher vers eux. Bon, que puis-je pour vous?

— J'ai besoin de connaître votre emploi du temps entre 22 heures et 22 h 15 le soir du meurtre de Karen Crandell.

— Notre réunion s'est terminée à 22 heures, dit Bondurant sans hésiter. Je suis repassé par mon bureau, allé aux toilettes, j'ai écouté si j'avais des messages et je suis parti. À 22 h 10 je devais être devant les ascenseurs.

— Vous êtes parti le premier ?

— Ça, je n'en sais rien, réfléchit Bondurant. J'ai foncé dès que j'ai été prêt.

— Pourquoi étiez-vous si pressé ?

— Ma femme n'était pas bien, lieutenant.

— Désolé, dit Jake en passant à la page suivante de son carnet. Maintenant j'ai quelques questions à propos de votre projet avec la NASA. Les Rudd nous ont parlé de leurs recherches sur les nanorobots. Vous pensez que c'est réalisable ?

— La NASA n'a pas hésité à mettre cinq millions de dollars sur ce projet.

Jake siffla doucement et consulta son carnet.

— Pouvez-vous nous apporter des précisions sur le projet de Karen Crandell avec la NASA ?

Le visage de Bondurant se ferma aussitôt.

— Je ne peux rien vous en dire.

— Pourquoi ?

— Parce que c'est extrêmement confidentiel.

— Nous désirons seulement en avoir une idée générale, insista Jake. Ça pourrait beaucoup nous aider.

Bondurant secoua fermement la tête

— Je ne peux en dire un mot. Si je le faisais malgré tout, le gouvernement risquerait de me le faire payer très cher.

— Je pourrais vous faire assigner devant les tribunaux, menaça Jake.

— Inutile, dit calmement Bondurant. Si vous revenez avec un mandat, je montrerai le dossier à un juge fédéral, et je vous garantis qu'il le mettra à l'abri des regards. Il s'agit d'un sujet sensible, lieutenant. Mais je vais quand même vous dire une chose. Cela n'a aucun rapport avec le meurtre de Karen Crandell. Absolument aucun.

Jake se leva et aida Joanna à en faire autant.

— D'une façon ou d'une autre, j'arriverai à savoir.

— Je n'irais pas trop loin de ce côté-là, si j'étais vous, conseilla Bondurant. Vous pourriez vous retrouver avec de gros problèmes.

Jake le défia.

— J'en ai l'habitude, c'est mon métier.

Une fois dans le couloir Jake attira Joanna à l'écart des laborantins qui se dépêchaient d'aller déjeuner.

— Il nous faut ce putain de rapport, grommela Jake à mi-voix.

— Bondurant nous dit peut-être la vérité, dit pensivement Joanna. Il s'agit peut-être de recherches confidentielles, sans rapport avec notre affaire.

— C'est possible. Mais moi je crois que quelqu'un a tué Karen Crandell pour ça. Comme ils n'ont pas trouvé ce qu'ils cherchaient, ils sont allés fouiller chez elle.

— Et ça peut être n'importe lequel des quatre. Car aucun n'a de véritable alibi.

Jake jura à mi-voix.

— On n'arrivera à rien tant qu'on n'aura pas déterminé le mobile. On a absolument besoin de connaître le mobile.

— Et l'arme du crime.

— Oui, aussi.

— Je continue à penser que c'est les Rudd.

— Moi de même.

Ils sautèrent dans l'ascenseur comme les portes se refermaient.

17

Lou Farelli avait beau s'obstiner, la piste de la société d'escorte dont Karen Crandell louait les services ne donnait rien. Tout au moins jusqu'à ce qu'il épluche ses relevés de carte bancaire. Elle s'était rendue dix fois dans un club de danse select du Westside, à cinquante dollars la séance. Farelli connaissait ce genre d'arnaque. Une femme mûre se rend au club et fait la connaissance d'un prof séduisant. Elle a le béguin. Il en profite pour se faire un peu de blé. C'était sûrement ça. Mais alors comment le prouver…

Farelli se gara le long du trottoir dans Montana Avenue à Brentwood. C'était une belle journée ensoleillée, les trottoirs pleins de jolies femmes chargées de sacs venant de boutiques de luxe. Farelli jeta un coup d'œil au portrait-robot de l'escort boy, composé à partir des descriptions qu'en avaient faites les gardiens de la résidence au portraitiste de la police. Un homme svelte, une petite trentaine, blanc de peau, cheveux noirs et raides. Et aussi un tatouage au bras, mais qu'aucun gardien n'avait été en mesure de décrire.

Farelli sortit de voiture et marcha jusqu'au club de danse D'Arturo. Une jeune hôtesse blonde et frisottée l'observa attentivement.

— Que puis-je pour vous ?

Farelli lui mit sa plaque sous le nez.

— Je voudrais parler au patron.

— Il… il est en train de donner un cours

— Dites-lui de faire une pause.

L'hôtesse se précipita derrière le rideau et Farelli en profita pour faire le tour des photos encadrées des professeurs accrochées au mur. C'était des gros plans savamment retouchés pour les faire paraître plus beaux et plus séduisants qu'ils n'étaient vraiment. Sans doute des figurants de cinéma qui espéraient être un jour découverts par un imprésario de Hollywood. Ils pouvaient toujours espérer ! se dit Farelli.

Le rideau s'écarta et un homme grand et svelte, cheveux teints en noir, fit son apparition. Il avait dû être beau gosse, mais il avait maintenant le visage tout ridé.

— Je suis Arturo, dit-il d'un ton professionnel. Que puis-je pour vous ?

— J'ai besoin de savoir si Karen Crandell fait partie de vos clientes.

— Il y a eu un problème ? dit Arturo d'un air ennuyé. Quelqu'un s'est plaint ?

— Simple enquête de moralité, mentit Farelli.

— Je dirige un établissement correct, se défendit Arturo. Ce n'est pas un clandé.

— J'ai dit que c'était une simple enquête de moralité, répéta Farelli.

Arturo demanda à l'hôtesse de rechercher Karen Crandell sur le fichier informatique. Il en parcourut les données au fur et à mesure de leur apparition.

— Elle a été inscrite pour dix leçons. Toutes prises et payées.

— Quel était son professeur ?

— Tony.

— J'ai besoin de le voir.

Arturo dévisagea Farelli.

— Dois-je appeler mon avocat ?

— Pourquoi ? Vous avez quelque chose à vous reprocher ?

Arturo regarda encore un instant Farelli, puis se décida brusquement et écarta le rideau.

— Vous serez plus tranquille avec lui dans mon bureau.

Farelli le suivit dans un vaste studio. Sur le parquet un beau jeune homme donnait un cours de swing à un rousse potelée.

— Tony ! appela Arturo, pouvez-vous venir une minute ?

Tony s'excusa auprès de la dame et s'approcha.

— Qu'y a-t-il ?

— Ce détective veut vous voir.

— À quel propos ?

Farelli guettait une réaction sur le visage de Tony. Rien. Mais Tony avait joué les escort boys, ça c'était sûr. Il correspondait exactement au portrait-robot.

— Allons dans le bureau.

Ils entrèrent dans une pièce où l'essentiel de la place était occupé par un bureau métallique et des chaises.

— Voulez-vous que je reste ? proposa Arturo.

— Non, non. Fermez la porte derrière vous.

Farelli attendit qu'ils soient seuls pour sortir son carnet qu'il feuilleta tranquillement.

— Karen Crandell était votre élève ?

— Et l'est toujours, que je sache.

Farelli leva les yeux, se disant que le professeur, s'il n'était pas innocent, savait fort bien mentir.

— À quels cours est-elle inscrite ?

— Surtout le swing et la salsa.

— Elle a pris combien de leçons ?

Tony haussa les épaules.

— Peut-être une douzaine.

— Toutes les leçons avaient lieu ici.

— Oui.

Farelli tourna la page de son carnet.

— Alors pourquoi vous a-t-on vu à son appartement au moins quatre fois ?

Tony pâlit.

— Oh merde ! Je savais bien que je n'aurais pas dû entrer dans la combine. Je le savais.

— Dites-moi tout, le pressa Farelli. Et sans oublier le moindre détail.

— Vous avez l'intention de m'arrêter ?

— Ça dépendra de ce que vous allez me dire.

Les mains de Tony se mirent à trembler.

— Au début elle voulait apprendre à danser, et tout baignait dans l'huile. Elle attrapait facilement les pas de danse et m'a demandé des noms de dancings pour sortir. Je lui en ai donné et alors elle m'a proposé de l'accompagner.

— Et vous avez dit oui.

— Ouais, fit Tony d'un ton découragé. Je connaissais les clubs et c'était un moyen facile de me faire un peu d'argent.

— Vous lui demandiez combien ?

— Vingt-cinq dollars l'heure. (Il regarda Farelli franchement.) Mais je vous jure que je n'avais l'intention que de danser. Vous comprenez elle n'était pas toute jeune et un peu trop ronde. Elle ne m'excitait pas du tout.

— Mais vous l'avez quand même sautée ?

Les épaules de Tony s'affaissèrent.

— Oui. J'ai été con.

— Et pour ça, elle vous donnait combien ?

— Cent billets de plus, dit Tony d'un ton honteux.

— Avait-elle des exigences spéciales ?

— Ni cuir ni truc comme ça. Elle aimait simplement avoir les mains attachées au lit. (Tony eut un soupir de résignation.) Puis-je savoir de quoi Karen m'accuse ?

— De rien… Elle est morte.

— Quoi ?

— Elle a été assassinée.

— Bon Dieu ! (Tony s'adossa au mur, complètement sous le choc.) Savez-vous qui a fait ça ?

— C'est le but de notre enquête.

— C'est pas possible ! Une femme sympa comme elle, un médecin, et elle se fait descendre. On vit dans un monde de merde.

Ne m'en parlez pas ! fut sur le point de dire Farelli, mais il se retint.

— Vous a-t-elle jamais parlé de quelqu'un dont elle avait peur ? Ou d'un ennemi ?

— Jamais.

— Dans les clubs qu'elle a fréquentés avec vous, ça s'est toujours bien passé ?

— Tout le monde l'aimait bien.

Farelli referma son carnet avec un long soupir. Il n'avançait guère.

— Quand l'avez-vous vue pour la dernière fois ?

— Ça doit faire un mois.

— Et vous vous êtes séparés en bons termes ?

Tony marqua une hésitation.

— Elle n'était pas très contente.

— Pourquoi ?

— J'avais refusé de faire ce qu'elle me demandait.

— Racontez-moi, dit Farelli, tendant l'oreille.

— C'est une longue histoire.

— J'ai tout mon temps.

— Voilà, en gros. Je sors d'une lignée de danseurs professionnels. Mes parents, mes grands-parents étaient danseurs en France avant de venir s'établir ici. En tout cas, quand j'étais môme, je me voyais à Paris en train d'exécuter un ballet avec des créatures de rêve. Toute l'assistance était vêtue comme du temps de la Révolution. Ces rêves ont pris fin, mais je ne sais pourquoi me sont revenus il y a quelques mois. J'en ai parlé à Karen et elle tenait beaucoup à ce que je participe à une expérience au Memorial. Et moi j'ai jamais voulu. Je n'étais pas d'accord pour servir de cobaye. Elle n'était vraiment pas contente que je refuse.

— C'est tout ?

— C'est tout. (Tony posa un regard interrogateur sur Farelli.) Et maintenant vous allez m'arrêter ?

— Non. Mais la prostitution est interdite par la loi, vous le savez bien.

— Oui, je le sais.

— Alors laissez votre oiseau au nid, reprit Farelli. Et ne parlez à personne de notre conversation.

— Mon patron ne va pas être au courant ?

— Non, si vous ne lui dites rien.

Farelli sortit dans la belle lumière du jour. La température était plus douce et il n'y avait pas un souffle de vent. Il tira d'un doigt sur le col de sa chemise et se dit qu'il n'avait toujours rien appris d'intéressant. Donc le Dr Crandell était un peu perturbée et payait pour se faire baiser. C'est pas ça qui allait les conduire au meurtrier.

Au moment où il allait ouvrir sa portière il lui vint à l'esprit que quelque chose lui avait échappé. Il fit demi-tour et retourna voir l'hôtesse.

— Est-ce que vous notez sur la fiche de vos clients de quelle façon ils vous ont connus. Des trucs comme « pages jaunes » ou « un ami ».

— Bien sûr, dit l'hôtesse en faisant rouler sa chaise jusqu'à son ordinateur. Sur qui voulez-vous ce renseignement ?

— Karen Crandell.

L'hôtesse tapa le nom et attendit que le résultat s'affiche sur l'écran.

— Elle a été parrainée par deux élèves de Viviane, Albert et Benjamin Rudd.

— Demandez à Tony de revenir me voir une minute. *Ces deux petits merdeux,* pensa-t-il, *on les retrouve partout.*

Quand Tony réapparut, il était accompagné d'Arturo. L'hôtesse ouvrait toutes grandes ses oreilles.

— Ouais ? fit Tony.

— J'ai encore une question, dit Farelli.

Il entraîna Tony jusque sur le trottoir.

— Il est indiqué sur la fiche de Karen Crandell qu'elle a été parrainée par deux clients de Viviane. Est-ce exact ?

Tony réfléchit un instant.

— Effectivement, ce sont bien deux clients qui l'ont présentée. Viviane s'est contentée de s'assurer qu'elle me serait attribuée.

— Ce sont donc bien les deux jumeaux Rudd qui se sont portés garants ?

— Exact.

— Les avez-vous rencontrés ?

— Non, mais il paraît qu'il valait mieux les éviter l'un comme l'autre.

— Et pourquoi ?

— Viviane m'a raconté qu'au début ils se conduisaient normalement. Elle a essayé de leur apprendre à danser, mais ils sont souples comme des manches à balai. Mais Viviane n'a pas renoncé. Ils étaient assidus et Viviane et eux sont devenus amis. Simplement copains, sans plus. Un week-end, ils ont invité Viviane et sa colocataire à venir les voir jouer au football. (Tony poussa un grand soupir.) Vous n'allez pas me croire, surtout de la part de médecins.

— On va voir.

— Viviane et sa colocataire y sont allées et tout se passait bien… jusqu'à ce qu'un type en glissant vienne heurter violemment un des jumeaux. Il s'est fâché tout rouge et a déclenché une bagarre. Et en un éclair son frère a rappliqué à toutes jambes armé d'une batte de base-ball et a frappé à la volée l'adversaire, lui cassant plusieurs côtes avant qu'on puisse lui arracher la batte des mains. Viviane et sa copine étaient mortes de trouille. Elles se sont sauvées en courant.

— Je les comprends.

— Vous vous rendez compte : un médecin qui balance des coups de batte de base-ball ?

— Vous allez être surpris, mais ça ne m'étonne pas vraiment, dit Farelli en se dirigeant vers sa voiture.

18

— Une batte de base-ball ?

Joanna n'en croyait pas ses oreilles.

— Une batte de base-ball, répéta Jake. Il a frappé l'autre avec.

Joanna secoua la tête avec incrédulité.

— Ce sont des malades.

— Le monde en est plein.

— Le type a été grièvement blessé ?

— Il s'en est tiré avec des côtes cassées.

Joanna et Jake discutaient devant le bureau de Christopher Moran. Il était 17 h 10 et le couloir était désert à l'exception de l'équipe de nettoyage qui œuvrait à l'autre bout du couloir.

Joanna demanda d'une voix tranquille :

— Les battes de base-ball sont-elles en chêne ?

— En général elles sont en frêne et n'ont pas d'incrustations en argent. Mais à tout hasard on se renseigne pour savoir si quelqu'un a entendu parler d'une batte trophée en chêne ornée d'une plaque en argent.

— Ça ressemble à quoi ?

Jake réfléchit à un bon exemple.

— C'en est une comme ça que DiMaggio a brandie et signée. La plaque d'argent précise à quelle occasion.

— Mais pourquoi les Rudd en auraient-ils une dans leur bureau ?

Jake leva les épaules.

— Je te l'ai dit, on vérifie à tout hasard.

— Enfin, ça t'a permis de mettre hors de cause le gigolo.

— Et Farelli m'a rapporté autre chose d'intéressant. Karen Crandell a demandé à ce mec quelque chose qu'il n'a pas voulu faire.

Joanna jeta un coup d'œil en direction de la porte ouverte du bureau de Moran et baissa un peu plus la voix.

— Quel genre ?

— Cela avait un rapport avec des rêves…

Jake décrivit en détail le rêve récurrent du professeur de danse.

— Il rêvait qu'il dansait le menuet dans un palais parisien il y a deux siècles.

Joanna examina longuement la nouvelle avant de conclure :

— Ça devait avoir un rapport avec ses recherches sur la mémoire.

Jake lui lança un regard sceptique.

— Les rêves font-ils systématiquement appel à la mémoire ?

— Certains le pensent.

Ils regardèrent l'horloge. Il était pile 17 h 15. Ils entrèrent chez Christopher Moran.

La secrétaire était au téléphone. Elle y mit rapidement fin et se leva.

— Docteur Blalock ?

— Oui.

— Le Dr Moran a été retenu en chirurgie, mais il arrive. Il a pensé que vous seriez mieux installés dans son bureau.

Elle leur ouvrit la porte pour les faire entrer, et la laissa ouverte en retournant à sa place.

Joanna balaya du regard ce bureau de style victorien. Le bureau ministre était en acajou. Les pieds épais et évasés étaient ornés de volutes sculptées. Les fauteuils à haut dossier étaient recouverts d'un cuir marron foncé. Il y avait une grande baie vitrée derrière le bureau. L'un des côtés de la pièce était couvert d'étagères, l'autre de diplômes et de certificats encadrés. Aucune photo personnelle, aucun tableau, aucune plante. La pièce était terne.

— Le décor est plutôt froid, commenta Jake.

— Ça correspond au personnage.

Au moment de s'asseoir Joanna jeta un coup d'œil en arrière. Elle resta figée, le regard fixé sur le mur.

— Mon Dieu !

— Quoi ?

— Regarde !

— Quel con ! dit Jake, les dents serrées. Je suis vraiment con !

Le mur du fond était tapissé de cannes vernies retenues par des attaches en feutre. Certaines étaient recourbées, mais la plupart étaient droites avec un pommeau d'argent.

Jake se précipita et en décrocha une. Elle était en chêne. Il la passa dans la paume de sa main et en effleura la pointe.

— On peut ouvrir un crâne avec ça, murmura-t-il.

— On a l'arme du crime, chuchota Joanna en surveillant la porte.

— Mais pas pour autant le criminel.

— Parce que ?

— Parce que tous les bureaux étaient ouverts le soir du meurtre. N'importe qui a pu entrer et dérober une canne.

— C'est sûr, fit Joanna machinalement.

— Il y a une photo dans le bureau d'Evan Bondurant où on le voit avec Moran en chapeau haut-de-forme et redingote. Tous les deux ont une canne.

— C'est l'un de ces quatre enfoirés, ça c'est sûr.

Jake remit la canne en place et les passa en revue une à une. Toutes étaient parfaitement lisses sans aucune entaille.

— Elles sont comme neuves.

— Et les pommeaux en argent ?

— Pas la moindre rayure.

Joanna eut à nouveau un regard vers la porte.

— L'arme du crime provient d'ici. Y a pas de doute.

— Ce qui met Moran en tête de liste.

Jake observa les diverses cannes.

— Mais si l'arme du crime était une canne en chêne, où est-elle passée ?

— Comment ça ?

— Ces cannes sont en parfait état, sans aucune marque. Ça ne peut pas être l'une d'elles.

— Et il n'y a aucune place vide au râtelier. Il n'en manque pas une.

— C'est exact, dit Jake. Mais on peut supposer que la canne qui a servi au meurtre a été cachée et qu'on en a mis une autre à sa place.

— Ce n'est pas difficile à trouver pour un gros collectionneur.

— Il faut absolument qu'on arrive à mettre la main sur cette canne.

— Et trouver qui s'en est servi.

— Évidemment.

Ils entendirent la voix de Moran dans le vestibule. Il indiquait à sa secrétaire des modifications d'emploi du temps pour le lendemain.

Ils retournèrent s'asseoir en vitesse et regardèrent ostensiblement vers la fenêtre.

— Ne te retourne pas vers les cannes, glissa Jake à mi-voix. Fais semblant de ne pas les avoir remarquées.

Moran fit son entrée et les salua d'un signe de tête avant de s'asseoir derrière son bureau. Il portait encore son pyjama de bloc vert et son masque de chirurgien pendait sur sa poitrine.

— Je suis désolé de ce retard. On avait un patient mal en point en salle de réveil.

— Ce n'est pas grave, dit Jake, en ouvrant son carnet.

— Avant de commencer, reprit Moran, je voudrais faire part à Joanna de quelques découvertes intéressantes.

— Je vous en prie, dit Jake en toisant l'homme.

Moran était un grand gaillard aux bras musclés. Largement assez fort pour fendre un crâne avec une canne en chêne.

— On vous écoute.

— Il semble bien, Joanna, qu'Oliver Burns avait raison, dit Moran d'un air ravi. L'examen au microscope électronique du cerveau de Marci Gwynn a confirmé à la lettre ses hypothèses. Les vaisseaux sanguins étaient gonflés par endroits et meurtris. C'est ce qui explique la chute de tension et l'état de choc irréversible. La cause et l'effet, vous comprenez.

— C'est tout à fait possible, dit Joanna sans trop y croire cependant.

Les modifications à une échelle microscopique n'avaient pas de signification particulière et, en général, n'entraînaient pas de convulsions et d'état de choc.

— Donc voilà une question résolue, conclut Moran. Que puis-je faire d'autre pour vous ?

« Avouer que vous avez tué Karen Crandell », eut envie de répliquer Joanna.

Mais elle réussit à rester sereine et passa la main à Jake.

— Le lieutenant a quelques questions à vous poser.

— Pas grand-chose, dit Jake. Au cours de notre dernière conversation, on a exploré la période entre 21 et 22 heures le soir du crime.

— Exact. Et j'étais en salle de réunion avec les autres.

— Ouais, fit Jake, d'un ton conciliant. Mais ce qu'il me faut savoir c'est ce que vous avez fait entre 22 heures et 22 h 15.

Moran se renversa dans son fauteuil et se tapota le menton, concentré.

— Autant que je me souvienne, on a terminé notre réunion juste avant 22 heures. De là je suis passé par ici pour écouter mes messages avant de partir.

Toujours le même refrain, comme s'ils s'étaient donné le mot, pensa Jake.

— Êtes-vous parti le premier ?

Moran essaya de se souvenir.

— Je ne saurais dire. Je n'ai pas vu Evan en partant, mais il était peut-être encore là.

— Et les Rudd ?

— Ils se chamaillaient dans leur bureau quand je suis parti. (Moran prit une expression moqueuse.) On pourrait espérer qu'ils se calment de temps en temps, mais non.

— Et vous n'avez rien remarqué d'inhabituel ou d'anormal en partant ?

— Rien du tout.

— Vous n'avez aperçu personne prendre l'escalier de secours ou en sortir ?

— Pas à une heure pareille.

— Mais à un autre moment ?

— Il y a des employés qui s'amusent à grimper l'escalier de secours dans la journée pour faire du sport.

— Qui ça, par exemple ? dit Jake comme s'il ne le savait pas.

— Les Rudd et quelques techniciens, lâcha Moran, qui rectifia sur-le-champ : Mais je ne les ai jamais vus faire cet exercice le soir.

— Bien, fit Jake, qui se tourna vers Joanna. D'autres questions au Dr Moran ?

— Seulement une ou deux. (Joanna sortit de son sac une fiche et fit semblant de la consulter, alors qu'elle était vierge.) Y a-t-il eu des vols récents à l'IRC ?

— Pas à ma connaissance.

— Aucun objet de valeur n'a disparu. Aucun vol n'a été signalé à la police ?

— Pas que je sache.

Jake sourit intérieurement. Excellente question, parce que si, maintenant, on découvrait l'arme du crime, Moran ne pourrait pas dire qu'on la lui avait volée ou qu'elle avait disparu.

Joanna rangea sa fiche.

— Je n'ai pas d'autre question.

— Merci de nous avoir reçus, docteur Moran, dit Jake en se levant et en refermant son carnet. Votre aide nous a été précieuse.

Moran leva les sourcils.

— Ah bon ?

— Ouais.

— Je vous ai apporté des renseignements ?

— Ouais, mentit Jake, décidé à laisser le chirurgien mariner dans son jus. On aura peut-être d'autres questions plus tard.

En partant Jake et Joanna durent se forcer pour éviter de poser leurs regards sur les cannes en bois de chêne accrochées au mur du bureau de Christopher Moran.

19

Jake roulait avec prudence sur Mulholland Drive, une route qui serpente à travers les collines et relie Los Angeles Ouest à la vallée de San Fernando. À sa gauche les lumières de la vallée scintillaient dans la nuit brumeuse, trois cents mètres en contrebas. À 22 h 30 il n'y avait pratiquement plus de circulation et on apercevait seulement un réverbère de loin en loin.

Jake restait penché sur le volant, scrutant la nuit sans relâche. Il dépassa Beverly Glen et suivit une longue courbe un peu mieux éclairée. Il vit devant lui une aire de repos avec des emplacements de parking et quelques bancs en bois. Une limousine noire stationnait dans l'ombre. Jake vint se garer à côté et coupa son moteur. Il laissa passer trente secondes puis fit un appel de phares et attendit le même signal de reconnaissance. Dans la voiture à côté, il savait qu'il y avait William Buck, directeur d'un service spécial des renseignements au sein de la police de Los Angeles. Ce n'était pas la première fois que Jake lui demandait des tuyaux, et d'habitude ils se rencontraient dans le bureau de Buck. Jamais ils ne s'étaient donné rendez-vous sur une route déserte au milieu des collines. Mais cette fois-ci les informations que Buck allait donner à Jake étaient si secrètes que le haut fonctionnaire avait pris des précautions extraordinaires pour s'assurer que personne ne pourrait surprendre leur conversation. Et s'assurer également que personne ne puisse prouver qu'ils s'étaient rencontrés. Jake se demandait avec perplexité où il mettait les pieds dans cette affaire à laquelle la NASA était mêlée.

La voiture garée à côté de lui fit deux appels de phares.

Jake sortit de sa voiture et alla s'asseoir à l'arrière de la limousine, côté chauffeur.

William Buck pressa un bouton sur la console près de lui. Les portières se verrouillèrent. Il appuya sur un deuxième bouton et la vitre de séparation remonta.

— J'espère ne pas vous faire veiller trop tard, Jake, dit Buck d'une voix cordiale.

— Non monsieur.

— Bon !

Buck était bâti comme un taureau, larges épaules, cou épais, mâchoire carrée.

— Je suis ravi que vous soyez en forme, parce que moi j'ai du mal à dormir.

— Est-ce que vous voulez dire que vous n'avez rien obtenu ?

— Bien pire que ça, dit calmement Buck. Vous m'avez envoyé au milieu d'un champ de mines.

— Ah non ! protesta Jake. Je vous ai donné des indications précises. Un type nommé Doyle qui gère toutes les relations entre la NASA et le Memorial.

— Ce n'est pas ce que m'a dit la NASA.

Buck remit en place la couverture qui lui couvrait les cuisses. Il avait perdu ses deux jambes en sautant sur une mine viêt-cong en 1972.

— Ils n'ont jamais entendu ce nom, reprit-il, ni passé de contrat avec le Memorial. Pas un seul.

— Bon Dieu ! marmonna Jake entre ses dents. Tout le monde ment. Tous autant qu'ils sont.

— Je ne le pense pas. Ils se font manipuler.

Jake lui jeta un regard éberlué.

— Là, il va falloir m'expliquer clairement et méthodiquement.

Buck appuya sur un bouton et la vitre arrière s'abaissa légèrement, laissant passer une bouffée d'air frais.

— Partons de ce que nous savons. Mon ami de la NASA, un type extrêmement fiable, a mené une recherche approfondie. Il n'y a jamais eu personne du nom de Doyle parmi leurs collaborateurs, ni dans le passé ni aujourd'hui. Et ils n'ont jamais signé de contrat de recherche avec le Memorial.

— Les registres ne peuvent pas avoir été effacés ?

— Mais non ! Ils n'auraient pas pu tout gommer, quand bien même ils auraient essayé.

— Comment, alors... ?

Buck leva la main pour le faire taire et poursuivit :

— Du coup on a décidé de mener des investigations au Memorial parce que, comme vous, on s'est dit qu'ils mentaient. L'un de nos agents a trouvé des renseignements très instructifs. Les registres du Memorial mentionnent bien des opérations avec la NASA. On a épluché les intitulés des programmes de recherche, le nom des représentants de la NASA qui les ont signés et même celui de ceux qui ont suivi le déroulement des programmes. On a vérifié ça et plein d'autres choses.

Buck ouvrit un peu plus la vitre et respira un grand coup avant de la refermer complètement.

— Et alors ? s'impatienta Jake.

— Eh bien, tout est bidon ! Tout ce dont je viens de parler est bidon.

Jake poussa un grognement. Le Memorial prétendait travailler pour la NASA, et la NASA disait le contraire. Les registres du Memorial mentionnaient des projets réalisés pour la NASA, mais Buck disait que c'était du bidon. Et pourtant le Memorial avait bien effectué des travaux pour la NASA. Murdock en parlait, de même que Bondurant et les Rudd. Il n'était pas possible que tout le monde mente à ce point-là. Était-ce si sûr ?

— Qu'est-ce qui se passe alors ?

— Je ne peux rien affirmer, répondit Buck, du moins pour l'instant.

— Mais vous avez bien votre idée ?

Buck surveilla du coin de l'œil les phares d'une voiture qui s'approchait rapidement et continua sans s'arrêter.

— Je peux simplement faire une supposition fondée sur mon expérience. (Buck hésita, choisissant chaque mot avec soin.) Certaines agences gouvernementales, quand elles veulent agir en secret, ouvrent des comptes anonymes et font transiter de l'argent par ces comptes. Prenons par exemple une boutique de cigares à La Havane. Elle a l'air complètement authentique. Elle a de la marchandise, des clients, une licence commerciale. Mais en réalité c'est une officine de la CIA.

— D'après vous le Memorial ne fait pas réellement de recherches ?

— Bien sûr que si. Sauf que ce n'est pas pour la NASA. Une autre agence gouvernementale a besoin de ces études et utilise la NASA comme prête-nom.

— Une seconde ! Une seconde ! fit Jake, essayant d'y comprendre quelque chose. Vous voulez dire qu'une agence gouvernementale fait faire des recherches mais ne veut pas qu'on sache que c'est elle ?

— Voilà !

— Alors, ils se pointent au Memorial en disant qu'ils appartiennent à la NASA et mettent le paquet de fric sur la table. Comme de bien entendu, le Memorial se jette dessus.

— C'est tout à fait ça.

Jake frotta sa barbe naissante, cherchant la faille dans la démonstration de Buck.

— Est-ce que les chercheurs sont conscients qu'ils travaillent pour une agence secrète ?

— Probablement pas. Les recherches menées par les médecins sont sans aucun doute véritables et justifiées. En revanche, ils ne savent pas du tout l'usage qui sera fait du résultat de leurs recherches.

— Vérifions que j'ai bien compris, dit Jake. Une agence gouvernementale commande une étude dans un domaine ultrasensible et ne veut pas que son nom apparaisse. Ce qu'en réalité ils ne veulent pas qu'on sache c'est qu'on fait ce genre de recherches. Ils refilent donc le boulot au Memorial en se servant de la NASA comme d'un masque. Tous les scientifiques sont ravis de bénéficier de cette manne. Une fois la recherche menée à son terme elle est récupérée par l'agence au nom de la NASA.

Jake se tut un instant pour regarder Buck.

— Est-ce que c'est bien ça ?

— Je trouve que c'est un résumé très correct.

— Et on ne confie à chaque scientifique qu'une partie de l'étude. Comme ça personne ne peut avoir une vue d'ensemble sur le projet ni à quoi il est destiné.

Buck hocha la tête.

— Ça se passe en général comme ça.

— Une dernière question.

Buck eut un sourire en coin.

— Avec vous Jake, une question n'est jamais la dernière. Mais dites toujours.

— D'où vient l'argent ?

— Des fonds secrets, sans doute.

Jake hocha la tête. Buck lui avait déjà parlé une fois de ces fonds secrets. C'était le terme employé dans le vote par le Congrès du budget des différents services d'espionnage. Ça représentait des milliards, et personne n'avait à justifier leur utilisation.

— Vous pensez que les services secrets sont derrière tout ça ?

— Peut-être, peut-être pas.

— J'ai besoin de le savoir, insista Jake. Il faut que je sache sur quoi porte le projet. Sinon je ne peux pas boucler l'affaire.

Buck soupira, peu enclin à sauter dans le bourbier qui l'attendait forcément.

— Ça m'oblige à réclamer pas mal de renvois d'ascenseur.

— Je sais bien, dit Jake en se demandant à quel niveau de la hiérarchie Buck allait devoir taper pour obtenir les renseignements et ce qu'il allait devoir donner en contrepartie. Mais j'en ai absolument besoin.

— Je suis obligé de marcher sur des œufs.

— Je sais bien, répéta Jake. Mais dans cette affaire quelqu'un a fracassé la tête d'une femme.

— Vous en êtes bien sûr ?

— Ouais.

— On avance en terrain miné, pensa tout haut Buck. Rien que pour vos beaux yeux.

— Et probablement un enjeu qui représente des millions de dollars.

Buck poussa un grand soupir.

— Ce n’est pas toujours l’argent qui compte le plus, Jake.
— Quoi alors ?
— C’est le pouvoir, dit Buck en pressant un bouton.
La portière de la voiture s’ouvrit largement.

20

Lori McKay entra en trombe dans le laboratoire de la morgue chargée d'une liasse de rapports. Elle les posa sur une paillasse et attendit que Joanna ait fini de téléphoner.

— Je t'adore, dit Joanna, qui termina par un baiser sonore.

Lori sourit largement à Joanna lorsqu'elle reposa le téléphone.

— Je n'aurais pas cru que Jake Sinclair apprécie ces minauderies.

Joanna lui rendit son sourire.

— Ce n'était pas à Jake, mais à Jean-Claude que je parlais.

— Comment va le petit cow-boy ?

— Il s'amuse comme un fou, dit Joanna. Il a vu des lions au zoo de San Diego et les gros animaux marins du Royaume de la mer. On pouvait presque l'entendre sourire au téléphone.

— Il vous manque, pas vrai ?

— C'est affreux.

— Pourquoi ne prenez-vous pas quelques jours pour les rejoindre ? Une coupure vous ferait du bien.

— Je ne peux pas. J'ai trop de boulot ici. Et, en plus, ils partent aujourd'hui en voiture pour le Grand Canyon et ne reviennent dans le sud californien que ce week-end.

— Vous les reverrez à ce moment-là.

Joanna hocha la tête joyeusement.

— Sans faute. Ils doivent m'appeler dès leur retour pour qu'on se retrouve à Disneyland.

Lori retira le papier d'un sucre d'orge et le lécha.

— Votre sœur Kate est une fille formidable. Elle réussit à tenir à la fois son rôle d'épouse, de mère et d'archéologue. Mais ça ne doit pas lui faciliter les choses de vivre en France en permanence.

Particulièrement avec un mari qui ne cesse de la tromper, pensa Joanna. Mais Kate ne voudrait jamais divorcer. Elle aimait trop Chris, et encore plus Jean-Claude.

Lori sentit une ombre de tristesse sur le visage de Joanna.

— J'ai fait une gaffe ?

— Non, je pensais simplement à Jean-Claude, mentit Joanna.

Elle désigna le paquet de rapports.

— Quoi de nouveau ?

— Les résultats d'analyse au microscope électronique du cerveau de Marci Gwynn.

Lori sélectionna deux pages dans la liasse et les tendit à Joanna.

— Ils n'ont rien constaté de flagrant. Un gonflement des parois des vaisseaux sanguins par endroits et quelques ruptures bénignes.

— C'est ce qu'on m'a dit.

— Du coup, Murdock et Moran trépignent de joie parce qu'ils pensent disposer maintenant d'une explication concernant la mort des patientes.

— Ils n'ont pas une cause, simplement le constat d'un état anormal. Et ils se croient dédouanés d'une accusation de faute professionnelle.

— Tout le monde a l'air de se foutre de la cause exacte du décès.

— Pas nous.

Joanna se balança dans son fauteuil, réfléchissant pour la millième fois aux circonstances de la mort d'Elizabeth Ryan et de Marci Gwynn. Elle était intimement convaincue au fond d'elle-même que la cause était identique. Mais seul le cerveau de Marci révélait des modifications à l'examen microscopique.

— Oliver Burns a-t-il expliqué pourquoi on trouvait ce genre de phénomène dans le cerveau de Marci et pas dans celui d'Elizabeth Ryan ?

— Bien sûr, fit Lori en prenant un faux air sérieux. Ce vieux singe avait réponse à tout. La raison, voyez-vous… (Lori imita la voix grave d'Oliver Burns.)… c'est que Marci a survécu dix-huit heures au traumatisme, et Elizabeth seulement six. Si elle n'était pas morte si vite, on aurait constaté les mêmes phénomènes.

— Mon Dieu ! s'exclama Joanna. Et tout le monde a avalé ça ?

— Avec empressement. D'autant que ce bon vieux Oliver leur a dit qu'il s'était vraisemblablement passé la même chose dans le cerveau d'Elizabeth Ryan mais à l'échelle moléculaire et par conséquent invisible au microscope. Autrement dit, des modifications invisibles, parce que moléculaires, étaient la cause de la mort.

Joanna eut un sourire moqueur.

— Quand un médecin ne trouve pas la cause d'une maladie, il l'attribue à un virus ou à un phénomène moléculaire.

— Je sais bien, dit Lori avec amertume. Et qu'est-ce qu'on fait maintenant ?

— On fait ça, dit Joanna en montrant un immense tableau noir sur lequel étaient répertoriées toutes les caractéristiques cliniques et pathologiques des deux patientes.

Le tableau était entièrement recouvert de données écrites à la craie.

— La réponse est là, devant nos yeux. Simplement on ne la voit pas.

— Mais on a déjà tout épluché une bonne douzaine de fois.

— Et, si nécessaire, on le refera encore une douzaine de fois et si ça ne suffit pas, une douzaine de fois supplémentaires.

— On sera près de la retraite d'ici à ce qu'on en ait vu le bout.

Joanna se leva et s'étira. Le succès en médecine légale était presque toujours une affaire de ténacité, pas de génie. L'expérience l'apprendrait à Lori.

Lori saisit un autre rapport sur la pile. Elle le parcourut et le froissa en boule.

— C'était quoi ? demanda Joanna.

— Les premiers examens de routine, au microscope, du cerveau de Marci. Ils y ont retrouvé ces taches de la taille d'une pointe d'aiguille. On leur a demandé de remettre du colorant après nettoyage du tissu cérébral au sérum physiologique. Et, comme la première fois, les taches ont disparu. Ce sont sûrement des conséquences de la manipulation.

Lori saisit la feuille suivante.

— Ceci vient du FBI…

— Minute ! l'interrompit Joanna en reprenant la boule de papier.

Elle la déplia et la lut. De minuscules particules de nature inconnue saupoudraient irrégulièrement les éléments du cerveau qui entouraient la tumeur. Le rapport précisait qu'il s'agissait de corps étrangers, qui se seraient collés aux tissus cérébraux à l'occasion des manipulations.

— On retrouve donc les mêmes taches minuscules sur les cerveaux de Marci et d'Elizabeth ?

— Ouais. Mais je vous l'ai dit, ce sont des artefacts. Ils ont disparu après rinçage au sérum physiologique.

Joanna prit le temps de bien réfléchir et finit par dire :

— Je veux qu'on refasse des prélèvements sur les deux cerveaux et qu'on en colore une partie avant, et l'autre après rinçage. Et que les plaquettes soient ensuite comparées au microscope électronique.

Lori essayait de suivre son raisonnement.

— Vous voulez dire que ces taches ne sont pas forcément des artefacts ?

— Je dis simplement que je ne sais pas ce que c'est. En revanche, ce qui est sûr, c'est qu'elles n'y étaient pas à l'origine. Et comme on les retrouve chez les deux patientes, il faut qu'on sache exactement de quoi il s'agit.

Lori nota les instructions de Joanna.

— Je suis persuadée qu'on va s'apercevoir que ce sont purement et simplement des artefacts. Des grains de poussière ou quelque chose comme ça.

— Vous avez sans doute raison. Mais il faut être exhaustif et ne rien négliger.

— On va peut-être avoir un coup de chance.

— Ça nous changerait. (Joanna désigna la feuille que tenait Lori.) Et du côté du FBI ?

— Ils nous envoient leur rapport final sur ce qu'on a extrait du crâne de Karen Crandell. (Elle lut à haute voix :) Le métal est un alliage d'argent. Le bois est du chêne recouvert de vernis anglais.

— Rien de neuf, alors ?

— Pas vraiment… (Lori se tut soudain et relut la fin de la page.) Une chose qui peut être intéressante, quand même. L'un des éclats semble provenir d'un objet rond. Qu'est-ce que vous en dites ?

Joanna leva les épaules, mais elle imaginait une canne en chêne fendant le crâne de Karen. Elle eut envie de parler à Lori de la collection de cannes qui se trouvait dans le bureau de Moran mais finalement décida de n'en rien faire. À ce stade, moins de monde était au courant, mieux cela valait.

— Ça peut être n'importe quoi.

— Bien sûr, approuva Lori. Il faut simplement ouvrir l'œil.

Joanna remarqua que Lori promenait son bonbon dans sa bouche, un signe de nervosité chez elle lorsqu'elle hésitait à dire quelque chose.

— J'ai l'impression que vous avez votre petite idée. Dites-la-moi.

Lori releva brutalement la tête.

— Comment le savez-vous ?

— Une intuition.

— Ne me faites pas le coup de Sherlock Holmes. Comme quand Holmes nous dit ce que pense Watson.

— Quand vous avez une idée dont vous n'êtes pas sûre, expliqua Joanna, vous roulez machinalement votre bonbon dans la bouche. Maintenant, racontez-moi.

Lori hésita encore.

— C'est une idée en l'air.

— Ça ne fait rien.

— J'ai pris l'escalier de secours. Et j'ai remarqué un extincteur accroché au mur. Et cet extincteur est en métal argenté et il est accroché à un support en bois. Alors, je me suis demandé si cela pouvait être utilisé comme arme ou si la tête de Karen ne pouvait pas l'avoir heurté dans sa chute.

— Bonnes questions, dit Joanna en examinant ces possibilités. Très bonnes questions. Mais je n'y crois pas et je vais vous dire pourquoi. L'extincteur est très probablement en aluminium. L'argent coûterait bien trop cher et serait trop lourd.

— Mais c'est peut-être un alliage, insista Lori. Pour renforcer les qualités de résistance.

— Pas impossible, dit Joanna en essayant de se rappeler si elle avait vu des extincteurs dans l'escalier. Elle ne s'en souvenait pas bien

— Et si j'appelais le fabricant pour lui demander en quoi ils sont faits ? proposa Lori.

Joanna secoua la tête.

— Prenez tout simplement un tournevis, grattez un peu de métal et envoyez-le au labo du FBI. Et faites la même chose avec l'extincteur de l'IRC.

— Et pour le bois ?

— C'est un autre problème. Il est difficile d'imaginer un support d'extincteur en chêne. C'est un bois trop noble.

— Et si le support était cassé et avait besoin d'être réparé ou remplacé ? répliqua Lori. Les menuisiers du Memorial préfèrent utiliser du chêne ou un bois dur lorsqu'ils veulent quelque chose qui tienne longtemps.

Les yeux de Joanna s'écarquillèrent d'un seul coup.

— Qu'est-ce que vous venez de dire ?

Lori lança à Joanna un regard étonné.

— Ben j'ai dit que si le support avait besoin de réparation…

— Mais oui ! Mais oui ! l'interrompit Joanna.

Réparation ! C'était tellement gros qu'elle n'y avait pas pensé. Moran était un collectionneur passionné de cannes anciennes et il venait d'en abîmer une. Pas question de la jeter ou de la cacher. Il voudrait absolument la faire remettre en état. Elle fit un grand sourire à Lori.

— Bonne idée. Faites vérifier la pièce de bois également.

— Je m'en occupe tout de suite, fit Lori en se hâtant vers la sortie.

Joanna se mit à arpenter la salle, se demandant comment retrouver la trace de la canne endommagée. Le plus simple aurait été de téléphoner à la secrétaire de Moran pour qu'elle lui dise où il achetait et faisait réparer ses cannes. Mais c'était risqué. La secrétaire en informerait Moran, et du coup la canne endommagée disparaîtrait définitivement. Il fallait trouver un autre moyen.

Elle continuait de passer régulièrement devant le tableau noir, puis contournait la longue paillasse. Au moment d'atteindre le bureau elle s'arrêta brusquement et regarda fixement le téléphone.

Elle attrapa l'annuaire et compulsa les pages jaunes. Une seule adresse pour les cannes. Elle composa le numéro.

— Bonjour, fit-elle au téléphone. J'ai une canne en mauvais état et je voudrais savoir si vous pourriez me la réparer.

— Quel genre de canne ?

— Une vieille canne anglaise. Un objet de famille qui appartenait à mon grand-père et qui est plein d'entailles.

— Profondes ?

— Certaines. J'ai l'impression que des éclats ont été arrachés. (Joanna réfléchit à toute vitesse à l'aspect que pouvait avoir maintenant la canne de Moran.) Ce qui m'ennuie c'est que les entailles les plus grosses sont proches du pommeau d'argent qui est de style victorien. Lequel est rayé, en plus.

— Il s'agit donc d'une authentique canne ancienne ?

— Oui.

— Si vous en avez les moyens je vous suggère de faire appel à un spécialiste, conseilla le boutiquier. Quelqu'un qui ne fait que des cannes anciennes.

— Vous en connaissez ?

— Un seul

Le boutiquier lui donna le nom et l'adresse.

— Il s'y connaît vraiment bien en cannes anglaises ?

— C'est même sa spécialité.

Joanna composa le numéro de Harry Holloway et tomba sur un répondeur.

C'était un mercredi après-midi, et il était fermé. Elle rappellerait, se dit-elle. Elle allait bien finir par trouver cette sacrée canne.

Dan Rubin et Lori McKay étaient penchés sur une table dans la salle de cours voisine du bureau des infirmières du service de neurochirurgie. Ils comparaient le contenu du dossier médical de Marci Gwynn avec celui de la patiente d'Oliver Burns à Yale.

— On va recommencer combien de fois ? se plaignit Lori.

— Jusqu'à ce que nous trouvions un dénominateur commun pour expliquer le syndrome qu'elles ont développé, dit Rubin en passant à la page suivante. Marci prenait de l'Oxycontin contre ses maux de tête. Et celle de Yale ?

— Du Percocet, répondit Lori de mémoire.

— On avait prescrit de l'Ambien à Marci comme somnifère.

— Et du Phénergan à celle de Yale

— Marci prenait la pilule.

— Pas celle de Yale.

Rubin soupira.

— Passons aux médications préopératoires.

— Une seconde, dit Lori, le regard attiré par une inscription en petits caractères. Je n'arrive pas à comprendre ce gribouillis. On dirait qu'il est mentionné que quelque chose est sans effet.

Rubin se rapprocha, sa joue frôlant la sienne. Il prit tout son temps pour déchiffrer la note manuscrite.

— Il écrit que la Tylenol-codéine n'a pas d'effet sur la douleur. Ce doit être pour ça qu'ils lui ont administré du Percocet à la place.

— Ah bon !

Lori tourna son visage vers Rubin et commença à lui mordiller l'oreille.

— Rien d'autre ?

— Oui, pouffa Rubin, ça dit également que si tu continues comme ça on n'en verra jamais le bout.

— Rentrons, lui chuchota Lori à l'oreille. On devrait déjà être au lit.

Rubin lui pressa la main.

— Une dernière fois et on va se coucher.

— Alors faisons vite.

Christopher Moran fit soudain irruption dans la salle de cours, son chef de clinique sur les talons.

— Qu'est-ce que vous foutez ici ?

Rubin se redressa aussitôt.

— On compare le dossier médical de Mary Gwynn avec celui de la patiente d'Oliver Burns à Yale.

Moran les dévisagea.

— Dites-moi, Rubin, vous me prenez pour un con ?

— C'est vraiment ce que nous faisions, monsieur, insista Rubin en montrant le tableau noir couvert de données. On n'a pas arrêté depuis deux heures.

— Est-ce que je vous ai demandé de vous faire assister ? Ou de le faire vous-même ?

Rubin haussa légèrement les épaules.

— J'avais simplement compris qu'il fallait le faire.

Moran se tourna vers le chef de clinique.

— Docteur Bélios, est-ce que je lui ai dit d'amener quelqu'un ici ?

— Non, monsieur, répondit sans hésiter Bélios.

— Très bien. (Moran s'adressa de nouveau à l'interne :) Le Dr Bélios paraît maîtriser correctement l'anglais, à la différence de vous.

Rubin baissa la tête sans un mot.

— On ne peut même pas vous confier une tâche simple.

Rubin releva lentement la tête.

— J'ai essayé de faire le mieux possible. Je me suis dit qu'à deux on irait plus vite.

— Eh bien ! Vous vous êtes trompé, cracha Moran. Et si je voulais que vous le fassiez seul c'est parce que ainsi on ne dépend de personne. Les autres font des erreurs. Dans mon service, on n'en fait pas.

— Mais elle pratique la médecine légale, lui répondit Rubin. Elle est très…

— Ça suffit !

Moran saisit une éponge à craie et la jeta violemment à l'autre bout de la salle. Elle rebondit contre deux murs avant de s'immobiliser au sol.

— Je m'escrime à vous dire pourquoi je voulais qu'on s'y

prenne d'une certaine manière et vous passez votre temps à m'expliquer pourquoi vous ne l'avez pas fait.

Rubin respira un grand coup.

— J'aurais dû y travailler seul.

— Ça, c'est certain ! Et la prochaine fois je vous conseille de suivre mes instructions à la lettre. Vous m'avez compris ?

Lori ne put se retenir plus longtemps.

— Docteur Moran, je vais vous dire pourquoi je suis ici. J'avais le dossier de Marci Gwynn sur mon bureau. Le Dr Rubin le cherchait et m'a demandé si je voulais bien le lui porter au sixième. Ce que j'ai fait. Et je me suis proposée de l'aider à vérifier le dossier. Voilà tout.

— Alors vous prenez la défense de Rubin, à ce que je vois.

— Pensez ce que vous voudrez, dit Lori sans s'énerver. Mais c'est comme ça que ça s'est passé.

Moran s'éclaircit bruyamment la gorge.

— Eh bien moi, je vais vous dire autre chose. On ne veut pas que vous fourriez votre nez dans ce qui concerne notre service de neurochirurgie. Est-ce clair ?

— Marci Gwynn ne concerne plus votre service de neurochirurgie, dit Lori sans s'émouvoir. À sa mort, son corps et son dossier médical sont passés sous la responsabilité du service de pathologie. Et le resteront jusqu'à ce que nous ayons déterminé la cause de son décès.

Le visage de Moran s'empourpra.

— Nous savons parfaitement de quoi elle est morte.

— Ce n'est pas l'avis de Joanna Blalock. Et c'est d'elle que je tiens mes ordres.

— Vous perdez votre temps.

— On n'en a pas l'impression, notamment depuis les nouvelles découvertes que nous avons faites au microscope, exagéra Lori.

Moran plissa les paupières.

— Quelles nouvelles découvertes ?

Lori lui adressa son plus beau sourire.

— Il serait mieux que vous voyez ça avec le Dr Blalock. C'est elle l'experte.

Moran fut sur le point de poser une nouvelle question, mais y renonça. Il dit à Rubin :

— Inutile de vous habiller pour le bloc demain matin. Vous vous installerez plutôt seul dans cette salle pour examiner ces dossiers et vous assurer qu'il n'existe aucun dénominateur commun entre les deux cas. De façon que ce soit réglé une fois pour toutes. Et j'ai bien précisé, seul. Ne l'oubliez pas, hein !

— Non, monsieur.

Moran ressortit comme il était venu, son chef de clinique se pressant pour ne pas rester à la traîne.

Lori attendit que les bruits de pas aient disparu dans le couloir pour dire à Rubin :

— Comment peux-tu supporter une pareille grossièreté ?

Rubin haussa les épaules.

— On apprend à supporter plein de choses quand on est dans les Marines.

— Je croyais qu'on y apprenait à se battre.

Le visage de Rubin s'assombrit.

— On y apprend surtout à tuer.

Lori observa les yeux bleu pâle de Rubin. Pendant un instant il eut un regard glacial. Puis il s'adoucit de nouveau.

— J'imagine que tu es contraint de supporter tous ces affronts pour pouvoir rester dans le service du Dr Moran, dit-elle.

— Je n'ai pas le choix.

— Ça se passe tout le temps comme ça ?

— Pas vraiment. Aujourd'hui ses nerfs ont été mis à rude épreuve. Il paraît qu'un de ses confrères obtient désormais un meilleur taux de réussite que lui dans le traitement des tumeurs malignes.

— Par simple chirurgie ?

Rubin fit signe que oui.

— En pratiquant une chirurgie massive. Il semblerait que Moran ait lu ce matin l'article et cela a gâché sa journée.

Lori regarda Rubin d'un air surpris.

— Tu t'attendais à ce qu'il soit tout heureux à l'idée d'un progrès dans le traitement des cancers ?

— Seulement si c'était lui qui l'avait mis au point. Moran est le genre de type qui ne supporte pas de ne pas être le roi de la forêt.

— Il a plutôt l'air d'un gamin trop gâté.

— Il faut le voir quand un incident se produit au bloc opératoire. Il pique des crises énormes.

— Par exemple quand Marci Gwynn est morte ?

— Et pire encore quand ça a commencé à mal tourner pour Elizabeth Ryan. Il était hors de lui. Il gueulait après tout le monde. Il a tellement terrorisé une infirmière qu'elle a renversé son plateau couvert d'instruments. Un vrai cirque.

Lori tambourinait du bout des doigts sur la table, songeuse.

— Ainsi, notre Dr Moran a un sale caractère.

— Que ce soit à l'hôpital ou ailleurs.

— Oh ? (Elle se rapprocha de lui.) Ailleurs ?

Rubin baissa la voix.

— D'après ce que raconte une infirmière, il battait sa femme.

— C'est une blague !

— Pas du tout ! Toujours selon cette infirmière, on l'a appris au moment de son divorce. Et d'après ce qu'on m'a dit, il n'y allait pas mollo. Ça lui a coûté bonbon. Sa femme a récupéré beaucoup d'argent.

— Tant mieux.

Rubin referma les dossiers et les mit en pile.

— Aucun espoir de passer la nuit chez toi ?

Lori lui sourit.

— À toi de bien jouer.

— On va s'acheter des steaks en passant.

— Et des huîtres.

— Tu es dure avec moi, Lori, dit Rubin en riant. Très dure.

— Je sais.

Ils éteignirent et filèrent. En passant dans le couloir Lori entendit derrière elle la voix tonitruante de Moran dans le bureau des infirmières. Il était encore en train de râler.

Arrivée devant les ascenseurs elle se retourna. Quelqu'un qui bat sa femme peut-il devenir un tueur ? Et comment ! Surtout s'il croit pouvoir passer à travers.

21

Joanna passa le plus clair de la matinée du samedi à parcourir les magasins d'antiquités avant de tomber sur la canne anglaise qu'elle cherchait. Une canne en chêne verni au pommeau d'argent, pleine d'entailles et de griffures, surtout dans le bas.

Elle prit dans sa poche une pincée de la poussière qu'elle avait collectée et en enduisit la canne. Cela fait, elle pénétra dans la boutique d'Henry Holloway.

Son entrée fit tinter une clochette. Dans l'instant un petit bonhomme maigre aux yeux pétillants apparut. Il avait une grosse tête et un front proéminent. Joanna trouva qu'il avait l'allure d'un elfe.

— Vous êtes bien monsieur Holloway ?

— En effet, répondit Holloway d'une voix douce.

— Je suis Joanna Blalock. C'est moi qui vous ai appelé.

— Oh oui ! Et je vois que vous m'avez apporté la canne de votre grand-père.

Joanna la lui tendit.

— J'aurais dû la nettoyer.

— Ce n'est pas grave.

Holloway examina la vieille canne avec minutie, et plus particulièrement le pommeau d'argent.

— Belle, très belle, roucoula-t-il.

Pour deux cent cinquante dollars elle peut être belle, pensa Joanna.

— C'est vrai qu'elle aurait pu être mieux entretenue, poursuivit Holloway. Mais la qualité dure toujours plus longtemps.

— Elle est réparable ?

— Bien sûr. (Holloway leva la canne dans la lumière.) Le pommeau, en réalité est edwardien et non pas victorien. Mais comme Edward était le fils de Victoria, on ne va pas ergoter.

— Elle est très abîmée ?

— Il va falloir la sabler et la revernir. (Il passa les doigts le long de la canne.) Ah ! Là, c'est plus grave. Elle a reçu un gros choc.

— Vous pouvez le faire disparaître ?

— Peut-être pas complètement, dit honnêtement Holloway. Mais une entaille, une fois bien vernie, peut donner du caractère à l'objet, vous ne pensez pas ?

— Si, approuva Joanna, éprouvant de la sympathie pour l'attention que l'artisan portait au moindre détail. Je trouve même que ça lui donne plus de valeur.

— Sans aucun doute.

— Combien de temps vous faut-il pour le réparer ?

Holloway calcula dans sa tête.

— Comptez au moins quatre semaines. D'autant que je suis à court de vernis. C'est un très bon vernis et je ne me sers que de celui-là. Malheureusement, le délai de livraison est au moins d'un mois.

— Pourquoi cela prend-il tant de temps ?

— Parce que il est fabriqué en Angleterre.

Joanna sourit intérieurement. C'était bien l'homme qu'elle cherchait.

— Le Dr Moran m'avait bien dit que vous n'utilisiez que les meilleurs produits. Je suis ravie qu'il m'ait envoyé chez vous.

— Ce bon docteur fait partie de mes meilleurs clients, et sa collection de cannes est remarquable. Il y en a qui datent de Napoléon et une qui aurait servi au général Cornwallis quand il s'est rendu au président Washington à Yorktown.

— Ça fait rêver, dit Joanna, entrevoyant une ouverture. C'est dommage que l'une d'elles ait été aussi esquintée.

— Pas tant que ça, fit Holloway en longeant son comptoir.

L'un de ses enfants a joué avec elle comme si c'était un bâton, et en a violemment frappé le bord du trottoir.

Joanna aspira l'air entre ses dents.

— Le Dr Moran a dû être drôlement furieux.

— Est-ce qu'on a le droit de s'amuser avec une canne qui vaut deux mille dollars ?

— Je serais dans une belle colère. Et c'est encore une chance qu'elle n'ait pas eu plus de dégâts.

— Il y en a déjà pas mal. J'ai constaté de profondes entailles et des éclats. Mais ça ne se verra pratiquement plus une fois que j'aurai reçu mon vernis.

— Je n'en doute pas, dit Joanna, heureuse de savoir que la réparation de la canne de Moran n'était pas achevée. Si on n'y avait pas encore touché, elle pourrait téléphoner à Jake pour qu'il vienne avec un mandat de saisie.

— Vous pourriez me la montrer ? Il m'a tellement parlé de cette canne.

— Certainement. Suivez-moi.

Il l'emmena dans son atelier. Il était équipé d'un long établi couvert d'outils et de bouteilles de laque et de vernis. Une petite machine à sabler électrique et une scie étaient posées dans un coin. Aux tenons fixés aux murs étaient accrochées des cannes à différents stades de réparation.

Il décrocha une lourde canne en bois de chêne.

— La voici.

Joanna fut désespérée. Le pommeau avait été retiré et le bout sablé jusqu'à ce que le bois soit parfaitement à nu.

— Le pommeau a-t-il été abîmé, lui aussi ?

— Une petite rayure incrustée de saleté, dit-il d'un ton rassurant. Mais ne vous inquiétez pas, après un bon brossage et un repolissage à la main, on ne verra plus rien.

Il ouvrit un tiroir d'où il sortit un pommeau d'argent.

— Comme celui-ci.

Joanna resta en arrêt devant le pommeau étincelant. On aurait dit qu'il était neuf.

— Beau travail !

— Vous trouvez, hein !

Les yeux de Joanna se mirent à briller.

— Vous ne gardez pas les copeaux ?

Holloway lui jeta un regard surpris.

— Pardon ?

— Les copeaux, insista Joanna, vous ne les gardez pas ?

— Jamais ! Pour quoi faire, d'abord ?

— Simple curiosité.

Joanna revint devant le comptoir et demanda :

— Ça va me coûter combien ?

— Cent dollars devraient faire l'affaire.

Joanna hésita puis se dit qu'elle ferait cadeau de la canne à Jean-Claude une fois remise en état, et que ça lui ferait un nouveau cheval.

— C'est d'accord.

— Voulez-vous me laisser votre nom et numéro de téléphone, dit Holloway en lui tendant un stylo et un reçu, pour que je vous appelle dès qu'elle sera prête.

Joanna remplit la feuille.

Au moment de sortir elle tint la porte pour faciliter le passage d'un jeune livreur. Il apportait un long paquet de forme rectangulaire marqué « fragile ». Cela ne peut pas être du vernis, pensa-t-elle en quittant la boutique.

Le jeune livreur la regarda attentivement s'éloigner de dos, puis commenta :

— Harry, je te garantis que ta clientèle s'améliore.

— Tu ne pourrais pas penser de temps en temps à autre chose ?

— Ça m'arrive, mais rarement, dit le livreur avec un large sourire en remettant le paquet. Encore une canne, hein !

— Ce n'est pas une simple canne, mon garçon, dit Holloway en ouvrant le colis et en retirant une canne noire à pointe d'argent. C'est une relique.

— Ah oui ?

Le livreur vint voir l'objet de plus près.

— À qui était-elle ?

— Sir Winston Churchill.

— Je l'ai vu sur la chaîne d'histoire l'autre soir.

— Et qu'as-tu pensé de lui ?

— Il m'a paru sympathique. J'ai bien aimé sa façon de remettre à sa place ce trou-du-cul d'Hitler.

Holloway hocha la tête, admirant la magnifique canne. Solide et aristocratique, dans l'esprit de son maître d'origine. Il passa les doigts le long de la canne, appréciant le travail en connaisseur. Zéro défaut. Il décida d'appeler immédiatement le Dr Moran pour le prévenir qu'il avait reçu l'objet précieux. Moran avait payé cinq mille dollars pour cette canne. Holloway était certain que le médecin voudrait en prendre possession le plus vite possible.

Deux heures plus tard, Christopher Moran faisait irruption dans la boutique d'Holloway, encore en tenue de chirurgien. Il était pressé de voir cette canne qu'on disait avoir servi à Churchill pour accueillir ses visiteurs au 10, Downing Street. Moran était sûr de faire une affaire pour cinq mille dollars.

— Vous n'avez pas perdu de temps, fit Holloway en le voyant arriver.

— Est-elle en aussi bon état qu'on l'espérait ? demanda Moran en mettant la main devant son nez comme il éternuait bruyamment.

— Mieux encore.

Holloway lui donna la canne qu'il avait enveloppée de velours noir.

— Voyez vous-même.

Moran la prit et examina minutieusement son aspect noir et brillant.

— C'est tout à fait dans le style de Winston Churchill. Dommage qu'on ne puisse l'authentifier.

— À moins que ses initiales ne soient gravées sur le pommeau.

— C'est pas vrai !

— Juste au-dessus de la tête de lion.

Moran leva la canne dans la lumière et examina les initiales : W.C. Cette canne aurait sa place dans la vitrine d'honneur, chez lui.

— Vous vous êtes surpassé, Harry.

— Ça fait partie des services que j'offre, répondit Harry. Je ne pouvais faire moins pour mon meilleur client.

— J'apprécie votre souci du détail, dit Moran avec gratitude. Tout comme le Dr Bondurant.

— Il est content de mon travail, j'espère.

— Il l'a trouvé parfait.

Moran contempla la canne une dernière fois avant de l'envelopper dans le tissu de velours.

— Et vous savez que Bondurant est maniaque.

— Pas plus que la jeune femme qui est venue ce matin de votre part.

Moran leva les yeux.

— Quelle femme ?

— Très belle, dit Holloway en cherchant le double du reçu laissé sur le comptoir. Voilà. Elle s'appelle Joanna Blalock.

Moran devint blanc comme un linge. Il lâcha la canne qui rebondit sur le sol.

Holloway la lui ramassa et, remarquant sa pâleur, lui dit :

— Ça ne va pas, docteur ?

— Si… si, bégaya Moran. J'ai attrapé un virus qui se manifeste parfois.

— Voulez-vous vous asseoir ? dit Holloway, inquiet.

— Ça va, affirma Moran, reprenant peu à peu ses esprits. Dites-moi, Joanna est venue vous acheter une canne ?

— Non. Elle m'en a donné une à réparer. Elle est d'époque edwardienne et a besoin d'être remise en état, mais elle en vaut la peine.

— Je vois.

— Elle était très curieuse de savoir comment je procède. Du coup je lui ai montré votre canne, qui est en cours de restauration.

Moran regarda Holloway avec méfiance.

— Quelle canne lui avez-vous montrée ?

— Celle qui est abîmée, répondit Holloway, observant l'étrange expression du chirurgien. Celle que vous m'avez envoyée par coursier, avec vos instructions. Je vais vous montrer.

Il passa derrière son comptoir et lui tendit une feuille pliée en quatre.

Moran lut attentivement la note dactylographiée sur une machine de l'IRC :

Canne accidentellement endommagée par mon fils qui l'a tapée sur le trottoir en jouant avec. Prière de me la réparer aussi vite que possible.

Docteur C. Moran.

— Quelqu'un de mon service a dû faire ça, bafouilla-t-il.

— Vous voulez toujours que je la répare ?

Moran fit signe que oui et lui rendit le papier.

— Le Dr Blalock vous a demandé autre chose ?

— Au moment de partir elle m'a posé une drôle de question. Elle m'a demandé si je conservais la sciure et les copeaux quand je travaillais ? Peut-on imaginer une question pareille ?

Et alors ? les conservez-vous ? eut envie de répéter Moran, s'imaginant très bien, au contraire, pourquoi Joanna aurait voulu les avoir.

— Bien sûr que non, dit Holloway, répondant à la question sans qu'on la lui pose. Et là-dessus elle est partie. C'est bizarre, non ?

— Apparemment.

— Faut espérer qu'elle ne va pas se ramener avec une pelle et un balai, ricana Holloway. Ce serait marrant.

— Oui, fit Moran qui réussit à esquisser un sourire avant de prendre la porte. On m'attend à l'hôpital.

— Je suis très honoré de vous compter parmi mes clients, lui cria Holloway comme il s'éloignait.

22

Chez Mandrakis l'ambiance était bruyante et toutes les tables du Grec occupées. Il flottait dans l'air des parfums exotiques et épicés qui provenaient de la cuisine. Sur scène les musiciens commencèrent à jouer. La guitare attaqua, bientôt suivie par les bouzoukis et les tambourins. Les clients se mirent à taper dans leurs mains au rythme de la mélodie.

— On avait grand besoin de recharger nos batteries, dit Jake. Et c'est l'endroit idéal pour ça.

— Je suis passée à deux doigts, dit Joanna avec découragement.

— Ce n'est extrêmement grave que si on passe à deux doigts d'un sabot de cheval ou d'une invitation à danser.

— Ou d'une grenade… Si seulement j'avais pu avoir cette canne avant sablage. Je suis certaine qu'on aurait décelé des traces de sang et de peau. Et il aurait suffit d'un test ADN pour prouver qu'il s'agissait de Karen Crandell et coincer Christopher Moran.

Jake savoura une gorgée de résiné.

— En partant du principe que la canne est bien l'arme du crime.

Joanna lui jeta un regard furieux.

— Tu le sais très bien.

— Entre le savoir et le prouver, il y a un monde.

— Tu as l'air de croire que ce n'est pas l'arme du crime.

— Disons que, d'une certaine façon, je l'espère.

— Et pourquoi ça ?

— Parce que si c'est cette canne, la preuve a disparu. Maintenant qu'elle est sablée, tout indice a disparu. Plus rien ! Et si nous ne pouvons pas produire l'arme du crime on n'aboutira jamais.

Joanna hocha lentement la tête.

— En revanche, s'il existe une autre arme, on garde une chance d'y trouver des traces du sang de Karen. Et ça nous fera peut-être remonter jusqu'à quelqu'un.

— Ouais… dit Jake sans conviction. Peut-être…

— Et sinon ?

— On sera obligé d'abandonner l'affaire.

Joanna serra les dents de colère.

— C'est cette ordure de Moran qui a fait le coup, et on va le laisser s'en tirer ?

— Il y a de grandes chances.

— Il faut que tu fasses quelque chose, Jake, supplia Joanna.

— Et quoi donc ? Aucun procureur des États-Unis ne poursuivra l'affaire à ce stade. Tout ce que nous avons, c'est un suspect sans mobile et pas d'arme du crime. Et de plus, on met en cause un chirurgien renommé.

— Avec un sale caractère.

— Y a pas de loi contre ça.

Jake alluma une cigarette et rejeta un long nuage de fumée bleue.

— Il a engueulé Lori, c'est ça ? J'ai parfois envie d'en faire autant.

— Et t'est-il jamais venu l'envie de battre ta femme ?

Jake se pencha vers Joanna.

— Il battait sa femme ?

— Il paraît.

— Ah bon ! dit Jake d'un ton satisfait.

— Ça peut jouer.

— C'est possible.

À l'autre bout de la salle quelqu'un jeta son assiette par terre, la brisant en mille morceaux. Les gens applaudirent. Un vieil homme cria : « *Opah !* »

D'autres assiettes volèrent et au même instant de jeunes marins grecs entrèrent dans le restaurant. La foule leur cria bonsoir, certains même se levèrent pour les applaudir. Les serveurs ramenèrent des tables et des chaises en les portant au-dessus de leurs têtes. Les clients déjà installés se serrèrent de bonne grâce pour faire de la place aux nouveaux arrivants. Une jeune femme se précipita pour embrasser l'un des beaux marins sur les deux joues. Une assiette vola de nouveau et s'écrasa sur le parquet. La foule manifesta sa joie.

Joanna sourit devant le spectacle.

— Les Grecs ont le sens de la fête, hein !

— Ils sont doués pour cela. Ils savent saisir les occasions et en profiter pleinement. Ils ont ça dans le sang.

— Eleni était comme ça ? demanda Joanna, parlant de l'ex-femme de Jake.

— Oh ! que oui ! Si elle avait été là ce soir elle aurait dansé avec les marins, demandé des nouvelles du pays, de sa famille, des amis qu'elle n'avait pas vus depuis longtemps.

Jake la revit dans son souvenir. Une très belle hôtesse de l'air des Olympic Airlines avec qui Jake s'était marié à l'époque où il venait d'être promu inspecteur à la Criminelle. Leur mariage n'avait pas tenu, et ils avaient divorcé mais ils étaient restés très attachés l'un à l'autre. Elle s'était ensuite remariée avec un riche Grec-Américain et avait alors vécu surtout à Athènes, où elle était morte dans un accident de voiture. Cela faisait bientôt dix ans. Mais son image était toujours restée aussi nette dans son esprit.

— Si elle pouvait me parler en ce moment, tu sais ce qu'elle me dirait ?

— Non.

— Que la vie appartient aux vivants. Et qu'il faut savoir en profiter.

Joanna pressa la main de Jake et lui sourit.

— Même si elle me savait avec toi ?

— Surtout si elle te savait près de moi.

— Tu dis les choses de mieux en mieux !

— Grâce à toi.

Ils étaient occupés à échanger un long baiser lorsque Dimitri Mandrakis, le patron, vint à leur table. Il était fort, le teint mat et les cheveux poivre et sel. Il avait eu la hanche gauche brisée par la balle d'un malfrat à l'époque où il était un des meilleurs éléments de la police de Los Angeles. Depuis il boitait bas. Il avait été obligé de quitter la police.

Dimitri se laissa tomber sur une chaise et se versa un verre de résiné. Il trinqua avec Joanna et Jake avant d'avaler d'un trait.

— Qu'est-ce qui vous faisait rire ?

— Jake m'a dit quelque chose de gentil.

— C'est pourtant pas son genre, pouffa Dimitri. C'est un méchant voyou.

Joanna posa sa tête sur l'épaule de Jake.

— Un voyou que j'aime.

— Ça, ça me dépasse, la taquina Dimitri. Ce garçon n'a aucune allure, aucune grâce. Exactement le contraire de moi.

— Oh ! Arrête tes conneries ! dit Jake en essayant de ne pas sourire.

— Donc, je vous le demande encore une fois, continua Dimitri sans relever l'apostrophe, laissez tomber Jake et partons ensemble.

— J'y réfléchirai, promit Joanna.

Dimitri se tourna vers Jake, son ami de vingt ans.

— Je crois que mes affaires sont en bonne voie.

— Tu n'es qu'un vieil obsédé.

Dimitri prit un air peiné.

— Pas si vieux que ça.

Tous les trois éclatèrent de rire. Ils levèrent leurs verres et portèrent un toast en grec : « *Giassou !* »

Dimitri prit une cigarette grecque sans filtre et l'alluma en avalant la fumée.

— Le tabac de chez nous est encore le meilleur.

Joanna lui adressa un regard de reproche.

— Personne ne se plaint de la fumée, ici ?

— C'est arrivé une fois. Un couple de Malibu, obsédés par leur santé. Je les ai fichus dehors.

— Je suis surprise qu'ils n'aient pas porté plainte.

— Ils l'ont fait, dit Dimitri avec un large sourire. Mais le contrôle sanitaire a été fait par mon cousin. (Et il ajouta sur un ton sérieux :) Du côté de ma mère.

Joanna poussa un soupir.

— Vous êtes incorrigible.

— Ça fait partie de mon charme.

Dimitri appela un serveur pour qu'il leur apporte des amuse-gueules avant de se retourner vers Jake et Joanna.

— Parlons encore un peu du meurtre au Memorial.

— Il n'y a pas grand-chose à ajouter, dit Jake. Nous pensons que l'auteur est un chirurgien et qu'il s'est servi d'une canne pour fracasser le crâne de la victime. Mais la canne dont il s'est servi a été sablée depuis.

— Dommage, commenta Dimitri. Si vous aviez trouvé du sang de la victime sur cette canne, vous teniez ce chirurgien par les couilles.

Joanna gémit.

— Ne m'en parlez pas.

— En conclusion : pas d'arme du crime, résuma Dimitri.

— Et les recherches sur le lieu du crime n'ont rien donné. La seule chose intéressante qu'on ait trouvée est une machine dont on ne comprend pas comment elle fonctionne. Et en tout cas ce n'est pas avec ça qu'on a tué Karen Crandell.

— Il vous faut trouver le mobile.

— C'est ce qu'on essaie de faire.

— Accrochez-vous. (Dimitri tira sur sa cigarette et envoya la fumée au plafond.) Dénichez le talon d'Achille.

— Le quoi ? fit Joanna.

— Le talon d'Achille, répéta Dimitri, la personne qui connaît la face honteuse et cachée de l'auteur de crime.

— Je ne suis pas certaine que Christopher Moran dissimule une face honteuse.

— Tout le monde en a une. Il suffit de la trouver.

Dimitri prit le temps de siroter son vin en plongeant vingt ans en arrière.

— Il arrive qu'on découvre le talon d'Achille là où on ne l'attendait pas. Je me souviens d'une affaire. Un mec fendait le crâne des vieilles dames avec une torche électrique. Et, bien sûr, on ne trouvait jamais l'arme du crime parce qu'il est extrêmement facile de se débarrasser d'une torche.

— Comment saviez-vous que l'arme était une torche ? demanda Joanna.

— À partir de fragments retrouvés sur place. Mais enfin, nous n'avions pas l'arme elle-même, alors nous nous sommes concentrés sur le mobile. L'une des victimes avait une assurance sur la vie d'une valeur de deux cent mille dollars. On a pris en ligne de mire le bénéficiaire, qui se trouvait être le petit-fils. On s'est dit que les deux autres meurtres n'avaient été commis que pour donner le change. Mais impossible d'obtenir des aveux, quoiqu'on fasse. Et c'est alors qu'on a dégotté son talon d'Achille. Une putain avec qui il se saoulait la gueule régulièrement.

— Il lui avait tout raconté ?

— Rien qui puisse être retenu par le tribunal. (Dimitri écrasa sa cigarette.) Mais un soir qu'il était particulièrement bourré il lui a raconté qu'il avait l'intention de faire prochainement une nouvelle victime. Il s'était dit qu'une dernière victime finirait de brouiller les pistes, surtout si cette victime-là était nettement plus jeune que les autres. La fille nous a prévenus, et on l'a piégé. Il purge depuis une triple peine à perpétuité.

— Pourquoi la prostituée a-t-elle tout déballé ?

Dimitri esquissa un sourire.

— Parce qu'elle craignait d'être justement la prochaine victime. Et elle n'avait pas tort.

Joanna haussa les épaules.

— Moran n'est pas du genre à boire avec des prostituées.

— Pas plus qu'il n'a l'air d'être du genre à battre sa femme, ajouta Jake. Et pourtant…

Dimitri réfléchit un instant et tout d'un coup se frotta les mains.

— En général les épouses ne veulent pas témoigner contre leur mari. Même lorsqu'il leur en a fait baver, elles se taisent. Ne me demandez pas pourquoi, je n'en sais rien.

— Mais s'ils sont divorcés ? demanda Joanna.

Dimitri eut un sourire vicieux.

— Ça s'est mal passé ?

— Très mal. Et elle a obtenu une grosse galette. Une très grosse.

Dimitri leva son verre à la santé de ses amis.

— Le voilà, le talon d'Achille.

23

Le soleil inondait les bureaux du cabinet d'avocats Dunhill, Barton et Berns. D'un côté de la table étaient assis Jake et Lou Farelli, de l'autre Peggy Moran et son avocat maître Berns. Au fond un hublot derrière lequel, avait expliqué l'avocat, étaient installés les appareils pour enregistrer les dépositions.

— Voyez-vous un inconvénient à ce que nous enregistrions la conversation ? demanda Berns.

Il était vêtu d'un costume bleu sombre de chez Armani et portait une cravate jaune. Bronzé et svelte, il avait environ la quarantaine.

— Comme vous voudrez, dit Jake, comme si cela lui était égal. Mais il échangea un regard avec Farelli. Le fait d'enregistrer était plutôt mauvais signe. L'ex-épouse de Moran allait mesurer soigneusement ses propos.

— Comme vous le savez, madame Moran, nous menons une enquête sur un meurtre dont la victime était une collègue de votre ancien mari.

— Vous soupçonnez Christopher ?

— Éventuellement.

— C'est l'un ou l'autre, intervint Berns. Il faut savoir.

Jake respira un grand coup pour mieux se maîtriser.

— Maître, vous avez parfaitement le droit d'être présent et de conseiller votre cliente sur ce qu'elle doit dire et si elle doit répondre ou non à nos questions. On lit bien la même page de loi ?

— Jusqu'ici, oui.

— Passons donc à la page suivante, dit Jake en durcissant le ton. Voici maintenant ce que vous n'avez pas le droit de faire : me poser des questions, ou même me parler directement, sauf si je vous le demande. Vous n'avez pas le droit de parler à la place de votre cliente, et surtout pas de me dicter mes questions. Quand vous avez une remarque à faire, vous vous adressez exclusivement à Mme Moran. On interprète toujours la loi de la même façon ?

Le visage de Berns s'empourpra mais il resta silencieux.

Jake revint à Peggy Moran. C'était une belle femme dans la quarantaine, aux traits patriciens et aux longs cheveux auburn apparemment colorés.

— Je disais donc que votre ex-mari fait partie des suspects. Mais comprenez bien que la moitié du personnel de l'IRC est dans cette situation. On vérifie les antécédents de chacun, et c'est la raison de ma visite.

Jake observa Peggy Moran pendant qu'elle allumait une cigarette. Il nota que ses mains ne tremblaient absolument pas.

— Première question : À quand remonte votre divorce ?

— Objection ! intervint Berns. Elle n'a pas…

— La ferme ! répliqua sèchement Jake. Je ne vais pas vous relire la loi trente-six fois. Si vous l'ouvrez encore une fois, j'embarque tout le monde au poste. Là-bas il y a des salles d'interrogatoires avec des murs peints en vert et des chaises très inconfortables. (Jake regarda Berns d'un œil glacial.) Bon, vous me direz que l'ambiance n'y est pas formidable, maître. Mais vous pourrez toujours facturer à votre cliente quatre cents dollars l'heure.

Berns fut sur le point de répliquer mais y renonça. Il s'enfonça dans son fauteuil et s'absorba à contempler ses ongles manucurés.

— Quand avez-vous divorcé ? redemanda Jake à Peggy Moran.

— Il y a quatre ans.

— Pour quel motif ?

— Incompatibilité d'humeur.

— Expression légale pour dire qu'il vous battait comme un chien, exact ?

Peggy hésita et baissa la tête.

— Exact.

— De façon régulière ? insista Jake.

Peggy soupira doucement.

— Quand il était en colère.

— Et il l'était souvent ?

— Je ne sais pas, dit Peggy d'une voix à peine audible. Disons, une douzaine de fois.

— Hum !

Jake se dit que c'était comme quand on demande à un alcoolique quelle quantité il boit par jour. Vous pouvez multiplier par trois le chiffre qu'il vous donne.

— Combien de fois avez-vous dû vous faire soigner à l'hôpital ?

— Cinq ou six fois.

Elle tira sur sa cigarette. Maintenant ses mains tremblaient.

— Peut-être plus.

— Quelle a été votre blessure la plus grave ?

— Une fracture de l'humérus, dit-elle en montrant son bras gauche. J'ai dit aux urgences que j'étais tombée dans l'escalier.

Jake la regarda avec sympathie. Il avait horreur des hommes qui battaient leurs femmes. Des brutes qui n'attaquent que les êtres sans défense.

— J'inventais toujours quelque chose, continua Peggy.

— Avec quoi vous a-t-il frappée pour vous casser le bras ?

— Sa saleté de canne, éructa Peggy. Cette sacrée saleté.

— Il s'en servait souvent pour vous battre ?

— Oui, mais d'habitude il me frappait sur les fesses, comme ça il ne craignait pas de me casser quelque chose. (Peggy écrasa sa cigarette rageusement dans un grand cendrier.) Et vous savez comment il a réagi quand il m'a cassé le bras ?

Jake fit signe que non.

— Il était désolé d'avoir fendu le pommeau d'argent de sa canne sous la violence du coup.

Jake essaya de se rappeler le nom du spécialiste qui avait réparé la canne de Christopher Moran. Joanna l'avait mentionné à plusieurs reprises. Comment donc s'appelait ce type ? Harry quelque chose.

— A-t-il donné sa canne à réparer à Harry ?

— Ah non ! répliqua Peggy. Harry Holloway travaille exclusivement le bois. Le pommeau a été confié à un orfèvre de San Francisco.

— Vous savez qui ?

— Fleming, dit Peggy au bout d'un instant. Je ne me souviens plus de son prénom. Mais son atelier doit se situer près d'Union Square.

Jake prit note du renseignement, avant de demander à Farelli.

— Tu as des questions à poser à Mme Moran ?

— Deux ou trois.

Il sourit à Peggy Moran qui lui retourna son sourire.

— Voyez-vous toujours votre ex-mari ?

Le sourire disparut du visage de Peggy.

— Nous entretenons des relations courtoises.

— Vous n'avez pas répondu à ma question.

— On se voit de temps en temps, dit Peggy, confuse.

— Combien de fois par semaine ?

— Deux, en général.

— Et vous couchez ensemble ?

Berns bondit sur ses pieds.

— Regardez-moi ça ! C'est une…

— Asseyez-vous et fermez-la ! cria Jake en maîtrisant Berns du regard. Il se retourna vers Peggy, le regard menaçant.

— Répondez !

— Oui… On couche ensemble, dit Peggy d'une voix hésitante.

— Vous a-t-il parlé du meurtre ? demanda Farelli.

— Il y a fait allusion, dit Peggy, qui ajouta aussitôt : Mais je vous jure que ce n'est pas Christopher qui a fait ça. Il a été suivi par un psychologue et a appris à maîtriser ses nerfs et son agressivité.

— Bien ! dit Farelli, pas du tout convaincu. Alors maintenant il ne vous frappe plus.

— Il n'oserait pas… (Elle se reprit.) Ça ne lui viendrait pas à l'esprit.

Jake se rejeta en arrière sur son siège, se demandant pourquoi Peggy Moran avait modifié sa réponse. Elle avait commencé par dire : « Il n'oserait pas… » Elle avait peut-être une prise sur son ex-mari. Peut-être savait-elle quelque chose qui l'obligeait à se tenir tranquille.

— Il lui arrive de parler de ce qui se passe au Memorial ?

— Très rarement. Je sais juste que ce qui est arrivé à ces deux pauvres filles le rend malade, celles qui avaient une tumeur au cerveau et sont mortes des suites de l'opération.

— Comment savez-vous qu'il en souffre puisqu'il n'en parle pas ? demanda Jake.

— Parce qu'il s'agite dans son sommeil et fait des cauchemars à cause de ça. (Elle alluma une nouvelle cigarette, les yeux perdus dans le vague.) Il répète qu'elles n'auraient pas dû mourir, que le cerveau aurait dû fonctionner normalement. C'est une véritable obsession. Cette histoire le bouleverse.

Ben voyons ! pensa Jake. Le Dr Moran ne peut pas supporter de perdre des patients dans son service mais fracasser le crâne d'une collègue, ça, ça ne le dérange pas.

— Les médecins n'enterrent pas leurs erreurs aussi facilement que les gens le croient, dit encore Peggy.

Non, mais parfois ils se contentent de les balancer dans une cage d'escalier, faillit dire Jake.

Il feuilleta son carnet.

— Est-il arrivé à votre mari d'être impliqué dans des bagarres ou des disputes avec des voisins ou des amis ?

Peggy cligna des paupières, hésitante.

— Rien de grave, dit-elle d'un ton évasif.

— C'est oui ou c'est non ?

— Il s'est fâché un jour avec son voisin au sujet de la taille d'un arbre. L'arbre était juste sur la limite de nos terrains et mon mari voulait le raccourcir. Le voisin n'était pas d'accord et cela a fini en bagarre. (Peggy prit le temps d'une bouffée de cigarette.) Mais c'est le voisin qui a commencé. C'est un grossier personnage.

— Quelqu'un a-t-il été blessé ?

— Le voisin a eu l'arcade sourcilière ouverte.

— Par un coup de poing ?

— Mon mari lui a balancé le râteau sur le nez. Mais c'est lui qui était attaqué.

— Le voisin a-t-il porté plainte ?

Peggy consulta son avocat du regard, qui lui fit signe de continuer.

— Il a déposé une plainte, mais ensuite il l'a retirée.

— Pour quelle raison ?

— Il y a eu arrangement à l'amiable.

— Votre mari a payé combien ?

Peggy leva les épaules.

— Je ne me rappelle plus au juste.

— En gros.

— Dans les dix mille dollars.

Jake repoussa sa chaise et se leva.

— Il n'avait pas dû y aller mollo.

— C'est l'autre qui l'avait attaqué, répéta Peggy.

— Le mari de ma cliente ne s'estimait pas coupable, intervint l'avocat. Mais il n'avait pas envie qu'on en parle dans les journaux.

— Bien sûr, fit Jake, ne croyant ni l'une ni l'autre. Ne quittez pas la ville sans nous prévenir, madame Moran. Nous aurons peut-être besoin de vous poser d'autres questions.

Les policiers quittèrent le cabinet d'avocats et s'engouffrèrent dans un ascenseur vide. Farelli attendit que la porte fut refermée pour dire :

— Tu as déjà entendu un baratin pareil ? Moran bat sa femme à coups de canne et file un coup de râteau sur la tronche de son voisin, et elle continue à le soutenir ! (Il secoua la tête.) Le mec lui casse le bras et elle le défend encore. Ah ! les femmes ! Va comprendre !

Jake gardait les yeux rivés sur le tableau de la cabine et regardait défiler les étages.

— Christopher Moran a vraiment un sale caractère, tu ne trouves pas ?

Farelli ajouta :

— Et il aime bien lancer des objets à la tête des gens. Cannes, râteaux. Y a le choix.

24

Jake et Joanna se glissèrent dans le bureau de Karen Crandell et restèrent à l'écart. Ils firent un signe amical à Joe Hogan et ensuite restèrent fascinés par la danse des doigts d'Ivan Donn dans les entrailles de l'appareil central. On aurait dit qu'il jouait d'un instrument de musique. Il touchait ici, effleurait là, les mains en perpétuel mouvement. Il agissait d'instinct. Donn était professeur de physique à l'université de Californie et un magicien en électronique. Il était devenu aveugle à dix ans.

— Eh bien, Hogan, s'exclama-t-il, qu'attends-tu pour faire les présentations ?

— Excuse-moi, Ivan.

— C'est fait ! sourit Donn, sentant Hogan mal à l'aise. Commence donc par me présenter à la dame. Et demande-lui comment elle s'est débrouillée pour être à court de son parfum Joy.

Joanna battit des paupières, prise au dépourvu.

— Je suis Joanna Blalock, médecin légiste chargée de cette affaire. Comment avez-vous deviné que j'ai fini mon parfum hier ?

— Nous qui ne voyons rien nous avons développé notre odorat. J'ai reconnu le parfum parce que ma femme a le même. Et je sais que son odeur est puissante. Comme dans votre cas elle est plus discrète, j'en ai conclu que vous ne vous en étiez pas mis aujourd'hui. Et l'explication la plus simple est que vous en manquez.

Joanna fut sidérée.

— Et que pourriez-vous dire de mon partenaire ?

— Rien, ma foi, si ce n'est qu'il a une démarche souple pour sa taille, qu'il s'est lavé les cheveux ce matin, et qu'il pèse dans les cent kilos. C'est pas vrai ?

— Jake Sinclair, dit Jake.

— Ivan Donn.

— Qu'est-ce qui vous a indiqué mon poids ?

— Une latte du parquet grince. Quand j'ai marché dessus elle n'a que faiblement grincé. Et je fais 95 kilos. Votre poids l'ayant fait grincer un peu plus fort, j'ajoute cinq kilos. C'est bon ?

— Légèrement plus, admit Jake. Je fais cent deux kilos.

— Un peu à cause de la nourriture grecque que vous avez mangée hier soir.

Jake en resta bouche bée.

— Vous allez peut-être nous dire notre menu ?

— Une salade de tarama en entrée, dit Donn en reniflant un peu. La salade grecque a un parfum particulier. Mais ne vous inquiétez pas, ce n'est pas dans votre haleine. Je pense que vous en avez légèrement taché votre veste.

Jake éclata de rire.

— Si vous voulez un jour entrer dans la police, je suis prêt à vous pistonner.

Donn sourit derrière ses lunettes noires.

— Lorsque j'aurai fini mes vingt ans d'enseignement, j'y penserai.

Jake regarda Donn remettre en place le couvercle de la machine. L'aveugle donnait l'impression de connaître instinctivement l'emplacement de chaque bouton et de chaque vis. Alors qu'il ne voyait rien, songeait Jake, ce type était capable de percevoir cent fois plus de choses que la moyenne des gens qui voient clair. Et sa capacité à distinguer plusieurs odeurs dans la même pièce était renversante. En une seule fois il avait réussi à humer un parfum, un shampooing et la salade grecque. Jake avait entendu dire que les aveugles compensent leur déficience visuelle en développant leurs autres sens. Mais il n'aurait pas imaginé que cela puisse atteindre un tel degré.

Donn se tourna vers Jake et Joanna.

— Des questions ?

— Un tas, dit Jake.

— Allez-y.

Jake sortit son carnet.

— Quel est votre sentiment ?

— Que votre enquête piétine. Je dis ça parce qu'il n'y a plus de cordon pour isoler le lieu du crime et qu'il n'est plus gardé. Et maintenant on ressasse des éléments déjà vus et revus une bonne douzaine de fois.

Ce type se rend compte de tout, constata Jake.

— Pouvez-vous nous expliquer ce que sont ces appareils ?

— Pas de problème. (Donn les désigna derrière son épaule d'un geste du pouce.) Le premier est un moniteur vidéo classique. Joe me dit qu'il est relié à un genre de cathéter muni d'une mini-caméra vidéo avec lequel vous parvenez à explorer les vaisseaux sanguins. Partout où le cathéter réussit à aller, vous avez l'image en couleurs.

— C'est une chose unique, vous ne pensez pas ? demanda Joanna.

Donn eut un mouvement d'épaules.

— Ce n'est pas avec ça qu'on décrochera le prix Nobel. Ce n'est que la microminiaturisation d'un système qui a été mis au point depuis un bon moment.

Jake n'était pas sûr d'avoir bien assimilé le terme microminiaturisation. Il se demandait si cela correspondait aux minuscules appareils sur lesquels travaillaient les Rudd.

— Vous parlez des nanomachines ?

— Ah ! Ah ! rigola Donn. En voilà un qui a bouquiné. Eh bien non ! Les composants de tels appareils sont réduits au centième de leur taille normale. La nanotechnologie vise à les réduire jusqu'au milliardième. Jake, est-ce que vous pouvez imaginer ce que cela représente, de réduire quelque chose à l'échelle d'un milliard ?

— Pas vraiment.

— Ne vous en voulez pas. Presque tout le monde est comme vous. (Donn se gratta le menton en se livrant à un rapide calcul mental.) Vous voyez un terrain de football. Ça fait cent mètres de long. Ramené au milliardième, le stade entier tiendrait sur deux centièmes de millimètre.

— Bon Dieu ! dit calmement Jake. Et vous croyez qu'on parviendra un jour à réaliser des objets de cette taille ?

— IBM fabrique déjà des transistors et des semi-conducteurs avec des chaînes d'atomes de carbone cinquante mille fois plus fines qu'un cheveu.

Jake soupira, se sentant encore largué.

— Bon. Alors le premier de ces appareils est comme un moniteur vidéo ?

— C'est ça. Et le troisième est un magnétoscope courant. En revanche, l'unité centrale, dit-il avec une nuance d'admiration dans la voix, là, chapeau.

— Vous n'avez jamais vu l'équivalent ? demanda Joanna.

— Oh si ! dit Donn d'un air détaché. Je me suis déjà amusé sur des appareils de ce genre une douzaine de fois, mais celui-ci est remarquablement fait.

— Savez-vous à quoi cela peut servir ?

— Tout à fait.

Jake, Joanna et Hogan tendirent l'oreille. Au même moment la ventilation s'arrêta. Un silence de mort régna dans la pièce.

Donn sourit.

— Je vois que vous êtes suspendus à mes lèvres.

— Alors, à quoi ça sert ? demanda Jake brûlant d'impatience.

— À plein de choses. Il reçoit des impulsions électriques, qu'il transmet à un boîtier extérieur, lequel clarifie les impulsions avant de les renvoyer dans la console centrale.

— Et d'où viennent ces signaux électriques ? demanda Joanna.

— Et qu'est-ce que c'est que ce boîtier ? enchaîna Jake.

Donn leva les épaules.

— Je ne sais pas exactement. Mais je peux faire des suppositions, si ça vous intéresse.

— Je vous en prie, insista Joanna.

Donn prit le temps d'organiser son discours de façon à être compris de tout le monde :

— Commençons par le boîtier. Il est plus que probable qu'il s'agit en fait d'un ordinateur capable de retraiter et régénérer le signal. Autrement dit, l'ordinateur va retravailler les signaux faibles ou mal définis pour les rendre plus lisibles.

— Par exemple ?

— La bande vidéo qui est là.

— Vous parlez de la bande qui nous montre un vaisseau sanguin de l'intérieur ?

Donn secoua la tête.

— Je parle du film qui semble être une vidéo faite à Londres.

Il alluma l'appareil et attendit l'apparition d'images en noir et blanc. On entendait en fond des gens qui parlaient.

— Ce film, d'après Hogan, est assez flou et l'image a du grain. Mais on distingue quand même le style des vêtements et la plupart des visages. Tout le monde est d'accord là-dessus ?

— Oui ! répondirent en chœur Joanna et Jake.

— Eh bien regardez.

Donn tourna un bouton et l'image devint complètement floue jusqu'à disparaître. Le son d'ambiance était parasité par l'électricité statique.

— Voici le signal entrant. On ne voit rien, hein !

Donn tourna le bouton en sens inverse et les images réapparurent sur l'écran en même temps que les paroles redevenaient audibles.

— Les signaux reçus par l'ordinateur ont été reconstitués et sont ressortis pour donner une image lisible.

Joanna regarda attentivement ces images, se demandant ce que Karen Crandell avait trouvé de si captivant dans une scène banale des rues de Londres.

— Vous voulez dire que Karen Crandell utilisait cet appareil pour améliorer la netteté d'un film en vidéo ?

— Ça, ça m'étonnerait, répondit Donn. Cet appareil est bien trop sophistiqué pour un travail aussi simple. Et d'ailleurs, si c'était le cas, l'ordinateur nous renverrait une image d'une qualité mille fois supérieure à celle que nous voyons.

Jake se gratta la nuque, désemparé.

— Comment ça marche ?

— L'image est divisée en une succession de points qu'on appelle pixels. Quand vous introduisez une image floue dans l'ordinateur, il commence par la diviser en pixels. Chaque pixel est alors travaillé en contraste et en définition, puis l'image est recomposée avant d'être renvoyée sur l'écran. Et au final vous obtenez une image parfaite.

— J'imagine que le FBI fait de même pour améliorer des photos.

Donn opina lentement.

— On peut rendre comme neuve une vieille photo presque effacée. (Il tapota l'appareil affectueusement.) Voilà ce que fait ce petit malin. Mais ce qui me dépasse, c'est pourquoi une scientifique de ce niveau faisait joujou avec une vidéo filmée à Londres. C'était peut-être sa distraction.

— Je ne crois pas, dit Joanna, l'air pensif.

Elle leur décrivit en détail les travaux de recherche que menait Karen Crandell sur les mécanismes par lesquels le cerveau humain reçoit des signaux électriques en provenance de la rétine et les transforme en images visibles.

— Elle se servait peut-être de ce film pour faire des expériences sur la transformation d'images en signaux électriques.

— Ça se peut, dit Donn. Mais pourquoi choisir une vidéo de mauvaise qualité alors qu'une bonne image donnerait un meilleur résultat et serait plus facile à travailler pour l'ordinateur ?

— Je ne peux pas répondre.

Jake soupira. Ce que disait le scientifique était très intéressant, mais cela ne le faisait pas avancer d'un pouce dans son enquête.

— L'appareil a-t-il d'autres particularités ? demanda Jake.

— Non, on a fait le tour.

Jake prit Joanna par le bras et l'entraîna vers la sortie.

— Merci de votre aide, Ivan.

— À votre disposition.

Ils suivirent le couloir désert en direction des ascenseurs. Toutes les portes étaient fermées et silencieuses.

Ils montèrent dans une cabine vide. Jake appuya sur un bouton et recula d'un pas pour mieux regarder son carnet.

Joanna avait le regard fixé sur le panneau lumineux et regardait les numéros d'étage. Il manquait quelque chose dans les explications d'Ivan Donn. Comment l'ordinateur transformait-il des signaux électriques en images ? Quel était le procédé ?

L'ascenseur s'immobilisa brusquement. Ils étaient au premier étage de l'institut de neuropsychiatrie, à côté de la passerelle en verre qui reliait l'Institut au reste de l'hôpital.

Jake regarda sa montre. Elle marquait 17 h 30.

— Il faut que je fasse un saut au bureau. J'ai une pile de papiers qui m'attendent.

— Moi de même, se plaignit Joanna en songeant aux rapports et aux lettres à dicter. J'aurai de la chance si je suis à la maison pour 20 heures.

— Je peux acheter des steaks en rentrant, proposa Jake.

— Parfait, dit Joanna au moment où un homme d'entretien sortait d'un local de rangement.

Elle lui fit signe.

— Êtes-vous chargé de l'entretien de l'Institut ?

— Oui, docteur, fit l'homme sur un ton professionnel. Quelque chose ne va pas ?

— Non. Mais je me pose une question à laquelle vous allez peut-être pouvoir répondre.

— Je vais essayer.

C'était un Latino aux larges épaules et avec une épaisse moustache. Il avait autour des reins une ceinture équipée d'outils.

— Y a-t-il des extincteurs dans l'escalier de secours ?

— Non. Seulement des tuyaux à incendie.

Joanna fronça les sourcils.

— Et en quelle matière sont les lances ?

— Je ne sais pas. Ça ressemble à de l'argent.

— Y a-t-il aussi du bois ?

— Pas dans la lance. Mais dans l'encadrement de la vitre.

— Quelle vitre ?

— Chaque tuyau est enfermé dans un coffret métallique accroché au mur. Il faut briser la vitre pour ouvrir la boîte.

— Et cette vitre a un encadrement en bois ?

— Oui, qui est très solide.

— Merci.

Joanna attendit que l'homme d'entretien ait disparu pour parler à Jake de l'idée de Lori selon laquelle l'arme du crime se trouvait dans l'escalier.

— … et ce type vient de dire que la lance était argentée et la vitre avait un encadrement de bois.

Jake prit le temps de réfléchir.

— On peut supposer que le type a saisi la lance, arraché en passant un morceau du cadre et a assommé la victime ?

— En gros, oui.

— Dans ce cas où est le verre brisé ? On en a trouvé dans l'escalier ?

— Il avait peut-être la clé.

— Admettons, dit Jake. Mais si on lui a fracassé le crâne dans l'escalier, comment se fait-il qu'on trouve son sang sur le fauteuil de son bureau ?

Joanna chercha en vain une réponse.

— Je m'incline.

— Encore que…

— J'y fais un saut tout de suite et je fais des prélèvements de ces dispositifs anti-incendie, dit Joanna en rebroussant chemin. Juste par précaution.

— N'oublie pas la partie en bois, lui cria Jake.

Joanna entra dans la cabine et appuya sur le bouton du neuvième. Pendant la montée elle repensa aux explications d'Ivan Donn sur l'appareil de Karen Crandell. Quelque chose la gênait dans ce qu'il avait dit à propos de la séquence vidéo et le traitement que réalisait l'ordinateur. Quelque chose ne collait pas avec le reste, mais elle n'arrivait pas à le définir. Mais qu'est-ce que ça pouvait bien être ? Quelque chose qui avait trait au traitement des signaux électriques…

Soudain elle comprit. Le problème ne résidait pas dans ce que Donn avait dit, mais dans ce qu'il n'avait pas dit. Si ça se trouvait la séquence ne venait pas d'une vidéo tournée à Londres. Peut-être que l'information venait d'une autre source. Mais laquelle ? Certainement pas directement d'un cerveau humain. Impossible. Vraiment ? Et si Karen avait réussi à transformer les signaux électriques du cerveau en images ? Non, impossible. Personne n'avait encore atteint ce degré technologique. Était-ce si sûr ? Ivan Donn serait peut-être en mesure de le lui dire.

Parvenue à l'étage Joanna sortit sur le palier de l'IRC. Elle ne s'attarda pas dans le couloir désert. Elle n'entendait que le claquement de ses talons sur le linoléum.

Elle pénétra dans le laboratoire de Karen Crandell et jeta un œil dans le bureau. La lumière était restée allumée, mais Hogan et Donn étaient déjà partis. Elle nota mentalement d'appeler Donn à l'université dès le lendemain matin.

Elle ressortit toujours aussi rapidement en direction du bout du couloir. Avant de s'engager dans l'escalier, elle coinça des fiches sous la porte pour être sûre qu'elle ne se referme pas derrière elle. Les portes ne pouvaient en effet s'ouvrir que de l'extérieur.

Joanna passa au peigne fin le palier. Contre le mur de droite un coffret renfermait un tuyau enroulé. La lance était de couleur argentée, probablement en chrome. Joanna regarda les autres murs, puis se pencha par-dessus la rambarde au-dessus de la cage d'escalier. Elle ne vit que des marches et la rambarde métallique. À part ça que du plâtre, du ciment et du métal peint.

Elle s'approcha du coffret d'incendie près du haut des marches et fouilla dans son sac. Elle y trouva des petites pinces et un canif avec une lame d'un côté et un tire-bouchon de l'autre. Tout au fond du sac elle avait des pochettes en plastique transparent.

Elle sentit derrière elle des pas feutrés qui s'approchaient. Elle leva les yeux et vit, se reflétant dans la vitre, deux mains qui se tendaient vers elle. Elle se retourna et n'eut pratiquement pas le temps de voir qui c'était.

— Non !

Elle fut brutalement poussée du haut de l'escalier. Elle n'eut même pas le temps de crier avant que sa tête ne vienne heurter le bord métallique d'une marche.

25

Jake entra en trombe dans le service des urgences du Memorial. Il parcourut les lieux du regard et aperçut Lou Farelli, l'air sinistre, près de la porte du service de traumatologie. Il se précipita vers lui.

— Ça se présente mal, Jake, dit Farelli d'un air triste.

— Qu'est-ce qui s'est passé ?

— Elle est tombée dans l'escalier la tête la première.

— Est-elle consciente ?

— J'ai entendu une infirmière dire qu'elle était dans le coma.

Jake devint livide.

— Mais elle réagit ?

— Ils n'ont rien dit.

Jake s'appuya contre le mur pour reprendre son souffle.

— Elle était seule quand elle est tombée ?

— Il n'y a pas de témoin, si c'est ce que tu veux dire. (Farelli lança à Jake un regard appuyé.) Tu penses ce que je pense ?

Jake fit signe que oui.

— Deux personnes ne font pas une chute dans le même escalier sans que quelqu'un ne les y ait aidées.

— Devine qui l'a découverte.

— Qui ?

— Les deux frères Rudd.

— Les enfoirés, marmonna Jake.

— Mais je ne crois pas que ce soit eux, poursuivit Farelli. Ils ont eu l'air sincèrement choqués. Et puis, pourquoi donner l'alerte, au lieu de la laisser là toute la nuit ?

— Pour donner le change. Ils la poussent, attendent un moment et découvrent le corps. Ils donnent comme ça l'impression d'être de braves types.

— Ce n'est pas impensable.

Ils s'effacèrent pour laisser passer une civière transportant un jeune homme à la jambe broyée. Le bout du tibia avait transpercé la peau.

— Tu me dis que ce sont les Rudd qui l'ont descendue ici ?

— Non. Ils ont couru à l'IRC et ont appelé au secours Christopher Moran, qui était justement dans son bureau. (Farelli fit un misérable sourire.) C'est bien tombé, non ?

— Les trois principaux suspects encore ensemble, dit tout haut Jake, se demandant s'ils étaient de mèche tous les trois et se couvraient mutuellement. Où sont les Rudd ?

— Ils sont dans la salle de repos des médecins, dit Farelli en montrant la direction d'un signe de tête, à droite au fond du couloir.

Jake leva les yeux vers la lampe rouge qui clignotait audessus de la porte de la salle de traumatologie.

— Tu crois que je pourrais entrer un instant ?

— Elle n'est pas là. Ils l'ont emmenée pour faire des radios.

Jake se frotta vigoureusement la nuque pour essayer de dominer un peu ses émotions.

— Fais interdire l'escalier et demande qu'une équipe de techniciens de la Crim' nous rejoigne.

— C'est déjà fait. Et j'ai fait placé des gardiens en uniforme à chaque entrée.

— Bien, dit Jake en s'arrachant du mur. Je vais voir les frères Rudd. Appelle-moi dès que Joanna revient.

Il longea rapidement le couloir, essayant de comprendre ce qui s'était passé. On l'avait poussée. C'était sûr et certain. Quelqu'un l'avait poussée dans l'escalier. Était-ce Moran, parce qu'il avait appris que Joanna avait découvert la canne abîmée ? C'était bien possible. Jake se dit qu'il irait voir le boutiquier pour vérifier s'il avait parlé à Moran. Ce pouvait aussi être les Rudd. Il se pouvait que Joanna ait trouvé quelque chose qui les accusait. Et ils l'avaient poussée dans l'escalier et elle avait atterri sur la tête. Et maintenant elle était dans le coma.

Jake s'arrêta devant la porte de la salle de repos et saisit la poignée.

— Excusez-moi, intervint un interne avec arrogance. Vous n'êtes pas médecin que je sache.

— Pas du tout.

— Alors vous n'avez pas le droit d'entrer ici, dit l'interne en lui barrant la route.

Jake respira profondément pour essayer de rester calme.

— J'enquête sur l'accident du Dr Blalock.

— Eh bien, allez enquêter plus loin.

— J'enquête là où ça me plaît, dit Jake en brandissant sa plaque. Et je vous conseille de ne pas vous en mêler. Et je vais vous dire pourquoi. Le Dr Blalock est médecin légiste et elle travaillait sur une affaire de meurtre, ce qui fait qu'on peut la considérer au même titre qu'un officier de police judiciaire... Et quand un flic se fait descendre, ça fout en boule tous les autres. Et c'est franchement une mauvaise idée de se mettre en travers d'un flic en colère.

L'interne regarda à droite et à gauche, ne sachant trop que faire.

Jake le fixa droit au fond des yeux en le saisissant sous les bras et le souleva pour le mettre de côté.

— Vous êtes sûr que vous n'avez rien d'autre à faire ?

L'interne décampa sans même se retourner.

Jake entra dans la salle de repos et claqua la porte derrière lui. Les frères Rudd bondirent sur leurs pieds et se mirent à parler à toute vitesse, plus l'un pour l'autre qu'à l'adresse de Jake.

— On faisait un peu de jogging, dit Albert, hein, Benjamin ?

— C'est ça, confirma Benjamin. On se dégourdissait les jambes, et on est tombés sur elle.

— Elle avait la tête couverte de sang, reprit Albert. Elle ne bougeait pas. J'ai cru qu'elle était morte.

— Moi aussi. Alors j'ai...

— Asseyez-vous et fermez-la ! vociféra Jake.

Ils se calmèrent instantanément et restèrent figés, puis se rassirent.

— Alors ça vous a pris de faire du jogging à 6 heures du soir, hein ? dit Jake d'un air sarcastique.

— C'est-à-dire qu'on se préparait à passer toute la nuit sur une expérience, expliqua Albert.

— Ouais, dit Benjamin, et on a eu envie de faire un peu d'exercice avant de commencer.

— Et, par hasard, vous êtes tombés sur Joanna qui gisait dans l'escalier ?

— Ouais. C'est ça, on l'a trouvée là. En sang.

— On a eu la trouille de notre vie, dit Benjamin en prenant son frère à témoin.

Jake observait les jumeaux, encore en survêtement, qui s'agitaient et se trémoussaient sur leurs sièges. Ils avaient vraiment l'air d'être sous le choc. Mais ils jouaient peut-être la comédie. Les frères Rudd étaient de vrais caméléons. À un moment ils étaient de distingués physiciens, à un autre de vulgaires voyous frappant un type à coups de batte de base-ball.

— Vous n'avez vu personne d'autre dans l'escalier ?

— Pas un chat, dit Albert sans hésiter.

— Et qui est allé trouver le Dr Moran ?

— Tous les deux. Par chance, il était encore là.

Ouais, quelle chance ! se dit Jake. Il pouvait très bien avoir poussé Joanna du haut de l'escalier et être revenu à son bureau en passant inaperçu.

— Et le Dr Bondurant était-il là aussi ?

— Non, répondit Benjamin. Il avait rendez-vous avec le médecin-directeur du Memorial.

Donc ça ne peut être que Moran ou les frères Rudd, ou encore ces trois-là, conclut Jake. Mais pourquoi ? Qu'avait découvert Joanna qui les inquiétait tellement ?

On frappa à la porte. Elle s'ouvrit et Farelli passa la tête.

— Jake, ils ramènent le médecin.

Jake jeta aux jumeaux un regard d'acier.

— Vous, vous ne bougez pas.

Jake et Farelli repartirent. Devant eux ils virent le brancard qui transportait Joanna, Lori marchant à ses côtés. Jake entrevit à peine Joanna au moment où le brancard franchissait la porte de la salle de soins. La porte se referma devant son nez.

— Est-ce qu'elle bouge ? demanda Jake avec inquiétude.

— Je ne peux pas te dire, répondit Farelli.

— Merde !

— Ouais.

La porte se rouvrit. Et Lori McKay sortit dans le couloir. Le devant de sa blouse était taché de sang. Elle s'adossa au mur carrelé et reprit sa respiration.

— Comment va Joanna ? lui demanda Jake.

— Pas bien, dit Lori d'un air sombre.

— Est-ce qu'elle bouge ? Est-ce qu'elle parle ?

— Elle ne réagit pas du tout. Elle est dans un coma profond.

Le cœur de Jake chavira.

— Quelle en est la cause ? Une fracture du crâne ?

Lori fit non de la tête.

— C'est le seul aspect positif. Elle n'a aucune fracture.

— Alors qu'est-ce qu'elle a ?

Lori se mordit la lèvre inférieure pour l'empêcher de trembler.

— Le cerveau est endommagé. Dans le meilleur des cas, elle souffre d'une forte contusion cérébrale.

— Dites-moi ça en langage commun, réclama Jake.

— Ça veut dire un gros hématome sur la partie externe du cerveau.

Cela ne fit qu'attiser l'inquiétude de Jake.

— Je ne comprends pas. Comment le cerveau peut-il être endommagé puisqu'elle n'a pas de fracture ?

— Il arrive que sous l'effet d'un choc violent le cerveau soit ballotté et rebondisse contre la paroi interne du crâne. Comme une balle de squash. Cela crée des contusions ou même des lésions cervicales.

— Cela peut-il avoir des conséquences durables ?

— C'est imprévisible. Mais dans le cas de Joanna elle a… (La voix de Lori se brisa. Elle se racla la gorge et se reprit.) Dans le cas de Joanna, on constate une lésion d'un vaisseau sanguin du cerveau.

Jake avala sa salive.

— Quel genre de lésion ?

— On ne sait pas exactement. Mais il semble que l'artère qui irrigue le centre gauche du cerveau soit en partie bloquée. Soit par un petit caillot soit par un saignement à travers une déchirure de la paroi artérielle. Il est important d'en avoir le cœur net, parce que s'il s'agit d'un caillot on peut intervenir, mais si c'est l'artère qui est percée on ne peut rien faire.

— Existe-t-il un moyen de le savoir ?

— Oui. Par artériographie avec IRM. Ils étaient en train de s'y préparer quand Joanna a fait subitement une chute de tension. Du coup on l'a ramenée dare-dare ici.

— Ils vont réessayer de la passer au scanner ?

— Dès qu'elle sera stabilisée.

— Ça me fait du bien de vous avoir ici, ma petite, dit Jake avec gratitude. Et Joanna serait également contente.

— Il est hors de question que je ne reste pas avec elle. Surtout avec tout ce merdier en ce moment à l'hôpital.

— Comment avez-vous su que Joanna avait fait une chute ?

— Je suis passée par les urgences et les infirmières m'ont mise au courant, mentit Lori.

En fait c'est Dan Rubin qui l'avait prévenue, lui avait dit que c'était le Dr Christopher Moran qui l'avait prise en charge et qu'on était en train de l'amener en radiologie. Brave Dan, pensa Lori. Elle lui revaudrait ça.

Ils se retournèrent à l'arrivée de Christopher Moran qui se dirigeait vers la salle de traumatologie. Le devant de son pyjama était maculé de sang.

Jake alla vers lui.

— Docteur Moran, vous me reconnaissez, je pense.

— Évidemment, lieutenant, dit-il d'un ton distant.

— Pouvez-vous me donner l'état actuel de Joanna ? dit Jake la gorge serrée.

— Je ne peux en parler qu'à sa famille, répondit Moran d'un ton froid.

— Mais, je suis comme de sa famille, je…

— Ce n'est pas suffisant, l'interrompit Moran. Je ne donne des nouvelles qu'aux familles.

Jake fut piqué au vif par la rudesse du chirurgien.

— Vous plaisantez !

— Pas le moins du monde, répliqua Moran. Maintenant, si vous voulez bien me laisser passer, je pourrai m'occuper de ma patiente.

— Je vais faire mettre un flic devant cette porte et un autre à côté de son lit, prévint Jake, et vingt-quatre heures sur vingt-quatre.

— Pas question, dit Moran en faisant face à Jake. Vous pouvez me mettre un flic devant la porte, je m'en fiche. Mais je ne veux pas de la police à l'intérieur de mon service. On est très pris ici, et je ne veux pas que mon personnel soit perturbé par la présence d'un étranger et ce qu'il pourrait voir ou entendre. Je n'autoriserai personne à venir dans mon service.

Jake eut envie de briser le cou de cet arrogant. Il était hors de question qu'il laisse Joanna sans défense entre les mains du chirurgien, celui-là même qui l'avait peut-être poussée du haut de l'escalier. Il décida d'insister :

— Joanna peut être en danger.

— Pas de police chez moi. Un point c'est tout.

Lori s'avança vers eux.

— Moi, je suis médecin. Je vais rester auprès d'elle.

— Attendez un peu ! dit aussitôt Moran. Vous ne pouvez pas simplement…

— Mais si… intervint Jake. Elle est médecin et pourra protéger Joanna.

Moran devint tout rouge. Il serra les poings, puis se calma.

— Et si qui que ce soit essaye de chasser le Dr McKay des urgences, poursuivit Jake, le flic à la porte aura l'ordre de venir prendre immédiatement l'individu au collet et de le jeter dehors. (Puis, à l'adresse de Lori :) Je reviens dès que j'ai obtenu du juge l'autorisation de placer un policier à l'intérieur de ce service.

— Nous aussi, nous avons des avocats, le défia Moran.

— Tant mieux, dit Jake sans sourciller. Mais rappelez-vous bien ce que je viens de dire à propos de toute tentative d'éjecter le Dr McKay.

Moran le défia un instant du regard, puis tourna les talons et poussa d'un geste rageur les portes de la salle de soins. Elles battirent un moment derrière lui.

Jake dit à Farelli :

— Il faut retrouver tout de suite la sœur de Joanna.

Farelli sortit son calepin.

— Comment s'appelle-t-elle ?

— Kate Fonteneau. F-O-N-T-E-N-E-A-U. Elle doit être avec sa famille dans un hôtel près de Disneyland.

— Elle n'est peut-être pas encore arrivée, intervint Lori. Joanna m'a dit qu'ils faisaient d'abord un tour au Grand Canyon et ne reviendraient à Disneyland que pour le week-end.

Jake regarda Farelli.

— Alerte le central de la police de la route et dis-leur de diffuser un message général.

— Tu connais le numéro de la bagnole ?

Jake secoua la tête.

— Ils l'ont louée. Fais le tour des loueurs.

— Et je vais également mettre sur le coup la police de l'Arizona. Ils ont la réputation de retrouver les gens qui circulent en voiture.

— Et quand tu vas appeler les hôtels et motels autour de Disneyland, demande-leur bien s'ils ont des clients *ou des réservations* au nom de Fonteneau.

— Noté.

Les portes de la salle de soins se rouvrirent à la volée pour livrer passage au brancard sur lequel était étendue Joanna. Ses cheveux étaient collés de sang, son visage blanc comme le marbre. Elle ressemblait à un cadavre.

Pour la première fois depuis la mort d'Eleni, Jake dut lutter pour refréner ses larmes.

26

Lori tendait l'oreille pour essayer de saisir ce qui se disait dans le bureau des infirmières. Il y avait là en grande discussion Moran, Evan Bondurant et Mark Bélios, le chef de clinique.

— C'est un cailllot, disait Moran, qui obstrue l'artère centrale gauche à soixante-dix pour cent.

— Au moins, elle n'est pas entièrement bouchée, fit remarquer Bondurant.

— Sauf vers le lobe temporal, précisa Moran, la branche artérielle qui irrigue la partie latérale du temporal est presque complètement bouchée.

Bondurant accusa le coup.

— Pas de convulsions ?

— Pas pour l'instant.

Lori s'assit sur le lit de Joanna, pensant que la situation ne pouvait être pire. Non seulement l'artère centrale gauche était obstruée, mais la branche qui alimentait le lobe temporal était entièrement bouchée. Or c'est là que se situe le siège de la parole, de la mémoire et d'une bonne douzaine d'autres fonctions essentielles. Et, pour couronner le tout, des lésions du lobe temporal pouvaient provoquer de violentes convulsions.

Joanna risquait de devenir un légume.

Bondurant était en train de dire :

— Vous allez lui administrer des anticoagulants ?

Moran hésitait.

— Ça peut être très dangereux. Elle saigne peut-être un peu à l'endroit du caillot. Si c'est le cas, les anticoagulants risquent de déclencher une grosse hémorragie.

— Le risque est énorme d'un côté comme de l'autre, pensa tout haut Mark Bélios.

— Que préconiseriez-vous, Mark ? questionna Moran. À vous de jouer.

Bélios soupesa le pour et le contre et finit par dire :

— Je me réfère au serment d'Hippocrate qui dit : « Avant tout, ne porte pas préjudice. » Je crois qu'il faut rester en observation.

— C'est trop risqué, répliqua sur-le-champ Bondurant. Elle présente déjà le signe de Babinsky, ce qui indique que le cerveau est atteint. Si on ne fait rien, ça ne peut qu'empirer.

Un frisson d'angoisse parcourut Lori. C'était la première fois qu'elle entendait dire que Joanna réagissait positivement au test de Babinsky. C'est un signe inquiétant qui se manifeste lorsqu'on gratte la plante du pied et que le gros orteil se détend brusquement. Cela indique une grave lésion cérébrale.

Lori regarda Joanna qui gisait sous perfusion, totalement immobile. Sur le côté du crâne on avait rasé l'emplacement de la plaie qu'elle s'était faite en tombant et qu'on avait recousue.

La main gauche de Joanna se tordit subitement, puis redevint inerte. Le même phénomène s'était produit lors de son second transfert en radiologie. On n'avait pas pu dire si c'était un début de convulsions ou non, si bien qu'à titre de précaution on l'avait mise sous Dilantin et Valium. Ce qui avait eu pour effet de la plonger dans un coma encore plus profond.

Des convulsions, se dit Lori avec désespoir, *il ne nous manquait plus que ça.*

Son oreille fut de nouveau alertée. Les trois parlaient maintenant du cathéter de Karen Crandell qui permettait de dissoudre des caillots jusque dans le cerveau.

— Ce serait l'idéal dans le cas présent, disait Bondurant. On verrait tout de suite s'il y a saignement.

— Et on pourrait dissoudre le caillot dans la foulée, continua Bélios, dans la mesure où il n'y aurait pas de saignement.

— Mais qui peut effectuer cette intervention ? objecta Moran. Vous savez bien que Karen nous tenait à l'écart de ses travaux. Personne ne sait se servir de son appareil.

— Ça ne doit pas être la mer à boire, insista Bondurant. Ce n'est jamais qu'un cathéter équipé d'une caméra, un endoscope élaboré.

— Ça ressemble beaucoup à une angiographie des coronaires, renchérit Bélios.

Pas du tout, Lori eut envie de leur crier, *car il faut amener le cathéter jusque dans une fine artère sylvienne, et ça vous ne l'avez jamais fait. À la moindre erreur vous pouvez détruire toute une partie du cerveau.*

Moran retournait le problème dans tous les sens, ne parvenant pas à prendre une décision.

— En cas de difficulté, on pourrait toujours renoncer.

— Et en cas d'issue funeste, on ne pourrait pas nous reprocher de ne pas avoir essayé, abonda Bondurant. C'est la seule chance pour Joanna.

— Faisons ça, conclut fermement Moran, et il dit à Bélios : Appelez le service d'angiographie pour qu'il se prépare.

Lori se leva doucement de sa chaise et sortit dans le couloir. Le policier en uniforme qui était de garde la salua d'un geste de tête.

— Le lieutenant Sinclair est-il dans le coin ? lui demanda-t-elle.

Le visage du policier se durcit.

— Y a un problème ?

— Non, mais il faut que je lui parle.

— Il doit être en train d'interroger les jumeaux dans la salle de repos. Voulez-vous que j'aille le chercher ?

— S'il vous plaît.

Lori regarda le policier s'éloigner à grandes enjambées. Toutes les décisions pouvaient avoir des conséquences néfastes pour Joanna, et Lori aurait bien aimé avoir l'avis de quelqu'un. Mais, au Memorial, Christopher Moran régnait en maître. Personne n'oserait lui tenir tête.

Jake arriva en courant.

— Quelque chose ne va pas ?

— Plusieurs, et je crains que ça devienne encore pire.

Lori donna à Jake toutes les nouvelles sur l'état de Joanna, et enchaîna sur ce que les neurochirurgiens s'apprêtaient à faire.

— Enfiler un cathéter dans une petite artère sylvienne est hautement risqué. C'est d'ailleurs ce qui explique que personne d'autre que Karen Crandell ne s'en soit jamais servi.

— Vous êtes en train de me dire qu'ils ne se sont jamais servis de cet appareil ? fit Jake, incrédule.

— Oui, c'est exactement ce que je suis en train de vous dire, répéta Lori sans hausser la voix. Et ils vont se justifier. En disant que ça revient à une angiographie. C'est beaucoup plus compliqué que cela.

— Vous croyez que ça va marcher ? demanda nerveusement Jake.

— Je serais cent fois plus rassurée si c'était Karen Crandell qui opérait

— Et vous pensez que cette procédure peut avoir des effets dangereux sur Joanna ?

— Ça risque. Ce n'est pas à la portée d'amateurs. Un dérapage et elle est morte.

Jake se mit à arpenter le couloir.

— Il nous faut quelqu'un d'expérimenté. Quelqu'un qui l'a déjà fait.

— Ça n'existe pas.

Jake jura, sachant qu'ils étaient coincés. Il fallait tenter l'intervention. C'était la meilleure chance pour Joanna. Mais il était mécontent que ce soit Christopher Moran qui opère. Il restait le suspect numéro un. S'il voulait tuer Joanna, l'occasion parfaite lui en était donnée. Sans qu'on puisse l'accuser.

— Je vais accompagner Joanna au service d'angiographie. Quel dommage que Karen n'ait pas eu d'assistant pour travailler avec elle. Un médecin, par exemple, qui…

Jake bondit.

— Il y avait un autre médecin avec elle au service d'angiographie le soir où elle a été tuée.

— Vous êtes sûr ?

— Sûr et certain. Peut-être que ce gars-là sait faire marcher cet appareil.

Jake sortit son carnet et feuilleta les pages jusqu'à ce qu'il trouve ce qu'il cherchait.

— J'ai trouvé. C'est le Dr Todd Shuster.

Lori soupira de découragement.

— Ce n'est qu'un interne en neurologie. Il devait assister Karen.

— Mais il a une certaine expérience.

— Ce n'est qu'un interne. Jamais ils ne le laisseront faire.

— Merde !

Jake refit les cent pas. Cherchant désespérément un moyen de court-circuiter Moran. Un salaud qui fend un crâne à coups de canne n'aurait aucun scrupule à saboter une opération.

Il ressassait le problème. La seule personne expérimentée était Karen Crandell, mais elle était morte. Et celui qui l'assistait n'était qu'un interne… Jake s'arrêta net et s'adressa à Lori :

— Appelez-moi Todd Shuster au téléphone !

Lori agita les bras.

— Je vous garantis qu'ils ne laisseront pas un interne faire cette intervention.

— C'est pas ce qui m'intéresse. Vous l'appelez pour lui demander s'il a déjà assisté quelqu'un d'autre qui utilisait cette méthode.

— Ou bien s'il s'est trouvé présent un jour où Karen montrait à un autre médecin comment se servir du cathéter.

— Oui, aussi.

Lori courut au téléphone du bureau des infirmières et appela le standard de l'hôpital. On était vendredi soir à 22 h 30 et Todd Shuster n'était pas de garde. L'opérateur le lui passa chez lui. Lori et lui parlèrent plusieurs minutes ensemble avant qu'elle ne revienne près de Jake, tout essoufflée.

— Il y en a un.

— Qui ça ?

— Un neurochirurgien de l'hôpital universitaire de Los Angeles. Il s'appelle Alan Shipman, et il a déjà utilisé le matériel de Karen Crandell.

— Allons le chercher, dit Jake, envahi d'espoir.

— Il y a quand même des problèmes, prévint Lori. D'abord, il n'a fait ça que deux fois.

— C'est déjà mieux que rien.

— Et dans ces deux cas, Karen était derrière lui. Moran va sûrement dire qu'il n'est pas plus expérimenté que l'interne.

— Je m'en fous, gronda Jake, montrant son dépit.

— Et pour ne rien arranger, Moran et Shipman ne peuvent pas se sentir. Moran ne le consulterait pour rien au monde. Et sans la permission de Moran, Shipman n'aura aucune possibilité d'opérer dans le bloc de neurochirurgie du Memorial.

Jake s'éloigna en marmonnant, persuadé que si Joanna était là elle réglerait le problème en trente secondes. *Mais elle n'est pas là. Je suis tout seul. Je porte tout sur mes épaules. Et je n'arrive pas à trouver une solution.*

— Jake ! cria Farelli, qui arrivait en courant du fond du couloir.

— Quoi ?

— J'ai retrouvé Kate !

Jake eut envie de l'embrasser.

— Comment as-tu fait si vite ?

— Coup de bol ! fit modestement Farelli en tirant de sa poche un téléphone mobile. On a trouvé l'agence où son mari a loué la voiture. Sur le formulaire on doit donner son adresse en Californie. C'est un hôtel à côté de Disneyland.

Jake saisit le téléphone.

— Kate, c'est Jake. Écoutez-moi sans m'interrompre. Écoutez bien. Joanna s'est blessée en tombant et elle a besoin d'une intervention. Il faut que vous disiez au chirurgien que vous exigez un deuxième avis, et que vous me chargez de désigner le consultant. Bien pigé ?

À l'autre bout du fil Kate commença à pleurer.

— Ravalez vos larmes, ordonna-t-il. On n'a pas une minute à perdre. Répétez exactement ce que je vous ai dit au chirurgien et raccrochez. Je demande un hélicoptère à la police pour aller vous chercher à Anaheim et vous ramener au Memorial.

Les portes de la salle de soins s'écartèrent à ce moment précis et le brancard sur lequel était allongée Joanna passa dans le couloir, une infirmière à chaque bout et Moran fermant la marche.

Jake leur bloqua le passage.

— Nous exigeons un deuxième avis.

Le visage de Moran s'empourpra.

— Écartez-vous ou je vous fais jeter dehors.

Jake lui tendit le téléphone mobile.

— Vous avez Kate Fonteneau, la sœur de Joanna, au téléphone. Elle va vous dire ce qu'elle veut pour sa sœur.

Moran prit le téléphone et annonça officiellement qui il était. Mais il ne réussit pas à aller plus loin. Kate fit exactement ce qu'avait dit Jake. Elle réclamait un deuxième avis et elle prévenait Moran qu'elle arrivait. Là-dessus elle lui raccrocha au nez.

Moran rendit le téléphone à Jake, le regard furieux.

— J'espère que vous êtes sûr de ce que vous faites, lieutenant. J'espère que vous réalisez que vous mettez en danger la vie du Dr Blalock.

— Vous croyez vraiment ? fit Jake.

— Oh ! oui ! poursuivit Moran, gardant son sang-froid. Il s'est déjà passé au moins trois heures depuis l'accident. De minute en minute le caillot s'épaissit et détruit de nouveaux neurones. Si on laisse passer encore une heure sans intervenir le Dr Blalock risque une catastrophe neurologique et de perdre tout espoir de guérison. Si cela arrive, c'est vous qui en porterez la responsabilité.

Il tira le brancard vers lui et le fit rentrer en salle de soins. Les portes se refermèrent derrière eux.

27

— Jolie vue, hein ? fit William Buck.

— Splendide, dit Jake avec indifférence tout en allumant une cigarette sans filtre. Vous choisissez toujours les lieux de rendez-vous les plus « craignos ».

— Tout simplement parce que vous m'envoyez au charbon sur des affaires particulièrement « craignos ».

Ils se trouvaient dans un parc de bord de mer à Santa Monica, face à l'océan Pacifique. Buck était dans son fauteuil roulant et Jake assis sur un banc. Devant leurs yeux une langue de sable blanc était éclairée par la pleine lune. Derrière eux le chauffeur de Buck faisait le guet pour que personne ne puisse s'approcher et entendre leur conversation.

— J'ai dû piétiner des plates-bandes pour obtenir ce que vous vouliez savoir, commença par dire Buck. Des types chatouilleux qui n'aiment pas du tout qu'on leur marche sur les pieds.

— Vous parlez de la NASA ?

— La NASA n'a rien à voir là-dedans. L'office qui mène ce projet s'est servi de la NASA comme prête-nom.

— De qui s'agit-il, en réalité ?

— De la CIA.

— Eh merde ! grogna Jake à mi-voix.

À quoi bon espérer avoir des tuyaux d'une administration secrète ?

— Jusqu'où avez-vous pu aller ?

— Assez loin. (Buck se tut le temps du passage d'une mouette.) Que savez-vous de la CIA ?

— Je sais qu'ils passent le plus clair de leur temps à espionner les autres nations.

— Oui, sauf que ça a changé. Depuis les événements du 11 septembre, ce sont plutôt leurs compatriotes qu'ils surveillent.

— Je croyais que c'était légalement interdit.

— Avant. Mais maintenant ce n'est plus le cas.

Jake cracha un brin de tabac. Il n'aimait pas avoir à faire avec les agences secrètes gouvernementales, surtout celles qui s'inventent leurs propres lois.

— Et qu'est-ce que la CIA attend du Memorial ?

— Qu'il lui montre comment on peut s'introduire dans la tête des gens.

— Hein ?

— Vous avez bien entendu.

Jake se gratta l'oreille.

— Ça me dépasse complètement.

— Je vais essayer de vous expliquer ce que j'ai compris, reprit Buck. Bien entendu ce que je vais vous dire est strictement confidentiel. Les gens qui sont concernés n'aiment pas sortir de l'ombre. Cela dit, s'il vous est nécessaire d'informer le public pour dénouer votre enquête, allez-y carrément. N'hésitez pas à les baiser.

Jake regarda avec gratitude son vieil ami, qui avait commencé comme flic à patrouiller dans Los Angeles. Buck était du genre inébranlable.

— Allez-y, dit Jake.

— Voilà en gros. Toute l'activité cérébrale est fondée sur des signaux électriques qui passent de neurone en neurone. Ces signaux régissent les pensées et les intentions, mais également la mémoire. On peut comparer ça avec un ordinateur dans lequel les circuits électriques induisent ce que dit, fait ou stocke en mémoire la machine. Vous me suivez ?

— Jusqu'ici, oui.

— Bon. Il paraît qu'une scientifique du Memorial a mis au point un moyen de transmettre les signaux émis par un cerveau à un ordinateur.

La scientifique en question ne pouvait être que Karen Crandell. C'était la seule femme dans l'équipe de chercheurs de l'IRC.

— Comment a-t-elle procédé pour les télécharger ?

Buck eut un sourire narquois.

— Ils appellent ça une interface neurones-ordinateur. Un nom farfelu pour ce processeur qui transmet les signaux du cerveau à un ordinateur. Enfin ! Ça vous intéresse de savoir comment ça marche ? Il semble qu'on soit capable d'injecter de minuscules appareils qui vont se fixer dans le cerveau et jouent le rôle de stations relais

— Ce qu'ils appellent des nanosystèmes.

Buck fut sidéré.

— Vous êtes au courant ?

— Ouais, et je connais aussi les deux trous-du-cul qui travaillent là-dessus au Memorial.

Jake tira sur sa cigarette, en pensant aux exécrables jumeaux. Maintenant ça commençait à prendre forme. La CIA avait joué finement en recrutant séparément Karen Crandell et les jumeaux sans leur dire le véritable but de leurs recherches. D'un côté comme de l'autre ils croyaient faire pour la NASA des recherches sans lien commun, mais il devait bien y avoir quelqu'un pour diriger l'ensemble. Probablement Evan Bondurant. Lui savait.

— Donc ils peuvent transférer des signaux électriques d'un cerveau à un ordinateur. Et puis après ?

— Une fois les signaux émis par les neurones entrés dans l'ordinateur celui-ci reconstitue le langage cérébral. Autrement dit, les pensées.

Jake prit le temps de comprendre ce que cela signifiait.

— Cela revient à interpréter les signaux électriques ?

— Exactement.

— Et la CIA espère ainsi pouvoir sonder n'importe qui et espionner ses pensées.

— Ils n'en sont pas encore là.

— Mais ils y travaillent d'arrache-pied, si j'ai bien compris.

Buck fit signe que oui.

— Avec l'aide des experts du Memorial.

Jake jeta au loin sa cigarette.

— Il y a une chose qui ne colle pas bien. Les chercheurs du

Memorial étudient avant tout les phénomènes de mémoire. Qu'est-ce que ça a à voir là-dedans ?

Buck leva les bras.

— Ça, j'en sais rien. Peut-être qu'en réalité ça ne les intéresse pas. Ils veulent sans doute simplement donner le change.

Jake se leva et se remplit les poumons d'air marin.

— Ces salopards vont finir par régner sur le monde entier.

— C'est ce dont ils rêvent, Jake, dit Buck en faisant signe à son chauffeur. Et d'après ce que je sais, ils sont sur le point d'y parvenir.

28

Evan Bondurant fit le tour des bureaux et des laboratoires. Tout le monde avait quitté les lieux à cette heure. L'équipe de nettoyage était passée et était repartie. L'institut était désert.

Un téléphone sonna longtemps sans que personne ne décroche.

Bondurant vérifia la position des cabines d'ascenseurs. Elles étaient toutes à l'arrêt au rez-de-chaussée. Il regarda sa montre, puis la pendule murale. Toutes deux indiquaient 22 h 32. Il disposait de tout son temps. Plus personne ne viendrait avant le matin.

Il pénétra dans le laboratoire de Karen Crandell qu'il traversa pour atteindre son bureau plongé dans le noir. Il alluma la lampe de bureau, sortit de la poche de sa veste un papier plié et lut rapidement les instructions consignées par Karen. Puis il se dirigea vers les machines. Il appuya sur des boutons et en régla d'autres en les tournant. Il contempla les images qui apparaissaient sur l'écran. Des gens en tenue de ville circulaient sur un trottoir. Sur la chaussée on distinguait des taxis noirs et des bus à étage. Il en resta médusé.

Incroyable, se répétait-il, *tout simplement incroyable ! C'est la découverte du siècle. C'est le prix Nobel assuré. Et maintenant je sais comment elle a fait.*

La mise en route subite du système de ventilation dans le laboratoire le fit sursauter. Il eut l'impression d'entendre autre chose également et tendit l'oreille. Mais il ne perçut que le bruissement de l'air conditionné.

Bondurant éteignit l'appareil et envisagea la suite des événements. L'enquête allait prendre fin et le labo de Karen Crandell serait à nouveau accessible. Christopher Moran avait déjà demandé d'en disposer, mais Bondurant avait d'autres projets. C'est lui qui allait récupérer le labo avec ses appareils et ses documents. Il s'arrangerait pour placer Ann Novack ailleurs, dans un service sans aucun rapport avec l'IRC. Si bien qu'on ne pourrait établir de filiation entre ses travaux et ceux de Karen Crandell. Il pourrait s'octroyer la paternité exclusive des découvertes qui sortiraient du labo.

Il quitta le laboratoire, ressassant la découverte extraordinaire qu'avait réalisée Karen Crandell. Elle avait pris une sacrée longueur d'avance sur tout le monde. On comprenait qu'elle n'ait voulu en parler à personne. Pourquoi partager récompenses et gloire quand on peut en être le seul bénéficiaire ?

Bondurant traversa son secrétariat plongé dans l'obscurité et entra dans son bureau. Il alla droit vers une étagère dont il retira des reliures de magazines, révélant un petit coffre-fort. Il tourna les boutons pour l'ouvrir et en retirer un épais dossier intitulé NASA. Dedans se trouvaient consignées les recherches de Karen Crandell, ainsi que des lettres et des rapports adressés à la NASA.

Il déposa le dossier sur son bureau et l'ouvrit afin de ranger les indications dactylographiées données par Karen. Cela valait un prix Nobel à coup sûr, se répéta-t-il. Et cela déclencherait une avalanche de crédits pour la recherche, au point que le plus difficile serait de trouver le moyen de les dépenser. Et il demanderait un étage supplémentaire pour l'IRC. En refermant le dossier il aperçut une boîte de graines pour poissons et se souvint qu'il ne les avait pas encore nourris.

Il s'approcha de l'aquarium et saupoudra de graines la surface de l'eau. Les poissons exotiques tourbillonnèrent pour happer leur nourriture. Bondurant était complètement absorbé dans la contemplation de leur danse gracieuse, semblable à un merveilleux ballet. Il se mit à chantonner doucement, euphorique devant la tournure prise par les événements. Il décida d'acheter un aquarium encore plus grand et dispersa quelques graines supplémentaires.

Il ne sentit pas l'intrus s'approcher dans son dos ni le sifflement de la canne qui lui fracassa le crâne.

29

— Nous y sommes, annonça le Dr Alan Shipman. Le cathéter se trouve maintenant à un centimètre du caillot.

Todd Shuster et Lori McKay observèrent l'écran. Le caillot obstruait maintenant l'artère centrale gauche à quatre-vingt-cinq pour cent. Pas de saignement autour. Mais la taille du caillot inquiétait Lori, d'autant plus que l'artère était presque totalement bouchée. Le cerveau en avait forcément souffert. Mais dans quelle mesure ? Cette question la hantait.

— La streptokinase est-elle prête ? demanda Shipman.

— Prête, répondit Shuster.

— Injectez trois mille unités.

Shuster fit pression sur le piston de la seringue.

— C'est fait.

— Il ne nous reste plus qu'à espérer, dit prudemment Shipman. On la garde ici quelques minutes avant de la ramener en salle de soins.

Lori ne pouvait détacher son regard de l'écran du moniteur, souhaitant voir le caillot se dissoudre comme par magie. Mais elle savait bien que cela ne pouvait se passer comme ça. Ils venaient tout juste d'administrer à Joanna la streptokinase et c'est seulement maintenant qu'allait commencer la perfusion lente de l'agent dissolvant. Et il se passerait bien vingt minutes avant qu'on puisse détecter une réduction significative du caillot. Et encore vingt minutes avant que la circulation sanguine soit rétablie. Un délai largement suffisant pour détériorer le cerveau un peu plus.

— Existe-t-il un moyen de voir si son cerveau a subi des dommages irréversibles ? demanda-t-elle à Shipman avec un soupir.

— Pas sur ce moniteur. Il faut faire une radio IRM pour savoir si elle a fait un infarctus.

Lori déglutit. Infarctus voulait dire atteintes définitives du cerveau.

— Vous croyez qu'elle a réellement fait un infarctus ?

— On ne pourra le savoir qu'une fois qu'on se sera débarrassés du caillot.

— Mon Dieu, murmura Lori.

— Et même si l'examen IRM ne révèle rien d'anormal, elle peut rester handicapée, dit Shuster en désignant un point sur l'écran. Le caillot du Dr Blalock est sensiblement identique à celui qu'avait M. Gladstone. Même taille, même endroit. Or la radio IRM était bonne, et pourtant il souffre d'une terrible perte de mémoire

— Qui est ce M. Gladstone ?

— Le dernier patient sur lequel Karen a essayé son invention. Le caillot a bien été dissous, mais le pauvre a perdu toute mémoire des choses récentes. Il se souvient de tout ce qui s'est passé jusqu'à son attaque, mais, depuis, il ne peut conserver en mémoire les événements que pour quelques minutes avant qu'ils ne s'effacent. C'est ainsi qu'il se rappelle son nom mais pas du vôtre, même si vous le lui répétez cent fois.

— Ah ! oui, confirma Shipman. J'en ai entendu parler. C'est le patient qui est incapable de retrouver son chemin jusqu'aux toilettes sans consulter sa fiche.

— Mais on constate une amélioration. Il a une capacité de mémoire sur cinq heures maintenant.

— Ça lui permet au moins de se débrouiller, dit encore Shipman.

— D'une façon très limitée. Si vous lui rendiez visite maintenant et lui demandiez ce qu'il a mangé pour dîner, il vous le dirait. Mais si vous lui posiez la même question sur son déjeuner ou petit déjeuner il ne pourrait pas vous le dire, même si sa vie en dépendait.

Un voyant rouge se mit à clignoter sur l'écran.

Shipman lança un regard interrogateur à Shuster.

— Ça nous indique quoi ?

Shuster hésita, s'efforçant de retrouver les mots exacts prononcés par Karen.

— Je crois que le Dr Crandell a dit que cela indique que l'appareil est prêt à transférer les signaux à un ordinateur périphérique qui pourra retravailler l'image.

— Je dois appuyer sur le bouton suivant ?

— C'est ça. Il faut laisser le doigt appuyé quelques secondes puis relâcher.

Shipman appuya sur le bouton et vit le voyant passer au vert. Il regarda l'écran.

— Je ne vois aucune différence.

— Il faudrait peut-être aller regarder le moniteur installé dans le bureau du Dr Crandell.

— Mais c'est un bureau inoccupé, fit remarquer Lori.

Shuster secoua la tête.

— Scuttlebutt raconte que Moran va s'y installer.

Son inimitié fit instinctivement réagir Shipman.

— Les vautours ne perdent pas de temps pour dépecer un cadavre, vous ne croyez pas ?

Shuster approuva.

— Enfin, il ne peut toujours pas faire main basse sur les travaux du Dr Crandell.

— Ne vous y fiez pas.

Shipman contempla la rangée de moniteurs. Les signes vitaux de Joanna étaient stables. Elle ne manifestait aucune allergie à la streptokinase et il n'y avait aucune hémorragie à l'endroit du caillot.

— C'est bon, on peut la monter dans sa chambre.

Un léger signal sonore se déclencha venant du moniteur qui montrait le caillot.

— Qu'est-ce que ça veut dire ? demanda Shipman.

— Que tout fonctionne bien. Si je presse à nouveau ce bouton, tout le système va se mettre en pilotage automatique.

Shipman appuya sur le bouton. Le bip s'arrêta.

— Allons-y.

— À quelle heure remonte sa mort ? demanda Jake.

Gupta retira le thermomètre de l'anus de Bondurant et le lut.

— Le décès date de douze heures environ.

— Ce qui fait qu'il devait être 22 heures hier soir quand on lui a fracassé le crâne.

— C'est ça.

— En gros à l'heure où Karen Crandell a elle aussi été tuée.

— Et alors ?

— Notre tueur est un maniaque.

Jake fit des yeux le tour de la pièce. Bondurant gisait sur le ventre, la nuque fracassée. Des tissus cervicaux et du sang avaient rejailli jusque sur la paroi de verre de l'aquarium. Rien n'avait été dérangé sur le bureau à part une boîte renversée de nourriture à poissons. Jake remarqua le coffre-fort ouvert, puis en revint à Gupta.

— Avez-vous la moindre idée sur la nature de l'arme dont le tueur s'est servi ?

— Un instrument contondant quelconque, dit Gupta.

— C'est aussi ce que je pense, et probablement en bois.

— Qu'est-ce qui vous fait dire ça ?

— Parce que l'arme dont on s'est servi contre Karen Crandell était en bois dur.

Jake raconta à Gupta qu'on avait trouvé des éclats de bois dans la tête de Karen, mais ne dit rien du vernis ni du fait qu'ils devaient provenir d'une canne en bois de chêne.

— Selon Joanna, les esquilles étaient minuscules.

— Je vais y regarder de près dit Gupta tandis que son visage s'assombrissait. Je suis désolé de ce qui est arrivé au Dr Blalock. Est-il vrai que son état est sérieux ?

— Elle va mal en effet.

— Je suis sûr que tout le monde prie pour elle, dit Gupta avec conviction.

Sauf celui qui l'a poussée, eut envie de dire Jake. L'image de Joanna le visage ensanglanté et bandé lui vint à l'esprit. Il eut du mal à l'écarter.

— Revenons aux esquilles. Si vous en trouvez, gardez-les-moi pour que je puisse les comparer à celles qu'on a trouvées sur Karen Crandell.

Gupta prit une grosse loupe qu'il essuya soigneusement avec un Kleenex.

— Je vais examiner la plaie tout de suite, mais il y aura plus de chances d'en trouver à l'autopsie. Quelle serait la couleur du bois ?

— Brun.

Jake regarda le médecin légiste s'agenouiller puis chercha des yeux s'il existait un coin où le meurtrier aurait pu se cacher pour attendre Bondurant. La pièce comportait une grande table basse devant un canapé en cuir, mais ni placards ni pièce secondaire, si ce n'est celle de l'entrée. Le meurtrier avait suivi Bondurant dans son bureau, comme il l'avait fait pour Karen Crandell.

— Un coup très violent, commenta Gupta.

« Assené avec une canne en chêne costaud », aurait pu ajouter Jake.

Il imaginait Christopher Moran se glissant derrière Bondurant et lui faisant éclater la tête comme un melon bien mûr. Il se retourna en entendant Farelli arriver.

— Du nouveau ?

— Du bon et du mauvais.

— Commence par le mauvais.

— Personne n'a rien vu. La dernière à avoir vu Bondurant vivant est sa secrétaire, lorsqu'elle est partie un peu avant 18 heures.

— Et le bon ?

Farelli étouffa une toux.

— Je crois bien que l'assassin est d'abord passé par le bureau de Karen Crandell.

— Qu'est-ce qui te fait dire ça ?

— En arrivant ce matin Ann Novack s'est aperçue que la lampe de bureau de Karen était allumée et que l'abat-jour était brûlant, ce qui veut dire qu'elle est restée allumée toute la nuit.

Jake étudia la question.

— C'est peut-être l'équipe de nettoyage qui a oublié de l'éteindre.

— La technicienne m'a dit qu'ils ne se servent que des plafonniers et éteignent toujours en partant. Et elle jure que la lampe était éteinte lorsqu'elle est partie hier soir.

— Quelqu'un est donc venu fouiller dans son bureau.

— Ça en a tout l'air, dit Farelli en se grattant la tempe. Mais pourquoi y est-il revenu ? Ce bureau a été passé au peigne fin et il n'y a plus rien dedans.

— Sauf les appareils.

— Que les experts ont examinés et ça n'a rien donné.

— On n'a peut-être pas tout vu.

Jake croisa les mains derrière le dos et se mit à arpenter la pièce, essayant de reconstituer la suite des événements précédant le crime.

— Supposons que le malfaiteur trouve dans le bureau de Karen Crandell une partie seulement de ce qu'il cherche. Il sait que Bondurant a le reste. Il se glisse dans son bureau et bondit depuis le secrétariat lorsque Bondurant ouvre son coffre-fort.

— À moins que ce soit lui qui l'ait ouvert.

Jake écarta l'idée d'un geste.

— Les médecins universitaires savent rarement forcer un coffre-fort.

— C'est vrai, dut reconnaître Farelli.

— Donc le malfaiteur épie Bondurant lorsque celui-ci ouvre le coffre et attend jusqu'à ce qu'il vienne nourrir ses poissons.

— Comment le sais-tu ?

— On a trouvé des graines sous ses ongles. Et une boîte de cette nourriture renversée sur le bureau.

— Alors, c'est quand il a eu le dos tourné qu'il s'est fait assommer ?

— Et on a vidé le coffre.

— Je me demande ce qu'il contenait.

— Quelque chose qui valait la peine de commettre un crime.

Les inspecteurs sortirent et traversèrent le bureau de la secrétaire, raide sur sa chaise et le visage hébété.

Dans le couloir ils furent salués par un agent en uniforme.

Jake dit posément :

— Tout tourne autour des recherches de Karen Crandell. Quelqu'un veut se les approprier à tout prix.

— Ce qui veut dire que le meurtrier est un des médecins de l'IRC. Et c'est quelqu'un qui est au courant de la nature des travaux réalisés par elle.

— Donc, soit Moran, soit les Rudd.

— On commence par qui ?

— Les frères Rudd.

Les Rudd avaient laissé ouverte la porte de leur bureau. Les jumeaux étaient assis à une grande table métallique et se parlaient en chuchotant. Ils bondirent sur leurs pieds à l'arrivée des inspecteurs.

Jake leur fit signe de se rasseoir.

— Nous n'en avons pas pour longtemps.

— Pas de problème, dit Albert. On est prêt à vous aider le mieux que nous pourrons.

Jake observa les deux visages, afin de voir s'ils avaient l'air choqués ou peinés. Mais il ne vit rien de cela.

— Quand avez-vous vu Bondurant pour la dernière fois ?

— Vers 19 heures hier, dit aussitôt Benjamin. Au moment où nous partions.

— Ouais, dans le couloir, précisa Albert.

— Avez-vous pris l'ascenseur pour descendre ?

Albert fit signe que oui et, anticipant la question suivante, dit :

— Et l'un comme l'autre nous avons signé à la sortie.

— Est-ce votre heure habituelle de départ ?

— Non, répondit Benjamin. C'est tôt par rapport à nos habitudes, mais nous voulions être rentrés pour voir le match des Lakers à la télé.

— Qui a gagné ?

— Les Lakers avec dix points d'avance, dit Albert. Mais c'était un bon match.

— Shaq a été superbe, dit Benjamin avec enthousiasme. Il a marqué trente points à lui tout seul.

— N'avez-vous rien remarqué d'anormal en quittant l'IRC ?

Benjamin secoua la tête.

— Tout était tranquille.

Jake demanda à Farelli :

— Des questions ?

— Une seule. (Farelli vérifia son carnet.) Avez-vous vu le prologue du match ?

— Non ! Euh ! L'émission était commencée quand nous sommes arrivés à la maison, bégaya Albert.

— Donc vous n'avez pas pu voir le prologue, insista Farelli.

— Non.

Jake sourit intérieurement et salua les jumeaux.

— Merci.

Les policiers se retrouvèrent dans le couloir en direction du bureau de Christopher Moran. Ils attendirent d'être hors de portée d'oreille pour échanger leurs impressions.

— Tu crois que les Rudd ont pu enregistrer le match des Lakers sur magnétoscope ?

— C'est possible, dit Farelli à mi-voix. Le programme télé indiquait le début du match à 19 h 30. Donc les Rudd auraient dû régler la programmation. Du coup, ils n'auraient pas enregistré le prologue.

Jake grommela à voix basse.

— Ça leur fournit une excuse valable, non? Ils ont dit n'avoir mis la télé qu'après le début du match.

Farelli hocha la tête.

— C'est l'avantage d'être jumeaux. Ils peuvent confirmer mutuellement n'importe quel alibi.

Ils se turent en passant devant une porte ouverte sur le pas de laquelle deux techniciens étaient à l'affût.

Farelli attendit qu'ils aient dépassé les ascenseurs pour reprendre leur conversation.

— Cela dit, si les jumeaux ont bien signé leur sortie à 19 heures, il fallait qu'ils reviennent par la suite… en supposant que ce soient bien eux qui ont refroidi Evan Bondurant.

— Ce n'est pas un problème. Seule l'entrée principale est gardée jour et nuit. La passerelle reste sans surveillance jusqu'à 21 heures. Ils ont donc pu passer par là. Et Gupta nous dit que

Bondurant a eu le crâne fracassé entre 21 et 22 heures, si bien que les jumeaux ont parfaitement pu revenir dans l'IRC et liquider Bondurant pendant que leur magnétoscope enregistrait le match.

Farelli fronça les sourcils.

— Tu es convaincu que c'est eux ?

— C'est soit eux, soit Moran. Choisis.

Ils arrivèrent chez Moran et s'adressèrent à sa secrétaire.

— Le Dr Moran est-il là ? demanda Jake.

— Non, monsieur. Il est au bloc opératoire.

— Quel est son programme aujourd'hui ?

La secrétaire prit une feuille dactylographiée sur son bureau et lut :

— Il pratique une trépanation qui a démarré à 8 heures, et ensuite il a une rhizotomie prévue à 13 h 30.

— Pouvez-vous appeler le bloc et demander s'il aura un moment entre les deux interventions ?

— Bien sûr, fit la secrétaire en décrochant le téléphone.

Jake jeta un œil vers la pièce de Moran avec son grand bureau victorien et son décor insipide. Il passa la tête pour regarder les cannes fixées au mur. Ses pupilles s'écarquillèrent en s'apercevant qu'il en manquait une. Et elle n'était pas non plus par terre.

— Il n'aura pas le temps, leur cria la secrétaire. Apparemment, la première intervention est plus compliquée que prévu.

— On repassera, dit Jake en prenant la porte.

À mi-chemin des ascenseurs, Jake glissa à l'oreille de Farelli :

— Devine ce qui a disparu du bureau de Christopher Moran.

— Quoi ?

— Une canne.

Farelli regarda Jake.

— Tu penses qu'il vient de commettre sa première bévue ?

— Peut-être bien. Mais quelque chose me trouble.

— Quoi donc ?

— Comment se peut-il que Moran ait pris bien soin de remettre à sa place la canne abîmée la première fois et pas la seconde. C'est stupide. Trop stupide.

— Il a peut-être eu les jetons.

— Ceux qui tuent de sang-froid savent se maîtriser.

Farelli réfléchit plus longuement.

— Je parie quand même que c'est Moran.

— Tu as peut-être raison, dit Jake mais il pensait au fond de lui-même que les gens intelligents ne deviennent pas subitement idiots.

30

— Ma sœur va-t-elle mieux ? demanda Kate avec inquiétude.

— Elle est un peu plus réactive.

Le Dr Alan Shipman s'approcha du lit et pinça le front de Joanna. Elle bougea légèrement le bras.

— Mais seule une forte douleur la fait réagir.

— C'est quand même bon signe, n'est-ce pas ?

— Ça nous laisse un peu d'espoir, dit prudemment Shipman.

Il contrôla la batterie de moniteurs à la tête du lit. Tous les signes vitaux étaient stables. Le caillot qui s'était formé dans l'artère cérébrale était complètement dissous. Shipman s'attarda sur le sang qui coulait normalement dans l'artère et s'interrogea sur une éventuelle perte cérébrale irréversible.

Kate l'interrompit dans ses pensées.

— On a été soulagés de ne rien détecter d'anormal à l'IRM.

— Nous ne sommes pas pour autant sortis de l'auberge, loin de là, dit Shipman en se retournant vers l'assistance.

Lori McKay était assise sur le bord du lit et Jake Sinclair était appuyé au mur derrière elle. Shipman respira profondément, mesurant ses paroles.

— Nous avons rétabli la circulation sanguine dans le cerveau du Dr Blalock, mais rien ne prouve qu'il n'a pas été atteint.

Kate pâlit.

— Voulez-vous dire qu'elle pourrait rester comme elle est maintenant ?

— C'est une éventualité.

Joanna gémit et marmonna une phrase incompréhensible. L'un de ces mots ressemblait à « Johnnie ». Elle gémit encore avant de retomber dans le silence. Lori écarquilla les yeux.

— Elle parle !

— Ce n'est pratiquement que du charabia, corrigea Shipman. D'après le médecin qui est resté près d'elle, Joanna a gémi comme ça toute la nuit.

— Elle n'a jamais dit quelque chose de compréhensible ?

— Pas vraiment.

Jake s'arracha du mur, mécontent.

— Qui est ce médecin ?

— Mack Brown, répondit Lori. C'est un ami de Joanna en qui on peut avoir confiance.

— Vous vous souvenez de Mack Brown, dit Kate. C'est lui qui m'a soignée quand j'ai attrapé ce terrible virus au Guatemala. C'est vraiment un brave type.

— Je ne suis pas sûr que « brave type » corresponde au genre de gars que je souhaite pour veiller sur Joanna.

Lori eut un sourire amusé.

— Son nom complet est Johnnie Mack Brown, mais on l'appelle comme le célèbre cow-boy de la pub.

— Et alors ? fit Jake, que ça n'impressionnait pas.

— Mack Brown a passé son enfance dans un ranch au sud du Texas à jouer au lasso et à monter des mustangs, raconta Lori. Il est aussi doux qu'un cactus séché et il ne cède jamais un pouce de terrain. C'est pourquoi je lui ai demandé de partager avec moi la garde de Joanna. J'ai cru bien faire.

— Vous avez eu raison, dit Jake, qui ne voulait prendre aucun risque pour Joanna, avec cet enfoiré de Moran à rôder dans les parages.

Mais au fond de lui il savait parfaitement qu'il ne pouvait pas maîtriser totalement la situation, quels que soient les efforts déployés. Moran était comme un poisson dans l'eau dans son hôpital et à la moindre occasion il approcherait de Joanna. Et il s'y connaissait suffisamment en médecine pour la tuer en faisant passer sa mort pour un accident. Et on pouvait dire la même chose des Rudd.

Il soupira tristement à la vue de Joanna inerte.

— Quand saurons-nous quel sera son état définitif ?

Shipman haussa les épaules.

— Dans plusieurs jours, voire quelques semaines.

La porte s'ouvrit et Farelli passa la tête.

— Je peux te voir une minute, Jake ?

— J'arrive.

Jake fit signe à Lori de l'accompagner. Derrière la porte il lui dit :

— Si vous avez besoin d'aide pour surveiller Joanna, dites-le-moi. L'une de mes collègues a été infirmière.

Lori réfléchit avant de répondre.

— C'est plus facile si ce sont des médecins. Ils savent de quoi ils parlent.

— C'est vrai. (Il lui tapota l'épaule.) Vous nous aidez beaucoup. Je vous en suis très reconnaissant.

— C'est naturel, dit doucement Lori. J'adore Joanna, tout comme vous.

L'agent de police de faction à la porte de la chambre de Joanna avait une planchette sur les genoux. La liste des personnes autorisées à entrer dans la chambre était fixée dessus par une pince. En face de chaque nom il y avait une photo. Il vit un docteur s'approcher et le dévisagea, puis examina sa planchette. Il n'y était pas. Quand l'agent releva la tête, l'autre avait poursuivi son chemin.

Christopher Moran regardait droit devant lui mais sa vision périphérique lui indiquait la présence du policier. Du genre grand gaillard solide, visiblement inébranlable.

Moran continua dans le couloir de la partie Est du cinquième, essayant de bâtir un plan pour atteindre Joanna Blalock. Il venait de consulter son dossier dans le bureau des infirmières et savait que le caillot était dissous. Un second qui s'était formé avait également disparu après une injection de streptokinase. Et bien qu'elle ne soit pas sortie du coma, elle allait probablement reprendre conscience.

Elle était la seule capable de rassembler tous les éléments, se dit-il. Sans elle, le lieutenant Sinclair n'était plus qu'un petit flic comme les autres courant après des preuves qu'il ne pourrait établir. C'était une bonne raison pour tuer Joanna. Et puis il y avait cet attentat manqué. Et si elle avait reconnu son agresseur ? Si elle avait eu le temps de jeter un regard derrière elle avant de tomber ? Moran frémit rien qu'à cette idée.

Arrivé à l'infirmerie, Moran se retourna vers le couloir qu'il venait de parcourir. Le flic n'avait pas bougé d'un pouce et ne le ferait pas. Même quand il avait envie de pisser, il s'enfermait à clef dans la chambre avec Joanna et se servait de ses toilettes. Rien à espérer de ce côté-là. Moran avait songé à déclencher l'alarme et même à provoquer un début d'incendie pour distraire le flic, mais il savait que ça ne servirait à rien. Pas plus qu'une fausse alerte. Les flics redoubleraient de vigilance. Et quand bien même il arriverait à pénétrer dans la chambre de Joanna ? Il y aurait encore cette petite peste de Lori McKay ou bien Mack Brown pour lui barrer la route.

— Puis-je vous aider, docteur Moran ? lui demanda l'infirmière de garde.

— Rassemblez mes dossiers, ordonna-t-il.

— Voulez-vous que je vous accompagne dans votre visite ?

— Une fois que j'aurai relu les dossiers de mes patients.

Il regarda l'infirmière se diriger vers les piles de dossiers, songeant que le meilleur moment pour tuer Joanna serait de l'attaquer par surprise, à l'occasion de radios ou d'analyses. Mais ça n'allait pas non plus sans difficultés. Les flics ne pourraient pas être dans la salle de radio, mais Lori McKay et Mack Brown y seraient sûrement. Il leur suffirait de mettre un tablier de plomb ou de se placer derrière un panneau de protection pour ne pas quitter Joanna des yeux.

— Voici !

L'infirmière revenait avec une pile de dossiers qu'elle tendit à Moran.

— À propos, le taux de potassium de Mme Bell est quasiment normal.

— Bien ! dit Moran en ouvrant un dossier.

Du coin de l'œil il observa l'infirmière se rendre dans la pharmacie, où on préparait les flacons pour les perfusions. Joanna étant encore dans un état comateux, Moran savait qu'elle était sous perfusion. Et puis quoi ? Il ne servirait à rien d'introduire la substance toxique qu'il avait l'intention d'utiliser dans des flacons de perfusion d'un litre. La dilution serait trop forte.

Moran fit semblant de se plonger dans un second dossier. Pour que les toxines fassent pleinement leur effet, il fallait qu'elles soient injectées dans la carotide, ce qui les amènerait directement au cerveau sous forme concentrée. Moran pouvait piquer Joanna dans l'artère carotide en quelques secondes, une fois sur place.

Le téléphone à côté de lui sonna. L'infirmière décrocha aussitôt.

— Oui, docteur Shipman, je vous ai envoyé un message à pro-pos du cathéter que vous avez introduit dans le cerveau du Dr Blalock.

Moran tendit l'oreille, soucieux de ne perdre aucune parole.

— Non, non, disait l'infirmière, son état est stationnaire. Je vous appelais pour vous interroger à propos du goutte-à-goutte de sérum physiologique pour empêcher le cathéter de se boucher. L'interne a ordonné le sérum normal et n'a pas mentionné d'ajouter de l'héparine pour éviter la formation de petits caillots. Et je vous appelais pour être sûre qu'il ne s'agissait pas d'un oubli.

Infirmière bonne, interne imbécile, pensa Moran.

— Je vais compléter avec de l'héparine, dit l'infirmière. Elle sourit, heureuse aussi d'avoir découvert cette erreur.

Satisfait, Moran remit le nez dans son dossier comme l'infirmière raccrochait.

Le cathéter était toujours en place et constamment lavé au goutte-à-goutte à partir d'un petit flacon de sérum. Probablement était-ce un flacon de cinquante ou cent centimètres cubes. Introduire le produit toxique dans le flacon était l'idéal. Le poison irait droit au cerveau de Joanna et en ferait de la bouillie. Joanna serait prise de convulsions et plongerait dans un état de choc irréversible, exactement ce qui était arrivé à Elizabeth Ryan et Marci Gwynn. Ce que pouvait savoir ou ne pas savoir Joanna Blalock serait enterré avec elle.

L'infirmière revint de la pharmacie avec une grande bouteille de glucose dosé à cinq pour cent. Elle s'engagea dans le couloir dans la direction opposée à la chambre de Joanna.

Moran inspecta rapidement les alentours. Il n'y avait personne, ni infirmière ni autres membres du personnel. Même les couloirs étaient déserts, à part le policier posté devant la porte de Joanna.

Moran bondit dans la pharmacie. Il passa en revue les étiquettes sur les flacons, cherchant celui destiné à Blalock. Il leva les yeux vers l'étagère du haut où étaient rangés les petits flacons. Tout au bout il trouva le nom de Joanna sur un flacon de cent centimètres cubes.

Moran retira de la poche de sa blouse blanche une seringue remplie d'un liquide opaque. L'aiguille était encapuchonnée dans du plastique. Il retira prestement le capuchon et tendit la main vers le flacon.

— Que faites-vous, docteur Moran ? demanda l'infirmière en réapparaissant.

— Je... euh... je voulais juste ajouter un peu de potassium à la perfusion de Mme Bell, bégaya Moran. Juste pour la maintenir à un bon niveau.

— Ce flacon n'est pas pour Mme Bell. C'est celui du Dr Blalock.

Moran poussa un triste soupir en secouant la tête.

— Il va bien falloir que je me fasse à l'idée de porter des lunettes.

— Vous savez que vous ne devez pas agir ainsi, le gronda l'infirmière en lui retirant le flacon des mains. Vous ne devez jamais administrer ni médicaments ni perfusion sans nous en parler. Vous devez faire comme tous les autres médecins. Vous rédigez vos ordonnances et nous administrons les médicaments et les notons dans le dossier. Comme ça il n'y a pas de confusion.

— Vous avez tout à fait raison, s'excusa Moran.

Il remit avec précaution la seringue dans sa poche de blouse, aiguille pointée vers le haut.

— Je vais aller écrire une ordonnance.

Il sortit d'un pas raide, veillant à ce que la seringue et l'aiguille ne bougent pas.

Comme il prenait le dossier de Mme Bell, deux infirmières passèrent devant lui en se plaignant bruyamment. L'une et l'autre refusaient de prendre la garde de nuit malgré l'insistance de leurs supérieurs.

— Qu'ils aillent se faire foutre ! disait la plus petite. Huit heures de travail c'est bien assez. Qu'ils prennent une remplaçante pour la garde de nuit.

En les entendant, Moran décida de revenir plus tard quand le personnel serait réduit au minimum. Il réussit, en tâtonnant, à recapsuler l'aiguille.

Il allait revenir avec une seringue pouvant contenir le double de poison. Histoire d'être tranquille.

31

Joanna avait la sensation d'être enveloppée d'un épais brouillard. Puis elle sentit une lumière vive. Quelqu'un au loin répétait son nom.

— Joanna ! Joanna !

La voix était maintenant plus proche, la lumière plus vive.

— Joanna ! Joanna !

Elle ouvrit lentement les paupières. Des images floues dansaient devant ses yeux. Peu à peu elles devinrent plus nettes, mais pas encore reconnaissables.

— Joanna ! Est-ce que tu m'entends ?

— Oui, marmonna Joanna, se demandant qui l'appelait. C'était une voix de femme.

L'image devint complètement nette. C'était Kate.

Joanna remua les lèvres mais aucun son ne sortit. Elle referma les yeux un moment. Puis elle les rouvrit et murmura :

— Salut.

— Merci mon Dieu !

Kate se pencha sur elle et l'embrassa sur le front.

— Tu t'en es sortie !

— Où suis-je ?

— Au Memorial.

Kate raconta à Joanna sa chute et sa blessure à la tête.

— Un caillot s'était formé dans ton cerveau, mais ils ont réussi à t'en débarrasser.

Joanna clignait des yeux, essayant de se concentrer. Ses paupières redevinrent pesantes, mais elle se força à garder les yeux ouverts.

— J'ai eu un hématome sous-dural ?

Lori McKay s'approcha du lit, refoulant ses larmes.

— Ne commencez pas à vous autodiagnostiquer.

Joanna vit les traces de larmes sur les joues de Lori et sourit faiblement.

— Pourquoi ces larmes ?

— J'ai attrapé une saleté dans l'œil, dit Lori en lui souriant à son tour. Et vous, vous n'avez pas subi d'hématome sous-dural. Vous avez eu une thrombose dans l'artère sylvienne, apparemment due à votre chute. On a utilisé le cathéter mis au point par Karen Crandell pour dissoudre le caillot.

Joanna fit un effort pour rassembler ses souvenirs. Ce nom lui disait quelque chose. Elle finit par se rappeler la neurologue assassinée au Memorial.

— Le cathéter est-il toujours en place ?

Lori fit signe que oui.

— Mais plus pour longtemps, maintenant que vous êtes réveillée.

La porte s'ouvrit et Jake Sinclair entra sur la pointe des pieds.

Kate le regarda avec un sourire épanoui.

— Devinez qui a décidé d'ouvrir les yeux ?

Jake se précipita vers Joanna. Elle lui fit un clin d'œil.

— On était terriblement inquiets.

Joanna passa sa langue sur ses lèvres.

— Tu veux me dire que tu es content de me voir éveillée.

— Ah ça oui !

Jake lui pressa doucement la main et fit silencieusement une prière.

— Tu sais, ma chérie, pendant un certain temps tu as paru plus morte que vive.

— Je ne devais pas être belle, dit Joanna en luttant toujours pour garder les yeux ouverts. Elle essaya de se concentrer, mais elle était trop faible pour résister et sombra dans un sommeil réparateur.

Quand elle se réveilla, elle était toujours entourée de Jake, Kate et Lori. Joanna avait la gorge tellement sèche et irritée qu'elle eut du mal à parler.

— Puis-je avoir un peu d'eau ? murmura-t-elle.

— Tout de suite.

Kate mit de l'eau dans un verre muni d'une paille.

— Voilà.

Joanna se souleva sur un coude et aspira l'eau fraîche, avalant bruyamment. Puis elle retomba sur l'oreiller rêche.

— J'ai besoin de savoir, dit Jake, si tu te rappelles comment tu es tombée dans l'escalier.

Joanna ferma les yeux pour évoquer la scène.

— J'étais sur le palier près du coffret à incendie. Quelqu'un est arrivé par-derrière.

— L'as-tu reconnu ?

— Je n'ai aperçu que ses deux mains tendues vers moi.

— Il t'a poussée ?

— Oui, j'ai été poussée.

Jake eut du mal à contenir sa rage.

— Tu n'as absolument rien vu ?

— Je n'ai aucun souvenir, dit Joanna après réflexion. Peut-être que cela me reviendra plus tard.

— Si ça t'arrive tu me préviens immédiatement.

Joanna reprit le verre d'eau et se désaltéra. Au fond d'elle, elle était sûre d'avoir été poussée dans l'escalier par Christopher Moran, mais impossible de le prouver. Pas même d'en attester sous serment devant la cour. Peut-être allait-elle se souvenir d'un détail, mais pour l'instant elle ne revoyait que deux mains tendues vers elle.

L'effort l'épuisa rapidement. Elle s'assoupit. La dernière question de Jake se perdit dans le brouillard.

Lorsqu'elle se réveilla une troisième fois, elle avait devant les yeux un médecin inconnu. Il portait une blouse blanche et un stéthoscope pendait à son cou.

— Qui êtes-vous ? demanda Joanna.

— Alan Shipman. Le neurochirurgien qui s'est occupé de vous.

Joanna essaya de déglutir, mais elle avait la bouche desséchée.

— Je me sens déshydratée.

— On ne va pas trop vous faire boire, afin d'éviter un œdème cérébral.

— J'en ai un ?

— Pas pour l'instant.

Shipman saisit un marteau de caoutchouc et testa les réactions motrices et sensitives de Joanna.

— Soulevez votre jambe droite et comptez jusqu'à cinq.

Joanna dégagea sa jambe de sous le drap, la leva bien haut et compta lentement jusqu'à cinq.

— Parfait, dit Shipman en lui faisant doucement reposer la jambe. Au tour de la jambe gauche.

Joanna souleva sa deuxième jambe difficilement et essaya de la tenir en l'air, mais elle ressentait une douleur sourde dans la cuisse.

— Un… deux… trois…

Mais cela lui faisait trop mal et elle la laissa retomber.

— Celle-ci paraît plus faible, remarqua Shipman.

— J'essaye encore ?

— Oui.

Joanna recommença, mais cette fois elle ne tint même pas jusqu'à trois. La jambe retomba lourdement.

— D'où me vient cette faiblesse ? demanda Joanna avec anxiété. Est-ce que j'ai fait une attaque ?

— C'est une éventualité, dit calmement Shipman. Mais ce n'est pas la seule.

— Par exemple ?

— Les nerfs périphériques ont pu être atteints lors de votre chute.

Joanna hocha la tête.

— Cela pourrait expliquer la douleur que je ressens à la cuisse lorsque je soulève la jambe gauche.

Shipman souleva aussitôt la chemise de nuit. Au sommet de la cuisse il trouva un gros bleu.

— Vos muscles de la cuisse ont reçu un coup. Ça peut venir de là.

Joanna ne fut pas convaincue.

— Mais on n'écarte pas l'hypothèse d'une attaque ?

— Pas pour l'instant, admit Shipman.

— Quand saurons-nous vraiment ?

— Il faut rester en observation. Si votre faiblesse disparaît, cela voudra dire que l'hématome en est la cause.

— Et sinon ?

— Il vous faudra une rééducation.

Joanna détourna la tête en essayant de refouler ses larmes.

— Et je boiterai toute ma vie.

— Écoutez-moi bien, jeune dame, fit Shipman d'une voix ferme. Vous aurez eu beaucoup de chance si vous repartez d'ici avec juste une faiblesse dans la jambe. Vous pouvez remercier le ciel que Karen Crandell ait inventé son cathéter, car sans cela vous seriez paralysée à l'heure qu'il est.

— Je n'en doute pas, bafouilla Joanna, se voyant déjà avec une béquille. Le cathéter est-il toujours en place ?

Shipman tendit le bras vers le cathéter posé sur la table de chevet et le lui montra.

— Je l'ai retiré pendant que vous dormiez. Nous l'avons laissé en place deux jours. C'est plus que d'habitude. Mais je voulais m'assurer que de nouveaux caillots ne s'étaient pas formés.

Le cathéter que lui montrait Shipman était tout fin, un tube transparent avec des fils et des palpeurs. Tout simple finalement. Mais il lui avait probablement sauvé la vie.

Elle songea soudain au meurtrier de Karen Crandell.

— J'ai été jetée dans l'escalier comme Karen, pensa-t-elle tout haut.

— Vous vous en rappelez ? réagit Shipman.

— Je me souviens d'un vol plané.

Shipman la regarda d'un air soupçonneux.

— Vous avez trébuché, non ?

— J'ai été propulsée serait plus juste, dit-elle, ce qu'elle regretta aussitôt. Elle parlait trop sans réfléchir.

— Que voulez-vous dire par « j'ai été propulsée » ?

Les paupières de Joanna devenaient de plus en plus lourdes. Elle n'arrivait plus à les soulever.

— Vous avez bien dit «propulsée»? insista Shipman en haussant la voix.

— Je vais dormir un peu, articula Joanna d'une voix ensommeillée, avant de plonger.

Shipman se demandait si le cerveau de Joanna ne lui jouait pas des tours. Cela pouvait arriver à la suite d'un choc sévère. Il sortit de la chambre en faisant signe à Lori qu'elle pouvait entrer. Il ne remarqua pas Christopher Moran disparaître dans un couloir à dix mètres de là.

Moran fit brusquement demi-tour et revint sur ses pas, palpant sa poche comme quelqu'un qui a oublié quelque chose. Il venait d'apprendre que Joanna était réveillée et en pleine possession de ses sens. Quel souvenir exact avait-elle de sa chute ? C'est ce qui lui importait de savoir. Très peu de choses, à son avis. Elle amorçait tout juste le mouvement de se retourner quand il l'avait poussée. Mais pouvait-on être sûr qu'elle ne l'ait pas vu l'espace d'un éclair ? Nom de Dieu ! C'était bien possible et cela le rongeait.

Moran entra dans la salle de repos des médecins et se lava les mains au lavabo. Il jeta un coup d'œil à l'horloge murale. Il était 11 h 20. Il allait laisser quelques minutes à Shipman pour qu'il finisse de parler aux infirmières. Ensuite Moran irait se renseigner pour en avoir le cœur net. Il grogna contre lui-même pour avoir laissé passer l'occasion la nuit précédente d'aller au chevet de Joanna Blalock aux heures où le personnel est réduit. Mais un motard gravement blessé à la tête avait mobilisé Moran treize heures d'affilée au bloc opératoire.

Il était obsédé par Joanna et sa chute. Elle ne devait pas l'avoir reconnu ou en tout cas s'en souvenir. Sinon, la police serait déjà en train de l'interroger. Non, elle ne devait pas se rappeler avoir été poussée. Pour l'instant. Mais par la suite ? Il savait que le souvenir d'événements récents peut mettre des semaines avant de resurgir lorsqu'il s'agit de faits traumatisants.

Impossible d'être tranquille, Joanna Blalock vivante.

Il s'essuya les mains avec une serviette en papier et revint sur ses pas. Plus loin dans le couloir il pouvait voir le policier assis à la porte de la chambre de Joanna. Et le flic dévisageait tous ceux qui s'approchaient.

Moran sortit une feuille d'analyses de sa poche et feignit de la lire en passant devant la chambre. La porte était entrouverte, mais pas suffisamment pour qu'on puisse voir à l'intérieur.

L'infirmerie du cinquième, côté Est, était déserte, à l'exception de l'infirmière en chef qui était au téléphone et d'une infirmière dans la pièce de stockage des perfusions. Shipman était parti.

L'infirmière en chef recouvrit de sa main le combiné et dit :

— Avez-vous besoin de quelque chose, docteur Moran ?

— Non, merci.

Il la laissa reprendre sa conversation téléphonique et passa en revue les dossiers éparpillés sur le comptoir jusqu'à ce qu'il déniche celui de Joanna. Une marque verte sur la couverture indiquait qu'un médecin avait rédigé une ordonnance qui n'avait pas encore était exécutée.

Moran ouvrit le dossier et lut rapidement le bilan que Shipman venait tout juste de noter.

Les signes vitaux sont stables. La patiente a totalement recouvré ses esprits. Elle est neurologiquement intacte si ce n'est une faiblesse du membre inférieur gauche qui fonctionne aux trois cinquièmes. Cela est probablement la conséquence d'une légère attaque, encore qu'un traumatisme musculaire puisse également en être la cause. Ses capacités intellectuelles et sa mémoire ne semblent pas avoir été touchées. Elle se souvient de sa chute dans l'escalier et est persuadée qu'on l'a propulsée dans les marches. Je ne suis pas certain de ce qu'elle veut dire. Peut-être qu'avec le temps elle va s'exprimer plus clairement. Pour le moment on se contentera de la garder en observation et de programmer des examens complémentaires en fonction des besoins.

Docteur Alan Shipman

Moran fut pris de panique. *Elle sait qu'on l'a poussée ! Elle le sait ! Et elle peut finir par se rappeler par qui. Nom de Dieu ! J'aurais dû descendre jusqu'à elle et lui réduire la tête en bouillie pendant que j'en avais l'occasion.*

Il relut la note. La seule bonne nouvelle était cette faiblesse à la jambe. Probablement la conséquence d'une attaque, ce qui en général gênait l'activité mentale du patient. Elle pouvait très bien avoir le cerveau définitivement amoindri. Mais ce n'était qu'un vœu pieux, Moran devait le reconnaître. Tant que Joanna vivrait, il serait sous la menace. Il fallait qu'il parvienne jusqu'à elle.

Il feuilleta le dossier jusqu'à ce qu'il tombe sur l'ordonnance. Elle prescrivait une alimentation légère, des analyses de sang classiques et la consultation d'un kinésithérapeute. Et, enfin, Joanna était programmée pour un examen IRM avec artériographie pour le lendemain après-midi. Ce qui impliquait l'injection d'un colorant opaque dans les vaisseaux sanguins du cerveau de Joanna. Et comme Joanna faisait partie du personnel du Memorial, elle passerait en priorité.

Moran venait de trouver l'ouverture qu'il cherchait.

32

— Regardez qui je trouve assise ! s'exclama avec joie Kate en entrant dans la chambre de Joanna.

Celle-ci sourit.

— Je reviens tout doucement à la vie.

— Comment te sens-tu ?

— Fatiguée. Cela fait tout juste vingt minutes qu'on m'a installée dans ce fauteuil et je suis déjà épuisée.

— Elle va de mieux en mieux, intervint Lori. Même sa jambe s'améliore.

Kate se rembrunit.

— Qu'est-ce qu'elle a à la jambe ?

Joanna écarta d'un geste l'inquiétude de Kate.

— Elle était faible hier mais aujourd'hui elle est plus solide. J'arrive même à m'appuyer dessus.

— C'est bien sûr ? dit Kate d'un air de doute.

— Mais oui, affirma Joanna d'un ton faussement confiant. Et Alan Shipman pourra le confirmer au prochain examen. Je suis prête à parier dix dollars qu'il va annuler l'IRM prévue aujourd'hui.

Kate regarda Lori.

— Est-ce qu'elle boite ?

— Un peu, dit Lori qui retirait le papier d'un sucre d'orge qu'elle mit à la bouche. Mais ça s'est amélioré.

— Vous êtes sûre que vous me dites toute la vérité ? insista Kate, encore inquiète pour sa sœur.

— Tout ce que moi-même je sais, dit Lori en se levant. Maintenant il faut que j'aille à mon bureau et que je travaille un peu.

— Vous devez crouler sous la paperasse, dit Joanna.

— Et ça continue à s'empiler.

— Faites le plus urgent. Le reste attendra.

Lori faisait passer son sucre d'orge d'une joue à l'autre, hésitant à ennuyer Joanna en lui parlant de ce qu'on venait de trouver dans les cerveaux d'Elizabeth Ryan et de Marci Gwynn. Ce n'était pas pressé, finit-elle par se dire. Cela n'avait rien d'urgent.

L'attention de Joanna fut attirée par les mouvements du sucre d'orge, sachant que c'était chez Lori un signe d'embarras.

— Dites-moi ce qui vous préoccupe pendant que je suis assise.

Lori hésitait encore.

— Ce n'est sans doute pas très important, mais en tout cas je n'y comprends rien.

— Dites-moi.

— Vous vous souvenez de ces minuscules taches observées dans le cerveau des deux patientes décédées ?

— Oui.

— Eh bien, avec un puissant microscope on a découvert qu'ils s'agissait de micropuces électroniques.

Joanna fronça les sourcils.

— Des puces en silicone ?

— Ça y ressemble, mais c'est en fait une sorte de gel.

— Il y en a combien ?

— Un paquet. Toutes fixées sur la périphérie de la tumeur extraite.

Joanna fit rapidement la liaison avec les recherches menées en commun par Karen Crandell et Christopher Moran sur les puces semi-liquides, cent fois plus petites que les puces de silicone classiques.

— Quel est votre avis ? demanda Lori. S'agit-il d'un nouveau mode opératoire ?

— Peut-être, dit pensivement Joanna tandis que les choses commençaient à s'ordonner dans son esprit. J'aimerais que vous fassiez plusieurs choses.

— Allez-y.

— Surtout, n'en parlez à personne, commença par dire Joanna. Pas un mot à qui que ce soit. Compris ?

— Compris.

— Procurez-vous les pinces hémostatiques dont Moran s'est servi pour délimiter la tumeur et regardez si elles sont creuses.

Lori lança à Joanna un regard surpris.

— Creuses ?

— Creuses. Et si c'est le cas, vous les rincez et regardez s'il en sort un gel semi-liquide.

Lori écarquilla les yeux.

— Et si c'est le cas, je vérifie s'il est toxique ?

— Bien sûr.

— Seigneur ! cracha Lori entre ses dents. Puis elle dit à Kate : Je dois y aller.

— Je garde la forteresse jusqu'à l'arrivée de Mack Brown.

— Il ne vient pas aujourd'hui, la prévint Lori, il a fait un saut au Texas pour voir un parent malade.

— Dans ce cas je prends son tour de garde.

— Très bien, dit Lori en se dirigeant vers la porte. Accompagnez-moi jusqu'au hall d'entrée pour qu'on puisse organiser notre emploi du temps.

Joanna les regarda sortir, ruminant cette histoire de micropuces implantées dans les cerveaux d'Elizabeth Ryan et de Marci Gwynn. Il ne faisait aucun doute que c'était Moran qui les avait placées là, mais elle ne comprenait pas pourquoi. Il se pouvait qu'il ait eu l'intention de découper largement la tumeur dans l'espoir de guérir complètement les patientes. Mais cela risquait d'entraîner de très graves déficiences neurologiques. D'où l'idée d'implanter ces micropuces dans l'espoir de rétablir, grâce à elles, les liaisons rompues par l'ablation chirurgicale. Est-ce que c'était ça ? Dans ce cas c'était l'acte d'un fou.

On frappa un léger coup à la porte et Jake entra avec un vase plein de fleurs. Il s'arrêta net en voyant Joanna installée dans le fauteuil.

— Tu refais surface, à ce que je vois.

— Lentement mais sûrement, sourit Joanna en se disant que décidément Jake était le plus bel homme qu'elle ait jamais connu. Les tulipes sont splendides.

— Elles sont d'ici. Où veux-tu que je les mette ?

— Sur le rebord de la fenêtre. Ensuite prends une chaise pour écouter une histoire horrible.

— Un crime ? dit Jake en posant les fleurs.

— Comment un chirurgien a tué deux de ses patientes.

Jake prit son calepin et s'assit près du lit.

— Je t'écoute.

— Il y a eu récemment deux morts sur table au cours d'opérations pratiquées par Christopher Moran. Morts inexpliquées de deux jeunes femmes atteintes d'une tumeur au cerveau…

Joanna raconta à Jake les syndromes particuliers qui s'étaient manifestés au moment de leur mort. Ensuite elle lui décrivit en détail ces minuscules taches noires découvertes dans les cerveaux en faisant l'autopsie, et qui s'étaient révélées être des micropuces semi-solides.

— Je crois bien que Moran voulait tenter de recâbler leurs cerveaux.

— Pourquoi diable voulait-il faire ça ?

— Parce que si on veut retirer entièrement la tumeur il faut découper largement autour. Ce faisant, on rompt des circuits de neurones et on risque de laisser le patient extrêmement diminué. L'idée était de rétablir les liaisons grâce à ces micropuces.

— Et ça peut marcher ?

— Cela n'a pas encore été tenté. Sauf peut-être sur des animaux de laboratoire. J'imagine que les patientes ne savaient pas qu'elles allaient servir de cobayes.

— Tu veux dire qu'il s'est servi d'elles pour tenter une expérience ?

— Et qu'il est responsable de leur mort. Je crains que ces fameuse micropuces semi-liquides ne soient toxiques pour les neurones.

Jake tapota distraitement son stylo sur son calepin, le temps de digérer les nouvelles.

— Admettons que ces puces agissent comme un poison. Peut-on prouver que c'est le fait de Moran ?

— C'est le gros problème, dut reconnaître Joanna. Même si on démontre que les pinces sont évidées et contiennent des puces d'une matière toxique semi-liquide, on ne peut prouver que Moran en est responsable. Il pourra toujours dire que ce ne sont pas ses pinces personnelles mais qu'elles appartiennent à l'hôpital et qu'il n'a jamais su qu'elles renfermaient du liquide.

— Mais ces puces semi-solides entraient dans son domaine de recherche, objecta Jake. Bondurant nous l'a dit.

— Le domaine commun de Moran et de Karen Crandell, fit remarquer Joanna. Ils travaillaient ensemble sur ce projet, mais c'est Karen Crandell qui était la plus compétente dans ce domaine et sa mort a mis fin aux recherches. C'est ce qu'il dira.

— Il va peut-être essayer de lui faire porter le chapeau.

— C'est possible.

Jake prit le temps de réfléchir.

— Et si on arrivait à dégotter le fabricant des pinces et à démontrer qu'elles ont été commandées par Moran ?

— Tu peux toujours essayer mais ça m'étonnerait que tu y arrives. Il a dû les faire faire à l'étranger, de telle manière qu'on ne puisse en retrouver l'origine précise. Si tu veux coincer Moran, il va bien falloir que tu détermines l'origine de ces pinces.

— C'est ma priorité absolue.

Jake referma son calepin.

— Moran sait-il que tu es à deux doigts de le démasquer ?

— Il sait que je ne m'arrêterai pas avant.

— Ce type a toutes les raisons de vouloir te supprimer.

— J'en ai impression.

— Bon. On va te mettre un gardien solide jour et nuit devant la porte, dit Jake d'une voix rauque. Si Moran tente d'entrer, il risque de le regretter.

Joanna soupira avec lassitude. Elle savait bien qu'il y a dix façons de tuer un patient à l'hôpital sans même le toucher.

— Qui aurait imaginé qu'un endroit aussi respectable que l'IRC puisse être un nid d'assassins et de voleurs ?

— Et d'agents secrets.

— D'agents secrets ! Que veux-tu dire ?

Jake rapprocha sa chaise.

— Je vais te raconter quelque chose d'inimaginable.

Joanna se pencha à son tour.

— Quoi donc ?

— L'histoire de la NASA n'est qu'une couverture.

Jake lui raconta en détail comment un service de la CIA s'était servi de l'institut du Memorial pour effectuer ses recherches.

— En fait, ils voudraient parvenir à lire tes pensées par le truchement de ce qu'ils appellent une interface neurones-ordinateur.

— Seigneur ! souffla Joanna. Ils veulent s'installer dans nos cerveaux.

— Jour et nuit.

— Et ils en sont où ?

— Mon informateur me dit qu'ils n'ont pas encore réussi, mais qu'ils n'en sont plus très loin.

Joanna resta pensive.

— Tu peux prouver ce que tu racontes ?

— Je pourrai rassembler des preuves.

— C'est-à-dire ?

— Par exemple les appareils du bureau de Karen Crandell étaient reliés à des ordinateurs externes. Devine à quels ordinateurs ?

— Ne me dis pas qu'ils étaient reliés aux ordinateurs de la CIA !

— Gagné !

Le visage de Joanna se durcit.

— Je déteste ce genre de pratiques.

— Comme tout le monde. Ces gens-là font tout ce qu'ils veulent sous couvert de la sécurité nationale. Et ils nc vont pas tarder à lire nos pensées.

— Ils ne se contenteront pas de lire nos pensées, Jake, dit sombrement Joanna.

— Comment ça ?

— Une interface neurones-ordinateur peut fonctionner dans les deux sens. Dans le premier, l'activité cérébrale est téléchargée dans un ordinateur qui convertit les signaux en pensée. En retour l'ordinateur peut saisir un ensemble d'instructions, les transformer en signaux électroniques et les convoyer jusqu'au cerveau.

Jake en resta bouche bée.

— Tu veux dire qu'ils pourraient s'en servir pour programmer les cerveaux ?

— J'en ai peur.

— Quels fils de putes ! Un vrai ramassis de fils de putes !

Joanna se laissa glisser dans son fauteuil et ferma les yeux, gagnée par le sommeil.

— Bienvenue dans le meilleur des mondes, Jake.

33

— Docteur Blalock ! Docteur Blalock !

Joanna entendit prononcer son nom. Elle ouvrit lentement les yeux et ne vit d'abord qu'une lampe brillante et floue au-dessus d'elle. Progressivement elle vit de plus en plus nettement le visage et la tunique du service de radiologie de la technicienne penchée sur elle.

— Il faut vous réveiller, docteur Blalock. On va vous demander de bouger et de vous retourner pendant l'IRM.

Joanna battit des paupières, reprenant rapidement ses esprits. Elle avait compris qu'on ne devait lui faire qu'une simple radio de contrôle.

— Quelle IRM ?

— Une seconde IRM du cerveau avec liquide de contraste.

— Ça, c'est à confirmer, répondit aussitôt Joanna en essayant de s'asseoir.

Mais elle était attachée sur un brancard.

— Ce ne sont pas les ordres que j'ai reçus, dit la technicienne. On doit faire ça maintenant et ensuite on vous ramène à votre chambre.

— Je vous dis que l'IRM doit être confirmée, dit Joanna en élevant la voix.

La technicienne secoua la tête.

— Ce n'est pas ce qu'a dit le Dr Shipman.

— Voulez-vous appeler le Dr Shipman au téléphone, je veux lui parler !

— Écoutez, s'impatienta la technicienne, votre médecin a ordonné une IRM alors on la fait et un point c'est tout.

— C'est vous qui allez m'écouter ! explosa Joanna. Je ne suis pas votre prisonnière. Je suis une patiente et il n'est pas question que vous fassiez quoi que ce soit sans mon accord. C'est bien compris ?

La technicienne recula malgré elle. Elle avait l'habitude des patients obéissants.

— Je suis simplement…

— Appelez-le ! l'interrompit Joanna.

La technicienne regarda l'heure. L'IRM était prévue dans dix minutes et tout était déjà en place pour lui injecter le liquide radio-opaque.

— Je vais essayer de le joindre.

Joanna releva la tête et parcourut l'endroit du regard. Elle se trouvait en radiologie dans la salle où on pratiquait tous les examens IRM et scanners. Son brancard était rangé le long du mur dans un large couloir avec une demi-douzaine d'autres. Médecins et infirmières en pyjama de bloc allaient et venaient. Leurs conversations remplissaient l'air d'un bourdonnement ininterrompu.

Joanna reposa sa tête. Est-ce que Shipman avait déjà évalué son état et qu'elle ne s'en rappelait pas ? Peut-être que la faiblesse de sa jambe gauche empirait, et qu'il voulait qu'on refasse une IRM.

Elle éprouva la force de ses jambes. Elle souleva la droite. Sans aucune difficulté. Elle essaya la gauche. Elle se souleva également, mais pas aussi vite que la droite. Elle restait incontestablement plus faible. Pas beaucoup, mais perceptiblement. Merde ! C'était peut-être vrai qu'il fallait refaire un examen par IRM.

Joanna vit qu'on poussait des portes battantes et Christopher Moran apparut flanqué de toute son équipe de neurochirurgie. Joanna se tourna face au mur, peu désireuse de le voir, lui et toute sa bande. Mais elle l'entendait distribuer ses ordres.

— Bélios, vous allez m'afficher toutes les photos IRM dans la salle de visionnage, disait-il. Je vous rejoins dans une minute.

— Nous avons plus de vingt patients, fit Bélios. Vous voulez vraiment tous les voir ?

— Vous êtes sourd ? s'exclama Moran.

— Non, monsieur.

— Alors faites ce que je vous dis.

Joanna ferma les yeux, se disant que Christopher Moran était bien le roi des enfoirés. Et un assassin, en plus.

— Bonjour docteur Moran, fit Stanley Herman, un technicien radiologue confirmé, qu'est-ce qui vous amène dans le saint des saints ?

— J'ai remarqué que nos IRM avec liquide radio-opaque ne sont plus aussi nettes qu'avant. Avons-nous changé le produit qu'on injecte ?

— Non, monsieur, répliqua Stanley en montrant une série de seringues sur le comptoir proche. Nous utilisons le même liquide fourni par la même société depuis deux ans.

Moran se frotta le menton en prenant un air perplexe.

— La compagnie fabrique ce liquide à différents taux de contraste ?

— Pas que je sache, mais c'est toujours possible.

— On pourrait s'en assurer ?

— Bien sûr. Il faudrait que je regarde leur catalogue.

— Vous voulez bien ?

— Certainement, dit Stanley, qui se dirigea vers la porte. Le catalogue est dans mon bureau. J'en ai pour une minute.

Moran attendit qu'il soit parti. La porte restait légèrement entrouverte, mais pas assez pour qu'on puisse le voir de l'extérieur.

Il se précipita vers le comptoir et passa en revue les seringues remplies de liquide. Sur la première était inscrit le nom de Joanna Blalock et le numéro de sa chambre. Il prit la seringue et retira le capuchon en plastique. Il éjecta avec précaution cinq centimètres cubes dans une poubelle. Puis il sortit de sa poche un petit flacon et dévissa le bouchon. D'une main sûre il aspira cinq centimètres cubes de son liquide dans la seringue et l'agita soigneusement pour bien tout mélanger. Il ne lui resta plus qu'à remettre le capuchon sur la seringue et la reposer à sa place.

Ça va aller directement au cerveau ! Il imaginait déjà ce qui allait se passer lorsque Joanna serait dans le caisson. Elle serait prise de convulsions, on la ressortirait en vitesse, mais avant même qu'on ait eu le temps de la ramener dans sa chambre elle serait dans un état de choc irréversible. Son autopsie, à laquelle il assisterait, ne révélerait rien à première vue. Et on n'aurait jamais l'occasion de faire des examens du cerveau de Joanna au microscope ou de faire des prélèvements pour rechercher la présence de toxines. Il s'arrangerait pour que le cerveau disparaisse mystérieusement de la morgue.

Moran reconnut la voix d'Alan Shipman dans le couloir. Il s'approcha pour épier derrière la porte.

Shipman était penché sur un brancard et parlait à un patient. Moran tendit l'oreille pour essayer d'entendre.

— Alors, Joanna, vous ne voulez pas suivre les prescriptions de votre médecin, paraît-il, demandait Shipman.

— Je ne veux pas qu'on me refasse une radio IRM sans absolue nécessité, dit Joanna.

— C'est sans danger. Vous n'êtes exposée à aucune radiation. Et cela nous donnera des tas d'indications précieuses sur votre état clinique.

— Pas plus qu'un examen physique minutieux, objecta Joanna.

— Vous faites partie des patientes insupportables ?

— Sans doute.

— J'ai examiné votre jambe ce matin et elle était toujours faible.

— Cela s'est peut-être amélioré depuis.

Shipman gémit.

— Bon, je vais revoir cette jambe. Mais je vous préviens, s'il n'y a pas de progrès je vous fais faire l'examen IRM. Compris ?

— Compris.

Moran aperçut une technicienne passant près du brancard. Elle changea brutalement de direction et vint vers la salle d'où Moran écoutait. Il s'écarta en vitesse de la porte.

La technicienne passa la tête.

— Stanley vous fait dire qu'il n'y a qu'une sorte de liquide radio-opaque. Mais il appelle la société pour être totalement sûr. Il n'en a que pour une minute ou deux, docteur Moran.

— Parfait.

La technicienne referma complètement la porte.

Moran eut un geste pour la rouvrir, puis se ravisa. Ce qu'il avait entendu lui suffisait.

Il recommença à imaginer ce qui allait se passer quand le produit toxique atteindrait le cerveau de Joanna. Ce serait la panique la plus totale. Les radiologues hurleraient pour avoir un médecin et l'équipe de Moran surgirait de la salle des négatoscopes et la ramènerait dans sa chambre et…

Non ! Pas dans sa chambre. Aux urgences, où elle tomberait dans le coma. Il laisserait les médecins de garde essayer de la ramener à la vie. Lui se contenterait de revenir en radiologie avec une mine lugubre.

Il se demanda si quelqu'un établirait un rapprochement entre la mort de Joanna et celles d'Elizabeth Ryan et de Marci Gwynn, car leur évolution clinique serait identique… Convulsions soudaines suivies d'un état de choc irréversible. Sauf que les circonstances n'étaient pas les mêmes. Les deux premières étaient mortes au bloc opératoire, tandis que Joanna décéderait au cours d'une radio IRM. Ils attribueraient la mort de Joanna au liquide radio-opaque, ou du moins essaieraient.

Moran regarda encore la seringue toxique. Dès qu'il aurait accompagné Joanna aux urgences il reviendrait pour la faire disparaître, de façon qu'un fouineur n'ait pas l'idée d'analyser l'éventuel reste du liquide.

La porte s'ouvrit et Stanley Herman entra.

— Ils ne fabriquent qu'une seule formule, et chaque lot subit un contrôle de qualité.

— Si ça se trouve, le patient dont j'ai parlé a remué quand le cliché a été pris, et l'image est moins nette à cause de ça, fit semblant d'envisager Moran.

— C'est bien possible.

— Bon, je vous laisse travailler. Je sais que votre programme est chargé.

— Plus trop, maintenant, dit Stanley en saisissant la seringue portant le nom de Joanna. La première IRM est annulée.

— Qu'est-ce qui s'est passé ? demanda Moran en essayant de rester impassible.

— L'état de la patiente s'est subitement amélioré, répondit Stanley tout en vidant le contenu de la seringue dans une poubelle.

34

Jake arriva dans la chambre de Joanna et se laissa tomber sur une chaise.

— Sacrée journée ! dit-il en tendant la main vers l'assiette de frites de Joanna.

— As-t-on avancé dans le mcurtre de Bondurant ?

— Un petit peu. Gupta a trouvé des éclisses dans le crâne de Bondurant. Je les ai envoyées au FBI pour voir si ça correspond à celles qui étaient incrustées dans la tête de Karen Crandell.

— Tu devrais passer un coup de fil à Harry Holloway.

— Je l'ai fait, dit Jake en grignotant une frite. Moran ne lui a pas envoyé d'autre canne à réparer.

— Donc tu ne sais toujours pas qui a fait ça.

— Ni pourquoi. Tout ce que je sais c'est qu'il est passé au bureau de Karen Crandell avant de fendre le crâne d'Evan Bondurant.

Joanna contesta d'un geste.

— Une lampe de bureau restée allumée ne prouve pas vraiment que quelqu'un rôdait dans son bureau.

— Il n'y a pas que ça. J'ai fait revenir Joe Hogan pour qu'il vérifie qu'il n'avait rien négligé dans l'examen des appareils. En relisant la bande magnétique il a trouvé du nouveau.

Joanna tendit l'oreille.

— Quoi ?

— Tu te souviens que la première partie du film montrait des images prises par le cathéter de Karen Crandell dans un vaisseau sanguin et qu'ensuite on voyait une séquence sur Londres.

Joanna fit signe que oui.

— Et puis plus aucune image.

— Eh bien ! Ce n'est plus le cas. Maintenant il y a quelques images floues qu'on n'arrive pas à discerner. On dirait un visage humain sur une partie de l'image, mais je n'en suis pas sûr. On a donc envoyé ça aux spécialistes du labo photo pour qu'ils voient ce qu'ils peuvent en tirer.

— Donc quelqu'un a allumé l'appareil, conclut Joanna.

— Il n'y a aucun doute.

— Hogan est bien certain que cette image n'était pas là la première fois ?

— Il est affirmatif. Il a visionné cette vidéo une bonne douzaine de fois. Il a même fait venir quelqu'un qui connaît Londres pour étudier les images avec lui et s'assurer qu'elles n'avaient rien de bizarre.

— Était-ce le cas ?

— Non. Ce n'était qu'une scène banale de rue dans le West End. Le quartier de Marble Arch semble attirer les touristes, mais c'est aussi un quartier d'affaires où on rencontre beaucoup d'avocats, courtiers en Bourse et autres intermédiaires. Bref, cette vidéo ne nous a rien apporté. Pourtant quelque chose devait intéresser Karen Cran…

— Une seconde ! l'interrompit Joanna. Que viens-tu de dire à propos de Marble Arch ?

— Que c'est un quartier à la fois de touristes et d'avocats, courtiers et…

— Courtiers en Bourse, reprit Joanna. John Gladstone est courtier et ses bureaux sont Edgeware Road, juste à côté de Marble Arch.

— Qui est John Gladstone ?

— La clé de tout.

Joanna lui raconta que ce courtier londonien avait eut une attaque et avait été traité avec le cathéter de Karen Crandell.

— Et cela explique cette vidéo sur Londres. Dans la première partie du film, Karen observait la dissolution du caillot dans le cerveau de John Gladstone. Dans la deuxième partie elle recevait les images issues de la mémoire de Gladstone par le truchement des capteurs introduits dans le cathéter.

Jake en restait bouche bée.

— Mon Dieu ! Tu crois qu'elle a fait ça ?

— On dirait bien.

— Et ça peut se prouver ?

— Peut-être, réfléchit Joanna. Je vais téléphoner à l'infirmière en chef en neurologie et lui demander de te laisser emmener John Gladstone à l'IRC. Et là, tu lui montreras la vidéo sur Londres.

— Sans lui avoir rien dit, ajouta Jake.

Joanna approuva et décrocha son téléphone.

— Puis-je savoir ce que vous me voulez ? demanda John Gladstone en entrant dans le bureau de Karen Crandell derrière Jake.

— Juste vous montrer une bande vidéo, répondit Jake.

— Dans quel but ?

— Parce que vous pouvez peut-être nous aider à résoudre une énigme, dit Jake évasivement

— Une énigme, dites-vous ? Quel genre ?

Jake ne répondit rien et lut la fiche qui contenait le mode d'emploi de l'appareil. Il pressa des boutons et attendit que le moniteur soit bien allumé.

— Quel genre d'énigme ? insista Gladstone.

— Le Dr Blalock vous l'expliquera.

— Docteur qui ?

— Blalock.

Jake se souvint que John Gladstone n'arrivait pas à se souvenir des événements récents. Du fait que cela faisait plus d'une semaine qu'il avait vu Joanna, il ne se rappelait plus son nom. En revanche il avait une mémoire immédiate, sur quelques heures, ce qui signifiait qu'il pourrait dire à d'autres qu'il était venu à l'IRC. Information qui risquait de revenir aux oreilles de Moran ou des Rudd.

— Il est important que vous ne parliez à personne de ce que je vais vous montrer en vidéo.

— C'est top secret, c'est ça ?

— C'est ça, fit Jake en surveillant l'apparition des images sur le moniteur. Il tourna lentement un bouton pour améliorer la netteté. Du sang s'écoulait dans une artère mais était en partie retenu par un caillot.

— Qu'est-ce que ça vous inspire ?

Gladstone avait les yeux rivés sur l'écran.

— C'est la première fois que je vois ça.

— Vous diriez que c'est quoi ?

Gladstone examina longuement l'image.

— Ça ressemble à un tube plein d'un liquide rouge.

— Bien.

— Ça vous aide ?

— Un peu, mentit adroitement Jake, tandis qu'au même moment les vues de Londres défilaient.

Il attendit la réaction de Gladstone.

— Tiens ! C'est Marble Arch.

— Vous connaissez ?

— Ça oui ! dit joyeusement Gladstone. C'est là que je vais travailler tous les jours. Je descends Oxford Street, vous voyez, et je tourne à droite dans Edgeware Road.

— Ainsi c'est un endroit que vous connaissez parfaitement, hein !

— J'irais les yeux fermés.

La bande continuait à défiler. L'écran se vida peu à peu, puis donna un effet de neige. Les points blancs disparurent et durant un instant Jake crut apercevoir un objet rond, comme une tête humaine. Il n'en était pas certain. La neige revint.

— Ça, ça n'évoque rien pour moi, commenta Gladstone.

— C'est peut-être un autre quartier de Londres, mentit de nouveau Jake. Je vais demander à nos experts d'améliorer la qualité des images et on verra bien.

— Si je peux encore vous aider, proposa Gladstone… Je connais parfaitement Londres.

Jake éteignit l'appareil.

— Au besoin on vous appelle.

Comme ils repartaient, Gladstone dit encore :

— Je connais vraiment Londres comme ma poche, lieutenant. J'en ai un souvenir vivant.

Et Karen Crandell a réussi à capter vos souvenirs, se dit Jake. Elle a réussi l'incroyable. Et son meurtrier l'a vu faire.

35

En passant devant l'infirmerie, Shipman remarqua Christopher Moran et les Rudd qui se concertaient derrière le comptoir. Il ignora ostensiblement le regard noir que lui jeta Moran et poursuivit son chemin, en se disant que ce neurochirurgien agressif était toujours aussi antipathique. *D'ici à quelques jours Joanna Blalock pourra rentrer chez elle.* Il n'aurait plus besoin de mettre les pieds au Memorial et ne verrait plus ces sales cons qui dirigeaient le service de neurochirurgie.

Dès que Shipman s'approcha de la chambre de Joanna, le policier de garde s'avança vers lui et le dévisagea, puis regarda sur sa planchette.

Shipman jeta un œil dans la chambre et aperçut Joanna et Jake Sinclair dans les bras l'un de l'autre près d'une petite table. Ils se murmuraient à l'oreille. Il était clair qu'il s'agissait d'une conversation intime.

— Vous pouvez entrer, docteur, dit le policier.

Shipman décida de laisser au couple quelques minutes supplémentaires d'intimité. Il prit son stéthoscope à la main, observant Joanna et se demandant quel effet ça ferait d'être marié avec une femme à la fois intelligente, charmante et belle comme Joanna à la place de sa propre femme, devenue si froide et distante depuis sa ménopause précoce. Il était pris au piège d'une union sans amour, qu'il faudrait faire durer au moins jusqu'à ce que son gosse le plus jeune soit à l'université, dans quatre ans.

— Docteur Shipman ! appela une infirmière depuis son bureau, juste une question.

— Quoi ?

— Cela concerne le cathéter que vous avez retiré au Dr Blalock. Vous avez donné l'ordre de le renvoyer à l'IRC, mais vous n'avez pas dit dans quel bureau, et le service de distribution veut connaître le numéro de la pièce.

Shipman réfléchit un instant.

— Faites-le porter chez le chef de service.

L'infirmière se mordit la lèvre inférieure.

— Le Dr Bondurant n'est plus parmi nous.

— Exact, dit doucement Shipman. Je l'avais oublié.

Entendant ce qui se disait, Jake bondit dans le couloir.

Il tapa sur l'épaule de Shipman.

— J'ai quelque chose à vous dire à propos du cathéter.

— Bien, dit Shipman en se tournant vers l'infirmière. Je reviens tout à l'heure pour vous dire ce qu'il faut faire.

Jake attendit que l'infirmière se soit éloignée pour dire à Shipman :

— Je vous demande de faire envoyer le cathéter au bureau de Karen Crandell. Il y a un meuble de rangement dans un coin, et l'un des tiroirs ferme à clé. Un de mes agents accompagnera le porteur. Je vous demande de mettre le cathéter dans ce tiroir et de le fermer à clé. C'est le flic qui gardera la clé.

Shipman regarda Jake d'un air songeur.

— Est-ce que je peux savoir de quoi il retourne ?

— Maintenant que Karen Crandell et Evan Bondurant ont été tués, il reste à savoir à qui revient le cathéter. Jusque-là, il vaut mieux le mettre sous clé.

Shipman réfléchit un instant, puis approuva.

— Il reviendra certainement aux ayants droit de Karen Crandell.

— C'est probable.

Jake accompagna Shipman sur une partie du couloir afin de surveiller ce qu'il allait faire. Shipman répéta très précisément à l'infirmière en chef les instructions que lui avait données Jake. Il se pencha un peu pour voir le couloir derrière le coin de l'infirmerie. Moran et les frères Rudd étaient en pleine discussion, mais Jake aurait parié qu'ils suivaient eux aussi la conversation entre Shipman et l'infirmière.

Jake recula et saisit son téléphone mobile. Il fit un numéro tout en regardant autour de lui pour s'assurer que personne ne pouvait l'entendre. Farelli décrocha à la deuxième sonnerie.

— Lou, c'est Jake. Va me chercher Joe Hogan et viens me retrouver avec lui dans une heure à l'IRC.

Jake venait de raccrocher quand Shipman revint vers lui.

— L'infirmière vous fera prévenir quand le coursier sera là, dit Shipman.

— Bien.

Jake prit Shipman par le bras et l'éloigna un peu de la porte de chambre de Joanna.

— Il y a quelque chose à propos de Joanna que je veux que vous sachiez.

— Quoi donc ?

— Elle répète que des images lui reviennent constamment en mémoire.

— Quel genre d'images ?

— Elle se voit poussée dans un escalier. Cela l'obsède.

— Depuis quand ?

— Depuis que vous avez retiré le cathéter. Immédiatement après.

Shipman se gratta le menton, cherchant une explication médicale à ce phénomène. Sans succès.

— Est-ce grave ? demanda Jake d'un air soucieux.

— Je ne sais pas, dit Shipman en revenant vers la porte. Allons lui parler.

Joanna était de retour dans son lit, les yeux fixés au plafond. Son regard vint se poser sur Shipman, mais elle ne bougea pas la tête. Elle observa le visage du neurochirurgien.

— Jake vous a dit, n'est-ce pas ?

Shipman inclina la tête.

— Décrivez-moi ces images qui vous envahissent l'esprit.

Joanna s'humecta lentement les lèvres tandis que son regard se perdait à nouveau dans le plafond.

— Je suis en haut de l'escalier et quelqu'un me pousse par-derrière. Je peux presque voir son visage. Je tombe dans le vide en hurlant. Et je suis obsédée par ces images. On dirait une bande vidéo montée en boucle.

— Ça vous fait ça même pendant votre sommeil ?

— Même quand je dors. J'en deviens folle.

— Cela devrait disparaître avec le temps.

Joanna secoua la tête.

— Au contraire, ça a tendance à empirer.

— Ça vous fait ça en ce moment même ?

Joanna ferma les yeux et avala sa salive. Il se passa quelques secondes avant qu'elle ne parle.

— Un homme arrive derrière moi. Je ne vois pas vraiment son visage. Il me pousse et je tombe dans un escalier. Et alors… (Joanna rouvrit brusquement les yeux.) … et alors plus rien.

— Et vous continuez à voir ces images les yeux ouverts ?

— Oui.

Shipman essaya d'imaginer les mécanismes neurologiques qui pouvaient engendrer ce genre de phénomène.

— Je n'ai jamais rencontré ce problème. Mais il est évident que quelque chose s'est produit dans les circuits cérébraux de votre mémoire. Quelque chose perturbe vos circuits électromagnétiques.

— Comment y remédier ?

— On pourrait essayer des antidépresseurs.

— Pas question ! s'écria Joanna. Je ne suis pas dépressive et je ne vais pas accepter de suivre une prescription susceptible d'altérer les composants chimiques de mon cerveau et d'aggraver encore la situation.

— Cela pourrait vous aider, insista Shipman.

— J'ai dit pas question, répéta fermement Joanna.

Shipman marqua un temps et reprit :

— On peut faire appel à l'hypnose.

— J'ai déjà fait. Je pratique très facilement l'autohypnose, mais ça ne m'a rien fait. Pas le moindre résultat.

Shipman soupira et fixa Joanna droit dans les yeux.

— À quel degré êtes-vous gênée. Donnez-moi une note entre un et dix.

— Cent ! lança Joanna. Ça me rend littéralement folle.

— Au point de vous donner envie de vous jeter d'un toit ?

Joanna détourna le regard.

— Je ne pourrais supporter ça continuellement. Je finirais à l'asile. (Elle tourna lentement son regard vers Shipman.) N'existe-t-il pas un moyen de court-circuiter ma mémoire ?

— On pourrait tenter un électrochoc.

— Quoi !

— Un traitement par électrochocs. C'est un moyen immédiat de rétablir vos circuits neurologiques. On traite les dépressions avec ce procédé, et ça marche.

— Mais je ne suis pas dépressive.

— Mais vos circuits mémoriels sont détraqués. Et une étincelle pourrait peut-être les remettre en place.

— Mais vous n'en êtes pas sûr.

— On n'est jamais certain du résultat, en médecine.

Joanna fronça les sourcils en essayant de se faire une opinion.

— Quels sont les effets secondaires ?

— En principe aucun. Mais il est possible que vous perdiez vos souvenirs récents.

— Mais encore ?

— Sur quelques jours, tout au plus.

— Ça m'arrangerait plutôt, fit Joanna en poussant un soupir. Je pense que c'est la meilleure solution.

— Moi aussi, approuva Shipman. Mais avant d'entamer une thérapie par électrochocs nous allons devoir effectuer un bilan sanguin. C'est absolument nécessaire. Si tout est OK je fais tout préparer et nous procéderons demain au traitement. Nous sommes d'accord ?

Joanna détourna les yeux mais lui jeta :

— Oui.

Shipman se rendit à l'infirmerie. Il fit signe à l'infirmière en chef de venir et rédigea une ordonnance pour le dossier médical de Joanna.

— Le Dr Blalock va subir une séance d'électrothérapie demain. Je veux d'ici là les résultats de son analyse et qu'on me les donne dès qu'on les a. J'aurai besoin de la salle à midi.

L'infirmière regarda le planning punaisé sur le tableau.

— Le Dr Moran a retenu la salle pour midi. Il doit drainer un abcès.

— Demandez-lui de se décaler d'une heure, avant ou après. Au besoin expliquez-lui pourquoi. Je suis sûr qu'il se montrera conciliant.

— Je serais surprise que ça lui plaise.

— Il le fera.

Shipman lui rendit le dossier et s'en alla.

L'infirmière en chef prit à témoin une jeune collègue qui sortait de la réserve à médicaments.

— Vous avez entendu ?

— J'ai entendu.

— Allons mettre en place sa séance d'électrochocs.

— Pauvre Dr Blalock, dit la jeune infirmière. Il faut qu'elle soit en piteux état.

36

— Votre bilan sanguin est bon, dit Shipman à Joanna. Je vous ai programmée pour midi.

— Ça me fait très peur, répondit Joanna d'une voix tremblante.

Elle tendit la main vers Kate, qui la lui saisit et la pressa doucement.

— Tout va bien se passer, dit Shipman sur un ton rassurant. Et il y a de grandes chances qu'après, vous vous sentiez nettement mieux.

— Où a lieu la séance ?

— Dans la salle de soins. En principe elle était retenue, mais Christopher Moran a eu la gentillesse de décaler l'incision et le drainage d'un abcès, ce qui fait que nous avons la salle pour nous à midi pile.

Joanna battit des paupières.

— J'ignorais que le Dr Moran avait un bon côté.

— La vie réserve bien des surprises, marmonna Shipman. Dans quelques heures l'électrothérapie sera finie et vous serez à nouveau dans un état normal.

— Je ferais n'importe quoi pour me débarrasser de ce cauchemar. N'importe quoi.

— Je sais bien, dit Shipman en lui tapotant affectueusement l'épaule. Vous avez toujours les mêmes visions ?

— Ça n'arrête pas.

— Ce soir on n'en parlera plus.

— Tant mieux, dit Joanna, tandis que sous les draps elle tremblait de tous ses membres.

— Tout ira bien, dit encore Shipman en partant.

Dès que la porte fut refermée, Joanna rejeta brusquement les draps et s'assit.

— Appelle Jake.

Kate fut surprise devant le brutal changement d'attitude de sa sœur.

— Il… il a dit qu'il passerait plus tard.

— Il faut qu'il vienne tout de suite !

Kate prit le téléphone.

37

— Combien de temps faut-il que je lui laisse la languette dans la bouche ? demanda l'infirmière blonde.

— Jusqu'à ce qu'elle soit complètement revenue à elle, répondit Alan Shipman tandis que Joanna gémissait doucement.

Il lui tâta le pouls et regarda l'infirmière.

— Ça ne va plus tarder.

Ils se trouvaient dans la salle de soins au bout du couloir. Au milieu de la pièce Joanna gisait sur la table d'opérations. Elle était recouverte jusqu'au cou d'un drap blanc. À côté d'elle, la machine à électrochocs était débranchée, les électrodes pendant au bout des câbles noirs.

L'infirmière observa le visage de Joanna. Plusieurs mèches de ses cheveux blonds retombaient sur son front. L'infirmière les remit doucement en place.

— Tout l'hôpital se fait du souci pour elle.

— Je sais.

— Que se passera-t-il si les électrochocs ne font aucun effet ?

— On sera obligé d'essayer autre chose, dit Shipman en quittant la pièce. Si vous avez besoin de moi, je suis à l'infirmerie.

L'infirmière regarda la porte se refermer et retourna son attention sur la patiente. Joanna se remit à gémir, plus fort que la première fois, sans toutefois bouger.

— Docteur Blalock ! Docteur Blalock ! M'entendez-vous ?

Joanna ne réagit pas.

— Bon, prenez votre temps, dit gentiment l'infirmière. Il n'y a pas le feu.

L'infirmière alla s'adosser à la porte qui menait dans la pièce où on gardait le matériel d'urgence. Elle sentait la fraîcheur du bois à travers sa tenue. Au plafond la ventilation se déclencha, brassant l'air. Mais cette pièce sans fenêtre n'en était pas moins chaude et même étouffante. L'infirmière ôta ses épaisses lunettes à monture de corne et les essuya avec le haut de sa tunique.

La porte du couloir s'ouvrit, livrant passage à Christopher Moran.

L'infirmière remit ses lunettes en vitesse et se détacha du mur.

— Oui, monsieur ?

— Je dois disposer de cette salle à 13 heures, dit Moran d'un air mécontent.

— On a pris du retard, expliqua l'infirmière. Mais il n'y en a plus pour longtemps, docteur Moran.

Moran regarda l'infirmière myope avec étonnement.

— Je ne vous reconnais pas bien.

— Je suis affectée au traitement par électrochocs.

— Donc, en principe, vous ne travaillez pas ici.

— Pas souvent.

— Alors comment savez-vous mon nom ?

L'infirmière déglutit et pointa le doigt sur la poitrine du Dr Moran.

— C'est écrit sur votre blouse.

Moran ne dit plus rien, mais cette infirmière lui disait quelque chose.

L'infirmière se mit soudain à grimacer en se tenant le ventre.

— Qu'est-ce qui ne va pas ? lui demanda Moran.

— J'ai des crampes.

Elle se tordit de douleur, pliée en deux.

— Quelle vacherie !

— Prenez un peu de Tylenol, dit Moran avec indifférence.

— Il n'y a que la Motrine qui me fasse du bien. (Elle s'appuya contre le mur, essayant de reprendre son souffle.) J'en ai dans notre salle de repos.

Moran y vit l'opportunité qu'il espérait. Il prit un ton beaucoup plus compatissant.

— Allez la chercher. Je vais surveiller la patiente pendant ce temps-là.

L'infirmière eut un geste de remerciement.

— J'en ai pour une minute.

— Prenez tout votre temps.

Il la regarda partir et mit aussitôt la main dans la poche de sa blouse. Il en tira une seringue remplie d'un liquide opaque et y fixa avec soin une longue aiguille de taille vingt.

Joanna gémit fortement, remuant un bras et une jambe.

Moran se précipita vers elle et lui palpa le cou pour trouver le pouls de la carotide. Il plaça son pouce dessus pour bien la localiser et approcha doucement l'aiguille.

— Adieu, Joanna Blalock, dit-il d'un ton malveillant. Tu ne seras plus tourmentée par tes visions désormais.

Moran se figea brusquement. Il sentait quelque chose de froid contre sa nuque.

— Tu bouges un muscle, et on t'enterrera sans ta tête

— Que… Qu'est-ce que ça signifie ? balbutia Moran.

— Que tu es sous le coup d'une inculpation pour meurtre avec préméditation.

— J'étais juste…

— Ta gueule ! hurla Jake tout en enfonçant le canon de son revolver dans le cou de Moran. Maintenant tu vas éloigner cette aiguille du cou de Joanna et tout poser sur la table métallique. Et fais-moi ça bien doucement.

Moran cherchait fébrilement un moyen de s'en sortir.

— Je lui prenais simplement le pouls.

— C'est ça, dit Jake d'une voix rauque. En te servant d'une aiguille. Maintenant fais ce que j'ai dit. Et rappelle-toi. Au moindre faux mouvement tu n'as plus de tête.

Moran écarta doucement aiguille et seringue du cou de Joanna. Mais au moment de les poser sur la table, la seringue lui échappa des mains et tomba sur le sol carrelé. Elle éclata en morceaux. Moran sourit intérieurement. Comment prouver quoi que ce soit maintenant ?

— Je n'ai pas pu la retenir. Elle m'a glissé des mains.

En une seconde Joanna s'était relevée et était descendue de la table d'opération. Elle alla chercher dans un meuble de verre une aiguille et une seringue et, s'agenouillant, elle pompa soigneusement le liquide répandu. Elle se releva et regarda la seringue dans la lumière. Elle avait récupéré deux centimètres cubes.

— Ça suffira amplement comme preuve.

Moran resta un moment abasourdi.

— Mais on vient de vous faire une séance d'électrochocs !

Joanna sourit.

— Il n'en a jamais été question, tout simplement parce que je n'ai jamais eu d'images récurrentes. C'était une mise en scène pour vous piéger.

— Vous ne pourrez rien prouver, dit Moran, reprenant contenance.

— Je peux tout prouver, rétorqua Joanna.

— Et nous avons des témoins, ajouta Jake. Je vous ai observé par la fente de cette porte et la sœur de Joanna en faisait autant derrière celle du couloir.

Jake alla jusqu'à la porte et la gratta. L'infirmière réapparut aussitôt.

Kate se débarrassa de sa perruque blonde et la jeta à la figure de Moran. Il leva les mains pour se protéger et l'attrapa. Ensuite elle retira ses fausses lunettes qu'elle jeta aussi dans sa direction, mais Moran réussit à les esquiver. Kate lui hurlait en plein visage.

— Vous êtes un meurtrier !

— Je n'ai tué personne ! cria Moran à son tour.

— Bien sûr que si, dit Joanna en montrant la seringue en partie remplie. En voici la preuve. On va faire analyser ceci pour découvrir l'agent toxique que vous avez voulu m'inoculer, et on démontrera ensuite que c'est le même produit toxique que vous avez inoculé dans les cerveaux d'Elizabeth Ryan et Marci Gwynn.

— C'est ridicule ! se moqua Moran. Comment aurais-je pu injecter quoi que ce soit dans le cerveau de mes patientes ? En salle d'opération, je travaille devant une douzaine de personnes.

— Là-dessus vous avez été inventif. Il m'a fallu un certain temps pour comprendre. Le premier indice a été ces taches de la grosseur d'une tête d'aiguille qui parsemaient les cerveaux des patientes. On a d'abord cru qu'il s'agissait de poussières. Mais à l'examen au microscope on s'est aperçus qu'il s'agissait de puces électroniques semi-liquides. Et qu'elles étaient toutes groupées sur la partie saine du cerveau autour de la tumeur. Du coup je me suis souvenue de ces pinces spéciales dont vous vous serviez pour délimiter le champ opératoire. On a donc examiné ces pinces et nous nous sommes aperçus qu'il y avait des trous et qu'on trouvait à l'intérieur des pinces des résidus des mêmes puces toxiques et semi-liquides. Astucieux.

— Prétendez-vous que j'ai injecté un produit toxique à mes patientes en toute connaissance de cause ? dit Moran d'une voix coupante.

— Au début vous n'en saviez rien. J'imagine que vous avez fait des tests de toxicité sur des rats et des souris, et que ces animaux les ont parfaitement tolérés. Il est regrettable que vous n'ayez pas pris la peine d'en faire l'essai sur des cultures de cellules humaines, ce que Lori McKay a fait. Si vous en aviez fait autant, vous auriez pu constater à quel point ces puces semi-liquides peuvent être toxiques.

» Vous avez tué ces deux jeunes filles, continua Joanna, aussi sûrement que si vous leur aviez tiré dessus. Et tout ça parce que votre taux de réussite sur les tumeurs malignes devenait tout au plus moyen. Vous vous êtes dit que ces puces allaient vous permettre de prendre une plus grande marge de sécurité autour de la tumeur et du même coup améliorer votre score. Vous avez cru que ces puces prendraient le relais pour transmettre les signaux électriques qui jusqu'ici empruntaient des circuits installés dans la partie découpée du cerveau. De cette façon vous espériez obtenir le minimum de séquelles neurologiques chez les patientes malgré l'importance de l'ablation.

Moran regarda fébrilement dans tous les sens, cherchant par où fuir.

— Et c'est la raison pour laquelle vous avez voulu me tuer, poursuivit Joanna qui sentait la colère monter en elle. J'étais sur le point de découvrir ce qui avait provoqué la mort de ces deux jeunes filles. Et, de plus, vous craigniez que je puisse me souvenir de qui m'avait poussée dans l'escalier.

— Vos prétendues preuves ne sont que des élucubrations, jeta Moran, essayant de faire face.

— On peut faire parfois des rapprochements tout à fait probants, comme la disparition de brebis et la présence d'un loup dans la bergerie.

Moran prit son élan vers la sortie, bousculant Kate et renversant la table métallique. Il avait déjà entrouvert la porte lorsqu'il s'arrêta net. Lou Farelli bloquait le passage.

Le policier mit la main au collet de Moran et le repoussa sans ménagement dans la salle de soins.

— Qu'est-ce que j'en fais, de celui-là ?

— Lis-lui ses droits. Ensuite tu lui mets les menottes et tu l'embarques devant tout le monde, menottes aux poignets.

— Et si on faisait un détour par l'IRC ? proposa Farelli. On pourrait peut-être tout faire d'un coup.

— Tu as des menottes en réserve ?

— Oh oui !

Jake se tourna vers Joanna.

— Tu veux assister au bouquet final ?

— Je ne manquerais ça pour rien au monde !

Albert et Benjamin Rudd regardaient, cloués de stupeur, les menottes autour des poignets de Moran.

— Qu'est-ce que c'est que cette histoire ? demanda Albert en apercevant Joanna et les deux inspecteurs derrière Moran.

— La vôtre !

Jake vint saisir Albert au collet et le tira de son fauteuil.

— Je vous avais bien dit que la prochaine fois que je remettrais la main sur vous, ce serait pour vous jeter en prison ? Eh bien, devinez quoi !

— Sous quel motif d'accusation ?

— Effraction, vol aggravé et assassinat. C'est pas forcément dans l'ordre.

— Vous êtes cinglé ?

— Sans blague ?

Jake fit un signe de tête à Farelli.

— Lou, regarde ce qu'il y a dans le tiroir du bas, à droite.

Farelli alla ouvrir le tiroir.

— Je ne vois rien là-dedans.

— Retire entièrement le tiroir et regarde s'il n'y a pas un tiroir secret.

Farelli retira le tiroir et explora de la main l'intérieur du meuble. Il en ressortit le cathéter.

— Eh bien, gagné !

— C'est vous qui l'avez mis là ! s'écria aussitôt Benjamin.

— Pas du tout, dit Jake. C'est vous qui l'avez planqué là. Et j'ai des preuves.

— Il bluffe, ricana Albert.

— Ah oui, vraiment ?

Jake leva le bras et tapa légèrement sur l'une des maquettes d'avions accrochées au plafond, lui imprimant un long mouvement de balance d'avant en arrière.

— Écoutez bien ça : on va aller ensemble au bureau de Karen Crandell et visionner une vidéo sur son appareil. On vous y voit tous les deux fracturer hier soir son meuble de rangement et voler le cathéter.

Les visages des frères Rudd prirent un teint de cendre.

— Les images sont très bonnes, dit Jake en s'approchant d'un rayonnage. Il se mit sur la pointe des pieds et écarta quelques livres, découvrant une caméra cachée.

— On a installé des caméras dans le bureau de Karen Crandell mais aussi dans le vôtre et celui de Moran. Avec bien sûr, l'autorisation du juge.

— Appelle notre avocat ! jeta Albert à son frère.

Farelli posa la main sur le téléphone.

— Plus tard. Ce n'est pas fini !

— Alors, bon ! Nous sommes allés dans son bureau et y avons pris le cathéter, dit Albert en reprenant ses esprits. La belle affaire ! On l'a juste pris le temps de l'étudier et on voulait le rapporter. Ça m'étonnerait que ça passionne la cour.

— Même s'il est question de meurtre ?

Farelli replongea la main et sortit un épais dossier intitulé NASA.

— Je me demande comment c'est arrivé là.

Albert remua les lèvres, mais aucun son n'en sortit.

— Je pense que c'est pour avoir ça qu'ils ont tué Bondurant, expliqua Jake. N'oublions pas que c'est Evan Bondurant qui a d'abord tué Karen Crandell. Au début on a fait fausse route parce qu'on savait que le meurtrier s'était servi d'une canne comme arme, et qu'on a cru que c'était Moran, lequel avait envoyé une de ses cannes à réparer chez Harry Holloway.

— Je n'ai jamais envoyé une canne à réparer chez Harry Holloway, affirma solennellement Moran.

— On s'en est aperçus par la suite, continua Jake. On a enquêté auprès du coursier qui a porté la canne chez Holloway. Elle venait de chez Bondurant. Et c'est bien Evan Bondurant qui a payé la course en espèces et a donné au coursier un mot dactylographié avec le nom de Moran en signature. (Jake se tourna vers Moran.) Votre pote a essayé de vous faire porter le chapeau.

— Le salopard ! murmura Moran.

Joanna voyait peu à peu le puzzle se mettre en place.

— C'est donc Bondurant qui s'était glissé dans le bureau de Karen Crandell et qui l'a vue visionner la vidéo de la mémoire de John Gladstone. Il savait que c'était la sienne parce qu'il avait vu John Gladstone en consultation avant qu'on place le cathéter. Il savait très bien que Gladstone était agent de change à Londres.

Jake prit le relais.

— Et il s'est rendu compte de l'importance du dossier NASA, surtout quand il a vu un haut responsable chercher à le récupérer. Ce dossier contenait des informations essentielles sur les travaux de recherches que Karen Crandell menait sur les phénomènes de mémoire, et prouvait que le crédit de cette grande découverte lui revenait. Bondurant ne pouvait laisser faire ça car il ne pourrait plus s'y attribuer un rôle. Je parie que c'est Bondurant qui a envoyé quelqu'un voler le dossier NASA dans l'appartement de Karen.

Farelli se frottait machinalement le menton.

— D'après toi ce sont les jumeaux qui ont fracassé le crâne de Bondurant ?

— Forcément. Bondurant avait sûrement mis le précieux dossier dans son coffre. Dès que les jumeaux en ont eu l'opportunité, ils s'en sont pris à Bondurant afin de s'approprier le dossier. En se servant d'une des cannes de Moran pour nous mettre sur une fausse piste.

— Vous ne pourrez rien prouver, dit Albert en essayant de garder son sang-froid.

— Vous verrez bien, bluffa Jake. Ce dossier n'est pas venu ici tout seul. Il est passé de main en main, et chacun a laissé ses empreintes digitales, à commencer par les vôtres, celles de Karen Crandell et celles d'Evan Bondurant. Et, avec un peu de chance, les empreintes du mec qui l'a chapardé dans l'appartement de Karen. On va le serrer et il désignera Bondurant, et le tour sera joué, et vous deux serez inculpés de meurtre avec préméditation.

— Je ne l'ai pas tué ! s'écria Benjamin. Je n'ai rien à voir là-dedans.

— C'est qui, alors ?

— Albert ! C'est lui !

— Ferme-la, Benjamin ! hurla Albert. Ils n'ont rien contre nous. Rien du tout. Ferme ta gueule !

— Va te faire foutre ! Je ne vais pas passer toute ma vie en prison pour ce que tu as fait.

— Vous n'étiez pas au courant du meurtre ? dit Jake sur un ton amical.

— Je le jure ! Je ne savais rien de tout ça jusqu'à ce que Albert me montre le dossier le lendemain.

Jake haussa les épaules.

— Vous réussirez peut-être à convaincre le jury.

— Je vous jure, répéta Benjamin. Ce n'est pas moi, c'est lui.

— Bon, on va tous au commissariat de police et on rédige ça noir sur blanc. Mets-leur les bracelets et sépare-les jusqu'à ce qu'on ait leur déposition écrite.

Jake et Joanna sortirent et empruntèrent le couloir, passant devant une demi-douzaine de flics en uniforme. Tout le personnel était agglutiné aux portes pour les regarder. Il régnait un silence irréel.

— Ce devait être un institut à la pointe de la recherche, dit pensivement Joanna. Un haut lieu de la science. Et regarde ce que c'est devenu : un coupe-gorge.

— C'est toujours à ça que mène la cupidité.

Joanna glissa son bras sous celui de Jake.

— Tu sais ce que dit Sherlock Holmes à propos de la cupidité ?

— Non. Dis-moi.

— Il dit que la cupidité transforme l'homme, et en révèle le pire côté.

— *Amen !* dit Jake en appuyant sur le bouton de l'ascenseur.

38

Lori entra dans la morgue en coup de vent et aperçut Joanna devant le monumental tableau noir. Elle était en train d'effacer toutes les données qu'elle avait réunies sur les deux jeunes femmes mortes en cours d'intervention chirurgicale.

— Vous avez l'air en forme, remarqua Lori avant de faire bonjour de la main à Jake au téléphone.

— Je me sens bien, dit Joanna en reposant son éponge.

— Vous allez vous sentir encore mieux, reprit Lori en lui tendant une liasse d'analyses de laboratoire. Les toxines contenues dans la seringue sont les mêmes que celles extraites des cerveaux. Moran est cuit.

Joanna hocha la tête.

— Meurtre aggravé.

— Ça peut lui coûter cher, commenta Lori en feuilletant les rapports d'analyses. On a fait une curieuse découverte en passant. Les toxines étaient plus diluées dans le cerveau de Marci Gwynn.

Joanna réfléchit.

— Moran a dû se rendre compte que ces nouvelles puces étaient toxiques devant la réaction d'Elizabeth Ryan, et il a dû vouloir expérimenter une dose plus faible la fois suivante pour voir si cela en supprimait la toxicité.

— Quel enfoiré !

— C'est rien de le dire !

— J'ai vraiment du mal à comprendre ce qui a pu faire d'un

chirurgien renommé comme Christopher Moran un tueur sans pitié. Et, le pire, c'est qu'il a failli s'en tirer.

— Quand un médecin tourne mal, il devient extrêmement redoutable. Il sait comment faire et comment garder son sang-froid.

— On dirait une pensée de Sherlock Holmes.

Lori tendit la liasse à Joanna et regarda la pendule murale.

— Je dois filer car je vais faire un exposé sur les blessures entrantes et sortantes. Je vous emprunte votre collection de photos. Si vous me le permettez.

— Évidemment, dit Joanna en souriant. Et, n'oubliez pas : lorsqu'il y a une blessure d'entrée mais pas de blessure de sortie, ça veut dire…

— Soit que la balle est restée dans le corps soit qu'on n'a pas assez bien regardé !

— Allez-y, ma belle.

Lori lui rendit son sourire et vérifia l'aide-mémoire qui récapitulait ce qu'elle avait à faire.

— Après mon exposé, ne pas oublier de rapporter le *Los Angeles Times.*

— Pourquoi ? Il y a un article qui nous intéresse ?

Lori leva les sourcils.

— Vous n'en avez pas entendu parler ?

— Lequel ? fit Joanna en feignant la candeur.

— L'article sur l'IRC et ses rapports avec la CIA. Ça a pour titre : MEMORIAL + CIA = ESPIONNAGE DES CERVEAUX.

— Cela a fait du bruit, apparemment.

— L'édito réclame même une enquête du Congrès.

— Je me demande de qui émane l'information.

Lori leva les épaules.

— Un haut fonctionnaire, paraît-il. Mais vous savez bien que cela ne peut venir que de l'IRC.

— Oui, forcément.

— Bon, je me sauve, dit Lori en reboutonnant sa blouse.

Joanna jeta un coup d'œil aux rapports sur la toxine utilisée par Moran. Même à faible dose elle avait un effet radical sur les cultures de neurones. Elle repensa à Christopher Moran, aux morts dont il était responsable et sa tentative de les masquer. Le service de pathologie était en train de réexaminer tous les cas de décès liés aux interventions de Moran sur les cinq dernières années, pour voir s'il n'avait pas déjà fait des expérimentations de ce type. Joanna frémit à la pensée de Moran en train d'injecter le produit mortel dans le cerveau d'une patiente.

Jake reposa le téléphone et vint vers Joanna en secouant la tête.

— Albert Rudd n'est pas très fin, finalement.

— Qu'est-ce qui s'est passé ?

— Farelli a fouillé chez eux et trouvé un sweat-shirt avec une manche tachée de sang, dit Jake en prenant une cigarette. L'analyse ADN révèle que c'est du sang d'Evan Bondurant.

— L'affaire est maintenant complètement bouclée, conclut Joanna. J'espère simplement que son abruti de frère ne passe pas au travers.

— Pas question ! Il est accusé de complicité et va être lourdement condamné, d'autant qu'on ajoute aux charges le vol aggravé.

Joanna contempla Jake qui allumait sa cigarette, puis tendit la main pour tirer une bouffée avant de la lui rendre.

— Tout compte fait, Karen Crandell n'avait pas tort. L'IRC n'était qu'un nid de voleurs, chacun essayant de s'approprier le travail des autres.

— Sauf Moran, peut-être.

— Moran comme les autres. C'est lui qui a démarré la série des vols. Car enfin, c'est bien Karen qui a inventé la puce semi-liquide, pas lui. C'est elle qui faisait autorité sur les courants électriques encéphaliques. Et Moran s'est dit qu'il devait pouvoir implanter les puces sans son concours. Ça s'est terminé en désastre. Karen n'aurait jamais voulu expérimenter sur des malades comme Moran a osé le faire.

— Et cette ordure n'a toujours pas exprimé de regrets, grommela Jake.

— Si. Il regrette de s'être fait pincer.

— Ça, je veux bien le croire.

Jake tira sur sa cigarette et regarda Joanna avec insistance.

— Réponds-moi franchement. C'est toi qui est à l'origine de l'article dans le *Los Angeles Times ?*

Joanna arbora un sourire angélique.

— Pourquoi aurais-je fait ça ?

— Ça ne suffira pas pour les arrêter, tu sais.

— Mais ils vont mettre la pédale douce.

— Qu'est-ce qui te fait dire ça ?

— Maintenant tout est étalé au grand jour. Toute recherche sur le cerveau va être gelée jusqu'à ce qu'un comité éthique ait enquêté, établi et remis son rapport au Congrès.

— Oui. Mais ton fameux comité d'éthique va rester bloqué.

— Par quoi ?

— Il va leur manquer le logiciel qui permet de communiquer avec le cerveau.

— La CIA sera bien forcée de le leur donner.

— Elle ne le fera pas. (Jake écrasa sa cigarette dans le cendrier.) Selon mon informateur, la CIA prétend qu'il y a eu le feu dans la salle des ordinateurs et qu'il y a eu des dégâts. C'est pur baratin. Ils ont planqué le logiciel quelque part.

Joanna haussa les épaules.

— Quelqu'un finira bien par mettre au point un logiciel équivalent, si ce n'est meilleur.

— Le génie s'est échappé de la bouteille, médita Jake. Et impossible de l'y remettre.

Jake sortit de sa poche de veste une photo qu'il tendit à Joanna.

— Pour te rafraîchir la mémoire.

Joanna regarda la photo. Elle était un peu floue, mais Joanna reconnut Jake en slip de bain sur une plage de sable blanc.

— N'est-ce pas une photo prise l'été dernier à Cancún ?

— Ouais.

— Je ne me souviens pas d'y avoir fait des photos.

— Tu as raison. J'ai trouvé cette image sur la vidéo du bureau de Karen Crandell. Juste derrière la séquence sur Londres.

— Seigneur ! laissa échapper Joanna. Pendant que j'étais dans le coma avec le cathéter installé dans mon cerveau, cet appareil a transmis mes signaux électriques à l'ordinateur.

— Gagné, dit Jake. L'appareil lisait tes pensées et les enregistrait.

— Ahurissant ! murmura Joanna en secouant la tête de stupeur.

Jake se dirigea vers la porte en lui faisant au revoir de la main.

Joanna resta à contempler l'image, se demandant si elle ne valait pas le coup d'être encadrée, mais ne tarda pas à y renoncer. Cela ne ferait que lui rappeler les agressions qui s'étaient déroulées à l'IRC et où elle avait frôlé la mort. Elle déchira lentement l'image en petits morceaux, en songeant à Karen Crandell et à son incroyable recherche sur le fonctionnement du cerveau. Cela pouvait améliorer considérablement certains traitements médicaux, mais avoir aussi des conséquences terribles. Tout dépendait de ceux qui contrôlaient la science et de leur attitude. L'avenir pourrait dire de quel côté pencherait la balance. Jake l'avait dit : le génie s'était échappé de la bouteille. Pour le meilleur ou pour le pire.

Dans la même collection

Keith Ablow
L'Amour à mort

Edna Buchanan
Double vie, double mort

Janet Evanovich
À la une, à la deux, à la mort
Quatre ou Double
Cinq à sexe
Six Appeal
Septième Ciel

Clare Francis
Serre-moi fort

Pat Frieder
Mauvaise Pioche
Confidences dangereuses

Leslie Glass
L'Heure du feu
L'Heure du cœur battant

Leonard S. Goldberg
Soins mortels
Moisson mortelle
Menace mortelle
Folie meurtrière
Mortelle thérapie

Erin Hart
Le Chant des corbeaux

Charles Higson
Le Secret du bonheur

Jeannine Kadow
Obsessions

Judith Kelman
Un dernier baiser

Plus que vous n'en savez…
Entre les mailles du filet
Comme un voile d'ombre
L'Été des orages
La Vipère de velours

T.J. MacGregor
Vengeance fatale
Le Septième Sens

David Morrel
Totem

Margaret Murphy
Adieu mon ange
Le Désir du papillon
État de choc
Le Tueur des ténèbres

Jonathan Nasaw
Les Blondes qu'il adorait

Darian North
Violation
Vapeur de Lune

Barbara Parker
Justice cruelle
Une sale affaire
Procès d'intention
La Voix du mensonge
Traîtrises et Trahisons
Un soupçon de malveillance

Claire Rainwater Jacobs
L'Ange meurtrier

Judith Summers
Crime et Ravissement

Ken Wood
La Peau de Sharon

Kim Wozencraft
Entre deux feux

Achevé d'imprimer en septembre 2004 par
Normandie Roto Impression s.a.s., 61250 Lonrai
N° d'impression : 042475
Dépôt légal : octobre 2004

Imprimé en France